서리꽃

초판 1쇄 찍은 날 | 2016년 2월 23일
초판 1쇄 펴낸 날 | 2016년 2월 29일

지은이 | 이수현
펴낸이 | 예경원

편집 | 유경화 · 안유진

펴낸곳 | 예원북스
등록번호 | 제396-2012-000132호
등록일자 | 2012. 7. 25
YRN | 제1-0135호

주소 | 경기도 고양시 일산동구 호수로 646-24 위너스21-Ⅱ 206A호 (우) 10401
전화 | 031-819-9431 팩스 | 031-817-9432
http://cafe.naver.com/yewonromance
E-mail | yewonbooks@naver.com

ISBN 979-11-5845-078-6 03810

서리꽃

이수현 장편 소설

YEWONBOOKS
ROMANCE
STORY

YW BOOKS

서리꽃

목차

序

"공주가 또 사라졌단 말이오?"

황후 설(雪)이 살짝 미간을 찡그리며 궁녀들에게 하문했다. 두 명의 자녀를 두었다는 것이 도저히 믿어지지 않을 만큼 아름다운 황후였다. 황후의 하문에 궁녀들이 모두 머리를 조아렸다.

"황후마마, 송구하옵니다."

시녀인 위화의 말에 황후는 절레절레 고개를 흔들었다. 더불어 황후의 한숨이 깊어졌다. 그도 그럴 것이 오늘도 매화가 날리는 미단궁(美丹宮)에는 말괄량이 공주 때문에 한바탕 소란이 일었기 때문이었다. 미단궁 안마당에서 뛰어놀던 네 살배기 소하공주가 감쪽같이 사라진 것이었다.

워낙에 호기심이 많아서 이리저리 활발하게 움직이는 공주였다. 그런데 황후를 알현하러 제후왕인 김윤이 들어 차를 마시는 동안 소하공주가 사라져 버린 것이었다. 사색이 된 궁녀들이 소하공주를 찾아 부산해졌다.

분명 또 어딘가에 숨었다가 의기양양하게 나타날 공주였다. 아무리 궁 안 경비가 삼엄하여 위험하지 않다 하더라도 자주 사라지는 공주 때문에 황후는 골머리를 썩고 있었다.

"이 말괄량이를 어찌하면 좋을꼬?"

황후가 한숨을 쉬며 들고 있던 찻잔을 내려놓았다. 그 모습을 조용한 눈길로 바라보고 있던 윤(奫)이 나직하게 말하였다.

"마마, 제가 찾아보겠습니다."

윤의 말에 황후가 고개를 들어 윤을 바라보았다. 해사한 얼굴의 귀티 나는 소년이 눈앞에 있었다. 하얀 얼굴에 눈이 크고, 그 눈매가 시원하고 명민해 보였다. 반듯하게 잘생긴 오뚝한 콧날과 그린 듯이 선명한 붉은 입술이 뛰어난 미모를 자랑하였다.

아직은 그의 나이 13세, 소년의 모습이라 부드러운 인상이 강했다. 그러나 조금 더 성장하여 남자다움이 더해지면 분명 주변 여인들의 흠모를 한 몸에 받을 것이었다.

"찾으실 수 있겠습니까?"

황후의 걱정스런 음성에 윤이 고개를 숙였다.

"공주마마가 가실 만한 곳을 알고 있습니다."

그렇게 말하는 윤의 얼굴 위로 부드러운 미소가 떠올랐다. 윤은 넓고 깊다는 휘(이름)의 의미처럼 진중한 소년이었다. 그리고 키가 훌쩍하니 큰 윤은 벌써 성인 남성의 키를 자랑하여 뒷모습만 보게 되면 소년이라 보기 어려웠다. 조용하고 별로 감정을 표출하지 않는 윤이었다. 하여 제 나이보다 훨씬 성숙하고 어른스러워 보였다. 그러나 소하공주 이야기를 하는 윤의 눈동자가 오랜만에 그 나이 또래의 소년처럼 발랄하고 경쾌하게 반짝거렸다.

황후는 윤에게서 시선을 돌려 사라진 소하공주에게 생각을 집중하였다. 이상하게도 아무리 소하공주가 깊게 숨어도 윤만은 손쉽게 공주를 찾아내곤 했다.

"그럼 부탁드리겠습니다."

황후의 부탁에 윤이 황후에게 인사를 하고 바깥으로 나왔다. 꼬맹이를 찾을 생각에 즐거워진 것인지 윤의 입술이 부드러운 호를 그렸다. 분명 소하공주는 후원에 있을 터였다. 지난번 궁을 찾았을 때 어디서 데려왔는지 작은 강아지를 몰래 숨겨두고 밥을 주며 키우고 있었다. 윤에게 들키자 소하공주는 절대 아바마마와 어마마마께 고하지 말라고 신신당부를 하였다.

소하공주는 주변의 작은 동물을 지나치지 못하고 거두어 보살피는 것을 좋아했다. 윤은 그런 소하공주가 그저 귀엽기만 했다. 자신에게만은 비밀을 알려주고 있었는데 윤은 그것이 왠지 싫지 않았다. 오히려 매번 공주가 어떤 일을 할지 살짝 궁금해하며 기대하는 윤이었다.

윤이 후원을 향하여 발걸음을 옮겼다. 아니나 다를까 후원 구석에서 조그만 소하공주를 찾아내었다. 가까이 다가서는 윤의 얼굴이 밝아졌다. 살며시 다가가 소하공주의 작은 어깨를 잡았다.

그러자 흠칫하던 공주가 고개를 돌려 윤을 바라보았다. 작고 까만 눈동자가 온통 눈물범벅이었다. 깜짝 놀란 윤이 혹시 무엇이 잘못된 것은 아닌지 공주를 살폈다. 다행히 크게 다친 곳은 없어 보여 윤은 안심했다. 그러나 윤을 보고 마음이 놓였던지 소하공주가 '으앙' 하고 큰 소리로 울기 시작했다.

"으앙, 오라버니…… 흑……."

윤이 소하공주의 작은 얼굴에 방울방울 흘러내린 눈물을 부드럽게 닦아주었다. 그리고는 윤은 다정하게 소하공주의 옆에 쪼그리고 앉아서 눈을 맞추었다. 그리고 다정한 음성으로 물었다.

"마마, 어찌 된 일이십니까?"

"백구가, 백구가……."

소하공주가 훌쩍이며 강아지의 이름을 말하였다. 그제야 윤은 소하공주가 품 안에 작은 강아지를 안고 있는 것을 알았다. 어디가 아픈 것인지 백구는 힘없이 축 늘어져 있었다.

"마마, 울지 말고 제게 어떤 일인지 말씀해 주세요."

윤이 소하공주를 다독이며 물었다. 그제야 소하가 더듬더듬 일의 경과를 보고하였다. 어제저녁부터 백구가 밥을 잘 먹지 않아서 걱정이었는데 아까 와보니 죽은 듯이 누워 있더라는 것이었다. 아침에 놀다 보니 아침밥 주는 것을 깜박했는데 그것 때문에 죽은 것 같다고 소하가 울먹였다.

"오라버니, 모두 제 탓이에요. 어쩌면 좋아요, 흑!"

윤은 소하의 품에 있었던 강아지를 자세히 살폈다. 강아지는 아직 젖먹이라 음식을 제대로 소화시키지 못하는 것 같았다. 그런데 소하는 제 생각에 가장 맛있는 것을 주겠다고 생각했는지 고기를 가져다주었다. 당연히 아직 젖먹이 어린 강아지가 제대로 먹을 수 없었던 것이다.

"공주마마, 백구는 죽은 게 아닙니다."

윤의 말에 소하가 반색하였다. 윤의 말이라면 무조건 신뢰하는 공주였다. 지금도 마치 윤이 어의라도 되는 양 동그란 눈을 뜨고 바라보았다.

"정말입니까, 오라버니? 백구가 죽은 게 아니에요?"

소하의 까만 흑요석 같은 눈동자가 희망으로 반짝였다. 그 눈동자에 왠지 윤의 심장이 간질간질해졌다.

"네, 아직 젖먹이라 음식을 가려 먹여야 합니다. 마마도 어렸을 적에는 황후마마의 젖을 드셨지요? 아직 아기인 강아지는 젖을 먹여야 합니다."

윤의 다정한 말에 소하공주가 또다시 눈물을 흘리기 시작했다. 어찌나 감정 표현이 다채로운지 순식간에 표정이 바뀌는 공주였다.

"흑흑, 어찌해요? 이 아이의 어미는 죽었는데, 어떡해요? 히끅……."

소하공주가 딸꾹질까지 하면서 다시 울기 시작하였다. 그런 소하공주가 귀여운 윤은 짐짓 장난을 치고 싶었다. 일부러 엄숙한 표정을 지으며 물었다.

"마마께서는 잠시 백구를 제게 주실 수 있으신지요?"

"그게, 저는 백구가 너무 좋은데……."

소하공주가 제게 백구를 달라는 윤을 보고 망설이듯 말했다. 죽어가는 백구가 걱정이 되면서도 선뜻 귀여운 강아지를 내어주기가 싫은 복잡한 표정이 작은 얼굴에 나타났다 사라졌다. 윤은 소하공주의 얼굴에 나타나는 그 감정 상태의 변화를 손에 잡힐 듯 읽을 수 있었다. 티 없이 맑은 소하는 제 감정을 감출 줄 몰랐다.

"가끔은 너무 사랑해도 보내실 수도 있어야 합니다. 마마께서 계속 백구를 곁에 두시면 곧 백구는 죽습니다. 그래도 두시겠습니까?"

윤의 엄한 말투에 명민한 공주가 바로 이해하고는 고개를 끄덕였다. 소하는 고사리 같은 손을 내밀어 윤의 손을 꼭 붙잡았다. 작고 하얀 손이 윤의 손에 쏙 들어왔다. 윤은 그 작은 손을 부드럽게 잡았다.

"오라버니, 꼬옥, 우리 백구를 살려주셔야 해요!"

소하공주의 얼굴이 절실함으로 가득 찼다. 그러나 그 표정에는 윤이 반드시 백구를 살릴 것이라는 굳은 믿음이 담겨 있었다.

"알겠습니다. 제가 백구를 돌보고 건강해지면 공주마마께 꼭 돌려 드리겠습니다."

"알았어요. 히끅…… 히끅…….."

"대신……."

윤이 부러 말을 멈추고 소하공주와 눈을 맞추며 다짐하였다.

"이제부터 절대 아무 말도 없이 사라지시면 아니 됩니다."

소하공주가 열심히 고개를 끄덕였다. 그 모습이 너무나 귀여워 윤은 가까스로 미소를 참았다. 한번 한 약속을 절대 어기는 일이 없는 공주였다. 이렇게 숨어 있는 공주를 찾는 일이 즐거웠으나 나중에는 위험한 일이 생길 수도 있었다. 그런 의미에서 단속을 할 필요가 있었다. 아직 어린 소하공주는 세상에 존재하는 악의나 더러움에 대해서는 알지 못했다.

"네, 오라버니. 약속!"

소하가 약속하자는 뜻으로 새끼손가락을 내밀었다. 윤은 검을 들어 맹세라도 시키는 듯 진지한 얼굴의 소하공주를 바라보며 자신의 손가락을 내밀었다. 벌써 성인처럼 신장이 큰 윤인지라 손도 이미 성인의 손만큼 커다랬다. 커다란 윤의 손가락에 걸린 소하공주의 작은 손가락이 너무나 앙증맞았다.

"약속합니다. 저는 공주마마와 나눈 약속을 반드시 지킬 것입니다."

윤의 믿음직한 말에 소하공주가 그제야 배시시 미소를 지었다. 소하의 그 천진한 미소가 윤의 가슴에 콕 박혔다. 소하만은 항상 윤의 마음속에 손쉽게 침입하였다.

소하를 보고 있으면 윤은 철모르던 어린 시절이 생각났다. 그저 아무런 생각 없이 초원을 말을 타고 누비던 그 시절. 너무 일찍 끝나 버린 유년시절이었다. 그래서 윤은 소하를 바라볼 때마다 눈이 부셨다. 소하의 명랑함과 쾌활함이 윤에게 그리 위로가 되었다.

"날이 찹니다. 이제 안으로 들어가셔야죠."

윤이 소하의 품에서 백구를 받아 안아 들고는 다른 한 팔을 내밀어 소하를 안아 올렸다. 작은 소하가 윤의 어깨에 머리를 기대 왔다. 윤은 소하를 안아 들자 마음 한구석이 따뜻해졌다.

사랑스러운 성정의 소하공주였다. 주변의 작은 것들을 지나치지 못하고 돌보기를 좋아했다. 윤은 그런 공주를 볼 때마다 추운 겨울날 따뜻한 화로를 마주하는 것처럼 마음이 포근해졌다. 몇 걸음 걷지 않아서 극심한 걱정에 지쳤었는지 새근새근 잠이 든 공주의 숨소리가 들려왔다.

미단궁으로 돌아온 윤을 위화가 맞이하였다. 윤의 품에 안겨 잠이 든 소하공주를 바라보는 위화의 얼굴에 부드러운 미소가 떠올랐다. 소하를 안고 있는 윤의 모습이 너무나 다정스러워 보여 흐뭇해진 것이 분명했다. 공주를 받아 들려 다가서는 위화에게 부드럽게 윤이 고개를 저었다.

"제가 눕히겠습니다."

위화가 신속하게 소하공주의 방문을 열었다. 안에는 황후가 초조하게 방 안을 서성이고 있었다. 소하를 안고 들어오는 윤을 보자 황후가 반색하며 다가왔다. 윤은 눈짓으로 황후에게 인사한 후 소하를 침상에 눕혔다. 침상에 소하공주를 눕히고 이불을 조심스레 덮어주는 윤의 눈빛이 한없이 다정했다.

"어찌 된 일입니까?"

황후의 질문에 윤이 품 안에 든 작은 강아지를 보여주었다. 황후는 말하지 않아도 어떤 일이 있었는지 능히 짐작이 되었다. 또 저렇게 소하공주가 거둔 것을 윤이 돌볼 참이었다. 윤은 소하공주가 상처받지 않도록 죽은 동물을 데려가서 치료하겠다고 하며 공주를 안심시키곤 했다.

"그 강아지도 죽은 것입니까?"

"아닙니다, 마마. 이 아이는 살릴 수 있을 것 같습니다."

윤의 말에 황후가 고개를 끄덕였다.

"참으로 큰일입니다. 애정이 넘치는 아이오나 때로는 조절도 필요할 텐데요."

"마음이 고와서 그런 것이죠."

황후는 평소 별로 감정을 표출하지 않던 윤이 다정한 말을 하며 부드럽게 잠이 든 소하공주를 바라보자 마음이 포근해졌다. 본래 따뜻한 마음을 지닌 윤이었다. 하지만 잘 드러내지 않는 윤의 말랑한 부분을 왜인지 소하만은 잘도 이끌어내었다.

"마마, 저는 이만 돌아가겠습니다."

윤이 인사를 하면서 일어섰다. 물러서 나가는 윤의 모습이 간만에 소년처럼 보였다. 그러나 그 어깨가 시려 보여 황후는 마음이 쓰였다. 원삭 5년(BC 124년), 한서제 재위 18년, 춘삼월의 일이었다.

1. 장군과 소녀

때는 원정 3년(BC 114년), 중원을 통일한 한서제의 치세가 벌써 28년에 달하여 한나라는 유례없는 호시절을 구가하고 있었다. 장성을 넘어 한나라를 위협하던 흉노족도 저 멀리 거비(戈壁, 암석들이 널리 깔린 황량한 건조 지역) 너머로 물러나고, 한나라는 감숙성을 넘어 서역까지 위세를 떨치고 있었다.

국구(國舅, 왕의 장인 혹은 처남)인 박망후(博望候) 장철이 서역에서 복귀한 이후, 서방에 대한 한서제의 관심은 드높아졌다. 그래서 수많은 탐험대가 서역을 향해 파견되었다. 탐험대의 귀국과 더불어 서방의 진귀한 물자들이 한나라로 쏟아져 들어왔다. 명주(明珠), 문갑(文甲), 통서(通犀), 취우(翠羽)와 같은 진귀한 보물이 장안에 넘쳤다.* 한나라의 국도, 장안(長安)은 멀리 서역으로 출발하는 사주지로(絲綢之路, 비단길의 중국식 표현)의 출발지가 되었다.

한서제의 가정 또한 화목하였다. 한서제는 황후와의 사이에 첫째 황자 서(瑞)를 비롯해 연년생인 딸 소하(霄霞)공주, 그리고 막내 황자 능(耐)까지 세 자녀를 두었다. 원삭 원년에 태어나 올해 15세가 된 황자 서는 아버지인 한서제를 닮아 외모가 출중하고 총명하였다. 후일 한서제의 뒤를 잇는다면 한서제 못지않은 성군이 되리라는 것이 주변 사람들의 예상이었다. 막내 황자인 능은 막내답게 쾌활하고 장난기가 다분한 총명한 아이였다.

그리고 누구보다 한서제가 귀애하는 소하공주가 있었다. 딸인데다 어머니인 황후를 닮았기 때문이었다. 그러나 차분한 성품의 황후와는 달리, 소하는 쾌활하고 명랑한 공주였다. 여리여리한 외모는 황후에게서 아버지인 한서제에게서는 대범한 성품을 이어받았다. 소하공주는 부모의 장점을 잘 이어받은 상냥하고 사랑스러운 공주였다.

장안에 위치한 건장궁(建章宮) 후원에는 오월이 되자 월계화(月季花)가 만발하였다. 붉은 월계화 사이로 드문드문 피어 있는 흰색 월계화가 참으로 청초했다. 본래 건장궁은 한서제의 큰 누이인 평양공주가 궁원(宮園)으로 지었던 곳이었다. 그러다 보니 큰 규모에 비하여, 본 궁인 미앙궁(未央宮)보다는 조금 더 아늑한 분위기였다. 한서제와 황후는 본 궁보다 건장궁을 좋아해서 자주 이곳에 머물렀다.

....
* 한서(漢書), 서역전(西域傳), 논찬(論纂)

떨어지는 아침 햇살 아래에서 흰색 월계화를 바라보고 있는 소녀가 눈부시게 반짝였다. 나이는 대략 14~5세 정도로 보였다. 까맣고 긴 머리가 햇빛을 받아 머리에 은빛의 동그란 원이 만들어졌다. 부드러운 머리카락이 봄바람에 사르르 날리는 모습이 그림처럼 아름다웠다. 까만 머리채와 대비되어 얼굴의 하얀 피부가 더욱 돋보였다. 짙고 까만 눈썹이 초승달처럼 이마에 자리 잡고 있었다. 큰 눈은 흰색 눈자위가 까만 눈동자와 대비되어 아름다웠다.

커다란 눈에 드리운 속눈썹이 소녀가 월계화를 보느라 고개를 숙이자 얼굴에 그림자를 드리웠다. 얼굴 중앙에 자리 잡은 코는 크지도 작지도 않으면서 오뚝했다. 코끝이 살짝 위로 들려 약간 새침한 느낌도 있었다. 그 아래 자리 잡은 붉은 입술이 꽃잎처럼 아름다웠다. 부드러운 입술은 살짝 손을 대면 붉은 물이 손에 묻어나올 것만 같았다. 이렇게 아름다운 이목구비가 어찌 저리 작은 얼굴에 다 들어가 있을까 싶었다.

하얗고 가녀린 목덜미와 여린 어깨로 인하여 소녀는 하늘하늘한 느낌이었다. 그러나 봉긋하게 솟아 오른 소녀의 가슴이 수줍게 존재감을 드러내었다. 잘록한 허리는 한 줌에 잡힐 것 같이 여리여리했다. 새처럼 가냘픈 느낌의 소녀였다. 그녀는 아직 성숙한 여인이라고 보기는 어려운 소녀와 여인의 경계쯤에 서 있었다. 그 미묘한 균형이 깨질 듯이 아련해 보였다.

"소하공주, 여기에 계셨습니까?"

황후의 목소리에 소하공주가 꽃에서 눈을 떼고는 고개를 들어

환하게 웃었다.

"어마마마!"

나란히 서서 월계화를 바라보는 황후와 공주는 모녀 사이가 아니라 자매처럼 보였다. 올해 14세가 된 소하공주는 아름답게 성장하였다. 내년에 관례를 올리면 이제 곧 시집을 가도 부족하지 않을 터였다. 소하공주 밑으로 한 명의 황자를 생산한 황후는 올해 서른넷이 되었으나 여전히 아름다웠다. 지아비의 애정을 듬뿍 받는 여인이 풍기는 분위기가 그녀를 감싸고 있었다.

"흰색 월계화가 참 아름답습니다, 어마마마!"

소하공주가 탐스럽게 피어난 월계화를 바라보며 말했다.

"저도 흰색 월계화를 참 아낀답니다."

황후가 아스라한 미소를 지었다. 그 모습이 너무나 아름다워 순간 소하는 어마마마를 다시 한 번 올려다보았다. 소하공주도 황후의 시녀인 위화에게 들어 알고 있었다. 이 월계화가 아이를 잃고 실의에 빠져 있던 어마마마를 위하여 아바마마께서 특별히 옮겨 심은 것이라는 사실을 말이다. 그래서인지 어마마마의 눈이 수줍게 반짝였다.

"저도 나중에 제 지아비에게 꽃을 좀 심어달라 해야겠습니다!"

소하공주의 농에 황후의 얼굴이 살짝 붉어졌다. 여전히 불꽃처럼 서로 은애하는 부모님을 보면서 소하는 자신도 그러한 애정을 나누리라 굳게 다짐하고는 했다.

"그런데 조반도 거르고 어찌 이리 나와 계신 겁니까?"

황후의 질문에 소하의 어깨가 축 처졌다. 조금 전까지 반짝이던 눈빛이 금방 사라지고 말았다.

"그것이 꽃도 때가 되니 저리 아름답게 피어나는데 저만 아직 자라지 못한 것 같아 그렇습니다."

소하의 한탄에 황후가 안타깝게 공주를 바라보았다. 아직 초경이 없는 것을 걱정하고 있는 것이었다. 그리 늦은 것이 아니라고 위로를 해도 소하공주는 꽤나 의기소침해했다.

소하는 주변의 비슷한 나이 또래의 궁녀나 친구들이 모두 초경을 거치고 나서 아름답게 여인으로 변모하는 것이 부러웠다. 소하도 꽤 가슴이 봉긋하게 솟았다고는 하나 아직은 작고 덜 여문 과실 같았다. 그것이 소하는 불만이었다. 요즘 윤의 주변에 가슴이 엄청나게 풍만한 여인이 서성인다는 소문을 들었기 때문이었다.

여인은 장안에서 이름 높은 기녀인 미령이었다. 많은 남자들이 금은보화를 대령하며 한번 보기를 청해도 꿈쩍도 하지 않는 그녀가 요즘 윤에게 몸이 달아 있었다. 꽤나 서늘한 태도의 냉공자에게 미령이 단단히 **빠졌다**는 것이 세간의 중평이었다.

그 소문에 소하공주는 애가 달았다. 그도 그럴 것이 소하공주도 최근에는 윤을 가끔 궁에 행사가 있을 때 먼발치에서 보거나 혹은 그가 황후마마를 알현할 때 같이 보는 것이 전부였다. 소하공주는 그렇게 가뭄에 콩 나듯 아껴 봐야 하는 그를 미령이 사로잡을까 봐 걱정이 이만저만이 아니었다.

아홉 살이나 되는 나이 차이도 통탄할 노릇인데, 이리 아직 덜 자란 몸이라니 소하는 답답하기만 했다. 윤은 올해 23세가 되었고 누가 봐도 대장부의 풍모를 풍겼다. 나이에 비해 진중하다 보니 그에게는 범접할 수 없는 무게가 느껴졌다. 그런 그를 사모하는 여인들이 줄을 선다는 것에도 속이 상할 지경인데 미령까지······ 그 생각만 하면 마음이 무거워지는 소하였다.

"너무 걱정하지 마세요, 공주. 이제 겨우 열넷이고 아직 늦은 것이 아닙니다."

황후가 부드럽게 위로하였다. 황후는 소하가 어떤 마음에서 그런 것인지 충분히 짐작하고 있었다. 최근 윤이 부러 소하를 개인적으로 만나지 않으려 노력하고 있는 것을 알고 있었다. 차갑기로 명성이 높은 윤이 유독 소하공주에게만 다정하게 대하는 것을 알고 주변에서 말이 많았다.

황후는 공주의 친오빠도 아닌 윤이 공주를 개인적으로 만나는 것이 황실에 누가 될까 저어하는 윤의 마음을 잘 알고 있었다. 혹시나 호사가들에게 빌미를 제공할까 싶어 본인의 행동에 자중하고 있는 윤이었다. 그런 윤의 마음을 알지만 이리 윤을 애타게 그리워하는 소하를 보면 가끔은 너무나 철저한 윤이 살짝 야속하기도 했다. 윤이 한 번 결정을 하고 나면 어찌나 단호한지 아는지라 황후도 뭐라 말을 할 수가 없었다.

"알고 있습니다. 하지만 어째 저만 자꾸 뒤처지는 것 같습니다."

황후가 소하의 처진 어깨를 보더니 그녀를 북돋아주어야겠다는 생각이 들었는지 예상치 못한 제안을 하였다.

"소하공주, 폐하께 주청을 드려 상림원을 방문해 보는 것이 어떻겠습니까? 며칠 후에 폐하께서 친왕(親王, 황태자를 제외한 황제의 아들과 형제. 친왕의 대를 이을 사람은 왕세자라 함) 이하 모든 제후들을 이끌고 사냥대회를 열겠다 하셨습니다. 그것을 구경해 보면 조금 기분이 좋아지지 않겠습니까?"

활달한 소하는 여성적인 일보다는 군사훈련이나 검술 등을 좋아했다. 황후 또한 이전에는 검을 든 무사였고, 한서제 또한 훌륭한 검 실력을 자랑하다 보니 소하공주도 검을 익혔다. 오히려 황태자인 서는 조용하고 침착한 성품이 황후를 닮았다. 반면 한서제의 활달한 면을 더욱 많이 물려받은 소하공주였다. 그런 그녀가 이리 규방에 갇혀 있자니 안 그래도 무척 답답해하던 참이었다.

"정말입니까, 어마마마?"

소하공주의 목소리가 높아졌다. 윤을 볼 수 있다는 생각에 소하공주의 얼굴이 밝아졌다.

"감사합니다. 어마마마!"

소하가 황후를 바짝 끌어안았다.

"어찌 아직 이리 응석인고?"

황후가 가볍게 소하공주를 타박했지만 소하는 그저 기쁘기만 했다. 벌써부터 윤의 활 솜씨나 검술을 볼 수 있다는 생각에 계속 웃음이 비어져 나왔다. 가능하다면 이번에는 윤에게 간단한 검술을 가르쳐 달라고 부탁해 볼 참이었다. 어떻게 해서든 오라버니와 가까이 있을 수 있는 기회를 만들어보리라 소하는 굳은 결심을 했다.

황후는 소하가 무슨 좋은 계획이라도 생각났는지 두 눈동자를 반짝거리자 살짝 걱정이 되었다. 활달하고 밝은 소하공주의 성정을 황후는 아끼고 있었다. 사랑을 듬뿍 받고 자라서 그런지 소하공주는 맑고 티끌이 없었다. 이 맑음을 언제까지나 지켜주고 싶었다.

다만 모든 것을 쉽게 얻다 보니 정말 소중한 것이 무엇인지를 잘 모르는 것 같아 그것이 걱정이었다. 윤에 대한 소하의 집착이 제 뜻대로 되지 않는 것이 속이 상해서 그런 것은 아닌지 다소 근심스러운 황후였다.

천지를 울리는 말발굽 소리가 온 대기를 가득 채우고 있었다. 청명했던 하늘은 말들이 일으키는 먼지 때문에 마치 황사라도 몰려온 듯 희붐했다. 아침저녁으로는 아직 쌀쌀한 5월의 공기는 상림원(上林園)을 가득 채운 말과 사람들이 뿜어내는 열기로 벌써 여름이 온 듯 후끈했다.

오늘은 現 황제, 한서제가 친왕, 군왕(君王, 친왕의 대를 이을 왕세자를 제외한 친왕의 아들들)들뿐만 아니라 제후까지 모두 불러 모아 황제의 금원인 상림원에서 사냥대회를 열었기 때문이었다.

한서제는 즉위 초기부터 사냥을 즐겼다. 사냥은 분명 정해진 공간에서 짐승을 잡는 일이었으나 단순히 여흥만은 아니었다. 사냥은 평화로운 시기, 제후와 장군들의 실력을 가늠할 수 있는 준 군사훈련과 같았기 때문이었다. 따라서 사냥 능력은 곧 제후들의 군사 능력과 동일시되었다.

비단 그뿐만이 아니었다. 사냥을 참관하러 황후부터 고관대작들의 부인들과 그 딸들까지 사냥터에 참석한다. 따라서 출중한 능력을 보여주는 장수에게는 여인들의 흠모가 집중되어 혼담이 빗발치기도 하였다.

　올해 43세인 한서제는 나이가 무색하리만치 출중한 실력을 보여주고 있었다. 기마민족인 흉노족을 막북(漠北, 고비사막 이북) 위로 몰아내고 최초로 중원을 통일한 황제답게 활 솜씨며 검술이 뛰어났다. 단연코 여러 사람들의 시선을 끌고 있었다. 그러나 사냥터 한쪽에 마련되어 있는 높은 누대에 앉아 있는 젊은 여인들의 눈은 한서제를 지근거리에서 보필하고 있는 젊은 장수에게 더욱 집중되고 있었다.

　그는 한서제가 지극히 총애하고 있는 제후왕인 김윤이었다. 한창 장년의 한서제가 주변에 어떠한 비빈도 두지 않고 황후만을 귀애하니 누구도 섣불리 황제의 시선을 탐하지 않았다. 대신 남자다운 윤에게 여인들의 시선이 집중되었던 것이다.

　윤은 올해 23세가 된 젊고 잘생긴 제후왕으로 이름이 높았다. 이미 소년 시절부터 키가 웬만한 성인 남자만큼 컸던 윤이었다. 이제 약관의 나이를 넘어 청춘의 아름다움을 자랑하는 그는 8척 2촌(漢代의 1尺은 22.3cm이므로 183cm)의 풍채로 다른 남자들보다 머리 하나가 훌쩍 컸다. 소년 시절의 미모는 그대로이나, 거기에 날카로운 남자의 풍모가 더해졌다.

　쌍꺼풀이 없이 갸름하고 큰 눈은 날카로운 지성으로 반짝였고, 모양 좋고 날렵하게 높은 코가 얼굴에 자리 잡고 있었다. 두툼하고 잘생긴 모양의 입술 사이로 아주 가끔 그가 미소를 지을 때 하얀 치아가 잘 드러났다.

윤의 하얗던 피부는 검과 활을 익히느라 바깥에서 생활을 해서 그런지 보기 좋게 그을어 있었다. 그 모습이 남성다움을 강조하였다. 그런 윤에게 반한 장안의 여인들이 한둘이 아니었다. 오늘도 여인들의 시선은 부지런히 그의 움직임을 좇고 있었다.

한혈마를 타고 사슴을 좇는 한서제의 바로 뒤에서 움직이는 윤의 움직임은 우아했다. 행여나 발생할지 모를 위험에 대비하면서 한서제의 뒤를 빈틈없이 보호하고 있었다. 사슴을 좇다 보니 어느새 한서제 일행은 누대에서 꽤 멀리 떨어져 숲 가장자리에 가까워졌다.

사슴은 살기 위해서 필사적이었다. 숲 안쪽으로 사슴이 도망치기 이전에 사냥을 마무리하기 위해서 한서제가 활을 쏘았다. 활은 사슴의 뒷다리에 명중하였다. 상처를 입은 사슴을 보고 한서제가 말의 속도를 늦추었다. 고삐를 채던 한서제가 뒤따라오던 윤에게 눈짓을 하자, 윤이 신속하게 앞으로 나아갔다.

윤이 빠르게 말을 달리며 사슴을 향해 활을 들어 올렸다. 말을 달리면서 움직이는 목표물을 명중하는 것은 고도의 집중력이 필요한 일이었다. 유목민들과 한족의 싸움에서도 유목민들이 말 위에서 쏘아대는 화살의 위력이 무시무시했다.

윤이 활시위를 잡아당기자 그의 근육이 팽팽하게 긴장했다. 그의 날카로운 시선은 목표물을 향하여 고정되어 있었다. 그리고 그가 가볍게 활시위를 놓았다. 활시위를 떠난 화살은 마치 자로

잰 것처럼 정확히 사슴의 심장에 명중하였다. 번개 같은 솜씨였다.

"역시, 김윤의 기사법(말을 달리면서 활을 쏘는 것)은 따라올 자가 없습니다!"

한서제를 따라 함께 말을 달리던 강도왕(江都王)이 감탄하며 외쳤다. 한서제에게는 열 명이나 되는 누나와 형제들이 있었는데, 강도왕은 바로 위의 형님이었다. 한서제를 위시하여 주변에 있던 제후들까지 모두 강도왕의 말에 고개를 끄덕였다. 윤이 빠르게 사슴 쪽으로 다가가서 말을 멈추었다. 그리고 이내 말에서 훌쩍 뛰어내려 사슴의 상태를 확인하였다. 사슴이 절명한 것을 확인한 윤이 살짝 고개를 끄덕여 보였다.

"폐하, 신묘한 사냥 솜씨에 경의를 표합니다."

황제를 수행하던 위청 대장군이 황제에게 축하의 말을 건넸다. 위청 대장군은 한서제를 도와 흉노 정벌에 이름을 떨친 한나라를 대표하는 명장이었다. 그 공을 인정받아 장평후(長平侯)에 칭해진 제후이기도 하였다.

"허허, 짐이 사슴의 다리를 쏘긴 하였으나 윤의 활이 끝을 내지 않았는가? 마땅히 공은 윤에게 돌려야 할 것이다."

한서제가 기분 좋게 대답하였다. 그러나 즐겁던 분위기는 갑자기 들려온 맹수의 포효에 순식간에 바뀌고 말았다.

어흥!!!

순간 들려온 소리를 따라 사람들의 시선이 움직였다. 어디서 튀어나왔는지 모를 거대한 호랑이가 피 냄새를 맡고 흥분하였는지 무시무시한 속도로 사슴과 윤에게 다가온 것이었다. 상림원 내에는 사슴뿐만 아니라, 사자, 호랑이 등 각종 동물들이 서식하고 있었다. 그러나 야간에 움직이는 호랑이가 나타나니 매우 이례적인 상황이었다.

모두가 긴장하고 호랑이의 움직임을 주시하였다. 먹이를 노리는 호랑이의 안광이 무섭게 빛났다. 맹수와 대치하고 있는 윤도 팽팽하게 긴장하고 있었다. 주변의 군사가 활을 쏘기에는 윤과 호랑이의 거리가 지나치게 가까웠다. 섣불리 활을 쏘면 윤이 다칠 수가 있었다. 게다가 윤이 직접 활을 쏠 수도 없었다. 호랑이에게서 눈을 돌리거나 움직이는 순간, 승부가 결정되기 때문이었다.

마치 주변에 아무도 없는 듯 윤과 호랑이가 팽팽하게 대치하고 있었다. 모두가 공포와 긴장된 마음으로 윤과 호랑이를 주시하고 있었다. 드디어 호랑이가 잔뜩 몸을 움츠렸다가 윤에게 달려들기 위해서 훌쩍 뛰어올랐다.

어흥!

윤이 재빠르게 몸을 날려 맹수를 피했다. 공격이 빗나가자 호랑이는 다시 몸을 잔뜩 움츠리고는 발을 높이 치켜들었다. 그리고는 거대한 아가리를 벌리고 날카로운 발톱을 앞세워 다시 윤을 공격하였다. 다시 윤이 재빨리 몸을 피하자 화가 난 호랑이가 무쇠 몽둥이 같은 긴 꼬리를 들어 윤을 후려치고자 했다. 저 꼬리에 맞는다면 머리가 떨어져 나갈 것이었다.

그러나 다시 윤이 그 공격을 날렵하게 피했다. 호랑이는 본래 사냥감을 덮쳐들고, 걷어차고, 그다음에 꼬리로 후려치며 공격한다. 그런데 그 모든 공격이 무위로 돌아가자 호랑이가 더욱 화가난 듯 사납게 윤을 공격하기 시작하였다.

모두가 공포로 숨을 죽인 순간이었다. 호랑이가 거대한 앞발을 들어 휘두르며 윤의 오른쪽 팔을 살짝 긁었다. 그러나 윤은 그것에 아랑곳하지 않고 호랑이의 빈틈을 노렸다. 그리고는 신묘한 솜씨로 호랑이의 이마에 나 있는 하얀 털을 꽉 움켜쥐었다. 그리고는 강한 힘을 활용하여 호랑이의 대가리를 아래로 내리눌렀다. 갑자기 대가리를 제압당하여 멈칫한 호랑이를 윤이 강한 힘으로 계속 누르며 빠르게 호랑이의 콧잔등과 두 눈을 두 발로 걷어차기 시작했다.

호랑이가 빠져나가기 위해서 몸부림쳤으나 윤은 한 치도 흔들림 없이 호랑이의 대가리를 제압하고 있었다. 점차 힘이 빠진 듯 호랑이가 잠시 주춤하자 윤이 빠르게 몸을 돌려 호랑이의 등에 훌쩍 올라탔다. 햇빛에 날카로운 검날이 반짝인다고 느낀 순간이었다. 순식간에 검을 뺀 윤이 맹수의 목에 검을 꽂아 넣었다.

으르렁, 어흥!

맹수는 고통스런 단말마의 외침과 함께 온몸을 축 늘어뜨렸다. 이 모든 것을 숨죽여 바라보던 이들이 호랑이가 쓰러지자 그제야 소리를 질렀다.

"와아아!"

우레와 같이 쏟아지는 고함 소리와 박수 소리에도 윤은 조금도 흐트러지지 않고 쓰러진 호랑이를 주시하고 있었다. 이내 맹수가 완전히 숨이 끊어진 것을 확인하고서야 비로소 윤이 검을 검집에 넣으며 빠르게 한서제 앞으로 다가와 무릎을 꿇었다.

"폐하, 송구하옵니다. 혹시 다치신 곳은 없으십니까?"

윤의 목소리는 맹수와의 격투로 다소 숨이 찬 듯했으나 침착했다. 그리고 행동에도 한 치의 흐트러짐이 없었다. 그러나 사람들은 이내 윤의 팔에서 붉은 피가 뚝뚝 떨어지고 있는 것을 알았다.

"이런 팔을 다쳤구나. 어서 물러나 치료토록 하라!"

한서제의 명령에 윤이 다시 고개를 숙였다.

"폐하, 성은이 망극하옵니다."

인사를 한 윤이 뒤로 물러났다. 조용히 물러나는 윤을 바라보며 강도왕이 감탄하며 한마디를 했다.

"김윤 장군의 기개가 하늘을 찌르는군요. 호랑이를 맨손으로 잡다니, 역시 보통이 아닙니다."

강도왕의 말에 위청 대장군 또한 한마디 거들었다.

"김윤 장군의 무공이 실로 뛰어납니다."

"허허, 저 정도 능력도 없이 어찌 이 나라의 제후라 할 수 있겠는가?"

한서제가 껄껄 웃었다. 그러나 뒤에 있던 다른 장수들의 눈빛이 질투로 번쩍거렸다. 한서제의 총애가 김윤에게 집중되니 이를 시기하는 이들이 있었다. 한서제가 근본도 모르는 오랑캐의 자식을 한나라의 기병을 통솔하는 거기장군(車騎將軍, 기병을 통솔하는 무관직, 총사령관격인 대장군에 이어 두 번째 위치임)에 명한 것은 과하다는 말이 사람들 사이에 오르내리고 있었던 것이다.

그도 그럴 것이 윤은 본디 흉노족의 왕자였다. 그러나 한나라로 귀화하면서 새로이 김(金)이라는 성을 한서제에게 하사받았다. 그리고 제후에 칭해진 그는 황후인 설과 친교를 자랑하고 있었다. 황후인 설이 황제와 혼인하기 이전에 호위무사로서 모시던 공자가 윤이었기 때문이었다. 호연제라는 흉노 이름을 감추고 지금은 윤이라는 휘를 쓰고 있었다.

출신 배경도 배경이지만 윤에게 주변의 질시가 쏟아지는 것은 그의 뛰어난 역량도 한몫했다. 윤은 검술, 활 솜씨, 승마 솜씨까지 뛰어났다. 또한 그는 명석하기로도 이름이 높았다. 그가 쓴 부(賦, 한나라 시대의 운문)는 천하제일의 문장가로 이름이 높은 사마상여(司馬相如)까지 인정할 정도였다.

그러다 보니 모든 면에서 뛰어난 외부인인 그에게 오히려 사람들은 경계심을 가지게 되었다. 그리고 오늘 윤의 출중한 실력을 목격한 이들은 그에 대한 두려움으로 몸을 움츠렸다.

자신의 막사로 돌아온 윤이 자리에 털썩 주저앉았다. 맹수와 대결하고 난 온몸이 땀에 젖어 있었다. 그러나 팔에서 계속 흐르고 있는 피의 양이 상당했다. 단지 긁힌 상처라 할지라도 피는 끊임없이 솟아났다. 게다가 맹수의 발톱이니 제대로 다스리지 않으면 다른 염증으로 번질 수도 있었다. 대단한 상처는 아니나 다소 번거로웠다.

"흠, 일이 귀찮게 되었군!"

윤이 자신이 한심하다는 듯이 중얼거리던 찰나 바깥을 호위하던 군사가 손님의 방문을 알렸다.

"장군, 소하공주마마 듭시옵니다."

소하는 미앙궁에서의 차비가 늦어지고, 게다가 어마마마까지 함께 모시고 오느라 남들보다 상림원 도착이 늦었다. 그런데 도착하자마자 윤을 찾았던 소하는 그가 다쳤다는 소식에 열일 제쳐 두고 득달같이 윤의 막사를 찾은 것이었다.

"공주마마, 오셨습니까?"

자리에서 일어나 인사를 하는 윤의 얼굴 표정은 평온했고, 목소리도 침착했다. 그 모습에 소하가 안도한 것도 잠시, 안으로 들어오던 소하는 기겁하고야 말았다. 윤의 팔에서 흘러내린 피가 바닥으로 떨어져 작은 웅덩이를 이루고 있었기 때문이었다.

"오라버니!"

급하게 윤에게 다가온 소하의 얼굴이 오히려 윤보다 창백해졌다. 윤이 거기장군으로서 전장에서 뛰어난 실력을 보여주고 있다는 것은 알고 있었다. 누구보다 앞서 적과 대치하는 그에게 크고 작은 부상은 당연했다. 하지만 오늘 처음 제 눈으로 다친 윤을 확인하자 소하는 심장이 졸아드는 기분이었다.

"우선 자리에 앉으십시오. 치료부터 해야겠습니다!"

소하의 음성이 걱정으로 떨렸다.

"취옥! 어서 약재를 가져오너라!"

소하가 자신의 시녀를 채근하였다. 취옥이 약재를 꺼내는 동안, 군사가 따뜻한 물과 깨끗한 천을 가지고 안으로 들어왔다. 취옥과 군사는 자신들의 일을 마치고 조용히 물러났다. 소하는 바로 깨끗한 천을 따뜻한 물에 적셔 윤의 상처를 보려고 그에게 다가갔다.

"오라버니, 어서 팔을 보여주십시오!"

소하가 마치 어의라도 되는 양 윤에게 상처를 보여달라고 요구하였다.

"마마, 그리 위중한 상처가 아닙니다. 맹수의 발톱에 살짝 긁혔을 뿐입니다."

윤이 그리 대단한 상처가 아니라는 듯 대꾸하였다. 하지만 얌전히 소하에게 팔을 내밀었다. 소하가 이렇게 다가서면 아무리 거부해도 소하가 제 뜻대로 한다는 것을 너무나 잘 알고 있는 윤이었다.

"하지만 피가 이렇게 많이 흐르는걸요? 어서 지혈을 하고 약을 발라야죠."

소하는 다쳤음에도 불구하고 아무렇지 않은 척하는 윤이 안타까웠다. 피가 흥건한 모습이 두렵기는 했지만 공포보다는 다친 윤을 치료하는 것이 급했다. 윤의 소매가 날카로운 칼에 베인 듯 손목 쪽으로 길게 찢어져 있었다. 용감하게 다가서기는 하였으나 다친 상처를 보는 것은 처음이라 소하는 어찌해야 할지를 몰랐다. 일단 소맷단을 정리해야 하는데 막상 손을 대려니 겁이 났고, 비릿한 혈향에 머리가 어지러웠다.

"오라버니?"

소하가 난감한 얼굴로 윤을 바라보자 윤의 눈썹이 살짝 움직였다. 그리고 윤의 입꼬리가 아주 미세하게 움직였다. 그것은 아주 찰나의 순간이었으나 소하는 금방 알아챘다. 항상 소하가 엉뚱한 일을 벌일 때, 윤은 아무런 말이 없었지만 지금과 같은 표정을 보여주었다. 주변의 모두가 윤에게 표정이 없다 하지만 소하는 그런 미세하게 드러나는 윤의 표정을 금방 감지할 수 있었다.

"그럼 일단 이 거치적거리는 소맷단부터 처리를 해야겠습니다."

윤이 옆에 있던 작은 단도를 한번 휘두르자 어깨 쪽부터 쭉 찢어진 소매가 바닥으로 떨어졌다. 소하는 드러난 윤의 팔을 보고서는 침을 꿀꺽 삼켰다. 온통 붉은 피로 물든 팔을 보기가 무서웠다. 하지만 소하는 따뜻한 물에 적신 천으로 윤의 상처 주위를 조심스레 닦아내기 시작했다. 윤의 팔뚝에 날카로운 발톱 자국이 선명하게 나 있었다. 소하는 그것이 마치 본인이 입은 상처 같아 그만 움찔하고 말았다.

"아프지 않으십니까?"

소하가 상처 주변을 닦으며 조심스레 물었다. 오랜 훈련으로 단단해진 윤의 팔뚝에는 파랗고 굵은 핏줄이 선명하게 도드라져 있었다. 자신의 팔과는 너무나 다른 사내의 팔이었다. 호랑이를 맨손으로 제압하였다 들었다. 소하는 그 소식에 대경실색하였고 그것이 과연 가능한 것인지 의심이 들기도 하였다.

그러나 근육으로 단련된 단단하고 늠름한 윤의 팔뚝을 보니 그럴 만하다는 생각이 들었다. 윤의 단단한 근육이 의식될수록 점점 소하의 얼굴이 붉어졌다. 자주 윤과 시간을 보냈던 소하였으나 오늘은 무엇인가가 어색했다. 그리고 손에 닿는 윤의 체온이 매우 뜨겁게 느껴졌다.

"이런 긁힌 상처는 부상 축에도 들지 않습니다."

윤이 평범하게 대답하였으나 소하는 그의 음성에 섞인 웃음기를 감지했다. 지금 놀라고 있는 자신이 재미있는 모양이었다. 소하는 일부러 달아오른 얼굴을 감추려 약간 샐쭉한 표정을 지었다.

"이렇게 다치시고도, 제가 당황하는 것이 재미있으십니까?"

소하가 얄밉다는 표정으로 윤을 바라보자 윤은 진지한 표정을 지으며 대꾸하였다. 윤의 눈빛이 심해의 바다처럼 깊었다. 그 눈빛 속에 비친 자신의 모습이 왠지 수줍어 소하는 얼른 시선을 피했다.

"그럴 리가 있겠습니까?"

윤이 자신은 결백하다는 표정을 지었으나 소하는 속지 않았다. 무표정을 가장하고 있었지만 윤의 눈초리가 살짝 올라가 있었던 것이다. 그리고 윤의 까맣고 촉촉한 눈동자에는 소하를 향한 따뜻한 봄날의 아지랑이 같은 기운이 섞여 있었다.

"그리고 지금 다친 것은 소신이온데 어찌 제가 혼이 나고 있는 듯합니다."

능청스레 답변하는 윤에게는 절대 이길 수가 없었다. 이럴 때에는 그저 무시하고 하던 일에 집중하는 것이 좋았다. 소하는 상처를 말끔히 닦아내고는 약재를 뿌렸다. 그리고는 깨끗한 천으로 상처를 감았다. 처음 해보는 일이라 엉성하기 짝이 없었다. 그래도 끙끙거리며 어찌어찌 대강 마무리를 지었다.

"다 되었습니다!"

그래도 소하는 제가 한 일이 뿌듯하여서 의기양양한 표정을 지었다. 고개를 들어보니 윤이 따듯한 시선으로 자신을 바라보고 있었다. 윤의 맑고 서느런 눈동자와 마주치자 소하는 갑자기 그 시선에 수줍어졌다. 마치 윤을 오늘 처음 본 것처럼 그의 시선이 낯설었던 것이다.

"엉성하긴 하지만 제법 잘하셨습니다."

윤이 마치 일곱 살배기 꼬맹이를 칭찬하듯이 말했다. 굵고 나직하면서도 힘 있는 목소리였다. 평소와 다름없는 오라버니였으나 그의 음성이 오늘따라 듣기에 좋았다. 그가 부드럽게 소하의 머리를 쓰다듬어 주는 기분이었다. 소하의 심장이 쿵쾅거리기 시작했다.

"음, 이제 다치지 않도록 주의하십시오!"

부러 심상하게 대답했지만 소하는 자신의 음성이 살짝 떨리고 있음을 알았다. 그저 바라보고 있으면 좋기만 하던 오라버니였는데 오늘을 갑자기 평소보다 빠르게 뛰기 시작한 심장이 심상치가 않았다. 소하는 그저 놀라서 그럴 것이라고 애써 생각했다.

소하는 평소와 다른 자신의 상태를 감추고자 바쁘게 움직였다. 벌떡 자리에서 일어난 소하는 얼굴에서 땀이 나는 것 같아 저도 모르게 이마를 훔쳐 냈다. 그리고 탁자에 놓여 있던 대야를 치우고자 하였다.

"공주마마."

나직하게 자신을 부르는 윤의 음성에 소하가 우뚝 멈춰 섰다. 그리고 저도 모르게 윤을 바라보자 커다란 손이 소하의 얼굴 쪽으로 다가왔다. 가까이 다가오는 윤의 손을 소하는 멍하니 바라보았다. 윤의 손가락은 무인의 손답지 않게 길고 갸름했다. 손등에는 굵은 핏줄이 도드라져 있었다.

　물론 검을 다루는 윤인지라 손바닥에 일부 굳은살이 박여 있긴 했다. 그러나 길고 날렵한 손가락 때문에 전체적으로는 예술가의 손처럼 아름다웠다. 그 손이 자신에게 곧 닿을 것이었다. 다시 소하의 심장박동이 급격하게 빨라졌다. 저도 모르게 긴장한 나머지 소하는 치맛자락을 그러쥐었다. 이내 윤의 긴 손가락이 부드럽게 소하의 볼을 쓸었다.

　"얼굴에 피가 묻었습니다."

　윤의 상처를 닦아낸 손으로 자신의 얼굴을 만져서 아마도 피가 묻었던 모양이었다. 어렸을 때 넘어져서 자신이 울면 그렇게 항상 윤이 눈물을 닦아주고는 했다. 하지만 오늘 자신의 볼에 닿은 윤의 손길에 소하는 깜짝 놀라고 말았다.

　찌릿!

　평소처럼 따뜻한 오라버니의 손이었다. 하지만 윤의 손이 자신의 볼에 닿는 순간 찌릿한 감각에 소하는 당황하고 말았다. 그의 손이 닿았던 자리가 타는 듯이 뜨거워졌다. 소하의 얼굴이 금방 발갛게 물들었다. 온몸의 열기가 모두 얼굴에 집중된 기분이었다.

　"으음, 어서 침상에 잠시 누워 쉬십시오. 저는…… 이것들을 정리하겠습니다."

당황한 표정을 감추려 소하가 부산을 떨었다. 그 모습을 바라보던 윤이 소하가 귀엽다는 듯이 활짝 웃었다. 하얀 이가 드러나게 웃는 오라버니의 모습을 보자 소하는 기뻤다. 부족하나마 오라버니에게 도움이 된 듯해 뿌듯했다. 막사 안이 따뜻한 공기로 채워진 기분이었다. 그러나 따뜻했던 공기는 갑작스런 손님의 방문에 깨어지고 말았다.

"장군님, 강도왕 전하께서 드시옵니다."

강도왕의 방문에 소하와 윤은 깜짝 놀랐다. 안으로 들어서는 강도왕을 보고 윤이 급히 자리에서 일어나 포권(抱券, 두 손을 모아 읍하는 중국의 인사법)의 예를 취했다.

"전하, 이 누추한 곳까지 어인 일이십니까?"

예기치 않은 강도왕의 방문에 소하와 윤은 어리둥절해졌다. 자주 장안을 방문하는 강도왕이 윤을 알고 있는 것은 이상한 일은 아니었다. 하지만 이렇게 사적으로 방문까지 할 줄은 몰랐다. 친왕인 강도왕과 지방제후왕인 김윤과는 그 무게가 달랐기 때문이었다.

"괜찮으니 일어나지 마시오. 이런 소하공주도 와 계셨군요? 그동안 강령하셨습니까?"

강도왕이 사람 좋은 미소를 지으며 소하에게도 인사를 했다.

"오랜만에 뵙습니다. 전하!"

소하가 인사를 했다. 그러나 소하는 강도왕이 혼자 방문하지 않고 정향군주(郡主, 친왕 및 군왕의 딸, 황제의 딸인 공주와 구분하여

군주라 부른다)를 대동하고 있는 것을 보자 순간 심기가 불편해졌다.

"내년이면 관례를 치르신다고 들었는데 많이 자라셨군요!"

강도왕이 덕담으로 그리 이야기를 했다. 그러나 소하는 전혀 반갑지가 않았다. 마치 아직 관례도 치르지 않아 어린아이라는 말 같아서 살짝 부아가 치밀었다. 그러나 강도왕은 그런 것에 아랑곳하지 않고 옆에 있던 정향군주를 채근하였다.

"정향군주, 뭐 하느냐, 공주마마께 인사드리지 않고?"

"공주마마, 그동안 안녕하셨습니까?"

정향군주가 소하에게 인사를 하자, 소하는 마음이 불편해졌다. 올해 열여섯이 된 정향군주는 빼어난 아름다움을 자랑하고 있었다. 어른이 되어 아름답게 피어난 군주를 보자 설명할 수 없는 질투심이 피어났다. 정향군주는 이제 언제 혼인을 한다 하더라도 이상하지 않은 나이가 된 것이었다. 소하는 그것이 미치도록 부러웠다.

"네, 정향군주께서도 평안하셨습니까? 그런데 전하께서 어쩐 일로 장군의 막사를 친히 방문하셨습니까?"

소하가 궁금증을 참지 못하고 윤 대신 질문을 했다.

"아까 김윤 장군이 맹수와 대적하다 부상을 입지 않았습니까? 다친 상처를 잘 다스려야 큰 탈이 나지 않지요. 마침 제게 좋은 약재가 있어서 가지고 왔습니다."

강도왕이 기다렸다는 듯이 질문에 답변을 했다.

"전하, 감사합니다. 그리 큰 상처가 아니오니 크게 염려하지 않으셔도 됩니다."

윤이 예의 바르게 인사를 했다.

"아니긴 무엇이 아닌가? 피가 상당히 많이 흐른 것을 모두가 보았거늘. 정향군주, 뭐 하고 있는 것이냐? 어서 약재를 드리지 않고?"

강도왕의 채근에 정향군주가 조심히 약재를 내려놓았다. 소하는 정향군주가 조신하게 행동하고 있었지만 살며시 윤을 바라보고 있는 것을 알아차렸다. 약재를 내려놓으면서 새침한 표정으로 윤에게 은근한 눈길을 보내고 있었던 것이다.

"장군님, 여기 약재가 있습니다."

정향군주가 부러 살짝 눈웃음을 지으며 말을 했으나 윤의 표정에는 아무런 변화가 없었다. 그러나 소하는 교태를 부리는 정향군주의 말투와 태도에 속이 바짝바짝 타고 있었다.

"감사합니다, 군주마마."

예의 바르게 대답을 하고 있으나 윤의 태도는 여인이 더 이상 가까이 다가오는 것을 허락하지 않는 것처럼 차가웠다. 그것을 정향군주가 마치 홀린 듯이 바라보고 있었다. 그러나 정작 윤은 자신의 시리도록 차가운 태도가 여인들을 더욱 달뜨게 만든다는 것을 모르고 있는 듯했다. 정중하지만 어딘지 모르게 가까이 다가서기 어려운 분위기가 주변을 압도하였다.

소하가 보기에 정향군주는 내심 그녀에게 눈길조차 주지 않는 윤의 차가운 태도에 몸이 달아 있었다. 정향군주는 미모로 이름이 높았다. 그래서 정향군주의 미소에 넋을 잃고 간이라도 내어줄 듯

한나라의 내로라하는 공자들이 주변에 들끓고 있다는 것을 알고 있었다.

그러나 분명 정향군주는 본인에게 눈길 한번 제대로 주지 않는 윤의 관심을 받고 싶어 했다. 아버지인 강도왕을 채근하여 부러 막사까지 방문하게 만든 것도 정향군주가 한 일임에 분명했다.

소하의 속이 부글부글 끓어올랐다. 최근에 오라버니에게 혼담이 빗발치고 있다는 소문을 들었는데 만약 강도왕과 정향군주가 나선다면 그것은 정말 큰일이었다. 저도 모르게 소하는 자신의 입술을 질끈 깨물었다. 빨리 어른이 되고 싶었다. 그래야 오라버니 주변에 있는 여자들을 떼어낼 텐데 아홉 살이라는 나이 차이가 이렇게 원통할 수가 없었다. 다행히 정향군주를 대하는 윤의 태도는 담백하고도 냉정했다.

"제가 장군님의 치료를 도와드리겠습니다."

정향군주가 수줍은 듯 말을 꺼냈다. 소하는 속이 바작바작 타올랐다. 저 교태 어린 태도라니…….

"아닙니다. 어찌 군주마마의 손을 저의 혈액으로 더럽힐 수 있겠습니까? 성의만 감사히 받겠습니다. 게다가 이미 치료도 했고, 주신 약재만으로도 충분합니다."

예의 바르지만 한 치의 빈틈도 허용치 않는 윤의 대답에 정향군주는 뭐라 할 말이 없는 듯했다.

"그럼, 우리는 물러날 터이니, 몸조리 잘하시게나!"

강도왕이 어색한 분위기를 타파하려는 듯 정향군주에게 나가자 눈짓을 했다.

"감사합니다, 전하, 군주마마. 이 은혜는 잊지 않겠습니다."

윤의 인사에 강도왕과 정향군주는 조용히 물러났다. 그러나 정향군주의 마음에 어떻게 해서든 냉공자라 이름 높은 윤을 가지고 싶다는 욕망이 무럭무럭 피어나고 있는 것을 어린 소하는 미처 알지 못했다.

돌아가는 정향군주와 강도왕을 바라보고 있는 소하에게 윤이 말을 걸었다.

"마마, 늦었으니 이제 마마도 돌아가셔야죠."

당연한 말이었으나 소하는 서운했다. 소하는 조금이라도 더 윤의 곁에 있고 싶은데, 그 마음을 몰라주는 윤이 야속했다.

"조금 더 있으면 아니 되는 것입니까?"

소하가 저도 모르게 부루퉁하게 대답하였다. 그 모습에 또다시 윤이 미소를 지었다. 순간 소하의 꽁했던 마음이 눈 녹듯이 사라졌다. 항상 윤의 미소는 소하를 무장해제시켰다. 그리고 그 미소가 자신에게만 향하자 다시 소하의 심장이 술렁거렸다.

"조금 전 마마께서 제게 쉬라 하시지 않으셨습니까? 쉬려면 옷도 갈아입고 해야 하는데 그래도 계속 있으시렵니까?"

장난기가 가득한 윤의 말에 소하의 얼굴이 발갛게 달아올랐다. 짓궂은 윤이었다.

"알겠습니다. 그럼 편히 쉬세요."

당황하여 급히 인사를 하고 물러나는 소하를 보고는 윤이 저도 모르게 '쿡' 하고 웃었다. 조그만 놀림에도 금방 사과처럼 빨갖게 달아오르는 소하가 귀엽기만 했다. 윤은 소하를 만나면 항상 화로를 쬐고 난 것처럼 훈훈하면서도 기분이 좋아졌다. 돌아가는 소하를 바라보는 윤의 얼굴에서 상큼한 미소가 떠나지 않았다.

2. 소녀, 절망하다

서리꽃이 장안에 내린 동짓달 초순, 황후의 처소인 미단궁에는 오랜만에 궁에 든 윤을 맞이하여 한서제와 황후까지 정겹게 말리화차(茉莉花茶)를 나누고 있었다. 은은한 말리꽃 향이 방 안을 포근하게 채우고 있었다. 그 향에 취한 세 사람은 한동안 말이 없었다. 침묵 속에서도 이들의 모습은 가족처럼 정겨웠다.

"첫눈이 옵니다!"

황후가 바깥을 내다보며 감탄사를 내뱉었다. 아침부터 흐린 날씨로 하늘이 무겁더니 올 들어 첫눈이 내리고 있었다. 한서제와 윤 역시 창밖을 바라보았다. 열린 창문 사이로 소담하게 내리는 눈이 보였다.

"그러고 보니 곧 이달 말이 소하공주마마의 탄신일이 아닌지요?"

윤이 갑자기 생각난 듯 말했다.

"그렇군. 소하공주의 생일이 얼마 남지 않았군."

한서제가 사랑스러운 딸을 떠올리며 부드럽게 미소 지었다.

"또 무엇을 달라 졸라댈지 걱정이구먼……."

한서제가 걱정스러운 말투로 이야기했으나 그의 얼굴은 밝았다. 그것이 무엇이든 딸을 위해서라면 모든 것을 다 해낼 준비가 되어 있는 아버지의 모습이었다.

"폐하, 너무 응석을 받아주지 마소서. 이 세상의 어려움을 몰라 모든 것을 너무 쉽게 여기지 않을까 저어되옵니다."

황후의 사려 깊은 말에 한서제가 웃었다. 한서제와 혼인하기 전, 누구보다 많은 고초를 겪었던 황후였다. 황후는 고난을 알기에 작은 행복에도 감사할 줄 알았다. 그런 황후의 마음을 모르는 바는 아니나 한서제는 소하에게만은 아름답고 밝은 세상을 주고 싶었다.

백성들이 외부 침략의 공포 없이 편히 태평성대를 누리게 하는 것, 그것을 위해서 이리 달려온 한서제였다. 귀애하는 고명딸을 위해서라면 그 무엇이 아까우랴마는 한서제는 황후의 말에 고개를 끄덕였다.

"벌써 마마가 보령 열넷이 되셨군요."

윤이 그제야 생각난 듯 중얼거렸다. 소하가 태어나 갓난아기였을 때부터 봐온 터였다. 옹알이를 하고 배냇짓을 하며, 아장아장 걷기까지 그 모든 모습을 보아왔다. 어느새 한 번의 간지가 돌고 두 해가 더 지나 열넷이 된 것이었다. 윤이 벌써 한나라에 자리 잡은 지도 어언 15년이나 지났다는 뜻이었다.

"그 꼬맹이가 벌써 나이가 그렇게 되었나?"

한서제의 말에 황후가 조용히 미소를 지었다. 항상 딸이라 귀애하여 그렇지 소하공주도 점점 자라고 있었다.

"그나저나, 요즘 장군님에게 들어오는 혼담이 꽤 있다 들었습니다."

황후의 말에 윤이 가만히 고개를 끄덕였다. 이미 관례를 올린 지가 한참이 지났으나 아직 윤은 혼인을 하지 않았다. 관례를 치르게 되면 혼인을 하지 않더라도 성인으로 대접하나 역시 혼인을 하고 가정을 가져야 제대로 어른으로 대접받을 터였다.

황후는 윤에게 따뜻한 가족이, 마음을 쓸 피붙이가 있었으면 하는 마음이었다. 황후가 소하를 낳았을 때 한서제는 윤을 부마로 삼겠다고 하였었다. 황후 또한 반듯한 윤이 탐나지 않는 것은 아니었다. 누구보다 윤의 됨됨이를 가장 잘 알고 있는 황후였다. 그러나 황후는 윤을 위한다면 너무 늦지 않게 혼인을 하게 하는 것이 바람직하지 않을까 생각했다. 따뜻하고 다정한 윤인지라 가족이 생긴다면 누구보다 지어미를 아낄 것이었다.

"허허, 내 우리 공주의 짝으로 부마도위를 삼으려 했거늘……."

한서제의 말에 윤이 살짝 얼굴을 붉혔다. 소하가 태어나자마자 보러 온 윤에게 사위를 삼겠다 일렀던 기억이 떠올랐다.

"소하공주가 관례를 치르려면 아직 일 년이나 남았습니다. 언제까지 공자님을 혼자 두게 하시렵니까?"

"그렇긴 하군. 그래 어디 마음에 드는 혼처라도 있는가?"

한서제가 살짝 아쉬운 표정으로 윤에게 물었다. 여러모로 뛰어난 윤을 흠모하는 여인들이 많다는 소문을 한서제 또한 알고 있었다. 가족이 없어 외로운 윤이니 언제까지 자신의 욕심으로 잡아둘 수는 없었다. 만약 윤이 마음에 둔 여인이 있다면 혼인을 허락할 생각이었다.

"그것이 최근에 여러 곳에서 혼담이 들어오고 있습니다만……."

윤이 뭐라 말을 끝맺기도 전에 낭랑한 음성이 들려왔다.

"안 돼요!"

소하공주가 방으로 들어서다 대화를 들은 터였다. 급하게 안으로 들어온 소하는 혼담이라는 말에 부황과 모후에게 미처 인사조차 제대로 하지 못하고 윤에게 먼저 다가갔다. 그리고 저도 모르게 손을 내밀어 윤의 소매를 잡았다.

"그것이 사실입니까?"

갑작스러운 소하공주의 행동에 윤이 놀란 듯 미간을 살짝 찌푸렸다. 항상 감정 표현에 솔직한 공주였으나 황제와 황후가 있는 안전에서라 윤도 당황한 듯했다. 윤이 조심스레 소하의 손을 그의 소맷자락에서 떼어냈다. 과한 행동은 아니었으나 소하는 윤이 아무렇지도 않게 자신의 손을 떼어내자 울컥 서운한 생각이 솟아올랐다.

"이런, 공주! 이 아버지보다 윤의 혼사 소식이 더욱 중요한 것이냐?"

한서제의 농에 소하공주가 눈을 들어 황제를 바라보았다.

"아바마마, 송구하옵니다."

소하가 그제야 고개를 돌려 한서제와 황후에게 예를 올렸다. 그런 소하에게 한서제와 황후가 미소를 지었다. 인사를 마치자마자 소하는 궁금한 것부터 윤에게 묻기 시작했다.

"대체 어느 집안의 여식들입니까? 그중에 오라버니도 마음에 드는 여인이 있으십니까? 정말 혼인을 할 작정이십니까?"

소하의 질문이 폭풍처럼 이어졌다. 그러나 윤의 표정에는 변화가 없었다.

"공주마마. 그저 여기저기서 혼담 이야기가 오고 가고 있습니다만, 아직 구체적으로 진행된 것은 없습니다."

차분한 윤의 대답에 소하는 속이 바짝 탔다. 윤은 별일 아닌 듯이 이야기했으나 소하에게는 청천벽력과 같은 소식이었다. 무슨 수를 쓰지 않으면 이대로 윤은 혼인을 해버릴 것 같았다.

"이미 제가 관례를 치른 지도 오래고, 저도 혼인할 나이가 되지 않았습니까? 잘 생각해서 적절한 규수가 있다면 근간 혼인을 할 생각입니다."

"오라버니!"

소하는 윤의 말에 심장에 얼음송곳이 박히는 기분이었다.

"아바마마께서 이야기하지 않으셨습니까? 오라버니를 부마도위로 삼겠다고요!"

소하는 아바마마에게 들었던 오랜 이야기를 끄집어내었다. 어렸을 때 들었던 그 이야기를 소하는 소중하게 간직해 왔다. 소하는 오라버니와 하나의 운명이라고 생각했고, 당연히 윤이 자신이 성장할 때까지 기다려 줄 것이라 생각했던 것이다.

"공주마마, 혼인은 인륜지대사입니다. 그리고 외부인인 제가 어찌 감히 부마가 되기를 바라겠습니까? 그저 저를 자식처럼 아껴 주시는 폐하와 황후마마의 은혜에 감사드릴 뿐입니다."

윤이 황제 부부에게 고개를 숙였다. 한서제와 황후는 흥미진진하게 소하와 윤의 대화를 지켜보고 있었다.

"하지만 법도에 혼인을 금하고 있는 것은 아니지 않습니까?"

소하가 주장했다.

"공주마마, 그것이 전례가 없어 그러한 것입니다. 법도에 금한다 명시되어 있지 않다는 것이 곧 가능하다는 의미는 아닙니다."

윤이 냉정하게 대답하였다. 그리고는 평소와 같이 소하와 눈을 맞추었다. 그 눈빛이 조금 더 공주답게 행동하라고 이야기하는 것 같았다. 윤의 엄한 표정에 소하는 냉큼 자세를 바로 했다. 그리고 그 표정에서 더 이상 언급을 하고 싶지 않다는 의미를 깨닫고는 소하가 계속 따지려던 것을 그만두었다. 아직 윤의 혼인이 결정된 것도 아닌데 너무 흥분한 것 같아서 소하는 살짝 민망해졌다.

"알겠습니다. 오라버니."

소하공주의 풀 죽은 목소리에 윤이 부드럽게 공주를 달랬다.

"공주마마, 저는 항상 마마 곁에 있습니다."

윤의 부드러운 말에 소하의 굳었던 얼굴이 다소 풀렸다. 침착한 윤은 별로 목소리를 높이지 않고도 소하의 감정을 쥐락펴락했다. 그것이 한편으로 억울한 생각이 들었으나 어쩔 수 없었다.

소하는 윤의 말에는 항상 고분고분했다. 소하의 마음이 항상 윤을 향하니 그 마음이 윤의 뜻을 따르는 것은 너무도 당연하게 느껴졌다. 바로 얌전해진 소하와 또 다정하게 그녀를 바라보는 윤을 보며 한서제와 황후는 얼굴을 마주 보며 미소를 지었다. 원정 3년의 초겨울이 그렇게 지나가고 있었다.

그러나 소하의 생일 직전에 매우 구체적인 윤의 혼담 소식이 전해져 왔다. 상대는 한서제의 형님인 강도왕의 딸인 정향군주라 했다. 일찍부터 윤을 눈여겨보았던 강도왕이 윤에게 혼인 의사를 넌지시 타진해 왔다는 것이었다. 소하는 상림원에서 윤에게 교태를 부리던 정향군주의 모습을 떠올리자 속이 타들어가기 시작했다.

강도왕에게는 딸이 셋이나 되었으나 아들은 없었다. 아무리 황제와 사이가 좋다 하더라도 황제의 종친들은 항상 정치적으로 잠재적인 위협이 될 수밖에 없다. 그래서 지방에 사는 종친들을 감시하는 관리가 파견되는 것이 법도였다. 따라서 친왕이라 할지라도 이들의 삶이 그리 자유로운 것만은 아니었다. 그러나 강도왕은 딸밖에 없고 무욕한 것으로 평이 나서 상대적으로 자유롭게 장안을 왕래하였다.

그러다 윤을 보게 된 것이었다. 게다가 정향군주는 작년에 관례를 치렀기에 마침 나이도 적당하였다. 상림원 사냥터에서 딸이 윤을 보고 애달아하는 것을 알고 있던지라 강도왕도 흔쾌히 윤에게 혼인 의사를 물어왔던 것이다.

찬바람에 몸이 움츠러드는 동짓달, 소하공주는 방 안에서 안절부절못하고 있었다. 윤의 혼인이 결정되었다는 소문을 조금 전에 들었던 탓이었다. 생일을 앞두고 선물이 아닌 이 무슨 청천벽력인 것인지, 소하는 아까부터 이제나저제나 윤을 기다리고 있었다. 윤은 항상 생일 전에 들러 직접 선물을 전해주었기 때문이었다.

"공주마마, 김윤 장군께서 드시옵니다."

내관의 음성에 소하가 자리에서 벌떡 일어났다. 혼담이 정말인지, 그가 정말로 혼인할 마음이 있는 것인지, 그것을 묻고 싶었다.

"공주마마, 탄신을 경하드리옵니다."

방 안에 들어선 윤이 평소와 다름없이 조용한 목소리를 인사를 하였다. 낮은 그의 음성은 여전히 무척이나 울림이 좋았다. 윤이 들고 들어온 상자를 옆 탁자에 조심히 올려두는 모습이 보였다. 평소와 다름없이 우아한 윤의 움직임이었다.

그러나 오늘 소하는 윤의 아름다운 얼굴을 보면서도 화를 감출 수가 없었다. 자신을 기다리지 않고 혼인을 생각한 윤이 서운했다. 소하는 자신의 나이가 한스러웠다. 조금만 더 나이가 들었다면 윤에게 시집을 갈 수 있었을 텐데, 아직 관례를 치르려면 일 년을 더 기다려야 했다. 윤은 벌써 23세, 소하가 관례를 치를 때면 24세가 되는 윤을 언제까지고 기다리게 할 수만은 없었다.

하지만 소하는 애가 달았다. 소하의 세상에는 윤이 항상 그 중심에 있었다. 아바마마와 어마마마의 사랑을 받고 있었고 오빠인 황태자 또한 소하를 귀애하였다. 하지만 윤을 떠올릴 때면 어렸을 때와는 달리 마음 한구석이 간질간질해졌다. 예전에는 그저 자신을 아껴주는 좋은 오라버니라 생각하였다.

하지만 상림원에서 윤의 상처를 치료해 준 이후 윤을 대하는 소하의 감정은 뭔가 달라졌다. 그것은 오라버니에 대한 감정과는 사뭇 달랐다. 그전까지 거리낌 없이 윤에게 응석을 부렸던 소하였다. 윤 또한 그저 아이를 대하듯 받아주었다.

하지만 소하는 이제 자신의 감정이 사뭇 미묘해졌음을 느꼈다. 그러나 아직 그것이 무엇인지 정확히 규정하기는 어려웠다. 하지만 한 가지는 확실했다. 그가 혼인하는 것을 그냥 두고 볼 수만은 없었다.

"혼인을 하신다는 것이 사실인가요?"

소하는 윤이 자리에 좌정하기도 전에 궁금했던 것부터 물었다. 윤이 심상히 자리에 앉고는 고개를 들어 소하를 바라보았다. 윤의 눈빛은 담담했다.

"소문이 빠르군요."

윤은 마치 자기 일이 아닌 듯 무심히 대답하였다.

"오라버니, 사실입니까?"

"아직 사실은 아닙니다."

사실이 아니라는 윤의 말에 안심하던 소하는 '아직'이라는 윤의 말에 불안해졌다. 아직은 아니라니 그럼 곧 사실이 될 수도 있다는 뜻인 걸까? 소하는 초조한 마음으로 윤의 다음 말을 기다렸다.

"혼담이 들어온 것은 사실이고 딱히 거부할 사유가 없기에 그리할까 생각 중입니다. 내년 날이 좋을 때 납채(신랑의 구혼)를 진행할까 합니다."

윤의 대답에 소하의 심장이 크게 고동치기 시작했다. 이럴 수는 없었다. 딱히 거부할 사유가 없어 혼인을 하겠다니, 윤이 은애하지도 않는 여인에게 그를 빼앗길 수는 없었다.

"그게 말이 되나요? 은애하지도 않는 여인과 혼인을 하시다니요?"

소하가 사뭇 비난조로 윤에게 말했다. 흥분한 소하의 눈빛이 별처럼 반짝였다. 그 모습을 바라보면서 윤은 소하가 장난감을 빼앗긴 것 같아 심통이 났으리라 짐작했는지 심상한 어투로 대답을 하였다.

"제후의 혼사는 은애하는 마음만으로 되는 것이 아닙니다. 그리고 제가 누구를 은애하는지 공주마마가 다 알고 계신 것은 아니지 않습니까? 여러 가지를 고려해서 적절한 배필을 정할 것이니 그만 노여움을 푸십시오."

윤의 침착한 말에 소하가 폭발하였다.

"안 돼요, 오라버니! 어떻게 저를 두고 혼인을 하실 생각을 하실 수가 있습니까?"

소하의 눈에서 눈물이 방울방울 떨어졌다. 어찌나 눈물이 많은지 눈물이 떨어진 바닥이 까맣게 변했다. 그런 소하의 눈물을 윤이 조심스레 닦아주기 위해 손을 들어 올렸다. 평소처럼 소하의 눈물을 닦아주려 뺨에 손을 대었던 윤이 갑자기 멈칫하며 손을 급히 떼었다. 그 행동이 서운해 더욱 서러워지는 소하였다.

"흑흑, 오라버니…… 안 돼요!"

소하가 계속 울먹였다.

"공주마마, 제가 혼인한다고 해서 달라지는 것은 없습니다. 예전처럼 저는 계속 마마의 오라버니로 있을 것입니다."

윤이 소하를 달래려는 듯 부드럽게 속삭였다.

"제가 아니면 백구를 누가 돌보겠습니까?"

윤의 농담에 소하는 속이 상했다. 아직도 그는 저를 어린 강아지를 보고 울던 네 살짜리 꼬마로 보고 있는 듯했다. 그러나 그것은 벌써 오래전 일이다. 아직 또래보다 다소 신장이 작아서 그렇지 벌써 열네 살이 되었다.

"오라버니, 제가 아직도 네 살짜리 꼬맹이로 보이세요?"

소하의 당돌한 질문에 윤이 살짝 미간을 찡그렸다. 여자의 마음은 도통 알 수가 없다는 기색이었다. 웃음을 보이다가도 저리 금방 토라지고 다시 배시시 웃으니 말이다. 뭐라 말을 이으려던 윤이 더 이상 고집쟁이 소하를 자극하지 않기로 하였는지 잠시 말을 멈추고 지그시 공주를 바라보았다. 한번 고집을 피우기 시작하면 한서제 또한 말릴 수 없는 소하라는 것을 잘 알기 때문이었다.

"아닙니다, 마마. 이리 어여쁘게 성장하신 공주마마를 어찌 꼬맹이로 보겠나이까?"

윤의 말이 떨어지자마자 갑자기 자리에서 일어난 소하가 윤에게 다가와 목을 끌어안았다. 그리고는 급하게 제 입술을 윤의 입술에 부딪혀 왔다. 그리고는 소하가 열에 들뜬 듯 소리쳤다.

"오라버니는 제 거예요!"

예기치 않은 소하의 행동에 윤이 움찔하였다. 아무리 오라버니와 동생처럼 사이가 돈독하다 하나 엄연히 이들은 남이었다. 공주에게 흉이 될까 두려웠던지 윤이 화급하게 소하를 달래고자 하였다.

"공주마마, 자중하소서. 누가 볼까 저어되옵니다."

윤이 상냥한 말투로 최대한 부드럽게 소하를 달래었다. 하지만 지금 흥분한 소하에게는 어떤 말도 귀에 들어오지 않았다. 소하는 윤이 자신의 곁에서 사라지는 것이 두려워 한층 더 그를 강하게 끌어안았다. 그러자 윤이 달래던 태도를 바꾸어 완력으로 소하를 떼어내려고 하였다. 지금과 같은 상태라면 아무리 달래어도 소하가 결코 듣지 않으리라는 것을 윤은 너무나 잘 알고 있기 때문이었다.

"흑흑, 오라버니…… 오라버니 안 돼요!"

소하가 떨어지지 않으려고 애를 썼으나 윤의 힘을 당해낼 수는 없었다. 윤이 힘을 주어 소하를 떼어내고는 엄한 목소리를 말했다.

"바로 이것입니다. 이렇게 공주마마답지 않은 행동을 하시는 것이 마마가 아직 어리다는 증거입니다."

윤의 냉정한 말에 소하의 눈물이 짙어졌다.

"저는 그만 물러나겠습니다!"

윤이 그리 인사를 하고는 뒤도 돌아보지 않고 방을 나섰다. 그 뒷모습을 바라보며 소하는 심장이 바늘로 콕콕 찔리는 기분이었다. 그저 윤이 좋았다. 처음에는 응석을 받아주는 윤이 좋았다. 자신의 엉뚱한 행동도 윤만은 이해를 해주었다. 가끔 어딘가에 숨어도 항상 귀신같이 찾아내는 윤이었다.

윤의 곁에 있으면 항상 행복했다. 그러나 윤이 혼인할지도 모른다는 가능성에 소하는 자신의 감정이 그저 오라버니를 잃는 것과는 다르다는 것을 알았다. 소하는 자신의 유년이 이렇게 종말을 맞이하였음을 알았다.

돌아 나오는 윤의 발걸음이 방 앞에서 잠시 느려졌다. 계속 흐느끼는 소하공주의 울음소리가 신경이 쓰였다. 그러나 어쩌면 잘된 일일지도 몰랐다. 한 번은 겪어야 할 성장통이었다. 이번에 혼인을 기회로 소하공주와의 관계를 조금은 담백하게 만들 수 있을 것이었다. 소하공주 또한 자신에 대한 맹목적인 애착을 어느 정도는 정리할 수 있을 것이라는 생각도 들었다.

언제까지나 소하공주를 그대로 곁에 둘 수는 없었다. 게다가 아직은 보령이 어린 공주지만 곧 관례를 치르게 되면 주변의 눈들이 그리 곱지만은 않을 것이었다. 그러나 돌아서는 윤의 마음이 평소와는 달리 미묘한 파장을 일으키고 있는 것을 그 스스로는 인지하지 못하고 있었다.

3. 소녀에서 여인으로

이듬해 원정 4년 2월, 한서제 재위 29년, 장안은 예상치 못한 흉노의 움직임으로 소란스러워졌다. 대장군 위청이 흉노를 정벌한 이후 잠잠했던 하투(河套) 지역의 일부 무리가 장성을 넘어 한나라에 쳐들어온 것이었다. 하투 지역은 윤의 고향이기도 하였다.

지속적인 흉노 정벌로 흉노의 세력은 전성기에 비하여 약해져 있었다. 그러나 여전히 그들은 유목민족의 특성대로 겨울이 되면 일부 세력들이 황하를 넘어 살찐 말을 이끌고 강이남의 한나라를 침범하였다. 산발적인 움직임이야 항상 있던 일이었으나 이번에는 예전보다 공격 규모도 크고 명분도 있다는 점이 달랐다.

바로 한나라에게 빼앗겼던 제천금인(祭天金人)을 되찾겠다는 것이 그들의 명분이었다. 흉노에서 가장 중요한 국가적 종교 행사

중의 하나가 일 년에 한두 차례 하늘에 제사를 지내는 제천의식이었다. 흉노는 이를 용성대제라 하였다. 이들의 용성대제는 5월에 열리는데 이때 활용되는 것이 제천금인이라 불리는 황금으로 만든 신상이었다.

대장군 위청의 조카이자 희대의 명장으로 소문난 곽거병이 흉노를 정벌하면서 이를 가져와 한서제에게 바친 것이었다. 한서제역시 이를 함부로 대하지 못하여 전담 관리자를 배치하여 제사를 지내곤 했다. 공교롭게도 윤의 부친인 이치산 선우는 하투 지역 휴도에서 이 용성대제를 주관하던 이였다. 따라서 이번에 침략한 흉노 무리들은 죽은 이치산 선우의 추종자라 할 만했다.

한서제는 긴급히 어전회의를 소집하였다. 이들 무리를 토벌하기 위한 군대를 급파하여야 했고 이를 누구에게 맡길 것인지를 결정해야 했다.

"이번에 장성을 넘어 쳐들어온 무리의 숫자는 얼마나 되는가?"

한서제의 목소리가 태극전(황제가 정무를 보던 정전)을 가득 채웠다.

"폐하, 그 규모가 기병 3천기라 하옵니다."

대장군 위청의 보고에 따르면 규모도 규모지만, 과거에 비하여 매우 조직된 체계를 지니고 있어서 이에 대적하는 한나라 군사가 매우 고전하고 있다는 것이었다.

"그래, 그들을 이끄는 장수는 누구라 하더냐?"

한서제의 하문에 승상인 석경이 대답을 하였다.

"전사한 이치산 선우의 사촌 동생이었던 첨사려입니다. 이번에 제천금인을 되찾겠다는 명분을 내세워 차기 선우 자리를 노리고 있다 합니다."

잠시 쉬었던 석경이 날카로운 눈빛을 윤에게 보내며 말을 이었다.

"게다가 어찌 저희 한나라의 군사전략을 알았는지 신출귀몰하기가 이를 데가 없습니다."

승상의 시선에 윤은 불편함을 느꼈다. 비록 윤이 한나라에 귀화하였다 하나, 첨사려는 사적으로 윤에게는 숙부였다. 모든 인연을 끊고 윤이 한나라에 정착한 지 벌써 16년이 흘렀음에도 여전히 의심의 시선이 윤에게 쏟아지고 있었다.

"폐하, 신속하게 군대를 파견하여 이들을 토벌하시옵소서!"

무위장군(武衛將軍, 궁정의 경비를 주 임무로 하는 무관직)으로 황제를 지근거리에서 보좌하는 곽정이 말을 이었다.

"그래 그렇다면 이번 토벌의 대장군은 누구를 천거하겠는가?"

한서제의 하문에 대소신료들이 머리를 조아렸다. 현재 병권을 관장하는 최고 우두머리는 대장군 위청이었다. 그리고 거기장군은 김윤이니 기마병 위주인 첨사려 무리를 토벌하기 위해서는 위청과 김윤이 출정하는 것이 옳았다.

"대장군 위청과 거기장군 김윤이 출병하는 것이 순리이오나……."

어사대부(御史大夫, 황제의 비서실장 격) 복식이 난감한 듯 말을 멈추었다. 모두 표면적으로 이야기하지는 않으나 김윤에게 첨사려 토벌을 맡기는 것을 꺼림칙해하는 분위기가 감지되었다. 이 모든 것을 윤은 표정 없이 바라보고 있었다. 자신에게 쏟아지는 불편한 시선에도 불구하고 윤의 얼굴은 변함이 없었다. 그 침착하고 냉정한 표정에 사람들은 더욱 불편함과 두려움을 느끼고 있었다.

한서제가 김윤 장군을 마치 황후의 친동생처럼 아끼고 있었으나 여전히 사람들의 마음속에 그는 흉노인이자 오랑캐였다. 그가 한서제를 위하여 충성을 다하고 있음을 누구도 의심치 않았다. 하지만 작금의 상황에 직면하고 첩사려 일당이 한나라 사정에 통달하다는 것을 접하자 아무래도 윤에게 의심의 눈초리가 가는 것을 피할 수 없었다.

"이번에는 하투 지역을 방비하는 양주(凉州)의 목(牧, 전한시대 13주(州)의 주장관을 의미)인 양충에게 일을 맡기심이 어떠시겠습니까? 장안에 있는 대장군 위청과 거기장군 김윤이 이동하는 시간을 고려하면 시간이 빠듯하니, 신속히 양충에게 주변의 군사를 지원하여 대치하게 하심이 옳을 줄로 압니다."

대사공(大司空, 국가 최고의 관직. 삼공의 하나) 아관의 주청에 모두들 안도하는 눈빛이었다. 차마 한서제에게 거기장군인 김윤을 빼라 말할 수 없었던 이들은 아관의 제안을 모두 환영하였다. 현실적으로 장안에서 군대가 빠르게 이동한다 하여도 족히 한 달이 걸린다는 것을 고려하면 아관의 제안이 지극히 현실적이면서도 신속한 방안이었다.

"그리 진행토록 하라!"

한서제의 결정에 모두 머리를 조아렸다. 회의를 파하고 나오는 김윤을 대장군 위청과 무위장군 곽정이 불러 세웠다.

"김윤 장군!"

곽정의 부름에 김윤이 발을 멈추고 인사를 했다.

"승상이나 어사대부의 말에 너무 신경 쓰지 마시게나. 이런 일이 어디 한두 번 있는 일인가? 매번 흉노족이 발호할 때면 귀공에게 쏟아지는 의혹의 눈빛을 완전히 피할 수는 없을 걸세."

위청이 윤을 위로했다. 윤과 위청, 곽정의 인연은 깊었다. 한서제가 휴도를 정벌하고 윤은 어쩔 수 없이 당시 호위무사였던 황후인 설과 함께 도피를 했다. 그러다 연지산에서 한서제를 만나 이리 인연이 이어졌다.

당시 연지산 일대에 무위, 주천 두 군을 설치하기 위하여 신분을 감추고 이동하던 한서제를 지근거리에서 보좌하였던 이가 위청과 곽정이었다. 그러다 보니 윤이 한나라에 귀화한 이후에도 위청과 곽정은 윤의 가장 큰 지원자가 되었다.

특히 황후의 시녀였던 위화와 혼인한 곽정은 자식이 없다 보니 마치 윤을 자신의 친자식처럼 아끼고 있었다. 위청 역시 마치 백부처럼 물심양면으로 윤을 보살폈다. 따라서 지금 윤의 심정을 누구보다 잘 이해하고 있었다.

"알고 있습니다."

윤이 건조한 목소리로 대답하였다. 저리 평온함을 가장하고 있으나 이런 상황이 될 때마다 윤은 자신이 외부인이라는 사실을 절감할 터였다. 위청과 곽정은 그것이 못내 안타까웠다. 기댈 곳이라고는 오직 한서제와 황후의 총애뿐이니 그 행동 하나하나가 매사 조심스러울 수밖에 없을 터였다.

"신경 써주셔서 감사합니다. 살펴 가십시오!"

인사하고 돌아서는 윤의 어깨가 오늘따라 더욱 시려 보였다.

설상가상이라 했던가? 흉노 첨사려 일행의 침입으로 윤에게 의혹의 눈빛이 쏟아지던 와중에 윤을 괴롭히는 또 다른 일이 생겼다. 구중궁궐에도 눈과 귀가 어디에나 있었던지 소하가 윤에게 입맞춤을 하고 자신과 혼인해야 한다고 울먹였다는 소문이 퍼진 것이었다. 추문이었다. 윤은 어린 공주를 탐했다는 추문에 휩싸였다. 워낙 여인들에게 곁을 내주지 않았던 그였던지라 소문은 한 입을 건널 때마다 윤색되었다.

윤은 그 소문에 어떠한 대응도 하지 않았으나 혼담은 소리 소문 없이 취소되었다. 이후 소문을 피하기 위해서인지 윤은 개별적으로 소하공주를 만나지 않았다. 그뿐만 아니라 궁에서 잠시 마주칠 기회가 있더라도 윤은 신하의 예로 소하공주를 깍듯하게 대하였다. 가끔 미소를 지으며 남매처럼 정겹게 이야기를 나누던 두 사람의 모습을 더 이상 찾아볼 수 없었다. 그리고 가뭄에 콩 나듯 아주 가끔 볼 수 있었던 윤의 미소가 자취를 감추어 버렸다.

계절의 흐름은 해가 뜨고 지는 것처럼 한결같았다. 인간사에 상관없이 자연의 시간은 한결같이 흘렀다. 추문으로 소하가 윤을 볼 수 없었던 사이 장안에는 매화가 한 번 피고 지었다. 원정 4년(BC 113년) 유월, 장안 교외에는 곤명지라 불리는 거대한 인공 연못이 만들어졌다.

곤명지는 장안 교외에 있는 금원인 상림원 안에 있었다. 한서제는 운남에 있는 곤명(昆明)이라는 나라를 치기 위하여 수상전 훈련을 위해 거대한 인공 연못을 조성한 것이었다.

그동안은 북방의 흉노족과 싸우느라 좋은 말을 얻어 기병을 키우는 데 집중하였다. 그러다 보니 수상전은 사례가 없었다. 따라서 급작스런 수상전에 대응하기 위해서는 긴급하게 수군 양성이 필요했기 때문이었다. 자주 상림원에 수렵 때문에 출행하였던 황제는 수상전 훈련에 참관하겠다는 교지를 내렸다.

소하는 오라버니인 황태자 서를 졸라 아바마마에게서 곤명지 수상훈련에 참관을 허락받을 수 있었다. 수렵과는 달리 정식 군사 훈련인지라 여인들이 함부로 참관할 수는 없기 때문이었다. 그러나 소하는 집요했다. 곤명지에 가면 분명 윤을 먼발치에서나마 볼 수 있을 것이라 생각했다. 거기장군인 윤도 분명 군의 수뇌부로서 수상훈련에 참가하기 때문이었다.

한서제의 허락이 떨어지고 나서부터 소하의 심장이 두근거렸다. 먼발치에서나마 윤을 볼 수가 있는 것이었다. 수상훈련이 시작되기만을 손꼽아 기다리던 소하는 날이 밝기가 무섭게 곤명지를 찾았다.

곤명지의 물이 유월의 햇살을 받아 반짝거렸다. 사람이 인공적으로 만들었다는 것이 믿기지 않을 만큼 거대한 연못이었다. 사실 연못이라고 불리기에는 민망할 정도로 넓었다. 백 척이 넘는 전함을 정박할 수 있었으며 그 크기가 주변의 20여 개 마을에 인접해 있었다.

한서제와 황태자 서는 호안(湖岸)에 위치한 정자에 올라 수상전 훈련을 관찰하였다. 옆에는 위청과 윤이 있었다. 오늘은 수상전을 연습하기에 윤은 직접 배에 타지는 않았으나, 수뇌부는 참석을 해야 하기에 대장군인 위청과 거기장군인 윤은 황제의 곁을 지켰다.

그것을 소하는 직녀상이 위치한 다른 누각에서 바라보았다. 비록 가까이 있을 수는 없었으나 이렇게 멀리서라도 윤을 바라보는 것이 좋았다. 늠름한 청년 장군의 모습이 거기에 있었다. 소하는 조금 더 다가설 수 없는 이 거리가 야속했다. 자신이 그리 미욱한 행동을 하지 않았더라면 하고 몇 번을 후회하는 소하였다. 그러나 윤은 어찌 저리 냉정한지 그 이후로 한 번을 만나려 하지 않았다. 소하가 길게 한숨을 내쉬었다.

"취옥, 오라버니는 오늘도 나를 만나지 않으려 하겠지?"

소하가 자신을 모시는 시녀인 취옥을 돌아보면서 한탄하였다.

"공주마마!"

소하의 한탄에 그 마음을 너무나 잘 아는 취옥이 안타깝게 대답하였다.

"마마, 장군께서 너무 분주하시어 그러실 것입니다. 얼마 전에도 황제의 명을 받들어 정벌에 다녀오지 않으셨습니까? 장안에 머무시는 날도 적고 머무신다 하셔도 여러 가지 국사로 바쁘시니까요."

나라의 중책을 맡은 윤이 예전처럼 한가롭게 공주와 담소를 나눌 시간은 없다는 것을 소하도 알고 있었다. 하지만 못내 아쉽고도 서운했다. 그래도 윤이 가끔 어마마마께는 인사를 드리고 있다는 것을 알고 있었다. 어마마마께서 말씀하시길 한번 마음을 먹으면 단호한 윤 오라버니라고 하셨다. 실제로 윤이 한 번 아니라고 마음먹으면 아무리 소하가 졸라대도 들어주지 않았다. 다정하고 따뜻하지만 엄격하였다.

"마치 오작교를 애타게 기다리는 견우와 직녀 같아!"

어찌 이 곤명지 주변에 견우와 직녀상을 만들었는지 알 수는 없었지만 왠지 그것이 자신의 이야기 같아 한숨이 나오는 소하였다.

"마마, 이제 바람이 차온데 안으로 들어가시지요."

유월이라 하나 저녁이 다가오니 바람이 제법 싸늘했다.

"알았어. 조금만 더……."

잠시라도 윤을 보고 싶어 하는 마음을 아는지라 취옥은 한동안 아무런 말 없이 공주의 곁을 지켰다. 수상전 훈련이 거의 마무리가 되어가는 시점에서야 소하는 자신의 처소로 아쉬운 발걸음을 옮겼다.

윤은 아까부터 시선을 느끼고 있었다. 직녀상 부근에서 소하가 자신을 바라보고 있는 것을 일찌감치 눈치채고 있었던 것이다. 올해 15세가 된 소하공주는 소문에 듣던 대로 아름답게 성장하였다. 짧은 사이에 키도 부쩍 자라 있었다. 청초하고 하늘하늘한 모습에 관례를 올리게 되면 혼담이 줄을 설 것이 틀림없었다.

추문 이후 윤은 의식적으로 소하공주의 곁에 가지 않으려 노력하고 있었다. 정결한 공주에게 더 이상 누가 될 수는 없었기 때문이었다. 그러나 가끔 스쳐 지나가듯 얼굴을 볼 때마다 소하공주는 항상 자신을 바라보았다. 그 눈빛에는 어떠한 티끌도 없었다. 날이 갈수록 아름답게 피어나는 공주를 보며 윤은 자신의 결정이 옳았다고 생각하였다.

분명 소하공주는 곧 좋은 혼처에 시집을 갈 것이었다. 윤은 오라버니의 마음으로 소하공주가 잘되기만을 바라고 있었다. 아직 소하공주는 어릴 적에 느꼈던 윤에 대한 친애의 감정을 연심이라 생각하고 있는 듯했다. 그런 애착은 시간이 지나고 소하공주가 진정 은애하는 이를 만나게 되면 자연스레 사라질 것이었다.

찌릿!

윤은 소하공주가 은애하는 이를 만난다는 생각에 미치자 갑자기 심장이 송곳에라도 찔린 기분이었다. 윤은 예상치 못한 자신의 반응에 고개를 저었다. 이것은 분명 어린 동생을 보내기 싫은 오라버니의 마음가짐이리라. 그리 생각하는 윤이었지만 그의 시선은 한동안 소하가 떠난 자리를 맴돌았다.

그날 저녁, 상림원 내에 있는 낙성루에 간만에 모인 한서제와 위청 그리고 윤은 황제라는 지위도 신하라는 지위도 모두 버리고 예전 사호(沙湖)로 돌아간 듯 술잔을 기울였다. 사호는 한서제와 황후가 혼인을 올리기 전, 쫓기던 윤과 황후가 잠시 머물렀던 곳이었다. 그때에는 황후도 윤도 한서제가 한나라의 황제라는 정체를 알지 못했었다. 그곳에서 그들은 어떠한 정치적인 입장도 없이 자연스러웠다.

그곳에 함께했었던 위청은 오늘 윤을 바라보자 감개무량했다.

당시 일곱 살의 보령으로 쫓기던 어린 공자가 이리 성장하여 거기 장군에 이른 것이었다. 어렸을 때에도 진중했던 윤이었으나 이제는 세월의 무게까지 더해져 훌륭한 남자로 성장해 있었다.

그러나 윤이 주변의 질시에 고통받고 있음을 위청은 잘 알고 있었다. 외부인인 윤이 모든 면에서 우수하고 한서제의 총애를 받자 작은 실수라도 침소봉대에 이르곤 하였다. 작년에 있었던 윤이 어린 공주를 탐했다는 추문도 윤이 한족의 제후였다면 가당치도 않았을 일이었다. 그래서 윤이 항상 매사에 조심하며 자신의 마음을 쉽게 드러내지 않는다는 것을 알고 있었다. 오히려 가끔은 지나치게 자신에게 엄격한 것은 아닌가 하는 생각이 들 정도였다.

조용히 술잔을 들이켜던 한서제가 윤의 얼굴을 바라보며 물었다.

"윤, 요즘은 어찌 마음에 드는 여인은 없는 것이냐?"

한서제의 질문에 조용히 술잔을 들던 윤이 대답하였다.

"폐하, 국사에 바쁘다 보니 아직 마음에 드는 여인을 찾지 못하였나이다."

"그래? 그런데 요즘 자네 주변에 아름다운 여인이 있다는 소문이 저자에 파다하던데?"

한서제도 요즘 윤의 주변에 있다는 미령이라는 기녀에 대한 소문을 들었던 차였다. 신체 건강하고 활기에 찬 윤이니 여인이 있다는 것이 조금도 이상할 것은 없었다. 그러나 그 소문에 애달아 하는 소하공주를 알기에 넌지시 확인을 하고 싶었던 것이다.

"송구하옵니다. 그저 친우를 따라갔던 술자리에서 한 번 보았을 따름입니다."

윤의 말에 한서제는 빙긋 웃었다. 그도 그럴 것이 저리 출중한 남자이니 여자들의 구애가 끊이지 않을 터였다. 한서제 또한 황후를 만나기 이전 여자들의 구애에 신물이 날 정도였다. 황후는 윤에게 빨리 가족을 만들어주는 것이 좋겠다 했지만 한서제는 생각이 달랐다. 윤을 꼭 자신의 부마로 삼고 싶었다.

이미 소하공주는 시집을 갈 수 있는 나이가 되었다. 아직 윤이 소하를 그저 아이로만 보고 있어서 그렇지 한서제의 생각에는 윤만큼 소하에게 어울리는 사내가 없었다. 그 고집 센 말괄량이를 다룰 만한 역량을 지닌 이는 윤뿐이었다. 윤의 성정은 그 이름처럼 깊고 넓었다. 그 넉넉한 인품이라면 분명 소하를 충분히 보듬어 안고 아낄 것이었다.

"여인이란 꽃과 같지. 때가 되면 반드시 누군가 그 꽃을 꺾어야 한다네."

한서제의 말에 윤이 고개를 갸웃했다. 부(賦)를 좋아하는 문인 기질이 있는 한서제인지라 가끔 저리 아리송한 말을 남기고는 했다.

"폐하, 밤이 늦었사온데 침소에 드심이 어떠실는지요?"

위청의 말에 한서제는 고개를 끄덕였다. 한서제가 일어나자 위청, 윤 또한 모두 각자의 처소로 발걸음을 옮겼다. 처소로 걸음을 옮기는 윤의 머릿속에 한서제의 말이 계속 맴돌았다.

달빛이 내린 곤명지의 물이 은빛으로 반짝였다. 잔잔한 물살이 일렁이고 있어서 마음까지 잔잔해지는 기분이었다. 소하공주는 그것을 하염없이 내려다보고 있었다. 소하의 까만 머리채가 허리까지 내려와 있었다. 잘록한 허리는 한 줌에 잡힐 것만 같았다. 전체적으로 가녀린 느낌의 그녀 주위를 밝은 달빛이 감싸자 왠지 신비로운 분위기가 느껴졌다.

"달은 참으로 밝기만 하구나!"

소하의 한숨 섞인 목소리였다. 곤명지 주변에는 은하수를 상징하는 이궁, 별궁, 정자, 대, 누각 등이 조영되어 있었다. 특히 월파루(月波樓)는 그 높이가 높아서 주변 경치를 조망하기에 좋았다. 게다가 이름처럼 달빛의 파도를 느끼기에 좋은 곳이었다. 소하는 잠을 이룰 수 없었다. 낮에 보았던 오라버니의 얼굴이 계속 떠올랐다. 침상에 누워 몸을 뒤척이던 소하는 달구경을 나온 것이었다.

소하는 시녀조차 대동하지 않은 참이었다. 군사훈련 중이라 주변의 경계가 엄하니 홀로 움직여도 안전하리라 생각했다. 그저 잠시나마 타는 가슴을 진정시키고 싶었다. 그렇게 월파루에 내린 달빛을 바라보던 소하는 누군가 다가오는 기척에 몸을 움찔했다. 그러나 이내 소하는 그 움직임을 알아챘다. 아니, 알았다기보다는 그저 심장이 느낀 것이었다. 분명 이 걸음걸이는 윤이었다.

소하가 반가움에 뒤를 돌아보았다. 돌아선 소하의 얼굴이 화사하게 반짝였다. 까만 눈동자가 흑요석처럼 반짝였고, 달빛이 부린 술수인지 소하의 입술이 너무나 요염하게 보였다. 윤을 알아본 소하의 얼굴에 월계화처럼 화사한 미소가 떠올랐다.

"오라버니!"

"공주마마, 이리 야심한 시각에 어찌 혼자 나와 계시옵니까?"

이상하게도 윤의 목소리가 목이 쉰 듯했다. 예전 같으면 바로 뛰어 윤의 가슴에 안겼을 소하였으나 오늘은 조용히 고개를 숙여 인사를 했다. 오랜만에 윤을 보니 반갑기 그지없었다. 그가 자신에게 말을 걸어주자 뛸 듯이 기뻤다.

그러나 소하는 평소처럼 그에게 가까이 다가서기가 망설여졌다. 갑자기 수줍어진 것이었다. 예상치 못한 느낌에 소하는 당황하고 있었다. 꼬맹이 때부터 친근한 오라버니였다. 그런데 오늘 윤의 강한 시선에 온몸에 오소소 소름이 돋았다. 그래서 어린아이처럼 아무렇지도 않게 다가서기가 부끄러웠다.

쉰 듯한 목소리를 다시 가다듬고 윤이 말을 이었다. 그의 눈빛이 열기를 품고 있다고 생각은 것은 소하의 착각이었으리라.

"저와 약조하지 않으셨습니까? 혼자서는 다니시지 않겠다고요."

"알고 있습니다. 오라버니!"

소하공주가 샐쭉한 표정을 지으며 대답했다. 여전히 윤은 자신을 네 살배기 꼬맹이로 생각하고 있는 듯했다. 하지만 샐쭉한 소하의 대답에 왠지 윤이 그제야 안심한 듯 살짝 미소를 지었다. 그의 작은 미소에 다시 소하의 심장이 빨라졌다. 얼굴이 마치 화로 앞에 서 있는 것처럼 달아올랐다.

"그것이 자꾸 배가 아프고 온몸에서 식은땀이 나서 잠을 이룰 수가 없었습니다. 잠시 바람을 쐬면 나을까 싶어 나온 것입니다."

소하의 말에 윤이 소하의 얼굴을 자세히 살펴보기 시작했다. 윤의 깊은 눈빛이 걱정으로 흐려졌다. 사실 아까부터 소하는 식은땀을 흘리고 있었다. 그것을 알아챘는지 윤이 손을 들어 올렸다. 어렸을 적 소하의 눈물을 닦아주듯 자연스레 땀을 닦아주려는 듯했다. 그의 손이 소하의 이마에 닿은 순간이었다.

찌릿!

윤이 자신의 이마에 손을 대는 순간, 소하는 심장이 멈추는 줄 알았다. 번개라도 맞은 듯 찌릿한 감각에 놀라고 있었다. 윤이 갑자기 손을 떼어버리자 아쉬웠지만 한편으로 다행이라는 생각도 들었다. 아무래도 아까 저녁을 먹고 난 이후부터 배가 살살 아프고 식은땀이 흐르더니 그 때문인 듯싶었다. 그리고 평소답지 않게 윤의 눈빛이 너무나 눈이 부서 당황하고 있는 소하였다.

"그러시면 어의를 부르심이 좋지 않겠습니까?"

윤이 걱정스런 음성으로 물었다. 소하는 눈을 똑바로 들어 그의 눈을 바라보았다. 윤의 눈빛이 자신에 대한 걱정으로 가득 차 있었다. 소하는 자신이 아플 때, 자신을 걱정스레 바라보는 윤의 눈빛이 좋았다. 간만에 그 눈빛을 계속 보고 싶었다.

그러나 윤이 자신의 시선을 피하며 살짝 고개를 좌우로 흔들자 소하는 갑자기 심술이 났다. 그의 걱정하는 눈빛에 기쁘다가 또 자신의 시선을 피하는 그에게 화가 나기도 하고 소하는 도대체 자신의 감정을 종잡을 수가 없었다.

"이 곤명지까지 어찌 갑작스레 궁에 있는 어의를 부르겠습니까? 그리 심하지는 않으니 잠시 이렇게 바람을 쐬면 괜찮아질 것입니다."

소하의 어른스러운 말에 윤이 그저 아무 말 없이 고개를 끄덕였다. 윤의 표정이 마치 기특한 여동생을 보듯이 부드럽게 풀어졌다.

"그래도 이제 밤바람이 찬데 안으로 드셔야죠?"

윤의 말에 소하공주가 고개를 저었다. 아주 조금만 더 그와 함께 있고 싶었다. 달빛 때문인지 이 시간이 신비로웠고 그것을 깨고 싶지 않았다.

"잠시만요, 오라버니. 잠시만 달빛을 조금 더 구경하고 싶습니다. 오라버니가 옆에서 지켜주시면 걱정할 필요는 없겠지요?"

혹시나 빨리 안으로 들어가라 윤이 다시 채근하지 않을까 생각했으나 예상외로 윤이 걸음을 옮겨 자신의 곁에 나란히 섰다. 잠시 동안 두 사람 다 아무런 말 없이 곤명지를 바라보았다.

"반년만입니다."

달콤한 침묵을 공유하던 소하는 윤에게 투정을 하고 싶었다. 그동안 얼굴조차 보여주지 않았던 윤이었다. 그러다 보니 저도 모르게 서운했던 감정이 튀어나오고 말았다. 갑작스런 소하의 말에 윤이 고개를 소하공주 쪽으로 돌렸다.

"오라버니와 제가 이리 얼굴을 마주하고 이야기 나눈 것이 근반년만이라고요!"

그 말투가 약간 비난하는 듯한 음색을 띠는 것은 소하도 어쩔 수가 없었다.

"정확히 6개월하고도 스무 날이 지났습니다."

무뚝뚝한 윤의 말에 소하는 깜짝 놀랐다. 윤이 그 시간을 저리 정확하게 기억하고 있었는지 미처 몰랐다. 소하의 마음 한구석에서 조금씩 기쁜 기대가 피어나고 있었다. 윤 또한 저에게 아주 관심이 없지는 않았던 것 같았다. 그리 냉정하게 자신을 모른 척하던 윤이 너무나 밉고 야속하더니 윤의 말에 화가 눈 녹듯이 사라져 버렸다.

"그것을 다 세고 계셨던 건가요?"

소하의 말에 윤이 드물게 당황한 표정을 지었다. 그리고 왠지 그의 볼이 붉어진 것 같다는 생각이 들었다.

"그것이 공주마마의 탄신일이었으니 어찌 기억을 못하겠습니까?"

윤의 심상한 말투에 다시 소하는 샐쭉해졌다. 어찌 저리 무뚝뚝하고 멋이 없단 말인가? 그렇지만 소하는 그런 윤이 좋았다. 저 무뚝뚝한 표정 아래 다정함이 숨어 있다는 것을 누구보다도 잘 알고 있었기 때문이었다. 예상치 못한 윤의 대답에 당황스러운 마음을 감추려 소하는 다른 이야기를 꺼냈다.

"그나저나 새로 맞으신 직무는 어떠십니까?"

소하가 얼마 전에 윤이 거기장군이 되었다는 소식에 대해서 말하고 있었다.

"제가 가장 잘하는 일이 말을 타는 일인지라 괜찮습니다."

아무렇지도 않은 듯 말하지만 소하도 알고 있었다. 한서제가 가장 뛰어난 거기장군을 얻었다는 평이 자자하다는 소문을 말이다. 게다가 남방을 정벌하는 일에도 빠른 기병술로 좋은 성과를 올리고 있다는 것도 들었다.

"저도 말을 타고 초원을 달려보고 싶습니다. 서역으로 가면 신기한 곳도 많고 초겨울에는 거비(戈壁)에 아름다운 서리꽃이 핀다고 하셨죠?"

소하가 호기심을 담고 말을 했다. 어렸을 적부터 소하는 초원에 관심이 많았다. 그곳은 윤이 태어나 자란 곳이었다. 그가 어떤 유년시절을 보냈는지 어떻게 보냈는지 그것이 궁금했다. 조금 더 오라버니에 대하여 알고 싶었다. 그러나 아쉽게도 윤은 어린 시절의 이야기를 거의 하지 않았다.

하지만 소하는 알고 있었다. 그가 얼마나 초원을 그리워하고 있는지, 가끔 초원 이야기기 나올 때면 윤의 눈동자가 그리움 때문인지 항상 아련해졌다. 그래서 소하도 그곳에 가고 싶었다. 윤과 공유할 수 있는 기억이 있었으면 했다. 그러나 소하가 초원에 말을 타고 가고 싶다는 소망을 듣고 윤은 깜짝 놀란 듯했다.

"공주마마, 그곳은 생각만큼 그리 낭만적인 곳이 아닙니다. 살기 위해서는 목숨을 걸어야 하는 곳입니다."

윤의 음성이 우수에 젖었다. 아마도 떠나온 고향을 그리워하는 것이리라. 그러나 소하는 알고 싶었다. 윤이 태어나 자란 곳이 어떤지, 그가 어린 시절을 보낸 곳이 어떤지 보고 싶었다. 그러면 윤을 조금 더 이해할 수 있을 것 같았다. 그래서 자주 어마마마께 초원에 대해 묻고는 했다.

"저도 알고 있습니다."

잠시 침묵이 이어졌다. 그러나 소하는 그저 낭만적인 생각에서 초원을 방문하고 싶어 하는 것이 아님을 윤에게 말하고 싶었다.

"하지만 언제 기회가 된다면 오라버니가 태어나신 곳에 가보고 싶습니다!"

소하의 말에 윤은 아무런 대답도 하지 않았다. 알고 있었다. 윤이 쉽게 자신을 초원에 데려가겠다 동의할 리가 없다는 것을, 하지만 소하는 자신의 진심을 전하고 싶었다. 그래서 저도 모르게 소하는 그의 오른팔을 잡았다.

"언젠가 꼭 데려가 주세요!"

소하의 눈빛이 간절함으로 반짝거렸다. 윤이 평소와는 달리 멍한 표정으로 자신을 바라보고 있었다. 멍한 윤의 표정이 낯설면서도 재미있어 소하는 그를 놀리고 싶어졌다. 그러나 갑작스러운 고통에 소하는 말을 이을 수 없었다. 온몸에서 기운이 다 빠져나가는 기분이었다. 눈앞에 있던 오라버니의 얼굴이 갑자기 빙글빙글 돌았다. 얼굴에서 핏기가 사라지고 있다는 것을 소하도 느낄 수 있었다. 결국 소하는 자신의 아랫배를 움켜쥐었다.

"오라버니, 배가……."

꺼질 듯이 속삭이는 소하였다.

"마마!"

윤의 목소리가 걱정으로 높아졌다. 소하는 식은땀을 흘리면서 고통을 호소했다. 바닥으로 쓰러질 것만 같아 무엇이라도 잡아야만 했다. 소하는 저도 모르게 윤의 장포 자락을 강하게 움켜쥐었다. 소하의 손아래에서 윤의 옷자락이 구겨졌다. 차가운 남색 장포를 부여잡은 소하의 손이 달빛에 새하얗게 빛났다.

앞쪽으로 중심을 잃고 쓰러지는 소하를 윤이 받아 들었다. 자신을 강하게 안아주는 윤의 두 팔이 따뜻했다. 예전처럼 소하는 안심이 되는 그의 어깨에 머리를 기대었다. 소하는 윤에게 걱정하지 말라고 전하고 싶었으나 아무런 말도 할 수 없었다.

윤이 마음이 급해졌는지 소하를 번쩍 안아 들었다. 마치 네 살배기 꼬맹이를 안아 올리듯 윤은 소하를 매우 손쉽게 안아 올렸다. 그리고 윤이 급하게 뛰고 있었다. 그의 거친 숨소리와 거세게 요동치는 심장 소리만이 소하의 고막을 크게 울렸다.

소하는 고통으로 정신이 없으면서도 그의 품에 안긴 것이 좋았다. 마치 어렸을 때로 되돌아간 것 같았다. 역시 다정한 오라버니였다. 소하는 자신의 처소까지 가는 그 시간이 영원하기를 바랐다.

사라졌던 소하공주가 갑자기 윤의 품에 안겨 들어오자 취옥은 혼이 빠졌다. 하얗게 질린 소하공주도 걱정이었지만 장군의 얼굴 표정도 창백했다. 이 무슨 조화인지? 취옥이 얼른 소하공주를 침상에 눕히게 하였다.

"어찌 된 일입니까?"

"그것이…… 갑, 자기 월파루에서 쓰러지셨네. 배가 아프고…… 또…… 식은땀이 난다 하시더군!"

취옥의 질문에 윤이 더듬더듬 대답하였다. 평소 장군 같지 않은 대답에 취옥이 살짝 고개를 들었다. 침상에 그린 듯이 누워 있는 소하공주를 바라보는 윤의 눈빛이 평소와는 달랐다. 항상 자애로운 눈빛으로 어린 여동생을 바라보는 것과는 사뭇 다른 열기가 섞여 있었다.

"알겠습니다, 장군님. 공주마마는 이제 제가 돌보도록 하겠습니다. 감사합니다."

윤이 못내 걱정스러운 듯 계속 뒤돌아보며 겨우 방을 나섰다. 차마 발걸음이 떨어지지 않는 것 같았다. 윤이 방을 물러나자 취옥이 소하공주를 샅샅이 살피기 시작하였다. 그제야 취옥은 공주의 치맛자락에서 붉은 흔적을 보았다.

"아, 드디어!"

취옥의 얼굴이 밝아졌다. 그날 소하는 아이에서 여인이 되었다. 원정 4년의 초여름이었다.

4. 별리別離

곤명지에서 쓰러진 이후 소하는 바로 한서제의 불호령을 듣고 바로 궁으로 복귀할 수밖에 없었다. 한서제가 어찌나 불같이 화를 내던지 말괄량이 소하도 차마 아바마마에게 어떤 대꾸도 하지 않고 조용히 명을 따랐다. 침착한 한서제의 평상심을 깨뜨리는 유일한 존재가 소하였다. 소하가 하는 모든 일에 너그러운 부황이었으나, 소하의 건강과 관련된 일에는 가차가 없었기 때문이었다.

그리고 당분간은 출입을 자제하라는 황후의 당부에 소하는 근 보름 동안 조신하게 자신의 처소인 비연각(飛燕閣)을 지키고 있었다. 작고한 한서제의 모후가 쓰던 비연각을 얼마 전부터 소하가 쓰고 있었다.

윤을 만나고 싶었지만 수상훈련이 끝나자마자 윤도 오랜만에 휴가를 얻어 자신의 제후국으로 복귀하고 말았다. 일단 윤은 제후국에 복귀하면 적어도 한 달은 머무는지라 어차피 장안에는 없었다. 그래서 소하는 별로 나가고 싶은 생각도 들지 않았다.

상쾌한 6월의 밤공기가 비연각을 가득 채우고 있었다.

"하아."

소하가 큰 한숨을 내쉬자 옆에 있던 취옥이 걱정스런 표정을 지었다.

"마마, 성심을 어지럽히는 일이 있으십니까?"

하염없이 달을 바라보던 소하가 고개를 저었다. 그저 후원에 내린 달빛을 보니 곤명지에서의 윤의 모습이 떠올랐을 뿐이다. 그날을 떠올리면 소하는 부끄럽기도 기쁘기도 하였다. 드디어 이제 여인이 되었다는 것이 기뻤고 그 자리에 다른 누구도 아닌 윤이 있었다는 사실에 부끄러웠다. 하지만 이제 드디어 소하도 여인이 되었다. 이제 관례만 치르면 명실상부한 어른이 되는 것이었다.

그날 이후 소하는 매일 윤만을 생각했다. 이제 자신은 더 이상 꼬맹이가 아니었다. 윤에게 자신이 가진 감정이 결코 응석이 아니라 여인의 마음이라고 전하고 싶었다. 소하는 그날 쓰러진 자신을 안고 급히 뛰던 윤의 거친 숨소리와 거센 심장박동을 생생히 기억하고 있었다. 그것을 떠올리면 얼굴이 붉어졌다.

하지만 거친 숨소리와 거센 심장박동이 마치 윤의 마음 같았다. 지금까지 계속 저를 어린아이로 대해왔던 윤이었다. 하지만 왠지 소하는 무엇인가가 그 밤을 기점으로 해서 변화되었다고 느끼고 있었다.

그래서 빨리 오라버니의 얼굴을 보고 싶었다. 같은 하늘 아래 그도 같은 달을 보고 있는 것인지, 혹시나 제 생각을 하고 있는지 소하는 궁금했다. 그를 생각할 때마다 심장이 간질간질하면서도 왠지 울고 싶기도 했다. 소하를 제대로 봐주지 않는 그가 밉다가도 여전히 그의 미소가 그리웠다. 도무지 갈피를 잡을 수 없는 감정에 짧은 여름밤이 소하에게는 길기만 했다.

윤이 다시 미앙궁을 찾은 때는 미앙궁에 있는 애련지(愛蓮池)에 하얀 연꽃이 탐스럽게 피어난 7월이었다. 심상치 않은 남월(南越)의 정세 때문이었다. 절강성 동해안 지역과 광동, 복건 지역에는 비(非)한족과 한족이 결합하여 세운 남월, 민월, 동구 등의 왕국들이 있었다. 이 중 남월이 독립을 선언한 것이었다.

본래 진시황제가 지방으로 파견한 관리의 자손이 남월의 왕실이 되었다. 따라서 왕실은 한족이었으나 대신들은 지방 출신이었기 때문에 생각하는 바가 달랐다. 한나라가 남월 왕에게 번속국(藩屬國, 제후국)으로서의 충성을 보이라는 명에 대신들이 반발하여 독립을 선언한 것이었다. 이를 해결하기 위하여 긴급한 어전회의가 소집되었다.

"폐하, 남월은 폐하의 즉위 초기, 이웃 나라 민월의 침략을 맞이하였을 때 폐하께서 직접 군사를 보내어 구명하여 준 나라입니다. 또한 본래 왕실 또한 진시황제가 파견한 지방관의 자손이거늘 감히 독립을 선언함은 반드시 엄벌로 다스려야 할 것으로 사료됩니다!"

승상 석경이 주장하였다. 한서제의 치세가 이미 29년에 달하여 장성을 위협하던 흉노족은 멀리 북방 위쪽 거비 너머로 물러났다. 얼마 전 제천금인을 찾겠다고 침입했던 첩사려의 무리들도 잘 토벌이 되었다. 이제 명실공히 한나라의 위세를 위협하는 세력은 거의 없었다.

그러나 그동안 광동 지역까지는 직접 황제의 손길이 뻗치지 않았었다. 이미 상당 부분 한족화가 되어 있었고 그리 큰 문제를 일으키거나 한나라에 직접적인 위협은 되지 않았기 때문이었다.

"꼭 엄벌만이 능사는 아니오. 일단 사자를 보내어 설득해 보는 것은 어떠하겠소?"

한서제의 말에 대신들의 목소리가 높아졌다.

"폐하, 절강성 동해안 지역도 문화의 혜택을 받아야 합니다. 반란은 빠르게 수습하심이 천하의 질서를 잡는 일이 될 것입니다."

"알겠소. 일단 군사를 파견하더라도 적절한 인재를 선발하고 계획을 잘 세워 시행해야 문제가 없을 것이오."

한서제의 말에 모두 머리를 조아렸다. 이후 조정은 남월에 파견할 대장군을 정하는 일로 소란스러웠다. 전쟁은 겨울에는 실행하기가 어려웠다. 지금 한창 날씨가 더운 7월이지만 지금부터 군대를 꾸려 떠난다 하더라도 준비에 족히 한 달은 걸릴 일이었다. 게다가 익숙하지 않은 수상전이 되다 보니 적임자를 찾는 일이 쉽지는 않았다.

그동안 흉노정벌로 이름이 높았던 위청 대장군은 이제 물러나겠다는 의사를 밝혀 그를 대신할 만한 장수를 찾아야 했다. 여러 장수의 이름이 하마평에 올랐으나 생각만큼 결정이 쉽지 않았다.

어전 회의가 끝나고 윤은 황후의 처소인 미단궁으로 발걸음을 옮기고 있었다. 윤이 궁에 든 것을 안 황후가 얼굴을 보고 가라 청하였기 때문이었다. 항상 장안에 오면 황후를 당연히 뵙고 가는 윤이었다. 그러나 이번에는 특별히 황후가 친견을 청한 것이라 다소 느낌이 달랐다.

"황후마마, 김윤 장군께서 드셨습니다."

내관의 음성에 황후가 고개를 들었다. 안으로 들어오는 윤의 모습을 보자 황후는 새삼 세월이 흘렀음을 실감하였다. 이제 더 이상 윤은 황후의 보호를 받던 어린 공자가 아니었다. 이제는 한나라의 장군으로 한서제를 지근거리에서 보필하는 장군이 되었다. 그러기까지 윤이 얼마나 노력하고 자중해 왔는지 황후는 알고 있었다. 그 세월의 무게와 노고가 눈에 보여 황후의 마음이 짠해졌다.

"황후마마, 강령하시었습니까?"

윤이 평소와 다름없이 인사를 하였다. 인사를 하고 자리에 앉는 윤의 모습에 숨길 수 없는 장군의 위엄이 흘렀다.

"덕분에 잘 지내고 있습니다."

황후가 다정하게 말을 건네었다. 그리고 말리화차를 건네었다. 향기가 좋은 차를 즐기는 윤이었다. 잔을 들어 올리는 윤의 움직임이 우아했다.

"오랫동안 자리를 비웠을 터인데 제후국에는 큰 문제는 없었는지요?"

"네, 다행히 큰 문제는 없었습니다."

윤의 침착한 목소리는 변함이 없었다.

"지난번 곤명지에서 소하공주를 살펴주셔서 감사합니다. 여러모로 분주하다 보니 감사 인사가 늦었습니다."

"별말씀을요. 갑자기 혼절하시기에 다소 놀랐습니다. 그런데 소하, 공주마마는 괜찮으십니까?"

황후의 말에 윤이 심상한 어투로 물었으나 질문 사이에 아주 짧은 정적이 있었다. 황후는 미세하게 윤의 음성이 흔들리는 것을 느꼈다. 그것은 찰나의 것이라 매우 인지하기 어려웠지만 근 이십 년을 넘게 윤을 봐온 황후는 감지할 수 있었다.

황후 역시 소하공주가 갑자기 곤명지에서 쓰러졌다는 소식에 사색이 되었었다. 항상 건강하고 활기차기 이를 데 없는 공주였기 때문이었다. 그러나 다행히 소하가 그토록 고대하던 여인이 되었다니 황후는 감개무량하였다. 어린 줄로만 알았던 소하가 이제 차츰 어른이 되어가고 있었다.

그러나 쓰러진 소하를 안고 들어온 것이 윤이었다는 취옥의 말에 황후는 뭔지 모를 예감에 휩싸였다. 게다가 윤의 표정이 심상치 않았다고 했다. 소하와 윤은 연결이 되어 있는 것 같았다.

"궁금하시오면 직접 공주를 찾아보면 어떠시겠습니까? 오라버니라 하면 항상 반가워하는 아이가 아닙니까?"

황후가 아무렇지도 않은 듯 제안하였다. 그러나 황후는 면밀히 윤의 반응을 살피고 있었다.

"별 탈이 없으면 되었습니다."

윤이 추문 이후 소하공주와 대면하는 것을 자제하고 있는 것을 황후도 알고 있었다. 그 단호함을 아는 황후지만 가끔은 윤이 과할 정도로 감정을 억누르고 있는 것 같아 걱정이었다. 그것이 예전의 자신의 모습을 보는 것 같아 그리 달갑지는 않았다.

"소하공주가 자주 장군님을 불편하게 만들지요?"

지나칠 정도로 솔직하게 자신의 감정을 표현하는 소하공주가 윤에게는 다소 부담스러울 수 있었다. 황후 또한 혼인 이전에 항상 솔직하게 자신을 원하는 한서제의 행동에 매번 당황하고 피하기 급급했었기에 윤의 심정도 충분히 짐작이 되었다.

"그야 본디 밝은 성정의 공주마마라 감정을 잘 숨기지 못해서 그런 것이지요. 그럴수록 어른이 중심을 잘 잡아야 하지 않겠습니까?"

윤의 목소리에는 소하를 아끼는 마음이 가득 담겨 있었다. 항상 소하를 여동생처럼 대하던 윤이었다. 그러나 황후는 윤의 감정에 다른 감정이 다소 섞여 있는 것을 알았다. 그러나 아직 그 감정은 구체적인 형체를 갖추지 못하고 있는 듯했다.

"그렇지요. 그런데 그 어리다고만 생각했던 공주도 올해 드디어 관례를 치를 나이가 되었습니다."

"그렇군요."

대답하는 윤의 목소리가 낮게 가라앉아 있었다. 마치 어린 동생을 잃어버린 것 같은 쓸쓸한 표정이 윤의 얼굴에 피어났다.

"관례를 치르면 곧 혼인을 할 수 있도록 지금 적당한 부마를 찾고 있습니다."

찻잔을 들어 올리는 윤의 기다란 손끝이 미세하게 떨렸다.

'역시!'

황후는 확신했다. 윤의 마음속에 소하에 대한 다른 감정이 자라나고 있음을, 그러나 윤은 그것을 억지로 봉인하고 있는 것이 분명했다.

"소하공주를 아껴줄 수 있는 분을 찾았으면 합니다."

공주를 아끼는 윤의 마음은 깊었다. 자신보다 소하의 행복을 바라는 윤의 마음씀씀이가 아름다웠다. 황후의 행복을 위해서 호위무사와 주군이라는 인연을 스스로 절연하고 떠나가던 호연제에서 바뀐 것은 없었다. 윤의 말에 황후는 아름다운 미소를 지었다.

"알겠습니다. 반드시 그 누구보다 공주를 아끼는 부마를 찾아보겠습니다. 곧 찾을 수 있을 거 같군요!"

부마를 찾겠다는 말에 윤의 어깨가 조금 처진 것을 황후는 부러 모른 척했다.

"마마, 저는 이만 물러가겠습니다."

물러나는 윤의 모습을 황후가 지그시 바라보았다. 자신의 감정을 숨기는 것에 익숙한 윤이었다. 저 감정을 수면 위로 끌어내는 것이 쉽지 않을 터였다. 황후도 비슷한 경험을 했었다. 한서제에 대한 마음을 숨기고자 하였으나 그것은 제 맘대로 되는 것이 아니었다. 그 지옥을 알기에 황후는 윤이 안타까웠다.

지금까지는 그저 소하공주의 일방적인 감정이었다. 하지만 만약 윤도 소하에게 다른 감정을 가지게 된다면, 황후는 윤을 도와

주고 싶었다. 시간을 들여 소하공주와 윤의 마음을 살펴볼 생각이었다.

"까르르, 호호호!"

애련지 주변에서 들려오는 여인들의 웃음소리가 낭랑하게 공기를 갈랐다. 궁인들이 모여 연꽃을 보고 있었다. 애련지에는 이름 그대로 그 어디보다 아름다운 연꽃이 피어났다. 그래서 여름이 되면 많은 이들이 애련지에 모여 연꽃을 구경하고는 했다.

소하도 비연각을 지키다 오랜만에 연꽃 구경을 하자는 취옥의 성화에 애련지에 나온 참이었다. 그러나 사실은 마음 한구석에서 왠지 오늘 애련지에 오면 오라버니를 만날 수 있을 것 같은 예감이 들었다. 애련지는 미단궁 후원에 있는 연못이었다. 윤이 어마마마를 뵙고 나면 자주 애련지에 들른다는 것을 소하는 잘 알고 있었다.

어렸을 적부터 소하는 애련지에서 자주 놀았다. 그리고 윤이 애련지를 좋아한다는 사실을 알고부터는 소하는 윤이 궁에 들었다는 소식만 들으면 애련지를 찾고는 했다. 마음이 답답하거나 속이 상할 때도 자주 애련지를 찾곤 했다.

소하는 오늘 어마마마가 특별히 윤을 찾았다는 소식을 위화에게 들었다. 그래서 이제나저제나 윤의 기척을 기다리고 있었다. 하지만 아름답게 피어난 연꽃을 감상하다 보니 그것은 그것대로 즐거웠다. '진흙 속에서 나오지만 오염되지 않고 깨끗하다[出泥而不染]'는 연꽃은 그 자체로 아름다웠다. 연분홍, 노란색 여러 가지

색의 연꽃이 있지만 애련지에는 유독 새하얗고 탐스러운 연꽃이 피어났다.

소하가 어렸을 적 커다란 연잎을 따려다 애련지에 빠진 적이 있었다. 그때 소하의 나이가 몇 살이었는지 잘 기억은 나지 않았지만 매우 어렸던 것은 틀림없었다. 이제는 겨우 소하의 허리춤 정도밖에 닿지 않는 연못이 그때는 심해의 바다처럼 깊게만 느껴졌었다. 물 밑으로 가라앉던 소하를 윤이 구해주었다. 자세한 것은 잘 기억나지 않으나 자신을 강하게 끌어 안아주던 따듯한 품은 기억이 났다.

이후 그 사건에 대하여 윤에게 물었으나 웬일인지 윤은 그에 대한 언급을 피했다. 그리고 아바마마와 어마마마도 자세한 이야기는 해주지 않았다. 가만 생각해 보니 참으로 이상한 일이었다. 그때 무슨 일이 있었던 것일까? 소하는 과거로 향하던 기억에서 돌아왔다. 생각나지 않은 것을 억지로 생각해 봐야 좋을 것이 없었다.

"조심하십시오. 그러다 연못에 빠지기라도 하면 어찌하시려고요?"

연꽃을 자세히 보려고 연못 가장자리로 다가서는 소하를 보고 취옥이 걱정스레 말했다. 소하는 순간 누군가의 시선을 느끼고는 고개를 미단궁 쪽으로 돌렸다. 찌르듯이 강한 눈빛이 소하의 얼굴에 꽂혔다. 윤이었다. 평소의 윤과는 달리 그가 깊은 생각에 잠긴 듯 하염없이 소하를 바라보고 있었다. 소하와 눈이 마주치자 그가 고개를 살짝 흔들고는 바로 발길을 돌렸다.

"오라버니!"

다급한 마음에 소하가 윤을 불렀다. 저리 가버리면 또 언제 얼굴을 볼 수 있을지, 소하의 마음이 급해졌다. 순간 소하가 옷자락을 밟고 말았다. 자주 급한 마음에 옷자락을 밟곤 하는 소하를 취옥이 옆에서 잡아주고는 했다. 그러나 오늘은 연꽃에 정신이 팔려 연못 가까이 서 있는 소하를 붙잡기에는 취옥이 다소 멀리 떨어져 있었다.

풍덩!

물속으로 빠지는 순간 소하는 공포보다 자신이 한심해졌다. 근한 달 만에 만나는 오라버니 앞에서 이 무슨 추태인 것인지! 어서 일어나야 했다.

다행히 소하는 물에 대한 공포는 없었다. 그보다 자신을 보고 걱정할 오라버니가 더욱 걱정이 되었다. 윤은 소하가 다치거나 하면 지나칠 만큼 극도로 걱정을 했다. 살짝 긁히기만 해도 어찌나 야단을 하는지 오히려 상처보다 윤이 더욱 무서워 자중하게 되는 소하였다. 물에 젖은 옷자락이 무거워 소하는 신속하게 몸을 일으킬 수가 없었다. 소하의 하얀 옷자락이 애련지에 연꽃처럼 퍼졌다.

"공주마마!"

자신을 부르는 윤의 목소리가 공포에 질린 듯 굳어 있었다. 주변에 있던 호위무사들보다 더욱 빠르게 윤이 연못 안으로 뛰어들었다. 그러나 곧 황망한 표정으로 우뚝 서버린 윤의 모습이 시야에 잡혔다. 소하가 아무렇지도 않은 얼굴로 연못 중앙에 서 있었기 때문이었다.

"어푸, 깜짝 놀랐네!"

물에 젖은 소하는 급하게 자신에게 다가오는 윤을 보고 장난스럽게 웃었다. 오라버니의 얼굴이 넋이 나간 듯 창백했다. 오히려 너무도 놀란 윤의 얼굴을 보자 미안하면서도 민망해진 소하가 부러 장난스럽게 웃었다.

"마마, 괜찮으십니까?"

윤의 목소리가 평소의 침착함을 잃고 있었다.

"오라버니, 이 연못은 그리 깊지 않습니다."

소하의 말에 안심한 표정을 짓던 윤이 다시 급하게 자신의 장포를 벗더니 소하에게 걸쳐 주었다. 장포를 둘러주는 그의 손길이 소하의 어깨에서 살짝 머물다가 아쉬운 듯이 떨어졌다. 그의 표정이 살짝 열기를 품고 있다고 생각한 것은 소하의 착각이었을까? 그러나 물에 빠졌다고는 하나 한여름이라 그리 춥지는 않았다. 오히려 물에 빠진 소하보다 너무 놀란 윤이 더욱 걱정될 지경이었다.

"오라버니? 춥지 않습니다. 오히려 시원한걸요?"

소하의 천진한 말이었다. 그러나 순간 윤의 얼굴이 굳어졌다. 윤은 극도로 화가 나면 오히려 무표정으로 얼굴을 굳힌다. 그것을 아는지라 소하는 살짝 겁이 났다. 윤이 화가 나면 얼마나 무서운지를 아는지라 걱정이 되었다. 소하는 윤에게서 나올 야단을 예상하고 숨을 죽였다. 이럴 때에는 두말하지 않고 조용히 있는 것이 상책이었다.

"괜찮으시면 되었습니다."

윤이 냉정하게 말을 하고는 바로 뒤돌아섰다. 그리고는 곧바로 연못가를 향해 걸어갔다. 그의 어깨가 굳어 있었다.

"오라버니!"

갑자기 냉정하게 돌아서는 윤의 뒷모습에 소하가 놀라 소리쳤다. 발이 미끄러진 것은 사실이었다. 윤을 보고 반가운 마음에 서둘러서 실수를 하였다. 하지만 연못의 깊이가 그리 깊지 않아 소하 혼자서도 충분히 나올 수 있었다. 윤이 너무 놀랐기에 오히려 아무렇지도 않은 척했을 뿐이었다. 자신에게 사색이 되어 다가오는 윤이 너무 걱정되었고 또 공주답지 못한 행동을 했다고 책망할 것이 두려웠다.

그러나 윤의 굳은 어깨와 단호하게 뒤돌아선 그의 긴장한 등, 그 뒷모습이 외면 같아서 소하는 심장이 멎는 것 같았다. 윤은 소하의 부름에도 한 치의 주저함도 없이 걸어갔다. 점점 작아지는 그의 뒷모습을 물에 젖은 소하가 멍하니 응시하고 있었다.

"마마, 괜찮으십니까?"

취옥이 숨넘어가는 목소리로 물었다. 사색이 된 취옥의 얼굴과 주변 궁인들의 얼굴을 보자 그제야 소하는 상황이 생각보다 심각한 것을 알았다. 일단은 이들을 안심시켜야 했다. 하여 가까스로 소하가 공주로서의 위엄을 찾고자 노력하였다.

"나는 괜찮다."

자신의 주변을 둘러싼 궁녀들 때문에 소하는 멀어져 가는 윤을 잡을 수 없었다. 한 번도 소하 앞에서 등을 보이지 않았던 윤이었다. 그러나 오늘 윤의 등은 강하게 거부의 기운을 풍기고 있었다.

소하는 윤의 그 뒷모습이 너무나 두려워 차마 윤을 따라가지도 못하고 발이 굳어버렸다. 다시는 보지 않을 사람처럼 단호하게 멀어져 가는 윤의 등을 바라보는 소하의 마음이 서걱거렸다. 초겨울 나뭇가지에 내려앉은 서리꽃을 만진 것처럼 손끝이 시려왔다.

원정 4년 8월, 한서제 재위 29년, 드디어 남월을 치기 위한 광동 원정이 결정되었다. 원정군은 다섯 부대로 나뉘어 광동으로 출정하였다. 그리고 원정의 대장군은 24세의 김윤이 임명되었다.

바깥의 뜨거운 공기와는 달리 은은한 말리화 향이 미단궁 황후의 처소를 가득 채우고 있었다. 윤이 원정길에 오르고 근 한 달 가까이 식음을 전폐하고 있던 소하가 미단궁에 들었다.

갑작스레 남벌을 떠난 윤 때문에 걱정으로 노심초사했던 소하였다. 통통하게 젖살이 올랐던 소하는 살이 많이 빠져 있었다. 하지만 그 때문에 소하의 모습이 가녀리면서도 청초하게 보인다는 것을 소하 자신은 잘 모르고 있었다. 황후는 조용히 소하에게 말리화차를 내주었다. 그러나 윤에 대한 걱정으로 머리가 가득 찬 소하는 차를 즐길 여유가 없었다.

"어마마마, 오라버니가 걱정입니다. 무사히 잘 다녀오시겠죠?"

소하가 걱정스럽게 속삭였다. 황후는 근심에 찬 소하를 바라보면서 부드러운 미소를 지었다.

"너무 걱정하지 마세요. 김윤 장군은 공주가 생각하는 것보다 훨씬 강하고 우수한 사내입니다. 이 나라의 군대를 책임지는 거기장군이 아닙니까?"

황후가 걱정스러워하는 소하의 손등을 부드럽게 쓸어주었다. 소하도 알고 있었다. 윤은 누구보다 뛰어난 장수로 군에서 인정받고 있다는 것을. 하지만 전쟁은 또 다른 문제였다.

"하지만 원정이니 하루 이틀 걸릴 일이 아니지 않습니까? 게다가 오라버님은 더위에는 워낙 약하신지라……."

적어도 이 년 이상은 걸릴 긴 원정이었기에 소하의 근심은 깊었다.

"공주! 김윤 장군은 황명을 받아 임무를 수행 중입니다. 걱정되는 마음을 모르는 바는 아니나 지나침은 모자람만 못합니다."

황후의 엄한 말에 소하가 자세를 바로 했다. 소하가 윤을 어찌 생각하고 있는지 황후도 잘 알고 있었다. 그 인연이 퍽이나 길고 애틋하였다.

"어마마마, 하지만 전장이지 않습니까? 오라버니의 능력을 모르는 바는 아니나 어떤 일이 발생할지 예측할 수 없는 곳이 아닙니까?"

"어미도 잘 알고 있습니다."

"아바마마가 원망스럽습니다. 남벌에 꼭 오라버니를 보낼 필요는 없지 않으십니까?"

저자에는 김윤이 자청하여 원정에 나섰다는 소문이 돌았다. 그러나 황제인 한서제가 윤을 부러 멀리 보냈다는 소문도 함께 퍼졌다. 진상이 무엇인지는 모르나 소문은 발 없는 말이 되어 궁 안에 있는 소하의 귀에도 흘러들었다. 소하의 원망에 황후가 나직하게 대답하였다.

"폐하께서 보내신 것이 아닙니다."

황후의 침착하고 진중한 음성에 순간 소하는 긴장했다. 소하가 고개를 들고 황후의 눈을 바라보자 황후의 눈빛이 진지했다.

"이번 원정은 김윤 장군께서 자청하신 것입니다."

"그게 무슨 말씀이십니까?"

갑작스레 윤이 원정에 자청했다니 소하는 금시초문이었다. 어찌 이리 중요한 결정을 윤은 자신에게 한마디 귀띔도 없이 진행한단 말인지, 윤의 냉정함에 소하는 마음이 아팠다.

"오라버니가 어마마마에게는 미리 말씀을 하신 것입니까?"

소하의 얼굴이 눈물로 젖어들었다.

"아닙니다. 국사에 관련된 중요한 일을 어찌 제게 먼저 말씀하셨겠습니까? 하지만 분명 장군에게 이번 원정은 큰 기회가 될 것입니다."

흉노에서 귀화한 김윤이 한나라의 대장군이라는 중책을 맡은 것이었다. 물론 외부에서 수혈된 많은 이들이 다양한 곳에서 한나라에 기여하고 있었다. 그러나 이번 원정을 성공적으로 마무리한다면 윤이 귀화한 이들 중 가장 이름을 드높인 인물이라는 것에는 누구도 토를 달지 못할 것이었다.

"그리고 잠시 장군과 떨어져 있는 것이 공주에게도 좋을 것입니다."

황후의 아리송한 말에 소하가 번쩍 고개를 들었다.

"이대로 계속 있으면 장군은 언제까지 공주를 여동생으로만 생각할 것입니다. 잠시 떨어져 있다가 다시 만나게 되면 장군도 공주를 달리 보지 않겠습니까?"

소하의 눈빛이 다시 희망으로 반짝거렸다.

"장군은 진중한 사람입니다. 하지만 항상 매사에 지나칠 정도로 조심하고 있지요. 하긴 장군의 작은 실수에도 주변의 시선은 그리 너그럽지 않으니 그럴 만도 합니다. 마음껏 자신의 마음을 드러내고 누군가를 좋아한다고 고백할 수 있는 것도 행복이자 특권입니다. 그것을 표현할 수 없어 마음을 감추거나 혹은 그 마음 자체를 잘라내야 하는 경우도 있습니다. 장군에게 시간을 좀 주세요."

황후가 윤을 생각하는 듯 잠시 말을 멈추었다.

"그리고 공주도 혹시 장군에 대한 애착을 연심으로 착각하고 있는 것은 아닌지 돌아보도록 하세요. 공주의 마음을 장군이 그리 쉽게 받아들일 수 있는 처지가 아니지 않습니까?"

"어마마마!"

황후 역시 윤과 소하의 깊은 인연을 생각하고 있었다. 하지만 소하의 마음이 굳건하지 않고 쉽게 변할 것이라면 그것은 윤에게 더 큰 상처가 될 것이었다. 얼마 전에도 첨사려 일당의 도발에 윤에게 쏟아졌던 주변의 차가운 시선에 대하여 황후도 들었던 차였다. 윤이 의연하게 대처하였다고는 하나 속으로 얼마나 마음이 아팠을지 황후는 충분히 예상할 수 있었다.

"저도 예전에 폐하의 곁을 두 번이나 떠났던 적이 있습니다. 그것은 제가 폐하를 은애하지 않아서가 아니라 제가 처한 상황 때문이었습니다. 그래서 계속 은애하는 마음을 감추기만 했었지요."

옛날을 생각하는지 황후의 음성이 촉촉해졌다.

"지금 생각하면 어찌 두 번이나 폐하를 떠날 수 있었는지 아찔
하기만 합니다. 그래도 포기하지 않고 폐하가 저를 찾아주었습니
다. 폐하가 제 손을 놓았더라면 이런 행복은 결코 누릴 수 없었을
것입니다. 때로는 포기하지 않고 기다리는 것도 은애하는 마음입
니다."

황후의 다정한 말에 소하는 마음을 다잡았다. 기다릴 것이었다.
윤의 원정이 얼마나 걸리든지 소하의 마음은 결코 바래지 않을 것
이었다. 윤을 향한 소하의 마음은 유월에도 녹지 않는 서리꽃과
같았다. 삭막한 겨울에 찬란하게 피어나는 서리꽃처럼 아무리 역
경이 찾아와도 소하의 마음은 변하지 않을 것이었다. 그가 자신을
여인으로 제대로 바라볼 때까지 기다리고 또 기다릴 것이었다.

5. 그리움은 서리꽃처럼

때는 더위가 한풀 꺾인 8월 말이었다. 윤의 원정대가 장안을 출발한 지 어느새 보름이 지나가고 있었다. 남월로 향하는 길은 멀었다. 원정군의 일부는 강서, 호남으로부터 진격하였다. 일부는 장가강(長家江)을 따라 내려갔다. 윤은 이번 원정의 대장군으로 강을 따라 내려가고 있었다. 물에는 익숙하지 않은 윤이었으나 강을 타고 내려가는 것이 신속하였기 때문이었다. 떨어지는 해가 장가강에 붉은 흔적을 남기고 있었다.

천혜의 비경을 자랑하는 장가계였다. 한나라의 시조 한희제의 두 충신 중 한 명이었던 장량이 잠시 몸을 숨겼던 곳이기도 하였다. 윤 역시 자신도 무엇인가를 피하고 있는 것은 아닌지 생각이 복잡해졌다.

한서제의 명을 받들어 남월을 정벌하는 일은 매우 중요한 일이었다. 한서제의 신임을 얻어 거기장군이 명해지고 이제 남벌의 대장군이 되었다. 그에 준하는 실적을 보이는 것이 주변의 반대를 물리치고 윤을 신임해 준 한서제에게 은혜를 갚는 일일 것이었다. 윤의 생각이 출정하기 전 한서제와 독대하였던 날로 되돌아갔다.

"폐하, 성은이 망극하옵니다. 부족한 저를 대장군으로 임명하여 큰 임무를 내리시오니 소신 성심을 다하여 마무리하도록 하겠습니다."

윤이 한서제 앞에 머리를 조아렸다. 남월 정벌에 참여하겠다는 의사를 밝히자 한서제는 그를 대장군으로 임명한 것이었다.

"되었네. 우리 둘이 있는 자리에서는 제발 그 군신 관계 이런 거 추장스러운 옷은 벗어버리세."

한서제의 말에 윤이 고개를 들었다. 한서제가 빙긋이 웃고 있었다.

"자, 가까이 와서 술이나 한잔 따라주시게. 이제 떠나면 한동안은 만나지 못할 것이 아닌가?"

한서제의 말에 윤이 한서제의 잔에 술을 채웠다. 가끔 한서제와 이렇게 술을 나누고는 했다. 그럴 때면 한서제는 마치 큰 형님이나 숙부처럼 윤을 대해주었다.

"아무래도 한동안은 자주 뵙지 못하니 강령하시옵소서."

"나보다는 황후가 자네 걱정이 더 심하다네."

윤도 알고 있었다. 황후마마는 항상 자신의 안위를 물심양면으로 살피고 있었다. 한나라로 귀화하고 나서 새로이 성을 하사받고 자리 잡기까지 황후가 살피지 않았다면 그리 쉽지 않은 일이었다. 지금도 누나처럼 살뜰히 윤을 챙기고 있는 황후였다. 황후가 아니었다면 윤이 이리 자주 궁을 드나들기도 어려웠을 것이었다.

"알고 있습니다. 항상 황후마마의 은혜를 잊지 않고 있습니다."

"그나저나 얼마 전에 애련지에 빠진 공주를 구했다고?"

한서제가 잔을 들어 올리며 심상한 말투로 물었다. 한서제의 말에 윤이 고개를 조아렸다.

"그리 대단한 일은 아니었습니다."

윤의 말투는 조금도 대단한 일을 하였다는 느낌이 없이 담백하였다. 그런 윤을 한서제가 물끄러미 바라보았다.

"연못에 빠졌을 때에도 제가 구한 것이 아니라 공주마마께서 스스로 일어나 걸어나오셨습니다."

"어찌 이리 사고가 많은 공주인지……."

한서제가 짧게 혀를 찼으나, 윤은 한서제가 활발한 소하공주를 무척이나 귀애하고 있다는 것을 잘 알고 있었다. 소하공주가 생긴 것은 황후마마를 닮아 하늘하늘한데 생각이나 행동은 한서제를 빼닮았기 때문이었다.

소하는 공주임에도 불구하고 검을 배우고 있었고, 그 솜씨가 그저 여인이 호신을 하는 정도는 뛰어넘었다. 한서제는 '피는 못 속이는 법'이라 자주 말하곤 했다. 황후 또한 혼인 이전에는 검 솜씨가 일품이었고, 한서제 또한 천하제일검이라 할 만했기 때문이었다.

"너무 뭐라 하지는 마십시오. 새를 어찌 새장에 가두겠습니까?"

윤의 말에 한서제는 뭔가 다른 느낌을 받았는지 그를 자세히 바라보았다. 한서제의 눈빛이 무엇인가를 깨달은 것처럼 반짝거렸다.

"하지만 이제 곧 관례를 치를 나이인데 너무 풀어둔 것은 아닌가 싶네."

"아직은 어린아이로 남겨두심이 어떠시겠습니까? 공주마마도 관례를 치르면 공주로서 자각을 하실 것입니다."

"아직도 장군 눈에는 소하가 꼬맹이로만 보이는 모양이군. 하지만 그런 선머슴 같은 공주도 장군에 대해서 이야기를 할 때만큼은 어쩐지 수줍어하는 여인의 표정이더구만."

한서제가 심상한 말투로 이야기하면서 윤의 얼굴을 바라보았다. 그러나 윤의 표정은 여전히 변함이 없었다. 그러나 술잔을 들어 올리는 윤의 손끝이 미세하게 떨렸다.

"오랜 시간 동안 오라버니처럼 지내왔으니 저에 대한 애착이 있지 않겠습니까? 시간이 지나고 점차 어른이 되면 그런 어린 시절의 애착은 곧 없어지겠지요."

윤의 담담한 말투에 한서제는 고개를 끄덕였다.

"그런데 말이네, 소하는 제 어미를 닮아 무엇인가를 한번 가슴에 품으면 절대 놓지 않는다네."

한서제가 생각에 잠긴 듯 자신의 술잔을 가만히 바라보았다.

"윤!"

한서제가 갑자기 윤의 이름을 부르자 윤이 자세를 고쳐 앉았다.

"남월 정벌에 자원한 사유가 무엇인가?"

한서제의 질문에 윤은 긴장하고 말았다. 자신의 마음속을 꿰뚫어 보는 한서제의 날카로운 눈빛에 윤의 목뒤로 식은땀이 흘러내렸다.

"신하 된 자로서 제가 필요한 곳에 봉사하고 싶습니다. 그것이 제가 폐하와 황후마마께 은혜를 갚는 일이라 생각합니다."

정론이었다. 빈틈이 없는 윤의 답변이었다.

"이미 그대는 황후를 살려주었을 때 내게 진 빛을 모두 갚았다."

한서제는 황후가 독을 마시고 사경을 헤맬 때 윤이 선뜻 선우를 증명할 옥패를 내어준 일을 말하고 있었다. 윤의 목숨과 차기 선우로서의 자리를 위해서 황후는 당시 흉노 우현왕의 지시를 받고 한서제 암살을 시도하였다.

그러나 암살에 실패하고 궁에 갇힌 황후에게 흉노 2인자인 우현왕이 지속적으로 한서제 암살을 지시하였던 것이다. 윤의 목숨을 담보로 한 지시를 거부할 수 없고 은애하는 한서제를 암살할 수도 없었던 황후는 스스로 독을 마셨다.

독이 한나라의 것이 아니었던지라 어의조차 해독을 하지 못해 발을 동동 굴렀다. 그 독이 선우(單于)가에 내려오는 독이라는 것을 알자마자, 윤은 소중한 옥패를 해독을 위해 내어놓았다. 그 옥패가 유일한 해독제였기 때문이었다.

그러나 그 옥패는 단순한 것이 아니었다. 차기 선우 자리를 증명하는 유일한 증거품이었기 때문이었다. 하지만 윤은 망설이지 않았다. 그때 윤에게는 황후를 살리는 것이 무엇보다 중요했기 때문이었다. 그리고 한 번도 그 결정을 후회한 적이 없었다.

"이제는 나나 황후에게 은혜를 갚아야 한다는 생각은 버리시게. 이미 그대는 한나라의 훌륭한 인재일세."

"폐하, 성은이 망극하옵니다!"

"나는 말이네, 윤. 이제는 자네가 누군가를 위해서가 아니라 그대를 위해서 살았으면 하네. 그래서 자연스럽게 그대의 감정도 표현하고 뜨겁게 청춘을 보냈으면 한다네."

자신에 대한 애정이 듬뿍 담긴 한서제의 말에 윤은 감격했다.

"맡긴 임무를 잘 마치고 돌아오시게. 내 장군이 복귀하기만을 기다리고 있겠네."

"그리하겠습니다."

그러나 윤은 유유히 흘러가는 장가강의 물결을 바라보며 양심의 가책을 느껴야 했다. 한서제의 따뜻한 말과 격려에 윤의 마음이 든든했다. 그러나 한편으로는 이리 자신을 아끼는 한서제에게 실제로는 장안을 떠나 있고 싶은 마음에 임무에 자원한 것이 마음에 걸렸다.

최근 윤은 마음이 심히 어지러웠다. 평소의 자신과는 너무 달랐다. 그 원인이 바로 소하였다. 소하를 평소와 같이 귀엽게만 볼 수가 없었던 것이다. 연못에 빠진 소하를 보았을 때, 윤은 평소와는 달리 침착함을 유지할 수가 없었다.

계속 소하의 곁에 있으면 이 어지러운 마음이 어디로 흘러갈지 몰라 결코 통제할 수 없었다. 그래서 잠시 장안을 떠나 다른 일에 마음을 쏟으면 이 혼란한 마음이 정리될 것 같았다. 시간이 조금 지나 윤은 담백하게 소하를 볼 수 있기를 기대하였다. 그러나 물에 젖어 자신을 바라보던 소하의 얼굴이 흐르는 강물에 계속 나타났다.

윤이 남월 원정에 떠난 지 3개월이 지나 동짓달이 되자 비연각에는 아침마다 찬란한 서리꽃이 피어났다. 아침만 되면 소하는 항상 서리꽃을 보며 생각에 잠겼다. 예전 오라버니와 함께 서리꽃을 바라보던 기억이 생생했다. 소하의 열네 번째 생일 직전이었던 듯했다. 어마마마의 처소에 인사차 들렀다 돌아가는 윤을 소하가 억지로 붙잡았던 날이었다.

그날은 날이 꽤 찼던지 오시(午時, 오전 11시~오후 1시)에 가까워 오는 시간임에도 서리꽃이 남아 있었다. 함께 후원을 거닐다 나뭇가지에 내린 서리꽃을 하염없이 바라보던 윤이었다.

"초원에서 보던 서리꽃을 보는 것 같군요."

서리꽃을 바라보던 윤의 말이 처연하게 들렸다.

"초원에도 서리꽃이 피나요?"

소하가 눈을 동그랗게 뜨면서 윤에게 물었다. 윤이 제 입으로 스스로 초원에 대해 이야기하는 것은 매우 드문 일이었다.

"네, 낮에는 태울 듯이 뜨거운 거비에도 밤이 되면 이슬이 내린답니다. 그것이 새벽녘에 찬 기운에 응결이 되면 서리꽃이 피어나죠. 그런데, 그 서리꽃을 보면 항상 처연한 느낌이 듭니다."

윤의 음성이 초원을 생각하는 듯 촉촉해졌다.

"왜 서리꽃이 처연하다고 하시는 거예요?"

"서리꽃은 해가 뜨면 소리 없이 스러지지 않습니까? 그 아름다움이 덧없어 보여서요."

"어쩌면 그 잠시의 찬란함이 서리꽃의 아름다움이지 않을까요? 짧게 지상에 내렸다가 찰나의 순간만을 허용하고 형체도 없이 사라져 버리니까요!"

소하의 말에 윤이 빙긋이 미소 지었다. 하지만 그 미소가 아릿해서 소하의 마음까지 매콤한 고추라도 먹은 듯 얼얼한 기분이었다.

"제가 간만에 꽤나 감상적이 되었습니다."

윤이 그리 말하고는 쓴웃음을 지었다.

"옛날을 생각하시는 것입니까?"

"밀려들어 오는 한나라의 군사를 피해 휴도를 떠나 연지산으로, 사호로 피해 다닐 무렵, 제 나이가 일곱이었습니다. 그때 의지할 사람이라고는 호위무사였던 황후마마뿐이셨죠. 근 반년을 서로에게만 의지하고 도피 생활을 했었지요."

윤의 나직한 음성에 소하는 고초를 겪었을 어린 윤이 생각나 마음이 저릿했다.

"그런데 말입니다. 이제는 어느새 초원에서 태어나고 자란 시간보다 장안에 머문 시간이 더욱 길어졌습니다. 초원을 떠나면 도저히 살 수 없을 줄 알았는데 이렇게 삶은 또 살아지는군요."

"혹시 돌아가고 싶으신 것입니까?"

기회가 되면 훌쩍 초원으로 윤이 떠나 버릴 것만 같아서 소하는 초조해졌다.

"고향이 그리운 마음을 어찌 지우겠습니까?"

"이곳이 싫으신 것입니까?"

"아닙니다. 이곳의 삶이 싫어서가 아닙니다. 그저 가끔 제 뿌리가 그립습니다."

소하가 저도 모르게 윤의 손을 꼬옥 잡았다.

"오라버니!"

소하의 초조한 음성에 윤이 소하를 돌아보며 빙긋 웃었다.

"어쩌다 보니 오늘은 제 넋두리가 조금 길었습니다. 날이 찬데어서 안으로 들어가십시오. 저도 이제 그만 물러나겠습니다."

인사를 하고 물러서던 윤의 모습이 그날따라 외로워 보였다. 멀어져 가는 윤의 뒷모습을 하염없이 바라만 보았다. 그의 시린 등을 바라보던 소하의 눈이 시큰해졌다. 외로웠을 일곱 살의 윤을 안아주고 싶었다. 그리움에 마음이 서걱거렸을 그의 손을 잡아주고 싶었다. 멀어져 가는 그의 긴 그림자가 소하의 동공에 자흔처럼 새겨졌다.

그때 윤의 아릿한 미소가 아직도 소하의 뇌리에 남아 서리꽃만 보면 윤이 떠올랐다. 남월은 남쪽이니 장안만큼 춥지는 않을 터였다. 하지만 겨울이 되면 그곳에도 서리꽃은 피어날 터였다.

'오라버니도 서리꽃을 보면서 함께 보았던 그 서리꽃을 떠올렸으면 합니다. 제발 무사히 돌아오세요!'

한서제 재위 31년인 원정 6년 8월, 한나라의 대군에 포위된 남월은 함락되었다. 남월국은 역사에서 사라지고 광동성뿐만 아니라 절강성에서 복건성에 이르기까지 대륙의 해안지역 대부분이 이제 한나라의 치하에 편입되었다.

이 모든 일을 마무리하고 윤이 장안에 복귀한 것은 남방으로 떠난 지 두 해가 지난 후였다. 정벌 임무를 무사히 마친 윤에게는 영광이 더해졌고, 한서제의 신임은 두터워졌다. 이후 남방의 귀한 물자들이 장안으로 들어왔다.

윤이 성공적으로 남월 정복을 마치고 복귀하자 그동안 잠잠했던 혼인에 대한 이야기가 다시 수면으로 올라왔다. 윤에 대한 한서제의 전폭적인 신임과 그의 출중한 능력 그리고 늠름하고 잘생긴 풍모까지 이 모든 것이 다시 윤을 최고의 신랑감으로 만들었다. 강도왕의 딸인 정향군주와 진행되던 혼담이 깨진 이후 실로 오랜만이었다.

여기저기서 혼담이 빗발쳤으나 윤은 별다른 반응이 없었다. 그 냉정하고 담백한 반응이 또 여인들의 마음을 달뜨게 만들었다. 다시 냉공자의 명성이 장안을 넘어 점점 높아지고 있었다.

청명한 초가을이 되었다. 뜨거운 대기가 잠시 숨을 고르듯이 아침저녁으로 날이 꽤나 선선했다. 미앙궁 내 비연각에도 초가을은

왔다. 오후에는 아직 대기가 뜨거운 때, 비연각의 후원에는 날아 오르는 제비같이 어여쁜 여인이 후원 정원을 샅샅이 살피고 있었 다. 무엇을 애타게 찾는지 여인의 시선이 분주해 보였다.

소하의 마음이 초조하기 이를 데 없었다. 윤이 남월 정복을 성 공적으로 마치고 장안에 복귀한 것이 벌써 한 달이나 지났다. 남 벌에 대한 보고를 마무리하고 여러 가지 일을 처리하는 것이 얼마 나 분주한 것인지 소하는 아직도 윤의 얼굴을 보지 못했다. 윤의 얼굴은 볼 길이 없는데 소하의 귀에는 그의 혼담 이야기만 계속 들려왔던 것이다. 떨어져 있을 때에는 물리적인 거리 때문에 볼 수 없다고 마음을 다잡을 수 있었다. 하지만 가까이 있음에도 만 나지 못하니 더욱 애가 달았다.

소하가 초조한 마음에 뜯어낸 목숙(苜蓿, 토끼풀, 한나라 때 서역 에서 수입됨)이 주변을 가득 채우고 있었다. 서역에서 들여온 목숙 의 씨를 한서제가 처음으로 심은 곳이 바로 이곳 비연각이었다. 본래 한서제가 어머니를 위해서 심었던 것인데 이제는 소하가 주 인이 된 것이다.

세 개의 잎이 피어나는 목숙을 소하는 상당히 마음에 들어 했 다. 작고 귀여운 식물인데 가끔 잎이 네 개인 것들이 드문드문 섞 여 있었다. 소하는 이상하게도 마음이 심란하거나 안 좋은 일이 있을 때 잎이 네 개인 목숙을 찾으면 기분이 나아지는 것 같았다. 그래서 벌써 반 시진(한 시간) 가까이 네 잎의 목숙을 찾고 있었는 데 오늘은 아무리 찾아도 보이지가 않았던 것이다.

"공주마마, 이제 그만하시지요. 벌써 저녁이 다 되어갑니다."

옆에서 이를 보다 못한 취옥의 말이었다. 최근에 소하공주가 심 각하게 마음을 쓰고 있는 것이 무엇인지 취옥도 알고 있었다. 지 난 이 년간 매일같이 김윤 장군이 무사히 돌아오기를 기원했던 소 하공주였다.

김윤 장군이 원정을 떠나고 식음을 전폐하다시피 하면서 슬퍼 하던 소하가 마음을 겨우 추스른 것은 족히 한 달이 지나서였다. 얼마나 마음고생이 심했었는지 소하의 통통하던 젖살이 몽땅 빠 지고 말았다. 그래서인지 한결 여성스러운 분위기가 되었다.

이 년 전 관례를 치르고 이제 보령 열일곱이 된 공주는 이제 누 가 보아도 아름다운 여인이 되어 있었다. 어렸을 적 또래보다 키 가 작아 고민이었던 것이 무색하게 지금은 상당히 늘씬했다. 키가 큰 부모를 닮은 것이 분명했다.

그러나 소하는 황후마마만큼 키가 큰 편은 아니었고 평균보다 약간 큰 정도라 보기에 좋았다. 팔다리가 긴 공주인지라, 무희처 럼 낭창낭창한 느낌이었다. 날씬한 허리는 풍만한 가슴 덕분에 한 줌에 잡힐 듯 가냘파 보였다. 가느다란 목과 이어지는 어깨선이 어찌나 아름다운지 황궁의 화공들이 서로 다투어 그림을 그리고 싶어 했다.

무엇보다 소하의 미모가 날이 갈수록 피어나고 있었다. 작은 얼 굴에 오목조목 들어 있던 이목구비가 시간이 연마한 덕분에 더욱 아름다워졌다. 크고 까만 눈동자와 하얀 눈자위로 인해 눈이 호수 처럼 맑았다. 오뚝한 콧날은 빚어놓은 듯이 모양이 좋았고 무엇보 다 아름다운 입술은 별다른 화장이 없어도 붉은 석류처럼 아름다웠다. 날이 갈수록 소하의 미모에 물이 올랐다.

그러나 워낙에 소하공주가 검에 능하고 말을 잘 타다 보니, 선 머슴 같은 인상이 강했는지 생각만큼 혼담이 들어오지는 않았다. 한서제와 황후도 그리 공주의 혼사를 서두르는 것 같지는 않았다. 왕자들만 줄줄이 있는 왕실이라 공주를 빨리 출가시키고 싶지 않 은 듯했다. 태자인 서와 막내 황자 능 사이에 공주는 소하가 유일 했기 때문이었다. 지금 걱정이 빠져 한숨짓는 공주의 모습이 그림 처럼 아름다워 취옥조차 넋을 잃을 지경이었다.

"오늘은 아무리 찾아도 네 잎을 찾을 수가 없어."

소하가 실망한 목소리로 중얼거렸다. 소하의 말에 취옥이 미소 를 지었다.

"매일 찾으면 어찌 그것이 귀하겠습니까? 가끔 찾을 수 있기에 귀중한 것이죠."

취옥의 말에 소하가 고개를 끄덕였다.

"그렇겠지."

수심에 잠긴 소하의 목소리였다.

"마마, 이제 안으로 드시지요."

"알았어."

자리를 털고 일어나 안으로 향하던 소하가 갑자기 몸을 돌려 취 옥을 바라보았다.

"혹시 또 오라버니의 새로운 혼담 소식이 있어?"

"마마, 그 소식을 들으실 때마다 상심하시면서 어찌 그리 알고 싶어 하십니까?"

"알아. 하지만 모르고 있는 것보다는 나아."

간절한 소하공주의 음성이었다. 한번 결심하면 소하가 얼마나 집요한지 아는지라 취옥은 포기하고 새로운 소식을 알려주었다.

"이번에는 평양공주마마의 손녀 따님께서 혼담을 청하셨다 합니다. 지난번 궁에 들었다가 김윤 장군을 보고 한눈에 반했다고 평양공주마마를 졸랐다 하더이다. 폐하께서도 아무래도 누님의 손녀 따님이다 보니 김윤 장군께 말씀을 하신 모양입니다."

"뭐라?"

취옥의 말에 소하의 심장이 툭 떨어졌다. 고모님의 손녀딸이라면 올해 열여섯이 된 영령이었다. 아바마마도 어마마마도 평양공주마마의 부탁이라면 함부로 무시할 수가 없었다. 두 분이 혼인할 때 고모님의 도움이 컸다고 하였다. 그리고 물심양면으로 아바마마가 어려울 때 도와주신 분이기도 하였다. 영령을 워낙 귀애하는 고모님이니 차마 손녀딸의 부탁을 거절하지 못했을 터였다.

소하의 심장이 걱정으로 두근거렸다. 다른 누구보다 영령이라면 할머니인 평양공주마마를 내세워 제 뜻을 이루려 할 것이었다. 게다가 아바마마나 어마마마도 고모님께는 약하시니 이것은 정말로 큰일이었다.

"마마!"

너무 놀라 비명 같은 소리를 지른 소하 때문에 취옥이 기함을 했다. 공주의 상태가 심상치가 않았다. 소하의 호흡이 눈에 띄게 거칠어졌고 얼굴에 열이 오른 듯 붉어졌다. 지금 몹시 흥분한 것이 분명했다. 모든 일에 열정이 넘치는 공주였지만 특히나 김윤 장군과 관련된 일에는 더욱 불타오르는 공주였다.

"마마, 일단 처소로 드시고 마음을 가라앉히시고 생각을 해보시면 어떻겠습니까?"

자리에 주저앉을 것 같은 소하를 취옥이 달래었다. 그 자리에 못 박힌 듯 움직이려 하지 않는 공주가 걱정이 되었다. 아무리 9월이라 하나 이제 저녁이 다 되어 기온이 떨어지고 있었다. 게다가 소하의 곡거심의가 과하게 얇아 고뿔이 들까 걱정이 되었다. 어떻게든 공주를 안으로 모시고 들어가야 하였기에 취옥이 할 수 없이 한 가지 이야기를 더 해주었다.

"오늘 김윤 장군께서 궁에 머무신다고 합니다. 그때 잠시 짬을 내어 말씀을 전해보시면 어떠시겠습니까?

취옥의 정보에 소하의 눈이 반짝였다. 이것은 두 번 다시 없을 기회였다. 일단 오라버니를 만나야 했다. 만나주지 않으면 쳐들어가서라도 담판을 지을 작정이었다. 오라버니는 저의 짝이었다. 계속 자신을 어린아이로만 봐왔지만 이제 열일곱이 된 자신을 보면 오라버니도 그 생각을 버릴 것이었다.

소하는 자신의 달라진 모습을 보여줄 작정이었다. 이제 자신이 혼인이 가능한 여인이 되었음을 오라버니가 미처 깨닫지 못했다면 자신이 직접 알려줄 작정이었다. 소하는 굳게 다짐하였다.

열기를 품고 반짝이는 소하의 눈빛에 취옥은 걱정이 되었다. 워낙 행동력이 있는 공주인지라 괜한 정보를 준 것은 아닌지 취옥의 미간에 작은 내 천 자가 새겨졌다. 그러나 한편으로는 취옥은 김윤 장군을 신뢰하였다.

소하공주가 다가선다 해도 김윤 장군이 공주를 함부로 대하지 않고 귀히 여길 것임을 알기 때문이었다. 자제심과 침착함으로 이름이 높은 장군이니, 큰일은 없을 것이라 믿는 취옥이었다.

6. 서리꽃 피어나다

밤이 되니 미앙궁 후원에는 이슬이 내려앉았다. 달빛을 받은 이슬이 반짝거려 주변이 신비한 느낌이었다. 윤은 궁에 마련된 자신의 거처에서 조용히 바깥을 내다보고 있었다. 이슬이 내려 반짝이는 후원이 어릴 적 보았던 서리꽃이 내린 초원과 같았다.

'벌써 이곳에 머문 지도 20년이 다 되어가는구나!'

아무것도 가진 것이 없던 윤이 한나라의 제후로서 살아온 시간이 초원에서 산 시간보다 길어졌다. 하지만 여전히 윤은 자신이 외부인이라는 생각을 지울 수가 없었다. 가끔은 커다란 자신의 저택과 제가 가진 많은 것들이 누군가의 것을 빌려서 살고 있는 기분이 들곤 했기 때문이었다.

정주하지 않는 흉노인들은 가옥이나 토지 등에는 관심이 없었다. 그래서 그런지 윤 또한 무욕하다는 세간의 평을 듣고 있었다. 그러나 그것은 관심 없음에 대한 다른 면일 뿐이었다.

윤은 그 무엇에도 큰 애착이 없었다. 그가 이루거나 가지게 된 것은 한서제와 황후에게 누가 되지 않게 열심히 살다 보니 얻어진 것들이었다. 그래서 미련도 없었다. 오직 잠시 머물러 가는 손님처럼 윤은 항상 떠날 준비가 되어 있었다.

그럼에도 계속 윤은 이곳에 머물고 있었다. 가끔은 모든 것을 버리고 다시 초원으로 돌아가고 싶은 생각이 들 때마다 무엇인가가 계속 윤을 붙잡았다.

이런저런 생각에 빠져 있던 윤은 살며시 열리는 문소리에 긴장했다. 이렇게 늦은 시간에 기척을 감추고 올 이가 누가 있단 말인가? 윤이 신속하게 검을 들었다. 그것은 오랫동안의 도피와 위협에 시달렸던 윤의 본능적인 움직임이었다.

윤이 큰 몸집과는 달리 매우 민첩하게 움직여 들어오는 자를 검으로 겨누었다. 남색 장포로 몸을 감싼 자였다. 그러나 그 모습이 왠지 여인처럼 가냘파 보였다.

"오라버니!"

예기치 못한 달콤한 여인의 목소리가 방 안을 채웠다. 순간 긴장으로 팽팽했던 방 안의 공기가 급격하게 그 온도를 바꾸었다. 한밤의 방문자는 소하였다. 예상치 못한 소하의 방문에 윤의 눈이 커다래졌다.

소하는 윤이 저리 놀라는 것을 처음 본 기분이었다. 하긴 지금 벌써 밤이 삼경을 향해 가는 시간이었다. 이 야심한 밤에 소하가 주변에 시녀들도 대동하지 않고 윤의 방에 있다니 놀랄 수밖에 없었을 터였다. 소하는 윤이 자신을 알아보고는 들었던 검을 살며시 내리는 것을 바라보았다.

"마마, 이 야심한 시각에 어인 일이십니까?"

윤이 침착한 말투로 공주에게 물었다. 윤의 질문에 소하는 곁에 둘렀던 거대한 장포를 내려놓았다. 윤이 그 장포가 이 년 전 애련지에서 자신이 벗어서 둘러주었던 장포였다는 것을 알아차렸는지 순간 눈매가 가느다랗게 변했다.

소하가 장포를 벗어 내려두자 감추어 있었던 소하의 모습이 서서히 드러나기 시작했다. 작고 아름다운 얼굴, 가느다란 목선과 부드러운 어깨선, 그리고 곡거심의 사이로 풍만한 가슴이 존재를 드러내고 있었다.

그리고 남자의 커다란 손에 한 줌에 잡힐 것만 같은 잘록한 허리까지, 소하는 피어나는 꽃처럼 아름다웠다. 무엇보다 지금 열기로 반짝이는 그녀의 까맣다 못해 푸른빛이 도는 눈동자와 흥분으로 달아오른 붉은 입술까지 그 모든 것이 매우 유혹적이었다.

그러나 소하는 자신이 남자에게 얼마나 큰 영향을 미치고 있는지 깨닫지 못하고 있었다. 아름답고 순진한, 그러나 남자를 유혹하는 소하였다.

"오라버니! 너무나 뵙고 싶었습니다!"

소하의 목소리가 매우 달콤하게 새어 나왔다. 지난 2년간 너무나 그리웠던 윤이었다. 그가 전장으로 떠난 이후 하루하루 그가 복귀하기만을 손꼽아 기다렸다. 오랜만에 만난 윤은 살짝 햇볕에 그을려 있었다. 그리고 살짝 살이 빠진 듯 예전보다 더욱 날카로운 무인의 풍모를 자랑하고 있었다. 하지만 건강한 그의 모습을 보자, 그동안의 근심이 모두 사라지고 심장이 기쁨으로 두근거렸다.

"공주마마, 시간이 너무 늦었습니다. 인사는 내일 밝은 날에 하시고 오늘은 돌아가십시오."

하지만 윤의 대답은 냉정했다. 차가운 윤의 말에 소하의 얼굴이 윤을 원망하듯이 살짝 일그러졌다.

"너무하십니다. 이 년 만에 보았는데 오라버니는 제가 반갑지 않으십니까?"

소하의 목소리가 떨렸다. 냉정한 윤의 반응에 소하는 저도 모르게 서운한 감정이 들었다. 그러다 보니 투정 섞인 목소리가 나오고 말았다.

"마마, 반가움의 인사는 적절한 시간에 적절한 곳에서 나누어야 합니다. 지금 이 야심한 시각에 마마 혼자서 제 방을 찾으시다니요?"

윤의 말에 소하의 마음이 살얼음에 살짝 금이 생긴 것처럼 '쩍' 하고 갈라졌다. 떨어져 있던 동안 오매불망 그리웠던 윤이었다. 하지만 윤은 조금도 자신을 반가워하지 않는 것 같았다. 그것이 너무나 서러웠다. 저리 냉정하게 돌아가라고만 하니, 야속한 윤이었다.

하지만 그럼에도 불구하고 소하는 윤을 보니 심장이 두근거렸다. 그리고 이렇게 무사히 복귀한 윤을 제 눈으로 확인하자 마음이 놓이는 소하였다.

"늦은 시간인 것은 알고 있습니다."

소하의 목소리가 떨렸다. 하지만 소하는 결심한 듯이 고개를 들어 윤을 똑바로 바라보았다. 그를 보고 싶었던 마음을 모두 담아 그렇게 윤을 바라보았다. 윤도 꼼짝하지 않고 고스란히 자신의 시선을 받아내고 있었다. 허공에서 두 사람의 눈빛이 칼날처럼 부딪혔다. 하지만 그 누구도 시선을 돌리지는 않았다.

"하지만 이렇게라도 하지 않으면 오라버니는 절대 제게 얼굴을 안 보여주실 것이 아닙니까?"

소하가 원망스럽다는 듯이 속삭였다. 그러나 울먹이는 소하를 바라보는 윤의 표정이 복잡해 보였다.

"알겠습니다. 다른 날 적절한 시간에 황후마마와 함께 계실 때 인사를 드리겠습니다. 그러니 오늘은 일단 돌아가십시오!"

윤의 말에 소하가 폭발했다.

"오라버니는 항상 하지 마라, 오지 마라, 저를 거부만 하시는군요. 저는 오라버니가 너무나 그리웠습니다. 너무나 그리워서 심장이 아팠습니다."

소하가 애타게 자신의 감정을 윤에게 전했다. 지금 이 순간만은 저리 냉정하게 자신을 대하는 윤이 미웠다.

"공주마마, 고정하소서. 지금 마마는 너무 흥분하여 어떤 말씀을 하시는지 잘 모르고 계십니다. 내일이면 후회할지도 모릅니다."

소하는 발을 구르고 싶어졌다.

"오라버니, 제발 저를 제대로 봐주세요. 아직도 제가 강아지를 보고 훌쩍이던 어린아이로만 보이십니까? 저는 이제 여인이 되었습니다. 남자를 은애할 수 있고 안을 수도 있는 나이가 되었다고요!"

소하의 말에 윤이 살짝 움찔했다. 그러나 다시 냉정한 표정으로 소하에게 답변했다.

"돌아가십시오. 오늘 일은 없던 것으로 하겠습니다."

윤이 냉정하게 돌아섰다. 그리고 소하를 피하려는 것인지 방문 쪽으로 걸어갔다. 멀어져 가는 윤의 등을 소하가 애타게 바라보았다. 야속하게도 그는 한 번도 뒤돌아보지 않고 그저 앞으로 나아갔다. 그의 등을 바라보는 소하의 마음이 아려왔다. 한 번도 소하를 마주 보지 않고 거절하는 등만 보이는 윤이었다. 그 뒷모습만 바라본 소하였다.

이제 곧 그가 방문을 열고 나설 참이었다. 오늘이 가면 이러한 용기는 두 번 다시 낼 수 없을 것이었다. 잡아야 했다. 적어도 이 마음을 한 번은 전해야 했다. 소하는 용기를 내었다.

"은애합니다, 오라버니!"

소하의 애타는 고백이었다. 참고 억눌렀던 은애하는 마음이 결국에는 터져 나왔다. 소하의 말에 윤이 걸음을 우뚝 멈추었다. 그러나 이내 다시 손을 들어 문을 열고자 했다.

소하는 윤이 야속했다. 한 번만이라도 윤이 자신을 돌아봐 주었으면 했다. 자신에게 눈을 맞추고 좋아한다고 말해주기를 바라고 또 바랐다. 아니, 그저 자신이 그의 곁에 머물게 해주기를, 그러나 항상 밀어내기만 하는 그였다. 하지만 그래도 소하는 윤을 은애하는 마음을 놓을 수 없었다. 결국 돌아서 나가는 윤을 소하가 끌어안고 말았다.

등 뒤에서 윤을 끌어안은 소하의 작은 손에 윤이 움찔하는 기척이 느껴졌다. 소하의 눈물이 윤의 옷을 적시고 있었다. 소하의 작은 몸이 격하게 떨렸다. 그리고 윤을 꽉 끌어안은 소하의 가슴이 윤의 등에 부드럽게 닿았다. 소하의 흐느낌과 흥분이 고스란히 윤에게 전달되고 있었다.

"당신을 은애합니다!"

소하의 말에 윤이 잠시 멈칫하였다. 하지만 윤은 냉정하게 소하의 작은 손을 제 허리에서 떼어내었다. 그리고는 그가 뒤돌아서서 소하를 마주하였다. 소하의 젖은 눈망울이 아름답게 반짝거렸다. 윤이 그 눈물을 닦아주려는 듯 저도 모르게 손을 들어 올리다 말고는 다시 냉정한 표정으로 소하를 바라보았다.

"공주……."

윤은 미처 말을 끝맺지 못했다. 소하의 부드러운 입술이 윤의 입술에 거세게 부딪혔던 것이다. 소하는 윤의 입에서 거절의 말이 나올 것이 두려웠다. 그가 거절의 말을 하지 못하게 해야 했다. 소하가 까치발을 하고 두 팔을 들어 올려 윤의 목을 감았다. 장신의 윤인지라 꽤나 힘이 들었다. 그러나 윤은 고개를 숙여 소하에게 맞추어주지 않았다. 꼿꼿하게 장승같이 서 있는 윤이 야속했다.

하지만 그의 잘생긴 입술에 자신의 입술이 닿는 순간, 소하는 윤의 입술이 매우 부드럽다는 생각이 들었다. 강하고 거칠기만 할 것 같은 윤의 입술이 너무나 달콤했다. 소하의 심장박동이 미칠 듯 빨라졌다. 제 스스로 윤을 유혹하리라 마음먹었으나 소하에게는 두렵고도 달콤한 입맞춤이었다. 그의 입술에 닿았다는 것만으로 소하는 정신을 잃을 것만 같았다.

소하가 서툴게 윤의 입술을 자극하였다. 그러나 미동도 하지 않는 윤이 야속해 소하의 눈에서 방울방울 눈물이 솟아났다. 이렇게 자신이 입맞춤을 했음에도 윤은 호흡조차 흐트러지지 않았다.

소하는 역시, 윤이 자신을 꼬맹이 이상으로 보지 않고 있다는 사실에 가슴이 찢어질 듯 아팠다. 냉정하게 다문 입술이 윤의 거절이라 생각하니 소하는 그만 정신을 놓고 싶었다. 심장이 아픔으로 욱신거렸다. 마음의 아픔만이 아니라 실제로 소하는 육체적으로도 고통을 느끼고 있었다.

소하가 힘없이 입술을 떼려는 순간이었다. 그때까지 가만히 움직임을 멈추고 있던 윤이 갑자기 거칠게 소하의 입술을 흡입하듯 빨아들였다. 그리고는 소하를 으스러질 듯이 윤의 넓은 가슴으로 끌어당겼다.

순간 소하가 깜짝 놀라 입술이 살짝 벌어지자, 그 틈 사이로 윤의 혀가 입안으로 쏟아져 들어왔다. 소하는 예상치 못한 침입에 눈을 동그랗게 떴다. 윤의 흑요석 같은 눈동자가 뚫어질 듯이 자신을 바라보고 있었다. 그 강렬한 눈빛에 당황한 소하는 눈을 감고 말았다. 그러자 윤의 혀의 움직임이 더욱 생생하게 느껴졌다.

윤의 혀가 화를 내듯이, 고함을 지르듯이 그렇게 소하를 탐하고 있었다. 소하의 입안으로 침범한 거슬거슬한 혀가 그녀의 매끄러운 치열을 훑고는 볼 안쪽의 부드러운 점막을 간질였다. 그리고 소하의 말캉한 혀를 거칠게 얽었다. 서로의 혀가 얽히며 타액이 섞였다.

소하는 생전 처음 느끼는 생소한 감각에 정신을 차릴 수가 없었다. 이것은 분명 남자가 여인에게 해주는 입맞춤이었다. 머리끝에서 발끝까지 돌기 시작한 열기가 소하를 휘감았다. 그리고 마침내 윤도 자신을 여자로 보고 있다는 생각에 기뻤다. 입맞춤이 서툰 소하는 점점 호흡이 딸렸다. 그러나 윤의 혀가 자신의 혀를 맹렬히 비비자 그 생각도 더 이상은 할 수 없었다.

소하가 호흡이 딸려 더 이상은 숨을 쉴 수 없다는 생각이 들어 윤의 가슴을 가볍게 쳤다. 그제야 윤의 입술이 떨어졌다. 그 짧은 틈을 타서 소하는 급하게 호흡하였다. 소하의 입술에서 떨어진 윤의 입술이 소하의 눈물 자국을 따듯하게 닦아주었다. 그리고 부드러운 소하의 볼을 쓸고는 귓불을 깨물었다. 소하는 어깨를 움찔했다.

윤이 뜨거운 입김을 소하의 귀에 불어 넣자 소하의 온몸에 오소소 소름이 돋았다. 그리고 그가 그의 두터운 혀를 자신의 귓속에 넣자 소하는 아찔해졌다. 윤의 혀가 귀 뒤쪽의 부분을 살짝 핥자 소하가 자지러질 듯이 몸을 떨었다. 소하는 저도 모르게 윤의 가슴께 옷자락을 거머쥐었다. 두 다리에 힘이 빠져 서 있을 수가 없었다.

쓰러지려는 소하를 윤이 번쩍 안아 들었다. 그리고는 소하의 입술에 강하게 입을 맞추며, 소하를 침상에 내려놓았다. 소하는 등 뒤에 푹신하게 느껴지는 이불의 서느런 감촉을 느꼈다.

그러나 곧 소하의 머릿속은 새하얘졌다. 윤이 소하의 부드러운 목덜미를 강하게 빨아당겼고 그의 커다란 손이 쇄골을 타고 내려가 봉긋하게 솟아 있는 소하의 가슴을 움켜쥐었기 때문이었다. 그리고 마치 반죽을 하듯이 소하의 가슴을 거칠게 만졌다. 그리고는 윤의 입술이 목덜미를 타고 내려와 쇄골을 부드럽게 간질이자 소하는 신음하였다.

"아…… 하앗……."

곧 곡거심의 안쪽으로 윤의 커다란 손이 침입하였다. 매끄러운 피부 위에 닿는 윤의 손이 타는 듯이 뜨거웠다. 정신을 차릴 수가 없었다. 윤의 손이 마치 제 것인 양 자신의 가슴을 주물러 대고 있었다. 아무도 닿지 않았던 곳에 윤의 손이 닿자 소하는 충격으로 정신을 차릴 수 없었다.

어느새 윤이 곡거심의 안쪽으로 손을 넣어 소하의 가슴 한쪽을 바깥으로 끄집어내었다. 찬바람이 매끄러운 가슴에 닿자 소하가 흠칫하고 긴장하였다. 그러나 곧 소하는 자신의 유실이 꼿꼿하게 존재를 드러내고 있는 것을 알았다.

"아앗…… 안 돼요!"

너무나 부끄러운 나머지 소하가 비명을 질렀다. 그러나 그의 입술이 그녀의 볼록하게 솟아오른 그녀의 유실을 입안에 머금는 순간, 소하는 온몸에 번개를 맞은 것만 같았다. 날카로운 쾌감이 작은 돌기에서 시작하여 온몸으로 퍼져 갔다. 소하는 자신의 가슴에 달라붙어 있는 윤의 머리를 멍하니 바라보았다. 이것이 현실이라는 것이 도저히 믿기지가 않았다.

윤의 혀가 소하의 유실을 부드럽게 빨아들이고는 다시 혀를 활용하여 부드럽게 핥았다. 그리고 윤의 다른 손은 곡거심의 바깥으로 반대쪽 가슴마저 끄집어내었다.

달빛에 소하의 뽀얗고 하얀 가슴이 고스란히 드러났다. 누구의 손길도 닿지 않았던 탐스러운 가슴이었다. 윤이 손바닥을 활용하여 소하의 가슴을 감싸고는 반죽하듯이 주무르기 시작했다.

"하앙…… 앙……."

소하는 낯선 감각에 몸을 뒤틀었다. 그러나 윤은 가차 없이 커다란 손으로 소하의 가슴을 만졌다. 하얀 소하의 가슴이 그의 손자국으로 벌겋게 달아올랐다. 가슴의 모양을 확인하듯이 만지던 윤이 두 손가락으로 소하의 유실을 꼬집었다. 깜짝 놀란 소하가 몸을 움찔했다.

"앗…… 거긴……."

소하가 뭐라 말을 끝마치기도 전에 윤이 살살 손톱 끝으로 유실을 긁었다가 거칠게 잡았다가는 문지르기를 반복했다. 소하의 한쪽 가슴은 윤의 입으로 다른 쪽은 커다란 손에 철저하게 농락당하고 있었다.

한쪽 유실을 윤이 거칠게 빨아들이고 다른 쪽 유실을 희롱하자 소하는 자신도 모르게 뱃속에 뜨거운 열이 올라오는 것을 느꼈다. 그리고 더욱 아래쪽에서 생전 처음으로 열기가 올라왔다. 그리고 온몸이 이상하게 간지러운 기분이었다.

소하가 처음으로 느끼는 감각에 정신을 차리지 못하고 있을 때 어느새 윤의 손이 소하의 하상(下裳, 치마)을 걷어 올리고, 부드러운 허벅지를 쓰다듬었다. 소하가 너무 놀라 눈을 번쩍 떴다. 그리고는 소하는 저도 모르게 수치심에 허벅지를 오므렸다. 이내 소하는 자신의 비부가 촉촉하게 젖어든 것을 알았다. 민망했다. 너무 강한 열기에 실례를 한 것은 아닌지 소하는 너무나 부끄러워 울고만 싶어졌다.

"안 돼요. 싫어……."

소하는 윤이 그것을 알아차릴까 싶어 필사적으로 허리를 뒤로 빼내었다. 그러나 윤의 손이 가차 없이 두 허벅지를 벌렸다. 소하의 속곳이 축축하게 젖어 있었다. 그 위로 음란하게 존재를 드러낸 소하의 꽃잎을 윤의 커다란 손바닥이 부드럽게 쓸어 올렸다.

"허억……."

소하가 깜짝 놀라 반사적으로 다리를 오므리고자 했으나 자신의 다리 사이에 자리 잡은 윤 때문에 꼼짝할 수가 없었다. 계속 소하의 가슴을 유린하던 혀가 배를 타고 점점 아래로 내려왔다. 그의 타액으로 유실이 축축했다.

그의 뜨거운 혀가 그녀의 배꼽 주변을 핥자 소하가 깜짝 놀라 침상에서 허리를 들어 올렸다. 여전히 그의 손은 소하의 비부를 자극하고 있었다. 그의 커다란 손이 소하의 속곳을 벗기려는 순간 소하는 공포심에 휩싸였다. 자신을 탐하는 윤의 열정이 너무나 두려웠다.

"안 돼요, 그만⋯⋯."

소하가 거칠게 저항하기 시작하였다. 두려웠다. 소하가 윤을 자극한 것은 사실이었지만 아직 남녀 간의 사이에는 무지한 소하였다. 예상치 못한 윤의 격정적인 애무에 어린 소하가 당황하기 시작했다. 그러나 지금 윤은 평소에 알던 그가 아닌 것 같았다. 항상 다정하던 오라버니가 아니었다. 거칠게 여인을 탐하는 수컷이었다.

"오라버니⋯⋯ 제발!"

소하가 크게 울먹이자 소하를 탐하던 윤의 손이 갑자기 뚝 멈췄다. 소하가 가슴을 드러내고 오들오들 떨고 있었다. 윤의 거친 손에 하상이 허리까지 올라가 소하의 가느다랗고 하얀 다리가 고스란히 드러났다. 물에서 막 나온 인어처럼 그녀는 아름다웠다. 소하가 오라버니라고 부르자 그제야 윤은 제정신으로 돌아온 듯했다.

윤이 급하게 몸을 떼자 공포에 질린 소하가 애처롭게 몸을 말고 있었다. 갑작스런 윤의 행동에 놀란 나머지 공포에 휩싸인 소하였다.

"이것이 남자입니다. 남자가 여인을 원한다 함은 이런 것입니다. 공주마마께서 원하시는 것이 고작 남자의 육욕의 대상이 되는 것입니까?"

윤의 차가운 말에 소하는 뺨이라도 맞은 듯 몸을 움츠렸다. 그녀의 커다란 눈동자가 충격과 공포로 커졌다. 윤을 은애하였다. 소하는 윤도 자신을 은애한다고 생각하였다. 그래서 두렵지만 용기를 내었던 것이다.

하지만 소하가 바란 것은 이런 것이 아니었다. 너무나 강렬한 그의 열기에 그만 당황하고 말았다. 아직 남자의 욕망을 이해하기에는 어린 소하였던 것이다.

"남자는 여인을 은애하지 않아도 얼마든지 안을 수 있습니다. 은애하는 여인이라면 아끼고 소중하게 대하겠지요."

"오라버니도…… 저를……."

소하가 눈물에 젖은 눈을 들어 윤에게 애처롭게 물었다. 소하는 질문을 끝맺지 못했다. 차마 윤의 말을 믿을 수 없어 거짓말이라 말해주기를 눈으로 간청하였다.

"물론입니다. 저는 공주마마를 은애하지 않습니다. 그래도 이렇게 공주마마를 안을 수 있습니다."

윤의 잔인한 말에 소하가 충격으로 두 눈을 크게 떴다. 그리고 소하의 눈에서는 소리도 없이 눈물이 굴러떨어졌다. 어떠한 소리도 내지 않고 그저 눈물만 흘리고 있었다. 너무나 큰 충격에 울 기운마저 없었던 것이다.

"어서 옷을 추스르고 처소로 돌아가십시오. 오늘 이곳에는 아무도 없었습니다."

윤이 냉정하게 말을 마치고는 방 바깥으로 사라졌다. 혼자 덩그러니 남은 소하는 울었다. 소녀의 순정은 철저히 무너졌다. 수줍은 연심이 산산이 부서졌다. 처음으로 마주한 남자의 욕망이 무서웠다.

그리고 자신을 냉정하게 내친 윤이 미웠다. 이렇게 자신의 마음을 받아주지 않는 그가 미웠다. 자신을 은애하지 않아서, 하지만 그런 그를 은애하는 마음을 도저히 멈출 수가 없어서 소하는 울었다. 소하의 심장에 짙푸른 멍이 들고 말았다. 평생을 사라지지 않을 그런 멍이었다.

방 밖으로 나서자 소하가 소리 죽여 흐느끼는 소리가 윤에게 들렸다. 조용히 방문을 안타깝게 바라보던 윤이 급하게 걸음을 옮겼다. 그러다 갑자기 윤은 번개에 맞은 것처럼 자리에 우뚝 서고 말았다. 미처 깨닫지 못했던 사실에 직면하여 충격에 몸이 굳은 듯 윤은 잠시 동안 꼼짝도 하지 않았다.

일각 후, 날렵하게 솟아오른 윤의 검이 달빛을 갈랐다. 윤이 떨어지는 달빛과 싸움이라도 하듯이 검을 휘둘렀다. 달빛에 윤의 검이 교교하게 반짝였다.

윤의 갈 곳 없는 마음이 검이 되어 바람을 갈랐다. 보이지 않는 적과 싸우듯이 그렇게 허공을 갈랐다. 윤의 온몸 근육이 긴장으로 팽팽했다. 윤의 두 눈에서 흘러나오는 강렬한 기운은 그 앞의 모든 것을 태워 버릴 것만 같았다.

윤은 베고 또 베었다. 마음을 어지럽히는 삿된 마음을 끊어내듯, 무엇인가를 억누르는 듯, 그 모든 것을 베어버리려는 듯 윤의 검은 그렇게 절실해 보였다.

그래서 날카로웠다. 그래서 아름다웠고 슬퍼 보였다. 그렇게 윤의 날카로운 검성만이 고요히 잠든 미앙궁을 채웠다. 휘영청 밝은 달만이 그런 윤을 아무 말 없이 목격하고 있었다.

7. 베어도 베어지지 않는 것

비연각을 찾은 황후의 아름다운 미간이 살짝 찌푸려져 있었다. 벌써 며칠째 소하가 자리에서 일어나지 못하고 있었다. 식은땀을 흘리며 고통에 몸부림치는 소하가 안쓰러웠다.

취옥의 말에 따르면 며칠 전 한밤중에 혼이 나간 표정으로 소하가 후원에 서 있었다고 하였다. 취옥이 공주를 여러 번 불러도 소하는 대답조차 하지 않았다. 결국 취옥이 소하에게 다가가 팔을 흔들자, 그제야 미몽에서 깨어난 소하가 그대로 혼절하고 말았다고 한다. 그리고는 벌써 사흘이 넘도록 소하는 깨어나지 못했다.

황후의 근심이 깊어졌다. 도대체 소하에게 무슨 일이 있었던 것인지 자세한 내막은 알 수 없었다. 하지만 황후는 뭔가 짚이는 점은 있었다. 이튿날 윤이 무거운 표정으로 찾아와 돌아가겠다고 했을 때 윤 또한 몹시 아파 보였다.

　윤은 그저 공주를 잘 돌보아주라 부탁하고는 돌아갔다. 그러나 윤이 돌아가던 길에 한서제를 만나 영령공주와의 혼담을 서둘러 달라고 말을 했다는 소리에 황후는 무엇인가가 이상했다. 분명 둘 사이에 무슨 일이 있었음에 틀림없었다. 그리고 혼담에는 관심이 없던 윤이 갑작스레 혼인을 하겠다는 것도 수상했다.

　평양공주의 부탁을 차마 거절할 수 없어 일단은 윤에게 이야기를 했으나 윤의 반응은 미지근했었다. 하지만 윤이 제 입으로 혼사를 하겠다고 말한 것은 처음이었다. 한서제 역시 갑작스러운 윤의 의사 표시에 다소 놀라고 있었다.

　아무래도 황후는 둘 사이에 무슨 일이 있었는지 알아봐야겠다고 생각했다. 윤이 마치 무엇인가를 피하려고 억지로 혼사를 감행하고 있다는 생각이 들었기 때문이었다. 윤이 진정 영령공주를 은애한다면 황후는 반대할 생각이 없었다. 하지만 황후는 왠지 다른 생각이 자꾸 들었다. 황후의 머리가 수많은 생각으로 복잡했다.

　마침내 소하가 멍한 눈을 떴다.

　"공주, 정신이 드시는 겝니까?"

　황후가 근심스러운 목소리로 물었다. 황후가 다정하게 소하의 이마에 땀을 닦아주고 있었다. 자애로운 황후의 눈빛을 바라보던 소하의 눈에서 굵은 눈물이 솟아올랐다.

　"어마마마, 흑흑……."

　소하의 흐느낌이 깊었다. 놀란 황후가 얼른 소하공주를 안아주었다. 철이 든 이후로 한 번도 울지 않았던 소하공주였다. 웬만한 일은 웃어넘길 줄 아는 강단이 있는 공주였다. 하지만 씩씩하고 누구보다 활달한 소하의 마음이 사실은 여리디여린 것을 황후는 잘 알고 있었다. 그것을 감추기 위해 부러 활달하고 선머슴처럼 행동하는 소하공주였다.

그런데 오늘 이리 흐느끼는 공주를 보니 황후의 마음이 무너졌다. 분명 무슨 일이 있었다. 그것은 은애하는 정인을 잃고 절망한 여인의 눈물이었다. 겪어본 사람만이 알 수 있는 여인의 직감이었다.

"공주, 무슨 일이 있으셨던 겝니까?"

"어마마마!"

아무런 말도 없이 계속 흐느끼기만 하던 공주가 다시 혼절하였다.

"소하공주! 취옥, 어서 어의를, 어의를 부르라!"

황후의 목소리가 걱정으로 떨렸다. 부리나케 어의가 들었으나 소하는 그 후로 며칠을 깨어나지 못하고 고열에 시달렸다. 이러다 정말 큰일이 날 것 같아 한서제와 황후, 그리고 황자들은 안절부절못했다. 다행히 소하공주는 며칠을 앓고 나서 깨어났다. 그러나 깨어난 소하는 예전의 활달한 공주가 아니었다. 마치 마음을 잃어버린 듯 활기가 사라진 공주였다.

가을이 깊어지자 건장궁을 둘러싼 매화나무도 하나둘 잎을 떨구고 있었다. 봄에는 하얀 매화가 흐드러지게 피어나 아름다웠던 건장궁이었다. 하지만 가을의 건장궁은 색채가 없어서인지 다소 싸늘해 보였다. 그래도 10월 말이 된 장안의 날씨는 예년보다는 포근했다. 소하공주가 자리에서 일어나고 달포(한 달 조금 넘는 기간)가 지나갔다. 그리고 건장궁 후원에서 대기를 가르는 청명한 검성이 들려왔다.

챙강!

소하의 검이 곽정의 검과 부딪혔다. 곽정은 소하의 무술 스승이었다. 한서제를 지근거리에서 호위하였던 곽정이었다. 위청과 더불어 최고의 검술을 자랑하는 이였다.

"공주마마, 검이 너무 성급합니다!"

곽정의 엄한 목소리였다. 소하의 검이 성급하게 곽정의 옆구리를 노렸으나 그 때문에 소하에게 빈틈이 생긴 것이었다. 곽정의 목검이 소하의 옆구리를 노리던 찰나였다. 갑자기 소하의 검이 날카롭게 방향을 바꾸었다.

"이얍!"

가벼운 몸무게를 활용하여 훌쩍 날아 오른 소하가 갑자기 몸의 방향을 틀더니 곽정의 목을 노렸다. 예상치 못한 움직임이었다.

'역시, 폐하의 따님이었군!'

빠른 몸놀림은 황후를 창의적인 검술은 예전 한서제를 보는 것과 같았다. 곽정의 얼굴에 흐뭇한 미소가 떠올랐다. 사실 한서제는 소하에게 검을 가르치고자 하는 마음이 없었다. 그러나 황태자 서의 무술 수업을 참관한 소하공주가 한사코 한서제를 졸라 검을 배우게 된 것이었다. 한서제는 호신 정도의 수준이라면 배워두어도 나쁘지 않겠다며 허락을 했다.

곽정 또한 처음에는 가벼운 마음으로 틈틈이 가르쳤으나, 생각보다 소하공주가 매우 잘 따라왔다. 원래 요령 같은 것은 피우지 않는 공주였다. 그러나 최근 들어 검술에 더욱 매진하고 있었다. 하지만 그 검이 왠지 아슬아슬해 보이는 것은 곽정만의 생각인 걸까?

최근 윤 또한 밤이면 밤마다 검을 들고 있었다. 갑자기 보름 전 윤이 오랜만에 장안에 있는 곽정의 집을 찾아왔다. 평소에 안사람인 위화도 윤에게 신경을 많이 쓰고 있었고, 곽정 또한 자식이 없는지라 윤을 아들처럼 대했다. 윤 또한 가족이 없어서 그런지 곽정과 위화를 부모를 대하듯이 자주 들여다보고는 했다.

남월 원정길에 올랐다 복귀하자마자 혼담 이야기가 오고 가느라 분주했던 윤이었다. 그런 윤이 장안에 복귀하여 한 달 정도를 머물다가 갑자기 제후국으로 내려갔다. 잠시 제후국에 내려가 있던 윤이 보름 전에 곽정을 찾아와 머물 수 있겠느냐 청했던 것이다. 명목은 장안에 머물면서 영령공주와의 혼사를 준비한다는 것이었다. 곽정이나 위화가 마다할 사유가 없었다. 윤이 자신들을 부모처럼 대우해 주니 기쁘기만 했다.

그러나 최근 윤의 모습은 도저히 혼인을 준비하는 새신랑 같은 느낌이 없었다. 얼굴에 근심이 가득한 것이었다. 그리고 밤마다 후원에서 윤이 휘두르는 검 소리가 났다. 그 검이 무엇인가를 베어내려는 듯이 애처롭고 처연했다.

어젯밤 궁에서 돌아온 위화가 드디어 혼사 날짜가 정해진 것 같다고 귀띔을 해주었다. 날이 풀리는 내년 4월로 날짜가 정해졌다는 것이었다. 워낙 윤의 혼인 의사가 강경하다 보니 한서제나 황후 또한 허락을 했던 것이다.

평생을 전장에서 검을 쓰고 살아온지라 감정의 흐름을 읽는 것에는 무딘 곽정이었다. 그러나 어쩐지 윤이 위화의 입에서 가끔 나오는 소하공주의 소식에 유독 신경을 쓰고 있는 것 같았다. 하긴 소하공주도 자신만 만나면 매번 윤의 소식을 궁금해했었다.

그러나 얼마 전 갑자기 쓰러져 심하게 앓고 난 이후 소하는 더이상 윤의 소식을 묻지 않았다. 이후 소하는 검에만 집중하고 있었다. 그 검의 움직임이 왠지 윤의 검과 닮아 있다고 느끼는 것은 혼자만의 생각인 걸까? 곽정은 알 듯 말 듯한 윤과 소하를 보면서 마음이 답답했다.

"공주마마, 오늘은 그만하시지요."

곽정의 말에 소하가 검을 내렸다. 이마에 맺힌 땀을 닦아내는 공주의 모습이 참으로 아름다웠다. 곽정은 소하공주 같은 딸이나 며느리가 있었으면 좋겠다는 생각이 들었다. 한서제가 그리 소하공주를 귀애하는 마음이 이해가 되었다.

"사부님, 감사합니다!"

소하가 사제의 예를 갖추어 인사를 했다.

"잠시 땀도 식힐 겸, 말리화차나 한잔하고 가시지요."

소하공주의 청에 곽정이 기쁜 마음으로 응했다.

소하의 처소를 채우는 향긋한 차향에 곽정의 마음이 편안해졌다. 곽정은 말리화의 향긋한 향이 소하와 잘 어울린다고 생각하였다. 달포 전, 갑자기 건장궁으로 거처를 옮긴 소하였다. 아무래도 정궁(正宮)인 미앙궁보다는 마음이 편하다고 소하는 말했다. 한서제나 황후 역시 건장궁을 좋아했다. 게다가 병중에서 일어난 소하가 간청하는지라 소하의 건장궁행을 막지는 않았다.

"말리화 향이 참으로 향긋합니다, 마마."

"네, 남쪽 복건성에서 많이 난다고 하는데 오히려 남쪽보다는 북쪽 사람들이 더 좋아하는 것 같습니다."

소하의 말에 곽정이 미소를 지었다. 어린아이만 같더니 어느새 저리 자라 황녀의 품위를 보여주고 있었다. 하긴 황녀도 벌써 열일곱이 되었다. 혼인을 한다 해도 무리가 없는 나이였다.

"그러고 보니 김윤 장군도 말리화차를 상당히 좋아하는군요."

갑작스런 윤의 언급에 소하가 잠시 주춤했으나 이내 침착한 얼굴로 안부를 물었다.

"김윤 장군께서는 평안히 잘 지내고 계십니까?"

"네, 최근에 저희 집에 머물고 있습니다."

곽정의 말에 소하는 번뜩 고개를 들었다. 부러 근 달포 동안 윤에 대한 소식을 듣지 않았다. 그러나 아무리 무관심을 가장해도 윤에 대한 관심을 아예 버릴 수는 없었다.

"그러셨습니까? 제후국에 내려가신 지가 달포밖에 지나지 않았는데, 장안에는 어인 일로요?"

"그것이, 영령공주님과 혼사 날짜가 정해졌습니다."

챙그랑!

소하의 손에서 떨어진 찻잔이 바닥에 부딪혀 산산이 깨어졌다.

"마마!"

놀란 취옥이 급하게 소하공주를 살폈다. 곽정 또한 예기치 않은 상황에 놀라고 말았다. 소하공주의 얼굴이 창백했다. 그러나 곧 소하는 아무렇지도 않은 듯 오히려 곽정과 취옥을 살폈다.

"저는 괜찮습니다. 사부님께서는 괜찮으십니까?"

"저는 괜찮습니다만 오늘 아무래도 너무 무리하신 것이 아닌지요?"

곽정이 근심스레 소하공주의 안색을 살폈다.

"아닙니다. 갑자기 손이 미끄러워서 그런 것이니 괘념치 마십시오."

소하가 침착하게 말을 이었다. 취옥이 부지런히 깨진 찻잔을 정리하였다. 깨어진 조각을 정리하는 취옥에게 소하가 다정하게 말을 건넸다.

"취옥, 너도 다치지 않도록 조심하거라!"

소하의 말에 취옥이 살포시 미소를 지었다. 아랫사람에게 다정한 공주였다. 곽정은 소하의 목소리가 평소와 별반 다르지 않아 보였으나 창백한 안색이 다소 신경이 쓰였다. 그러나 이후 소하는 평소와 다름없이 검에 대한 이야기를 곽정과 나누었다. 하지만 돌아가는 곽정은 못내 소하가 신경 쓰였다. 곽정은 아무래도 위화와 논의를 해봐야겠다고 생각하며 건장궁을 나섰다.

그날 오후, 산등성이로 넘어가는 햇살에 비친 태액지의 맑은 물이 반짝거렸다. 햇살에 일렁거리는 물비늘을 물끄러미 바라보는 두 남녀의 그림자가 태액지에 긴 그림자를 드리우고 있었다. 족히 일각을 두 사람 모두 침묵을 유지하고 있었다. 소하의 부름에 건장궁을 방문한 윤의 얼굴에는 표정이 없었다. 표정 없는 윤의 얼굴이 소하의 가슴을 스산하게 만들었다.

소하는 항상 생각했다. 자신을 바라보는 오라버니의 눈빛은 항상 따뜻하다고. 비록 다정한 말을 속삭이지는 않더라도 오라버니의 자상한 눈빛을 바라보면 항상 마음이 놓이고는 했다. 만날 때마다 주로 이야기를 많이 하는 쪽은 소하였다. 그러나 오라버니가 가볍게 끄덕여 주는 고갯짓 하나, 동의하는 작은 표정, 엉뚱한 소리에 살짝 올라가는 입꼬리를 보는 것만으로도 소하는 행복했다.

가끔 소하의 말이 마음에 들지 않거나 혹은 소하의 행동이 너무 어이가 없을 때면 잘생긴 윤의 굵은 눈썹이 살짝 올라가곤 했다. 그러면 소하는 굳이 윤이 뭐라 말하지 않아도 그 행동을 피했다. 그는 소하에게 있어 삶의 지표였고 그의 발걸음을 따라가다 보면 항상 한 뼘쯤 성장해 있었다.

그러나 오늘 소하의 입술은 굳게 닫혀 있었다. 윤도 인사를 하고서는 침묵을 유지하고 있었다. 예전에는 아무런 말도 없이 침묵만으로 함께 있다는 생각으로 충만했었다. 그러나 오늘 소하에게 윤은 낯설었다. 마치 처음 본 타인처럼, 냉공자라는 자신의 별호처럼 그렇게 거리감이 생겨 버린 기분이었다. 그래서 섣불리 소하조차 말을 꺼내지 못하고 있었다. 하지만 확인해야 했다. 아무리 아플지라도 윤의 입으로 직접 들어야만 했다.

"영령공주와 혼사 날짜가 정해지셨다고요?"

"예."

윤의 말투에는 어떤 감정도 묻어 있지 않았다. 그저 옆에 있는 나무에 대하여 말하는 것처럼 단순하게 사실만을 말하고 있었다. 그것이 본래 윤의 모습이긴 하였으나 소하는 낯설었다. 분명 무엇인가를 숨기기 위해서 무심함을 가장하고 있는 것이리라.

"혼사 준비는 잘되고 계십니까?"

"예, 걱정해 주신 덕분에 큰 문제 없이 잘 진행되고 있습니다."

소하는 정작 묻고 싶은 말은 묻지 못하고 그저 주변을 맴돌고 있었다. 근 달포가 넘게 건장궁에서 검을 수련하면서 소하는 계속 그날 밤을 생각했다. 아무리 생각해 보아도 자신을 거칠게 대하던 그날 밤 윤의 모습은 낯설었다. 너무나 놀라고 당황하여 그날은 제대로 생각할 수 없었다. 그러나 윤이 저를 그렇게 대한 것은 분명 자신의 연심을 잘라내려 부러 한 것이라는 생각을 지울 수가 없었다.

처음에는 하늘이 무너지는 것처럼 아득했다. 그리고 자신을 내친 윤이 미웠다. 철저하게 부서진 자신의 연심이 가여웠다. 그러나 시간이 지날수록 소하는 그것이 윤의 진짜 마음이 아닐 거라 생각하게 되었다. 항상 매사에 신중하고 언행에 각별히 조심하던 윤이었다. 그런 윤이 자신에게 그렇게 모질게 말을 한 것은 분명 다른 사유가 있을 것이라는 데 생각이 미쳤기 때문이었다. 혹은 그렇게 믿고 싶었는지도 몰랐다.

자신과 오라버니는 분명 깊이 연결되어 있었다. 소하에게 윤은 오직 하나뿐인 정인이었다. 아직 오라버니가 깨닫지 못해서 그렇지 그에게 가장 알맞은 배필은 자신이었다. 깨닫지 못한다면 깨우치게 하면 된다. 그동안 충격에 빠져 그저 멍하게 오라버니의 혼사가 진행되는 것을 보고만 있었다. 오라버니가 자신에 대한 마음을 깨닫기만 한다면 소하에게는 어떤 부귀영화도 필요 없었다. 그저 오라버니 하나면 되었다. 초근목피로 연명하더라도 그와 함께라면 행복할 것이었다.

"묻고 싶은 것이 있습니다."

지독히 낮은 소하의 음성에 윤이 하문하라는 듯이 가볍게 고개를 숙였다.

"영령공주와의 혼사를 요청하신 것이 오라버니가 맞으십니까?"

윤의 대답을 기다리는 그 짧은 순간이 영겁처럼 길었다. 아니라고 대답해 주기를, 평양공주의 청에 거부할 수 없었다고 말해주기를 소하는 바라고 또 바랐다.

"예."

그러나 간결한 윤의 대답에 소하는 할 말을 잃었다. 아직도 윤은 제 마음을 감추고 있는 것이리라.

"평양공주마마의 청을 거부할 수 없으셨던 게지요?"

동의를 구하듯 소하의 음성이 간절했다.

"아닙니다."

"아닐 거예요. 아바마마의 청을 거절하지 못했던 거죠? 그런 거죠?"

"오해십니다. 저는 기쁜 마음으로 영령공주마마와의 혼사를 받아들였습니다. 불초한 제게 부마도위가 될 수 있는 영광을 주시니 황은에 감사할 따름입니다."

"그럴 리가 없어요. 오라버니가 세속적인 부귀영화를 탐하는 분이 아니시잖아요? 어째서요?"

"마마. 소신 또한 별반 다르지 않은 평범한 사람입니다. 한족도 아닌 외부인인 제가 황실의 일부가 되는 기회를 어찌 거부하겠습니까?"

윤의 음성이 진실인 듯 침착했다. 하지만 여전히 그래도 소하는 윤의 말을 모두 받아들일 수가 없었다.

"저 때문인 거죠? 저를 피하시려고 혼사를 서두르는 것이지요?"

"마마. 제가 마마를 피할 사유가 무엇이 있겠습니까? 시간이 지나도 제가 공주마마를 아끼는 마음에는 변함이 없습니다."

윤이 잠시 숨을 고르듯이 말을 멈추었다.

"마마는 변함없이 제게는 여동생처럼 귀한 존재이십니다."

싫었다. 언제까지 윤은 자신을 어린아이처럼 대할 것인지, 여동생처럼 지내왔을 뿐 실제 여동생은 아니었다.

"오라버니! 저는 오라버니의 동생이 아닙니다. 오라버니를 은애하는 여인입니다. 저를 피하지 마세요. 그리고 속이지도 마세요. 언제까지 여동생과 오라버니라는 관계로 마음을 감추실 작정이십니까?"

소하의 음성이 격정으로 높아졌다.

"마마!"

지독하게 낮은 윤의 음성에 소하가 몸을 움찔했다. 정말 중요한 말을 할 때의 윤의 음성이었다.

"속이는 것이 아닙니다."

윤의 음성은 몸이 떨릴 것만큼 냉정했다. 그 냉기에 소하의 몸이 떨려왔다.

"저는 영령공주마마와 혼인을 하고 싶습니다."

윤의 차가운 말에 소하의 마음이 산산이 부서졌다. 그가 혼인을 원한다! 차가운 바람이 소하의 손끝을 스쳤다. 마음까지 얼어붙는 기분이었다. 얼어붙은 심장이 고통으로 서걱거렸다.

"오라버니!"

"더 이상 하문하실 것이 없으시면 신은 물러나겠나이다."

냉정하게 뒤돌아서는 윤의 뒷모습이 소하의 동공에 박혔다. 이렇게 보낼 수는 없었다.

"왜 저는 아니 되는 것입니까?"

소하의 외침에 윤이 가던 걸음을 멈추고 뒤돌아섰다.

"그저 제게 마마는 여인이 될 수 없을 뿐입니다."

소하의 시야가 흔들렸다. 그 모두가 착각이었다. 어른이 되면 오라버니가 저를 달리 보아주리라 굳게 믿고 있었다. 그래서 빨리 어른이 되고 싶었다. 그러면 오라버니도 저에 대한 감정을 표현하리라 믿었다. 그런데 정말로 오라버니는 자신을 원하지 않았던 것이었다. 충격으로 소하가 비틀거렸다. 비틀거리는 소하를 부축하려는 듯, 윤의 손이 잠시 움찔했던 것을 소하는 알지 못했다.

"마마. 제 혼인식에 참석하시어 축하해 주십시오. 저는 물러가겠습니다."

　멀어지는 윤의 뒷모습이 점점 작아져 사라질 때까지 소하는 그 자리에 못 박힌 듯 서 있었다. 애련지에서도 태액지에서도 항상 그의 등만 바라보았다. 그의 등을 바라만 보는 소하는 너무나 외로웠다. 돌아보지 않고 멀어지는 그의 발걸음에 가슴이 서걱거렸다. 길게 늘어지는 오후의 햇살 아래 홀로 남은 소하의 긴 그림자가 처연했다.

　그날 밤 장안에는 겨울을 재촉하는 비가 내렸다. 평소라면 벌써 첫눈이 내렸을 시기였지만 올해는 날이 포근하다 보니 비가 내린 것이었다. 내리는 비에 건장궁을 가득 채웠던 매화나무 잎도 낙엽이 되어 바닥에 우수수 떨어졌다. 하염없이 내리는 비를 바라보는 소하의 심장은 아픔으로 산산이 부서지고 있었다. 깨어진 마음이 비를 타고 흘러가기를, 슬픔이 내리는 비에 함께 씻겨가기를 소하는 바라고 있었다.

　소하는 윤의 장포를 끌어안고 있었다. 소하의 눈에서 흘러내린 눈물방울이 남색 장포에 검은 얼룩을 만들고 있었다. 그러나 소하는 소리 하나 내지 않았다. 가슴이 너무 아파서 소리 내어 울 수조차 없었다. 그러나 눈물은 마음속 깊은 곳에서 스며 나와 계속 장포에 떨어졌다.

　윤이 혼인을 한다!

　소하의 머릿속에는 오직 그 사실 하나만이 화살처럼 박혀 있었다. 그저 혼담이 오고 가던 것이 아니었던 것이다. 게다가 영령공주와의 혼사를 진행해 달라 주청을 올린 것이 본인이었다는 윤의 말에 소하의 마음이 산산이 부서졌다. 윤은 정말로 자신에게는 아무런 감정이 없었던 것이었다.

자신을 다정하게 바라보는 윤의 눈빛에 소하는 그가 깨닫지 못했을 뿐 자신을 은애할 거라는 굳은 믿음이 있었다. 윤을 가장 잘 이해하는 사람도 자신이라고 생각했다. 윤이 자신에게만은 말랑한 부분을 자주 보여주었기 때문이었다.

하지만 그 모든 것은 소하만의 착각이었다. 윤은 소하를 여자로서 원하지 않았던 것이다. 윤이 자신을 여인으로 보아주기를, 기다리고 또 기다렸다. 윤이 자신을 거부함은 아홉 살이라는 나이 차이와 외부인이라는 자신의 처지 때문에 저어하고 망설일 뿐이라 믿었다. 세상을 잘 모르고 오직 윤만을 바라보는 소하를 위하기 때문이라고 믿었다.

그러나 그 모든 것이 소하의 일방통행이었을 뿐이었다. 그저 윤은 소하의 마음이 상하지 않도록 항상 부드럽게 대해주었던 것이다. 그동안 윤에게 했었던 자신의 철없는 행동들이 부끄럽기 짝이 없었다. 하지만 이제는 그를 놓아주어야 할 것 같았다. 그 다정한 눈빛을 이제는 그만 영령공주에게 양보해야만 할 것이었다. 이제는 그를 오라버니로만 대할 것이었다. 소하가 결심한 듯 검을 빼어 들었다.

휘익!

검이 공기를 가르는 소리가 방 안을 채웠다.

"흑, 오라버니!"

소하는 그만 자리에 주저앉고 말았다. 차마 소하는 윤의 장포를 벨 수 없었다. 아무리 베고 베어도 이 마음을 도저히 끊어낼 수가 없었다.

"저는 대체 어찌해야 합니까?"

소하가 윤의 장포를 끌어안고 외쳤다. 외사랑은 잔인했다. 은애하는 마음이 이렇게 지옥이 될지 몰랐다. 혼자만 바라보는 마음이 이리 심장을 할퀼지 몰랐다. 사랑은 혼자서는 할 수 없었다. 상대방도 나를 바라봐야만 사랑이 되는 것이었다. 냉정하게 돌아선 그의 등을 바라만 보는 것은 가슴을 태우는 아픈 그리움일 뿐이었다.

하지만 소하는 윤을 은애하는 마음을 멈출 수가 없었다. 그저 이렇게 마음에 새긴 푸른 멍을 안고 평생을 살아야 하는 것이 자신의 운명인 듯싶었다. 소하의 끊이지 않는 흐느낌이 건장궁을 채웠다. 하늘도 슬픔에 빠진 소녀를 위해 울고 있는 것처럼 하염없이 가을비가 내린 밤이었다.

이튿날, 아침 일찍부터 소하가 취옥을 불렀다. 소하의 방에 들어서던 취옥은 하루 사이 얼굴이 상한 공주를 보자 마음이 짠해졌다. 근 달포를 김윤 장군에 대해 묻지 않았던 공주가 어제는 장군의 혼사에 대하여 알아보라 명했다.

김윤 장군이 직접 혼담을 진행시켜 달라 주청했다는 소식을 전하자 소하는 하늘이 무너진 표정으로 자리에 주저앉았다. 그리고 급하게 김윤 장군을 만난 이후 소하공주는 아무렇지도 않게 저녁도 들고 평소처럼 잠자리에 들었다.

하지만 취옥은 알고 있었다. 소하가 부러 마음을 가라앉히려 저리 아무렇지도 않은 척하고 있다는 것을 말이다. 하지만 역시 오늘 아침 소하의 말이 아닌 얼굴을 보자 취옥은 처음으로 김윤 장군이 살짝 원망스러워졌다.

"찾아 계시옵니까?"

"미앙궁으로 돌아갈 차비를 하여라!"

소하의 조용한 음성에 취옥이 고개를 들어 그녀를 살폈다. 그러나 소하의 얼굴에는 아무런 표정이 없었다. 그녀는 마치 마음을 잃어버린 듯 생기 없는 인형 같았다.

"정말 그리해도 되겠습니까?"

취옥의 조심스러운 질문에 소하가 고개를 끄덕였다.

"그동안 너무 어리광을 부렸어."

한 뼘 자라 버린 소하였다. 취옥은 과연 소하가 첫정을 끊어낼 수 있을지 걱정이 되었다. 하지만 취옥은 내색하지 않고 복귀 준비를 하였다.

소하의 생일을 맞이하여 오랜만에 한서제와 황후의 얼굴에 웃음꽃이 피어났다. 한동안 건장궁에 머물고 있어서 애를 태웠던 공주가 미앙궁으로 복귀하였기 때문이었다.

돌아온 공주는 이때까지의 말괄량이가 맞나 싶을 정도로 차분했다. 그리고 예전과는 달리 주변의 이들에게 많이 마음을 쓰고 있었다. 한서제와 황후에게도 그전에는 애교가 많고 어리광을 피웠다면 이제는 조신한 공주로서 살뜰하게 부모를 대하였다. 이제는 어디에 내놓아도 부끄럽지 않은 황녀가 되었다. 그러나 한서제와 황후는 어쩐지 심장을 잃은 듯 표정 없는 소하가 내내 마음에 걸렸다.

본래 한서제의 뜻으로 공주의 생일 연회를 크게 열지는 않았다. 한서제는 자식의 생일까지 정치적으로 이용하고 싶지 않아 했다. 생일 연회를 열면 각국에서 사신과 선물을 보내오고 그것은 또 하나의 국사가 되기 때문이었다. 하지만 올해에는 소하도 열일곱이 되었고 겸사겸사 자리를 마련하여 적절한 부마를 물색할 참이었다. 하여 오늘은 각 제후들까지 모두 혼인 적령기에 있는 아들들을 데리고 미앙궁에 모여든 것이었다.

한서제는 윤이 영령공주와 혼인하겠다고 한 것이 못내 아쉬웠으나 윤의 결심이 너무나 굳건했다. 한 번 결심하면 한서제 또한 함부로 그의 결정을 바꿀 수가 없었다.

"소하공주마마 납시옵니다!"

내관의 음성에 성장(盛粧)을 한 소하가 안으로 들어왔다. 순간 수런수런하던 말소리가 한꺼번에 잦아들었다. 워낙 미남자인 한서제와 아름다운 황후를 닮아 미모로 이름이 높았던 소하공주였다. 하지만 오늘 성장을 하고 들어오는 소하는 그 품위와 우아함으로 실로 경국지색이라 할 만했다. 선머슴 같다던 세간의 소문은 모든 뜬소문이었던 듯싶었다. 모두가 한 걸음 한 걸음 황제 부부 앞으로 나아가는 소하를 숨죽이고 바라보았다.

"아바마마, 어마마마, 저의 생일을 축하해 주시니 감사하옵니다.”

소하의 아름다운 음성이 조용히 울려 퍼졌다.

“고맙구나. 이리 잘 자라주어서. 이제 혼인을 해도 큰 무리가 없 겠구나!”

한서제가 기쁘게 소하에게 덕담을 하였다.

“자, 오늘 우리 소하공주의 생일 연회에 참석해 주셔서 대단히 감사하오. 연회를 즐기도록 합시다.”

한서제의 말에 모두가 다시 즐겁게 연회를 즐겼다. 소하도 살짝 미소를 띠고 사람들의 인사를 받았다. 연회는 늦은 시간까지 이어 졌다. 하지만 소하는 연회에 집중하지 못하고 다른 생각에 빠져들 었다.

연회장 안으로 들어와 아바마마와 어마마마에게 향하던 소하는 윤을 발견하고는 살짝 숨을 멈추었다. 겨우 보름 만이었다. 그러 나 소하는 윤을 보자마자 주책없이 두근거리는 자신의 심장을 지 그시 눌렀다.

며칠 사이 약간 마른 윤의 모습에 살짝 신경이 쓰였다. 이제는 더 이상 윤에게 마음 쓰지 말자고 그리 다짐을 했건만 그에게로 향하는 시선을 어찌할 수는 없었다. 일단 소하는 윤의 옆자리에 있던 위청 대장군과 사부인 곽정에게 미소를 살짝 지어 보이고는 앞으로 나아갔다.

그러나 결국 아바마마 앞으로 가던 중, 윤과 시선이 마주치고 말았다. 예전 같으면 눈빛을 반짝이며 반가운 내색을 하였을 소하였다. 그러면 윤은 아주 미세하게 눈초리를 올리며 살짝 고개를 끄덕여 주곤 했다. 그의 다정한 눈빛에 항상 눈이 부셨다. 그러면 저도 모르게 소하의 얼굴에도 미소가 피어났다.

하지만 오늘 소하의 눈빛은 무표정했다. 어쩔 수 없이 윤을 알아챈 기척은 하였으나 그뿐이었다. 최대한 그저 지인을 만난 것처럼 담백한 표정을 지으려 노력했다. 그 노력이 발휘되었는지 무표정하던 윤이 미간을 살짝 찌푸렸다. 아마도 자신의 예전 같지 않은 태도 때문이었을 것이다.

하지만 일방적인 애정을 그에게 보여주던 소하는 이제 더 이상 존재하지 않는다. 그를 향해 뛰던 심장을 죽이고 이제는 차가운 심장으로 살 것이었다. 그의 표정에 이제는 더 이상 일희일비하지 않을 것이었다. 그리 굳은 결심을 하고 소하는 천천히 걸음을 옮겼다.

윤의 시선이 앞으로 나아가는 소하를 따르고 있었다. 그리고 무엇이 마음에 들지 않았는지 가볍게 혀를 찼다. 그 모습을 바라보던 위청이 윤에게 말을 걸었다.

"김윤 장군, 내 잔을 받으시게."

위청의 말에 윤이 생각에서 빠져나온 듯 다소 늦게 대답을 하였다.

"감사하옵니다."

"곧 혼인을 한다고 들었네."

위청이 윤에게 지나가는 말투로 물었다.

"네, 황공하옵게도 영령공주마마께서 저를 마음에 들어 하시어 그리되었습니다."

윤의 대답에 위청은 아무런 말 없이 술잔을 들었다. 어찌 황후마마나 윤이나 자신의 감정을 숨기려고만 하는지 위청은 답답하기 이를 데 없었다. 분명 안으로 들어서는 소하공주를 볼 때 윤의 눈썹이 살짝 떨렸다. 지나가던 소하공주가 자신에게 살짝 미소를 짓고는 옆에 윤을 바라보았을 때 공주의 얼굴에는 표정이 없었다. 평소 감정 표현이 많았던 공주가 맞는가 싶어 위청도 놀라고 있었던 참이었다.

하지만 더욱 놀랐던 것은 윤의 반응이었다. 전장에서 검에 베어도 미동도 하지 않았던 무표정으로 유명한 윤의 호흡이 흐트러졌던 것이다. 물론 그것은 아주 미약한 움직임이었지만 위청은 윤이 심각하게 동요하고 있음을 알았다.

얼마 전 곽정이 근심스러운 표정으로 소하공주에게 무슨 일이 있었던 것은 아닌지 말을 했던 일이 생각났다. 그리 윤을 졸졸 따르던 소하가 갑작스레 너무 침착해지고 검만 휘두른다는 것이었다. 게다가 윤마저 그리하고 있다는 말에 위청은 심사가 씁쓸했다. 무엇인가 잘못된 것이 틀림없었다. 위청이 살짝 눈을 들자 곽정도 똑같은 생각을 했는지 눈이 마주쳤다. 두 무인은 아무 말 없이 술잔을 나누었으나 둘 다 마음이 무거웠다.

공식적인 연회가 마무리되고 한서제, 황후, 소하, 그리고 두 명의 황자들 그리고 국구인 장철이 함께 내실에 모였다. 윤 또한 이

자리에 초대를 받았다. 공식적인 연회보다는 아무래도 분위기가 훨씬 조촐하면서도 따뜻했다.

그러나 아까부터 소하의 모든 신경은 윤에게 집중되어 있었다. 윤은 변함없이 매우 침착해 보였다. 다른 이들의 말에 조용히 미소를 짓거나 가볍게 대꾸를 하였다. 그러나 소하는 왠지 모르게 그의 시선이 자주 자신에게 멈추는 것 같아 조금씩 불편해지고 있었다. 다른 여인과 혼인 날짜까지 잡은 그가 왜 저리 자신을 바라보는 것인지, 그리고 자신은 왜 계속 그의 시선에 신경을 집중하고 있는지 소하는 자신의 질긴 연심이 한심했다.

"그래, 올해에는 어떤 선물을 준비했는가?"

한서제가 윤을 바라보며 가볍게 물었다. 항상 소하의 생일에는 윤이 선물을 그 전날 주곤 했다. 그러나 윤의 혼사가 정해지고, 올해에는 소하를 위한 공식적인 연회가 열린다 하여 아직 선물을 받지 못했던 것이다.

"조그만 비녀(比余, 머리빗)를 준비하였습니다. 붉은 월계화를 공주마마께서 아끼시기에 그 모양이 그려진 것을 구했사옵니다."

윤이 품 안에서 작은 비단 주머니를 내놓았다. 윤의 선물에 소하는 조용이 고개를 숙여 인사를 했다.

"감사합니다. 장군님!"

소하의 심장이 툭 떨어졌다. 입 밖으로 내어진 그 호칭이 이제 그와 소하 사이에 엄청난 거리를 만든 기분이었다. 일부러 그를 장군이라 부른 것이었지만 이제는 정말로 그를 예전처럼 친근하게 오라버니라 부를 수는 없게 된 것 같았다.

윤도 소하의 입에서 나온 장군이라는 호칭이 낯설었는지 그의 눈썹이 살짝 위로 올라갔다. 하지만 이내 그도 상황을 이해하였는지 별말이 없었다. 윤의 혼사가 예정되어 있고 소하 또한 관례까지 치른 마당에 사석에서 부르듯이 오라버니라 부를 수 없다는 것을 윤도 잘 알고 있었을 것이다.

"약소합니다. 공주마마!"

윤의 대답에 소하가 조용히 대꾸하였다.

"선물은 정성이 중요한 것이지요."

그리 대답을 한 소하는 갑자기 자신을 둘러싼 이 모든 상황에 지쳐 버리고 말았다. 그리고 계속 자신에게 쏟아지는 그의 눈빛을 외면하는 것도 점점 힘들어졌다. 결국 참지 못한 소하가 한서제에게 청을 했다.

"아바마마, 소녀 송구하오나 먼저 일어서도 되겠사옵니까?"

소하의 말에 황후가 걱정스런 음성으로 물었다.

"공주, 어디 몸이 미령하십니까?"

소하는 어마마마를 걱정스럽게 만들어 송구하기는 하였으나 어찌할 수가 없었다. 마치 온몸이 전쟁을 치른 듯 기운이 하나도 없었다.

"아닙니다. 급하게 궁으로 복귀하고 연회 준비로 정신이 없다보니 조금 피곤할 따름입니다. 심려를 끼쳐 드려 송구합니다."

"알았다. 어서 쉬도록 해라. 지난번 심히 앓고 나서 너무 야위었구나."

한서제가 근심스런 표정으로 말했다. 그리고는 소하 바로 밑의 왕자인 능에게 일렀다. 능은 올해 열한 살이 되었다.

"능, 공주를 비연각까지 모셔 드리고 오너라!"

한서제의 말에 능이 자리에서 일어났다. 그러자 옆에 있던 윤도 함께 냉큼 일어났다.

"제가 마마를 모시겠습니다."

윤이 자청을 했다.

"알겠네. 그럼 능과 함께 가도록 하시게!"

한서제의 명에 능과 윤이 소하를 따라 방을 나섰다. 소하는 자신을 따라오겠다는 윤의 말에 살짝 긴장하고 말았다. 하지만 생각해 보면 황실의 직계 가족만 모인 지금, 소하를 황자에게만 배웅하게 둘 윤이 아니었다. 소하는 마음속에서 피어나는 미약한 기대를 억지로 눌렀다. 자꾸 쓸데없는 기대를 하고 흔들리는 자신의 심장을 원망하였을 뿐이었다.

비연각으로 향하는 소하의 뒷모습이 선녀라도 하강한 듯 아름다웠다. 우아한 걸음걸이가 곧 날아오를 것처럼 가벼웠다. 비연각의 주인다운 고운 자태였다. 걸어가는 동안 우애가 좋은 소하와 능은 다정하게 이야기를 나누었다.

"그나저나, 형님. 이제 영령공주와 혼인을 하시면 저희는 가족이 되겠군요?"

앞서 걷던 능이 뒤를 돌아보면 친근하게 윤에게 말을 건넸다. 사석에서는 왕자들 모두 윤을 형님이라고 불렀다.

"황공하옵게도 그리되었습니다."

그렇다. 윤은 이제 소하의 가족이 된다. 소하가 바랐던 형태의 가족은 아니었다. 하지만 능의 말에 정말 윤의 혼인이 소하에게 차디찬 현실로 다가왔다. 알고 있었음에도 여전히 소하의 심장이 송곳에라도 찔린 듯 따끔했다.

"참, 형님, 그나저나 그러면 제가 훨씬 촌수가 높습니다!"

능의 농에 윤이 고개를 숙였다. 평양공주의 손녀인 영령공주는 소하나 능에게는 조카딸이 된다. 그러니 사가의 법도를 따르면 윤은 능에게 조카사위뻘이 되는 셈이었다.

"어찌 되었건 저는 형님이 저의 가족이 되어 참 좋습니다."

능의 따뜻한 환영에 윤이 조용히 감사 인사를 했다.

"성은이 망극하옵니다."

"그런데 참 아쉽습니다. 저는 형님이 누님과 혼인할 것이라 생각했었는데 말이죠. 참, 내 정신을…… 제가 잠시 잊은 일이 있습니다. 이제 비연각도 얼마 남지 않았으니 형님께 부탁을 드려도 되겠지요? 아바마마께는 비밀입니다."

뭐라 대꾸할 틈도 없이 바람같이 능이 사라져 버렸다. 어디로 튈지 종잡을 수 없는 왕자였다. 그러나 순간 분위기를 주도하던 왕자가 사라지자 소하와 윤 사이에는 어색한 침묵이 걸렸다. 그리고 별 뜻 없이 던진 능의 말에 소하도 윤도 각자의 생각에 빠져들었다. 두 사람은 아무 말 없이 걸음을 옮겼다. 한 걸음 뒤에서 취옥을 비롯해 궁인들이 따르고 있었지만 소하는 왠지 세상에는 둘뿐인 것 같았다. 비연각 입구에 다다르자 소하가 먼저 인사를 했다.

"동행해 주셔서 감사드립니다."

깍듯한 소하의 인사에 윤의 눈썹이 살짝 위로 올라갔다.

"그리고 인사가 늦었습니다만 혼인을 감축드립니다. 영령공주와 백년해로하십시오."

소하는 그 말을 내뱉자 순간 심장을 차가운 손에 잡힌 듯 선득해졌다. 자신의 입으로 축하 인사를 하는 것이 이렇게 고통스러울지 몰랐다. 이제는 정말 그는 다른 이의 부군이 되는 것이었다. 소하의 인사에 윤이 뭐라 제대로 답변하지 못하고 그 자리에 못 박힌 듯 서 있었다.

그를 마음속에서 말끔히 털어낼 것이었다. 시간이 아무리 지나도 완벽하게 그를 밀어낼 자신은 없었다. 하지만 하루하루 계속 노력하다 보면 그를 봐도 지금처럼 아프지 않은 순간이 올 것이라 믿고 싶었다. 그러지 않으면 살 수 없을 테니까, 살아가려면 그를 마음속에서 지워야만 했다.

그를 향해서 반짝이던 눈빛을 이제는 접어야 했다. 그를 위해서 주책없이 쿵쾅거리는 가슴도 그에 대한 생각으로 가득 차버린 머리도 오늘부터 조금씩 비워낼 참이었다. 평생이 걸릴 일이겠지만 조금씩 그 아픔이 무뎌질 수 있도록 그렇게 소하는 살아갈 것이었다.

"그럼, 장군님, 살펴 가십시오!"

소하가 최대한 냉정하게 돌아서서 비연각 안으로 발걸음을 옮겼다. 그 한 걸음 한 걸음이 칼이 되어 소하의 심장에 생채기를 내었다. 뒤돌아보지 않을 것이었다. 제게 등만 보여준 그를 이제는 뒤돌아보지 않을 것이었다. 육체의 상처는 시간이 지나면 아물 것이었다. 하지만 소하의 영혼에 깊이 남은 상흔은 아물지 않을 것이었다. 그리고 그 상처를 어떻게 치유할 수 있을지 몰라 가슴이 쓰렸다. 이제 긴 겨울은 겨우 시작되었을 뿐이었다.

8. 기억

"오라버니, 무슨 생각해요?"

일곱 살의 소하가 윤의 손을 감싸 쥐었다. 아직 작은 손이라 커다란 윤의 손을 완전히 감싸 쥐지는 못했다.

하지만 윤이 느끼는 슬픔을 소하는 느낄 수 있었다. 소하는 왠지 불안했다. 항상 다정하게 웃던 오라버니가 오늘은 계속 슬퍼 보였기 때문이었다.

아바마마를 졸라 윤의 제후국 방문을 간신히 허락받았다. 소하는 궁을 벗어나 어마마마와 오라버니와 함께 윤의 제후국을 돌아보는 것이 즐겁기가 이를 데 없었다. 졸졸 윤의 뒤를 따라다니며 이것저것 질문을 해대었다. 그러나 무엇보다 궁에서보다 오라버니가 훨씬 친근하게 느껴졌다. 공복을 벗고 가벼운 차림이 된 윤을 보는 것이 좋았다.

게다가 윤을 졸라 오늘은 말을 타고 멀리까지 나온 참이었다. 커다란 말은 무서웠지만 오라버니가 뒤에서 꽉 잡아주니 두려움이 금방 사라져 버렸다. 얼굴을 스치는 봄바람이 상쾌하였다. 그런데 아까부터 말을 세우고 북쪽만을 바라보는 윤의 표정이 왠지 슬퍼 보였던 것이다.

"아무 생각도 하지 않습니다."

윤이 소하의 말에 미소를 지어주었다. 그제야 소하가 마음을 놓았다. 하지만 그래도 소하는 무엇인가 오라버니의 마음을 풀어주고 싶었다.

"오라버니, 자, 선물!"

소하가 붉은 월계화 한 송이를 내밀었다. 윤의 후원에 피어 있던 붉은 월계화가 아름다워 어마마마께 드리고 싶었다. 그래서 몰래 한 송이를 꺾어 옷 속에 조심히 숨겨두었다. 하지만 말을 타고 오느라 꽃은 형편없이 망가져 버렸다. 하지만 그래도 오라버니가 꽃을 보고 즐거워했으면 했다.

"웬 꽃입니까?"

"오라버니께 드리는 선물이에요! 이 꽃 보고 슬퍼하지 마세요."

소하의 천진한 위로에 윤의 얼굴에 설핏 미소가 피어올랐다. 윤이 미소 짓자 소하도 함께 배시시 웃었다. 소하의 하얀 이가 햇살에 반짝거렸다. 그리고 소하의 까만 눈동자에 오롯이 윤이 들어 있었다.

"오라버니, 가족이 없어서 슬픈 거죠?"

소하는 이상하게도 윤이 가족을 생각하거나 우울한 생각이 들 때면 감쪽같이 알아챘다. 그러면 소하는 나름대로 엉뚱한 위로를 해주고는 하였다. 윤은 어이없어 하긴 했지만 또 그것에 마음을 풀곤 했다.

"조금만 기다려요. 제가 얼른 자라서 오라버니 색시 해줄게요!"

소하의 깜찍한 제안에 윤이 미소 지었다. 윤이 그렇게 자신을 보고 웃어주는 것이 기뻤다. 하지만 소하는 정말 진지했다. 소하가 제 딴에 열심히 생각해 낸 윤에게 가족을 만들어주는 방법이었기 때문이었다.

"우리 공주마마께서 언제 자라서 제 색시가 되시겠습니까?"

윤이 귀엽다는 듯 소하의 머리를 쓰다듬었다. 윤의 커다란 손에 소하의 머리카락이 마구 흐트러졌다.

"쳇, 오라버니!"

소하가 볼에 바람을 넣어 빵빵하게 하고는 윤을 올려다보았다. 그것이 귀여웠던지 윤이 소하의 볼을 살짝 쥐었다. 말랑하고 부드러운 볼은 소하의 마음 같았다.

"알겠습니다. 어서 무럭무럭 자라셔서 제 색시 해주십시오!"

윤의 말에 소하가 기쁘게 웃었다.

"잊지 마요. 자, 약속!"

소하의 작은 손가락에 윤의 큰 손가락이 걸렸다. 그런 두 사람의 모습이 저무는 햇살에 긴 그림자를 드리웠다.

소하가 혼곤한 잠에서 깨어났다. 그리고 아직 명료하지 않은 시선으로 주변을 둘러보았다. 새벽빛이 희끄무레하게 방 안을 채우고 있었다. 짧은 봄밤이 벌써 밝은 것이었다. 원정 6년, 어느새 해가 바뀌어 3월이 되었다. 꿈에서 만난 오라버니의 슬픔에 잠긴 모습이 소하의 머릿속을 채우고 있었다.

소하는 까맣게 잊고 있었던 옛 추억에 젖어들었다. 벌써 십 년 전의 일이었다. 윤의 제후국을 찾았던 소하가 윤을 그리 위로했었다. 가족이 없는 윤에게 가족이 되어주겠다던 소하의 깜찍한 제안이었다. 그 모두를 소하는 잊고 있었다.

갑자기 떠오른 예전 기억 때문에 소하는 멍해졌다. 그때는 그저 윤을 위로하고 싶었다. 하지만 시간이 지날수록 윤은 소하의 마음을 가득 채웠다. 어쩌면 소하는 조금씩 윤에게 스며들었던 것일지도 몰랐다. 그와 함께 웃고, 그와 함께 숨을 쉬며, 그의 곁에 머무는 그 모든 것이 그렇게 자연스러웠고 당연했다.

윤에 대한 소하의 마음이 언제부터 은애하는 마음으로 바뀌었는지 그녀도 정확히 기억할 수는 없었다. 그저 항상 소하의 곁에는 윤이 있을 것이고 그래서 그와 부부의 연을 맺는 것도 너무나 당연하다고 생각했다.

하지만 윤은 그런 소하의 애정을 단순한 어린아이의 치기라 여겼던 모양이었다. 어쩌면 시간이 지나면 사라질 어린아이의 애착 같은 것이라 여겼을지도 몰랐다.

그러나 소하가 아무리 그를 잊으려 노력해도 이렇게 떠오르는 기억까지는 어찌할 수가 없었다. 기억은 인간의 역사를 구성하는 가장 중요한 요소다.

인간이란 그 출생부터 타인의 기억에 의존할 수밖에 없다. 가장 중요한 내 나이와 출생일조차 부모의 기억에 의존하니 말이다. 어쩌면 소하를 완전하게 하는 것은 소하 자신의 기억과 소하를 기억하는 윤의 기억의 총합이었다.

소하 자신이 기억하지 못하는 유년의 시절은 윤의 기억 속에 남아 소하를 구성하는 삶의 한 부분이 되었다. 누군가 그러지 않았던가? 인간성이란 본래부터 생겨나는 것이 아니라 기억과 과거가 합쳐져 만들어지는 것이라고!

조그만 기억들은 켜켜이 쌓여 이야기가 되고 둘만의 역사가 되었다. 그녀의 모든 삶의 순간에는 그가 있었고, 그에 대한 기억이 소하의 마음속에 켜켜이 쌓여 있었다. 의도하지 않아도 그 기억은 불쑥불쑥 나타나 소하를 힘들게 하였다. 함께한 세월만큼 쌓인 그 기억들을 어찌할 것인지, 윤은 그 기억을 모두 지운 것인지, 소하는 그것이 궁금했다.

하지만 가끔은 그 기억들을 선택적으로 저장하였다가 필요한 순간에 꺼내볼 수 있었으면 싶었다. 윤에 대한 기억도 소하 생의 한 부분이었다. 하지만 지금 그에 대한 기억은 골절 때문에 시큰거리는 다리처럼 아프기만 할 뿐이다.

아프고 아파서 잠시나마 지워 버리고 싶을 만큼 강렬한 고통! 쑤시고 아파서 피가 흐르는 아프기만 한 상처…… 잘라내어 버리고 싶을 만큼……. 그에 대한 기억을 이렇게 가슴에 품고 살아야만 하는 걸까? 새벽을 알리는 뭇 닭의 울음소리가 소하의 가슴을 저몄다.

　오전 내내 소하는 기분이 좋지 않았다. 아니, 기분이 안 좋다기 보다는 초조했다. 왠지 불길한 기분이 들어 안절부절못하고 있었던 참이었다. 그러나 불길한 소하의 예감은 취옥이 가져온 소식에 곧 사실로 판명되었다.

　"뭣이라고?"

　소하의 목소리가 높아졌다. 최근에 큰 목소리를 내는 일이 없던 소하였다. 그러나 조금 전 알게 된 사실에 소하는 침착성을 잃었다.

　윤이 영령공주와의 혼사를 없던 것으로 해달라 한서제에게 주청을 올렸고 그에 대노한 아바마마께서 윤을 거기장군에서 파직하고 제후국에서 근신을 명하였다는 것이었다.

　믿을 수가 없었다. 한 번도 아바마마의 심기를 거스르지 않았던 윤이었다. 그리고 아바마마께서 어마마마가 그리 아끼시는 윤을 그렇게 대할지 상상도 하지 못했다.

　다음 달이 윤과 영령공주의 혼사일이었다. 소하는 하루하루 시간이 갈 때마다 수명이 조금씩 줄어들고 있는 기분이었다. 오라버니가 누군가의 지아비가 되는 일, 그것을 도저히 상상할 수도 받아들일 수도 없었다.

　작년 생일 이후 소하는 냉정하게 윤에 대한 관심을 끊고자 노력하였다. 하지만 그럼에도 불구하고 저도 모르게 날짜를 세고 있었다. 앞으로 채 달포도 남지 않은 날이었다. 그런데 갑작스런 파혼이라니, 소하는 도무지 영문을 알 수가 없었다.

하지만 황실과의 혼사를 특별한 사유 없이 거부함은 그리 단순한 일이 아니었다. 사유를 대라는 한서제의 질문에 윤은 그저 자신의 미욱함을 탓했다 한다. 소하의 심장이 공포로 떨렸다.

아바마마는 다정하신 분이지만 한편으로는 매우 냉정한 분이었다. 특히 황실의 권위에 도전하는 일에 대해서는 가차가 없으신 분이었다. 지금 윤에게 내려진 처분도 일시적이라 들었다. 그 이야기는 더욱 큰 벌이 내려질 수도 있다는 뜻이리라.

게다가 평양공주마마께서도 대노하셨다면 그야말로 큰일이었다. 아바마마도 고모님인 평양공주를 함부로 대하지 못했고 냉정하다 못해 냉혹하기로 소문난 고모님이었다. 게다가 할마마마가 작고하신 이후 고모님은 황실의 가장 큰 어른이었다. 그런 분의 심기를 건드렸으니 이를 어찌해야 할지 소하의 눈앞이 깜깜해졌다.

소하는 걱정으로 미칠 것만 같았다. 일단은 어마마마를 만나야 했다. 화가 난 아바마마를 잠재울 수 있는 분은 이 세상에 오직 어마마마 한 분뿐이셨다.

"취옥, 어서 미단궁으로 가자!"

소하공주의 말에 취옥이 울상을 지었다.

"공주마마, 지금 황후마마께서는 미단궁에 아니 계십니다. 국구이신 박망후께서 미령하시다는 전갈을 받고 제후국으로 납시셨습니다."

취옥의 말에 소하의 심장이 툭 떨어졌다. 하필이면 이럴 때 어마마마가 아니 계시다니 이런 낭패가 없었다.

"그럼, 어서 어전으로……."

"공주마마, 폐하께서 당분간 마마께 금족령을 내리셨습니다."

취옥이 숨넘어가는 소리로 말했다.

"뭣이라고? 어째서?"

소하의 목소리가 높아졌다.

"그것이……."

취옥이 우물쭈물 무슨 말을 하려다 망설였다.

"어서 말을 하라!"

"마마, 그것이 저자에 장군께서 영령공주와의 파혼을 하신 것이 소하공주마마 때문이라는 소문이 나돌고 있다 합니다."

"헉!"

취옥의 말에 소하가 숨을 들이켰다. 이 무슨 해괴한 소문이란 말인가? 윤은 저를 조금도 여자로 보지 않고 있는데 어째서 저런 소문이 돌고 있단 말인지, 소하는 고개를 저었다.

"그래서 당분간 오해를 피하시고자 공주마마에게 금족령을 내리셨습니다."

소하는 털썩 자리에 주저앉고 말았다. 무엇인가 방법을 생각해내야 했다.

윤이 위험하다.

오직 그 한 가지 생각만이 소하의 머릿속을 가득 채웠다. 윤이 위험할지도 모른다는 생각이 들자 소하는 오직 그를 구해야 한다는 생각밖에는 할 수 없었다.

아무리 그를 미워하려 해도 소하의 심장은 그를 향해서 뛰었다. 그가 잘못된다면 소하는 살 수 없었다. 저를 사랑하지 않더라도 그가 행복하기를 바랐다. 어떻게든 윤을 구해야 했다.

금족령으로 발이 묶인 소하는 이틀 후에 윤에 대한 처분 소식을 듣고는 그만 털썩 자리에 주저앉고 말았다. 윤의 제후 지위를 박탈하고 멀리 연지산의 군으로 보내어 마감(馬監)으로 복무하라는 명이 떨어진 것이었다.

마감 벼슬은 하위 직급으로 말을 돌보는 일이었다. 게다가 그 먼 연지산이라니, 평양공주마마의 분노가 생각보다 거세었던 모양이었다. 황후의 간청이 아니었다면 목이 떨어질 수도 있었다. 한서제가 윤에게 죽을죄를 지었어도 세 번을 구명해 준다는 약속이 없었다면 아무리 황후의 주청이었더라도 목이 날아갔을 일이었다.

"마마, 괜찮으신지요?"

정신을 놓은 듯이 멍한 표정으로 앉아 있던 소하가 눈을 크게 떴다. 그러나 취옥의 말은 소하의 귀에는 제대로 들리지 않았다.

"취옥, 어서 채비를 하라!"

소하가 창백한 얼굴로 바로 명을 내리자 취옥의 미간에 내 천 자가 새겨졌다. '지금 저 상태로 무엇을 하려는 것인지', 취옥의 근심이 깊어졌다.

"평양공주마마를 찾아뵈어야겠다!"

소하는 죽을 각오로 고모님에게 부탁들 드려볼 요량이었다. 소하가 급하게 평양공주의 집으로 발걸음을 옮겼다.

"공주마마, 소하공주마마 드셨습니다!"

소하공주의 입실을 알리는 내관의 말에 평양공주는 마시던 잔을 내려놓았다. 예상은 했었지만 이리 득달같이 오리라고는 미처 생각지 못했다.

"안으로 들이시게!"

안으로 들어서는 소하공주의 얼굴이 근심 때문인지 파리했다. 하지만 그래도 여전히 소하공주는 아름다웠다

"마마, 그동안 평안하시었습니까?"

소하공주가 예를 갖추었다. 말괄량이로 이름이 높았던 것이 무색하게 소하의 행동거지가 우아하고 품위가 있었다.

"앉으세요, 소하공주!"

평양공주는 조금도 자세를 흩트리지 않았다.

"그래, 어인 일로 공주가 이 늦은 시각에 이 누추한 곳까지 저를 찾아오신 겝니까?"

"마마, 제발 김윤 장군을 용서해 주십시오!"

소하가 간절하게 애원하였다. 아무래도 저자에 김윤 장군이 파혼을 한 사유가 소하공주 때문이라는 소문이 돌더니 그것이 맞는 모양이었다.

소하가 어렸을 적부터 윤을 졸졸 따라다녔다는 것은 평양공주도 잘 알고 있었다. 그때는 그저 어린아이가 오라버니를 따른다

생각했었다. 그러나 오늘 소하를 보니 생각보다 그 마음이 깊은 듯했다. 소하의 커다란 눈에 눈물이 가득했다. 가늘게 떨리는 입술과 간절한 몸짓에 윤을 생각하는 소하의 마음이 고스란히 느껴졌다.

"그자는 불충하게도 황실과의 혼담을 아무런 사유도 없이 파기했습니다!"

평양공주의 음성이 냉정하게 들렸다. 냉정한 평양공주의 말에 소하의 심장이 툭 떨어졌다. 아무래도 단단히 화가 난 것이었다.

"알고 있습니다. 김윤 장군도 자신의 불충을 반성하고 있을 것입니다. 조금만 자비를 베풀어주십시오!"

소하의 간청이었다.

"공주는 김윤 장군을 왜 그리 구명하려 하는 것이오?"

평양공주의 질문에 소하가 애처롭게 답했다.

"마마, 장군은 제계는 너무 소중한 사람입니다!"

'이 아이는 김윤을 얼마나 은애하는 것일까?

평양공주는 간절한 소하의 얼굴을 보며 생각에 잠겼다. 저리 절실하게 누군가를 은애하는 것도 청춘이었다.

"김윤 장군을 얼마나 은애하는 것이오?"

"제 목숨이 다할 때까지, 오라버니를 은애합니다!"

소하의 눈동자가 열기를 품었다. 절실한 여인의 눈빛이었다. 그 눈빛이 오래전 흉노족으로 시집갔었던 연영의 눈빛과 겹쳐 보였다.

연영은 황후의 친모였다. 당시 같은 이를 사모하던 평양공주가 그와 연영을 떼어내기 위하여 자신 대신 한족의 공주로 위장하여 흉노 선우에게 시집을 가라고 했었다. 그 제안을 받아들이지 않으면 정인인 장철을 죽이겠다 위협했던 것이다. 그녀 역시 정인을 위하여 목숨을 걸었었다.

오래전 기억에 평양공주의 얼굴이 수심에 잠겼다. 하지만 또한 소하의 마음이 얼마나 간절한지도 확인하고 싶었다.

"김윤은 불충을 저질렀습니다. 당연히 그에 합당한 벌을 받아야 할 것입니다."

"마마, 제발 그를 용서해 주십시오! 제가 어떤 일이라도 하겠습니다."

소하가 애타게 간청하였다.

"정말 어떤 일이라도 할 준비가 되어 있으십니까?"

평양공주의 말에 소하가 강하게 고개를 끄덕였다.

"그럼 소하공주께서는 오손국(烏孫國)으로 화번공주(花蕃公主, 이민족과의 화친을 위하여 시집을 갔던 여인들의 총칭)로서 시집을 가실 수 있겠습니까? 영령공주의 혼담이 파기되면서 화번공주의 물망에 오르고 있습니다. 별다른 대안이 없다면 영령은 주변에 아는 사람이라고는 아무도 없는 먼 곳으로 떠나야 합니다. 이 모두가 김윤이 혼담을 파기했기 때문입니다. 제가 김윤을 용서하는 대신 공주께서는 화번공주의 역할을 수행하실 수 있겠습니까?"

평양공주의 말에 소하가 고개를 번쩍 들었다. 오손국이라면 월지국과 마찬가지로 감숙을 본거지로 하는 유목 부족이었다. 흉노족 때문에 감숙에서 쫓겨난 이들은 이리하(伊犁河:일리 강) 지방에 나라를 세우고 있었다. 서역 원정이 계속되면서 한서제는 만약 오손이 한나라를 위하여 편의를 도모해 준다면 그들이 본래 살던 감숙의 거주지를 돌려주겠다 약조하였다.

더불어 한나라의 물산도 제공하며, 황녀를 시집보내겠다는 조건으로 교섭을 하고 있었다. 하여 오손국에 시집갈 화번공주 물망에 강도왕의 막내딸인 세군공주와 더불어 이번에 혼담이 파기된 영령공주도 함께 물망에 오르고 있었던 것이다.

오손국이 얼마나 먼 곳인지 소하는 미처 알지 못했다. 하지만 한 가지는 확실했다. 오손국으로 시집을 가게 되면 다시는 이 장안으로는 돌아올 수 없었다. 그러나 소하는 망설이지 않았다.

"마마, 그리하겠습니다."

소하의 답에 평양공주는 속으로 놀라움을 감추지 못했다. 김윤 장군에 대한 소하의 마음이 이 정도일 줄 몰랐다. 김윤 또한 죽음을 무릅쓰고 파혼을 할 정도라면, 평양공주는 고개를 저었다.

"알겠습니다. 일단 오늘을 그만 궁으로 돌아가십시오. 생각해 보고 폐하께 말씀을 드리도록 하겠습니다."

"마마, 성은이 망극하옵니다. 제발 아바마마께 잘 말씀드려 주세요!"

뒤돌아서는 소하의 어깨가 시렸다. 그 뒷모습을 물끄러미 바라보던 평양공주는 빨리 한서제를 만나야겠다고 생각했다. 평양공주도 한서제가 급히 김윤을 거기장군에서 파직하고 근신을 명하였던 것이 윤을 위해서였음을 알고 있었다. 일단 황제가 결정을 내린 사안을 재론하기 힘들다는 상황을 고려한 것이었으리라. 게다가 윤은 흉노에서 귀화한 인물이다 보니 결정이 느슨하면 주변에 말이 많아질 것이었다.

평양공주 또한 김윤 장군의 됨됨이를 잘 알고 있었다. 하지만 그래도 일단 황실의 권위를 위해서라도 김윤을 그대로 둘 수는 없었다. 하여 일단 엄한 벌을 내리고 근신하게 한 이후 때를 보아 다시 장안으로 불러들일 작정이었다. 그러나 오늘 보니 소하공주가 그를 생각하는 마음이 생각보다 깊었다. 평양공주는 은애하는 이들의 마음을 또 어떻게 해야 할지 생각에 잠겼다.

"폐하, 평양공주마마께서 듭시옵니다."

내관의 음성에 한서제가 고개를 들었다. 누님께서 어찌 여기까지 직접 발걸음을 하시었는지 한서제가 고개를 갸웃했다.

"드셨습니까, 누님?"

자리에 앉는 평양공주의 얼굴이 무거웠다.

"황상, 김윤 장군을 어찌하실 예정입니까?"

"김윤은 황실에 대한 불충을 저질렀으니 제가 내린 처분대로 연지산에서 마감으로 봉사해야 할 것입니다."

아무리 사사로이 윤을 아낀다 할지라도 이번 일을 허투루 다루게 되면 황실의 권위가 무너질 뿐만 아니라 윤도 위험했다. 항상 누구보다 엄격한 잣대가 윤에게 적용되고 있었다. 이번 일을 두고 많은 이들이 관심을 기울이고 있음을 한서제도 잘 알고 있었다.

연지산은 멀지만 전략적 요충지였고 최근 흉노의 움직임이 예전과 같지는 않으나 관리가 필요한 곳이었다. 게다가 한서제는 윤이 초원을 그리워하는 것을 알고 있었다. 잠시 연지산에 보내서 그 마음을 달래주고도 싶었다.

"제가 윤을 아끼오나 이번 일은 반드시 적절한 조치가 필요합니다."

평양공주는 사사로운 감정을 잠시 접어두는 한서제의 결정을 이해하였다. 그러나 한서제가 윤을 아낀다는 것도 잘 알고 있었다. 그리고 분명 한서제는 황실의 어른이자 공주인 자신의 체면도 고려해 주고 있는 것이었다. 한서제의 대답에 평양공주가 조용히 말을 이었다.

"황상, 소하공주가 어제 저를 찾아왔습니다. 본인이 오손국에 시집을 가겠다며, 김윤 장군을 용서해 달라 간청하더이다."

"뭐라고요?"

한서제는 '끙' 하고 한숨을 쉬었다. 그리 자중하라 일렀건만 소하공주가 또 일을 더욱 어렵게 만들어 버린 것 같았다. 한서제는 당분간 누님의 화가 가라앉기를 기다릴 작정이었다. 아무리 윤을 아낀다 하나, 한서제 또한 황실의 가장 큰 어른인 평양공주를 무시할 수는 없었다.

"황상, 제 눈치 볼 필요 없습니다."

평양공주의 조용한 말에 한서제가 누이를 바라보았다. 역시나

누님의 눈을 속일 수는 없었다. 평양공주는 자신이 어떤 의도로 윤에 대한 처분을 내렸는지 다 알고 있었던 것이었다. 누님의 눈빛이 아련하고 따뜻했다.

"내 이제 은애하는 연인들을 방해하는 일은 그만해야겠습니다."

"누님!"

"내 눈치 볼 필요 없이 황상이 생각한 바대로 조치를 취하세요."

한서제는 누님이 벌써 자신의 마음속을 다 알아챈 것을 알았다.

"감사합니다. 누님!"

자리에서 일어서던 평양공주가 갑자기 한마디를 했다.

"그런데 김윤 장군의 마음도 소하공주만큼 절실한지는 조금 궁금하긴 합니다."

평양공주는 궁금해졌다. 항상 정인을 위해서 목숨을 거는 것은 여인이었다. 연영도, 소하공주도, 그리고 한서제를 위해서 독을 마셨던 황후까지. 정인을 위해서 제 목숨을 내어줄 만큼 용기 있는 남자가 있는지 그것을 알고 싶었다. 용기 있는 자만이 여인을 차지할 자격이 있었다.

한서제 역시 윤의 마음이 어느 정도인지 궁금했다. 소하의 애정만큼 윤의 마음도 진심인지 아비 된 자로서 알고 싶어진 것이다. 일단 죽음을 무릅쓰고 파혼을 감행한 것을 볼 때에는 윤도 소하공주를 신경 쓰고 있는 것 같았다. 하지만 도대체 속을 알 수 없는 윤이었다. 이대로 두면 언제까지고 마음을 표현하지 않을 것이었다. 특단의 조치가 필요했다. 한서제의 얼굴이 결정을 한 듯 상쾌하게 변했다.

한서제 재위 31년, 원정 6년, 사월, 한서제는 금족령을 어긴 소하공주를 화번공주로 오손국에 보낼 것을 명했다. 그리 아끼던 소하공주를 오손국까지 보내겠다는 한서제의 결정에 모두가 경악했다. 하지만 사람들의 시선에 한서제는 아랑곳하지 않았다. 경악한 황후가 한서제에게 처분을 재고해 달라 요청하였으나 한서제는 꿈쩍도 하지 않았다. 한서제의 냉정함과 철저함에 모두가 다시 놀라고 있었다. 그리고 윤은 멀리 연지산 대신 미앙궁에서 마감으로 복무하는 것으로 결정이 되었다.

소하는 준비를 마치고 내년 삼월 중 출발하는 것으로 결정되었다. 장안에서 오손국까지는 전령이 빠른 말로 매일 달린다 해도 족히 한 달이 걸리는 거리였다. 공주의 어가(禦軻)가 움직이려면 적어도 일 년 가까이 걸리는 긴 여정이었다.* 모양새야 어찌 되었건 국혼이다 보니 여러 가지 준비할 일도 많았다.

박망후 장철이 서역에서 복귀한 이후 서역에 대한 관심은 지속적으로 높아졌다. 오손국은 말의 확보라는 측면에서 전략적인 중요성을 지닌 나라였다. 오손국은 좋은 말을 구하러 서역으로 가는 중간에 위치하고 있었기 때문이었다. 한서제의 말에 대한 사랑은 유별났다. 이미 한서제는 신마(神馬)를 구하기 위하여 수많은 원정대를 서역으로 파견했던 것이다.

....
* 한나라 당시 전령이 빠른 속도로 말을 갈아타고 이동 가능한 거리는 하루에 평균 100km. 어가의 경우 하루 이동 거리는 8~10km.

그러나 한서제가 개인적인 취미로 신마를 찾고 있는 것은 아니었다. 신마는 곧 용(龍)이며 이는 수신(水神)과 관련이 있다. 즉 복희씨(伏羲氏, 최초의 남신, 男神)가 천하를 다스릴 때 용마(龍馬)가 황하에서 나왔다는 고사가 있다. 여기서 용마는 곧 신비로운 동물인 신마를 의미한다. 즉 황제가 천하를 평안하게 다스릴 때 하늘에서 보내준 것이 신마였다. 따라서 신마는 황실의 권위와 연결되는 것이었다.

게다가 한서제가 흉노와의 전쟁에서 승리하기 위해서 무엇보다 필요했던 것이 말이었다. 기마병 위주인 흉노와 전투를 치르기 위해서는 보병 위주의 한나라 군대로는 승산이 없었다. 흉노보다 빠르고 강한 말이 필요했다. 한서제가 기련산 부근에 군을 설치한 사유도 안정적인 말의 확보가 중요했기 때문이었다. 따라서 안정적인 말의 확보를 위해서는 서역으로 가는 길이 보장되어야 했다. 따라서 오손국이 전략적 중요성을 지니는 것이었다.

게다가 장철의 복귀 이후 개척된 사주지로의 안정적인 통행을 위해서도 오손국은 중요했다. 하여 오손국과의 협력을 위하여 공주를 시집보내기로 약조한 것이었다. 하지만 일반적으로는 황실의 공주를 보내는 경우는 없었다. 몰락한 귀족이나 혹은 제후왕들의 여식들을 공주로 위장하여 보내왔던 것이다. 그런데 이번에는 황제의 단 하나뿐인 친딸이었다. 모두들 한서제의 결정에 고개를 갸웃거리고 있었다.

꽃과 풀도 없는 척박한 땅으로 시집가, 나라를 위해서 자신을 희생해야 하는 기구한 운명의 여인이 화번공주다. 게다가 한 번 떠나게 되면 다시 장안으로 돌아오는 것은 요원했다. 낯설고 척박한 땅에서 외로워하며 고향을 그리다 죽어간 그런 여인들의 삶이 소하공주 앞날에 놓여 있었다.

하지만 주변의 걱정과는 달리 소하공주는 침착했다. 너무나 침착한 공주의 모습에 오히려 주변 사람들이 더욱 초조해하고 있었다. 그럼에도 시간은 착실하게 흘러 오월이 되니 장안에는 다시 월계화가 아름답게 피어났다.

9. 은애하는 마음은 멈출 수 없으리

오월의 미앙궁은 다양한 색채로 피어난 월계화 향으로 가득했다. 월계화는 다른 이름으로 달마다 꽃이 핀다고 하여 월월홍(月月紅), 언제나 봄처럼 꽃이 핀다고 하여 장춘화(長春花) 등의 별명을 가지고 있었다. 서리와 눈을 두려워하지 않고 꽃을 피우므로 '투설홍(鬪雪紅)'이라고도 한다. 장안에는 많은 월계화가 피어나지만 특히 미앙궁과 건장궁의 월계화는 유독 그 아름다움으로 이름이 높았다.

그런 탐스러운 월계화를 바라보는 소하의 얼굴은 어두웠다. 예전에는 생글생글 밝은 빛으로 가득 찼던 눈동자는 생기를 잃었다. 그러나 소하는 평상시처럼 생활하기 위해서 많은 노력을 기울이고 있었다. 주변 사람들마저 근심에 빠지게 둘 수 없었기 때문이었다.

　윤이 한서제의 명으로 마감으로 복무한 지 벌써 한 달이 지나가
고 있었다. 윤은 한서제의 처분을 기꺼이 받아들였다. '본래 가진
것이 없던 자신'이라며 제후의 지위를 잃는 것도, 거기장군에서
파직되는 것도 모두 받아들였다고 하였다.

　소하는 곽정과 위화 부부가 마치 부모처럼 윤을 돌봐주고 있다
는 소식을 취옥에게 듣고서 다소 안심했다. 소하는 아직도 혼인을
파기한 윤의 행동을 이해할 수 없었다. 매일 밤 그 원인을 생각하
느라 정작 본인이 오손국으로 떠나야 하는 것에 대한 걱정은 뒷전
이었다.

　생각에 빠진 소하의 발걸음이 저도 모르게 후원의 북쪽 끝으로
향했다. 후원의 북쪽 끝은 황실의 마구간과 위치가 가까웠다. 그
래서 먼발치에서나마 윤을 볼 수 있었다.

　다각, 다각, 다각.

　윤이 말을 훈련시키고 있었다. 윤은 다소 마른 듯 볼이 움푹하
게 패어 있었다. 서역에서 수입된 한혈마(汗血馬, 서역에서 수입된
덩치가 큰 말)는 몽골마보다 덩치가 컸다. 윤은 덩치가 큰 한혈마를
매우 능숙하게 다루었다. 흉노족은 다섯 살이면 거의 말 위에서
생활한다 하더니, 윤은 말과 거의 하나가 되어 있는 듯했다. 그 모
습을 소하는 후원 한 켠에서 멍하니 바라보았다.

　열심히 말을 훈련시키던 윤이 갑자기 고개를 들어 소하가 있는
쪽을 바라보았다. 마치 시선을 느낀 듯했다. 그러나 윤이 있는 곳
에서는 이쪽이 보이지 않는다. 그럼에도 소하는 저도 모르게 움찔

하며 나무 뒤로 몸을 숨겼다.

윤의 날카로운 시선은 보이지 않는 누군가를 찾고 있는 듯했다. 한동안 움직이지 않던 윤이 말을 마구간 쪽으로 몰아갔다. 그제야 소하가 크게 숨을 쉬었다. 저도 모르게 숨을 참고 있었던 모양이었다. 멀어지는 윤의 뒷모습을 아스라이 바라보던 소하는 힘없이 비연각으로 발걸음을 옮겼다.

돌아서 걷는 소하의 한 걸음, 한 걸음이 위태로웠다. 곧 깨져 버릴 살얼음판을 걷는 것처럼 초조하고 불안한 마음이 고스란히 그녀의 걸음걸이에 드러났다. 그러나 소하를 흔드는 것은 떠나야 하는 두려움이 아니었다. 가장 소중한 것을 남겨두어야 한다는 사실이 소하를 두렵게 만들고 있었다.

오손국으로 떠날 준비는 착착 진행되고 있었다. 그중에서 승마술을 익히는 것도 한 가지 준비였다. 오손국은 부유한 이들이 사오천 필의 말을 소유할 정도로 말이 많은 나라였다. 따라서 오손 왕실의 사람들은 말을 잘 다루었다. 곤미(昆靡)라는 칭호로 불리는 오손국 왕에게 시집을 가려면 소하공주 역시 승마술을 익혀야 했다.

물론 소하가 말을 못 타는 것은 아니었다. 태자인 서와 황자 능이 승마를 배울 때 소하도 어느 정도는 익혀두었다. 하지만 이제 오손국으로 떠나게 되니 본격적으로 승마를 배울 필요가 있었다.

6월 초여름 햇살이 신선한 날, 건장궁 후원에서는 소하의 승마 훈련이 있을 예정이었다. 승마사부로는 공주의 무술사부였던 곽정이 임명되었다. 누구보다 말을 잘 타는 곽정이었고 게다가 공주를 오랫동안 지도해 왔던지라 적임자였다. 곽정이 먼저 나와 공주를 기다리고 있었다. 곧 남복 차림의 소하가 취옥 등 시녀들을 대동하고 후원에 나타났다.

"마마, 나오셨습니까?"

대기하고 있던 곽정이 소하에게 인사를 하였다.

"사부님, 오늘도 신세를 지게 되었습니다."

소하의 인사에 곽정이 미소를 지었다. 남복 차림의 소하는 초여름 햇살을 받아 싱그러워 보였다. 남복을 입은 소하는 미소년처럼 낭창낭창했다. 머리를 남자처럼 올려 묶으니 그렇지 않아도 작은 얼굴이 한 손에 잡힐 만큼 더욱 작아 보였다. 작은 얼굴에 커다란 눈만이 또렷해 보였다.

그러나 곽정은 어찌 소하를 오손국에 화번공주로 보내겠다는 결정을 하였는지 아직도 한서제의 결정을 믿을 수가 없었다. 하지만 오히려 너무 침착한 공주였기에 곽정 또한 별다른 말은 하지 않았다.

"말이 두렵지는 않으신지요?"

곽정의 물음에 소하가 미소를 지었다.

"예, 사부님. 황태자 전하께서 훈련을 하실 때 저도 종종 참관했습니다. 그리고 한 두어 번 타본 적도 있습니다. 하지만 혼자 본격적으로 타본 적은 없으니 잘 가르쳐 주십시오."

소하의 공손한 말에 곽정이 고개를 끄덕였다.

"일단, 말에 대한 두려움이 없다면 절반은 성공입니다."

곽정의 말이 끝나자 후원으로 소하가 탈 말이 들어오는 소리가 들렸다.

다각, 다각, 다각.

다가오는 말발굽 소리에 왠지 소하의 심장이 크게 술렁거렸다.

"말을 대령하였습니다."

마감의 말에 소하의 심장이 쿵 떨어졌다. 이 목소리는 분명 오라버니의 목소리였다. 마감의 직책을 지닌 윤이 말을 대령함이 이상한 일은 아니었다. 하지만 오늘 윤이 직접 말을 대령하리라고는 생각지 못했다. 소하는 미친 듯이 두근거리는 자신의 심장을 애써 진정시키고 돌아보았다.

그토록 보고 싶었던 윤의 얼굴이 소하 앞에 있었다. 다소 마른 윤의 얼굴이 평소보다 더욱 날카로워 보였다. 볼이 쑥 들어가 강한 눈빛만이 더욱 형형하게 느껴졌다. 워낙에 키가 컸던 윤이지만 다소 마르다 보니 평소보다 훨씬 커 보였다. 비록 낮은 마감이라는 지위에 있어도 제후로서 한나라의 군대를 통솔하였던 거기장군으로서의 지녔던 풍모는 그대로 남아 있었다. 지금도 윤의 태도는 공손하였고 조금도 비루함이 없었다.

그러나 소하는 까칠한 그의 얼굴을 보자 마음이 아렸다. 도대체 왜 갑자기 영령공주와의 파혼을 주청한 것인지 소하는 이해할 수 없었다. 영령공주와 혼사를 하게 되면 윤은 황실의 일부가 된다. 더구나 한서제가 가장 어려워하는 평양공주의 손녀딸이라면 윤의 위치는 더욱 공고해질 터였다.

게다가 황실의 남자들이 황도에 머무르지 못하는 것에 비하여 황녀의 부마라면 장안에 머물 수가 있었다. 귀화한 객경(客卿, 타국에서 귀화한 관리)으로서 황실과의 국혼만큼 그 지위를 공고히 하는 좋은 수단도 없었다. 지금까지 윤은 아바마마와 어마마마가 원하시는 일은 항상 수행하였다. 예전 혼담도 윤이 원했다기보다는 아바마마와 어마마마가 원하셨기에 받아들였던 것이었다. 도저히 이해할 수 없는 윤의 마음이었다.

"고맙습니다."

소하가 심상하게 평소 사람들을 대하듯이 답하였다. 소하의 얼굴에는 표정이 없었다. 절대로 윤에게 소하가 윤을 구명하기 위해서 오손국에 가기를 자청하였다는 사실을 알려서는 아니 되었다. 화번공주로 떠날 것을 명하면서 아바마마가 엄히 요구한 내용이었다.

소하 역시 오히려 아바마마께 주청을 드리고 싶은 내용이었기에 받아들였다. 윤의 마음을 가질 수는 없어도 그를 구명하였다는 한 가지 사실이 최근 소하를 지탱하게 해주었다. 하지만 예상치 못한 곳에서 윤을 보자 소하의 마음이 크게 출렁거리기 시작하였다.

윤 역시 표정 없는 얼굴로 말고삐를 잡고 있었다.

"일단, 말에 타보시겠습니까?"

곽정의 말에 소하가 말 근처로 다가갔다. 점점 두 사람의 거리가 가까워지자 소하는 자신의 심장 소리가 외부로 들릴 것만 같아 불안해졌다. 말 옆에 서자 윤의 거대한 그림자가 소하의 몸을 감쌌다. 마치 그가 자신을 따뜻하게 안아주는 것 같았다.

"말에 타서 균형을 잡는 것이 매우 중요합니다*."

곽정의 말에 소하가 고개를 끄덕였다. 일단 말을 타는 것도 위에서 균형을 잡는 것도 그리 쉬운 일이 아니었다. 윤이 잡고 있던 말고삐를 곽정이 넘겨받았다. 그리고는 윤에게 일렀다.

"마감, 공주마마께서 말을 탈 수 있도록 도와주시게."

곽정의 말에 윤이 말 앞에 무릎을 꿇었다. 소하가 자신의 손을 밟고 말에 오르게 하기 위함이었다. 소하는 자신의 앞에 무릎을 꿇은 윤을 보자 마음이 쓰렸다. 제후였던 그가 지금 자신 앞에 무릎을 꿇고 있는 것이다. 소하는 간신히 눈물이 나올 것만 같은 것을 억제하였다. 지금 여기서 자신이 눈물을 보일 수는 없었다.

"마마, 제 손을 밟고 말에 오르시지요."

윤의 말투에는 어떠한 감정 변화도 없었다. 그저 마감으로서의 임무에 충실하고 있었다. 감정이 없어 보이는 윤의 얼굴에 소하의 마음이 하염없이 바닥으로 가라앉았다. 그는 정말 자신에게 어떠한 감정도 없는 모양이었다. 끊을 수 없는 자신의 연심을 소하는 어찌할 수 없었다. 간신히 정신을 차리고 윤이 내민 손에 발을 올렸다. 곽정이 내어준 고삐를 잡고 훌쩍 말에 올라탔다. 타고난 운동신경과 그동안 배워두었던 무술이 도움이 되었다.

가볍게 말에 올라탄 소하를 곽정이 감탄하며 바라보았다. 그러나 이내 곽정의 얼굴이 윤을 보자 급격히 어두워졌다. 다른 사람을 보내라 했건만 굳이 자신이 온 윤을 곽정은 이해할 수 없었다.

"마마, 오늘은 말에서 균형을 잡고 잠시만 간단히 구보를 해보

---

* 한나라 시대에는 등자가 개발되지 않았음. 따라서 말 위에 간단하게 안장을 얹은 형태라 말 위에서 중심을 잡기 위해서는 두 다리로 말의 몸통을 꽉 조여야만 했음.

겠습니다."

"네, 사부님!"

곽정의 눈짓에 윤이 일어서서 말의 고삐를 잡고 천천히 후원을 걷기 시작했다. 소하의 마음과는 달리 말은 경쾌하게 구보를 하고 있었다. 소하도 윤도 입을 떼지 않았다. 어렸을 때 소하를 태우고 윤이 소풍을 나왔던 그때처럼 그렇게 둘은 아무런 말도 없이 계속 걸었다. 그렇게 근 반 시진(한 시간)을 걷던 윤이 잠시 걸음을 멈추었다. 이제 다시 출발했던 자리로 되돌아갈 모양이었다.

"마마, 어디 불편한 곳은 없으십니까?"

윤의 질문에 소하가 고개를 끄덕였다.

"그럼 잠시 말을 쉬게 하고 다시 돌아가겠습니다."

그렇게 다시 침묵을 유지하던 소하가 결국 윤을 부르고 말았다.

"오라버니!"

소하의 부름에 윤이 고개를 돌렸다. 두 사람의 눈빛이 허공에서 챙 하고 부딪혔다.

"영령공주와의 혼사는 왜 파기하신 것입니까?"

소하의 질문에 윤은 침묵했다. 하지만 소하도 대답을 들어야겠다는 표정으로 윤을 계속 주시했다.

"빈껍데기만 가지고 누군가의 지아비가 될 수는 없으니까요."

윤의 목소리가 지독히도 낮았다. 소하는 윤의 말을 이해할 수 없었다. 그럼 그 마음은 도대체 어디를 향하고 있는 것일까?

"마마, 돌아가겠습니다."

윤이 더 이상의 대화를 거부하듯이 돌아가자 말을 하고는 고삐를 잡고 걷기 시작했다. 윤의 뒷머리가 아릿하게 소하의 동공에 박혔다. 저 뒷모습을 언제까지 바라볼 수 있을지, 뒷모습이라도 바라볼 수 있는 것이 행복이었다. 오손국으로 시집을 가게 되면 이제는 저 뒷모습조차 볼 수 없을 터였다.

저를 은애하지 않아도 윤의 곁에 머문다는 것 자체가 행복이었다. 그의 모습을 먼발치에서나마 보고 그가 건강함을 아는 것이 감사한 일이었다. 그러나 이제 오손국으로 떠나게 되면 그 작은 행복도 누릴 수가 없게 될 일이었다.

고삐를 잡은 윤의 발걸음이 무거웠다. 자신의 발을 밟고 올라서는 소하의 몸무게를 거의 느낄 수가 없었던 것이다. 깃털처럼 가벼운 소하는 날아가 버릴 것만 같이 위태로웠다. 오늘 공주의 승마훈련이 있다는 것은 곽정에게 들었다. 다른 사람을 보낼 수도 있었지만 윤은 스스로 자청하였다.

다행히 자신을 보고도 놀라지 않는 소하를 보니 다소 안심이 되었다. 자신을 평범하게 마감으로만 대하니 그것이 오히려 편했다. 소하는 이미 마음을 모두 정리한 것이리라. 그래서 이렇게 마감으로 변한 자신을 보고도 놀라지 않았을 것이라 생각하니 윤의 심장이 바늘로 찔린 듯 콕콕 쑤셔왔다.

각자의 고민으로 마음이 무거운 두 사람의 마음을 모르는 듯, 말은 무심하게 구보를 계속하였다. 소하는 이 구보가 언제까지 계속되기를 바라고 있었다.

그날 밤, 어둠이 내려앉은 곽정의 집은 고요했다. 6월의 밤공기를 타고 상큼한 월계화 향기가 사방으로 퍼졌다. 달빛에 수줍게 모습을 드러낸 월계화는 아름다운 여인처럼 보였다. 흰색 월계화가 조용하고 가녀린 여인을 닮았다면 붉은 월계화는 아름답고 순수하지만 그 마음속에 불같은 열정을 담고 있는 여인 같았다.

밤이 늦도록 윤은 후원에 심겨 있는 붉은 월계화를 가만히 응시하고 있었다. 무슨 생각에 그리 깊이 잠긴 것인지, 후원을 내려다보는 윤의 자세가 한 치의 흐트러짐이 없이 꼿꼿했다. 한참을 그렇게 월계화를 바라보고 있던 윤이 부(賦)라도 쓰려는지 붓을 꺼내들었다. 일필휘지로 달려나가는 생각의 속도를 붓이 미처 따라잡지 못하고 있었다.

아름다운 여인이여!
달빛에 비친 그대의 얼굴이 꽃처럼 아름답구나!
누구를 기다리기에 그리 수심에 잠긴 것인가?
내 붉은 월계화 한 송이를 그대에게 보내나니
미소 짓는 얼굴을 나에게 보여줄 수는 없겠소?

윤의 호방한 기개를 나타내듯 그의 서체는 힘이 있고 선이 굵었다. 그러나 서체와는 달리 윤의 부는 누군가를 그리워하는 마음이 가득 담겨 있었다. 자신이 쓴 부를 보고 깜짝 놀랐는지 윤이 붓을 내려놓고는 후원에 내려섰다. 그리고는 가만히 손을 들어 월계화의 꽃잎을 쓰다듬었다. 부드럽고 여린 꽃잎을 어루만지는 윤의 손길이 섬세했다.

꽃잎을 부드럽게 쓰다듬던 윤이 길고 날렵한 손가락을 들어 가만히 자신의 입술을 살며시 어루만졌다. 그리고는 다시 붉은 월계화를 쓰다듬는 그의 눈빛이 무슨 생각을 하는지 촉촉하게 물기를 머금고 아련해졌다.

"공주마마!"

한숨처럼 낮은 윤의 목소리였다.

"흠흠."

갑자기 들려온 기침 소리에 윤이 뒤를 돌아보았다. 곽정이었다.

"어르신, 주무시지 않고 어인 일이십니까?"

"달이 밝으니 어째 도통 잠이 오질 않는구먼. 그러는 자네는 어찌 이 야심한 시각에 후원에 있는 것이오?"

곽정이 윤에게 다가서며 물었다.

"월계화가 아름답게 피었기에 잠시 보고 있었습니다."

"허허. 그런가? 소하공주마마께서 보시면 참으로 좋아하시겠어."

"네, 공주마마는 붉은 월계화를 참 많이 닮으셨습니다."

윤의 목소리가 부드러웠다. 아마도 말괄량이 공주를 떠올리는 듯 굳어 있던 윤의 얼굴 표정이 오랜만에 느슨하게 풀려 있었다. 그 모습을 유심히 바라보던 곽정이 이내 다른 이야기를 꺼냈다.

"그나저나, 며칠 후 있을 평양공주마마의 생신 연회 소식은 들었는가?"

"네, 들었습니다."

"그 자리에서 오손국에서 보내온 말들을 귀빈들에게 보여준다고 하던데 그 준비는 잘되고 있는가?"

곽정이 걱정스러운 표정으로 물었다. 중요한 자리인지라 말을 잘 통제할 필요가 있었다. 한 치의 문제라도 발생해서는 안 되다 보니 곽정은 걱정이 되었던 것이다.

"네, 걱정하지 않으셔도 됩니다. 잘 훈련이 되고, 온순한 녀석들로 준비했습니다."

윤의 말에 곽정이 고개를 끄덕였다.

"다행이군."

그러나 곽정의 표정은 밝지 않았다.

"어르신, 무슨 근심이 있으십니까?"

"그것이, 얼마 전에 서역을 왕래하던 대상들이 누란(樓蘭, 현재 중국령인 신장–위구르 자치주에 있는 고대 도시의 작은 국가)국의 방해로 목숨을 잃었다네."

"저도 그 이야기는 들었습니다. 그런데 그것과 연회가 무슨 관련이 있는 것입니까?"

"위청 대장군이 흉노를 정벌하여 감숙성을 확보한 이후 서역과의 교역이 매우 활발해지지 않았는가? 교역이 늘어나고 통행하는 사람들이 늘어난 만큼 주변 국가들과 충돌도 잦아지고 있지. 그래서인지 최근에 장안에 불온한 무리들이 자주 출몰한다는 이야기가 있다네."

"네, 그러나 한나라 사람들이 서역을 자주 방문하듯이 서역인들이 장안에 오는 것도 당연하지 않겠습니까?"

윤의 말에 곽정이 고개를 끄덕였다.

"그렇긴 하네만, 폐하께서 화번공주를 오손국에 보내신다 하니 아무래도 그 주변 국가들이 위협을 느낀 것 같더구먼. 혹시나 폐하께서 오손국과 연합하시어, 예전 흉노를 정벌하였듯이 자신들도 정벌하려는 것은 아닌지 우려가 크다고 하더군. 특히 그중에서 누란국이 위협을 느꼈는지 그 옆에 있던 고사(당시 서역에 존재하던 국가 중 하나)국, 흉노와 연합하여 자객을 장안으로 보냈다는 설이 있다네."

곽정의 말에 윤이 긴장했다.

"그럼 그들이 평양공주마마의 생신 연회를 노리고 있다는 말씀이십니까?"

"꼭 그렇다는 의미는 아니지만, 근자에 있을 가장 큰 연회가 아닌가? 게다가 폐하를 비롯하여 황실 가족들이 모두 모이는 자리이니, 문제를 일으키기 가장 좋은 기회겠지. 혹시 이 모든 것이 우려일 뿐일지라도 조심해서 나쁠 것은 없지 않겠나? 더구나 말을 보려면 귀빈들께서 궁내부가 아닌 후원 쪽으로 나오셔야 하니 아무래도 호위가 쉽지는 않을 것이네. 큰 사건이 아니더라도 작은 불미스러운 일이라도 문제가 커질 수 있으니 조심하는 것이 좋겠지."

곽정은 긴 수염을 쓰다듬었다.

"그럼 저희 쪽에서도 그에 대한 대비가 있어야 하지 않겠습니까?"

"준비를 한다고 하였으나, 아무래도 완벽할 수는 없으니 자네도 그날 유념하도록 하시게."

"알겠습니다."

윤의 근심스러운 얼굴을 바라보면서 곽정은 걸음을 돌렸다. 최근 밤이 되면 자주 후원에서 월계화를 바라보고 있는 윤이었다. 짧은 사이 얼마나 말랐는지, 윤의 볼이 움푹 패어 형형한 눈이 더욱 커 보였고, 전체적으로 더욱 날카로운 인상이 되었다. 그러나 곽정은 윤을 괴롭히는 것은 제후의 지위를 잃은 때문이 아니라 다른 사유 때문이라 짐작했다.

영령공주와 혼인을 파기하고 마감에 처해졌을 때에도 윤은 의연했다. 파혼에 따른 책임은 모두 자신에게 있다며 한서제의 처결을 군말 없이 받아들였다. 오히려 그때의 윤은 무거운 짐을 벗어 던진 것처럼 마음이 가벼워 보였다. 그러니 오늘 분명 월계화를 바라보면서 윤은 누군가를 그리워하고 있었다. 윤에게 아무것도 해줄 수 없는 곽정은 안타까운 마음으로 윤을 지켜볼 뿐이었다. 달빛을 받고 서 있는 윤의 모습이 외로워 보였다.

며칠 후, 미앙궁은 평양공주의 생신 연회로 떠들썩했다. 본디 평양공주부(공주의 집)에서 연회를 진행하는 것이 적절하였다. 하지만 황실의 가장 큰 어른인 평양공주를 위하여 한서제가 특별히 미앙궁에 연회 자리를 마련한 것이었다. 주인공인 평양공주뿐만 아니라 한서제와 황후 설, 그리고 친왕 및 군왕들까지 모두 한자리에 모였다. 연회는 린덕전(麟德殿, 국가의 주요 연회가 열리던 곳)에서 거행되었다. 연회의 마지막은 오손국에서 보내온 말들의 사열식을 함께 보는 것이었다.

소하는 미앙궁 후원에 마련된 누대에서 오손국에서 보내온 말들의 사열식을 보고 있었다. 오손국에서 국혼에 대한 혼수로서 천 필이나 되는 말을 보내온 것이었다. 노비들이 각자가 관리하는 말을 끌고 화려하게 차린 황실의 귀빈들 앞을 지나갔다.

흉노족들이 많이 타고 있으며, 한서제가 설치한 기련산 부근 무위, 주천 두 군에서 주로 키우는 것은 몽골마였다. 장거리에 익숙한 몽골마들이 다리도 짧고 몸집도 작은 것과는 달리 서역에서 온 말들은 덩치가 크고 다리가 길쭉길쭉했다. 과연 국혼에 걸맞게 우수한 말들이었다.

"역시, 오손국의 부자들은 말을 4~5천 필을 너끈히 소유한다 하더니 보내온 말들이 하나같이 훌륭하군요."

사열을 바라보던 평양공주가 감탄하며 말의 훌륭함을 치하하였다.

"가히 신마라 불릴만한 기개가 아닙니까?"

옆에 서 있던 강도왕이 평양공주의 말씀에 동의하였다.

"네, 천 필이나 되니 한나라의 기병 전력에 크게 도움이 될 것입니다."

한서제가 기쁜 표정을 지었다.

"그런데 이렇게 누대에서 바라보니 좀 아쉽습니다. 조금 가까이 가서 볼 수는 없겠습니까?"

강도왕의 말에 한서제가 흔쾌히 고개를 끄덕였다.

"그럽시다. 저리 훌륭한 말을 자주 볼 수 있는 것도 아니니 관심이 있으신 분들은 함께 내려가 보도록 합시다. 소하공주도 함께

가자꾸나. 저 중에서 가장 아름다운 말을 공주에게 주마."

한서제가 옆을 돌아보며 소하를 채근하였다. 소하는 부황의 제안에 군말 없이 한서제를 따라 말 근처로 다가갔다. 가까이 갈수록 확실히 누대에서 바라보던 것보다는 말들의 훌륭함을 잘 볼 수 있었다. 그러나 소하는 말보다 사열하고 있는 말들의 가장자리에 서 있는 윤의 존재감을 더욱 강하게 느끼고 있었다.

마감인 윤이 말을 관리하는 노비들을 이끌고 사열에 참석하는 것은 당연했다. 그것을 알고 있었음에도 가까이서 느껴지는 윤의 존재에 저도 모르게 소하는 긴장하고 말았다. 강한 그의 시선이 소하를 계속 향하고 있었다. 목 뒤에서 오소소 소름이 돋는 기분이었다.

소하공주가 누대에서 내려오자, 말을 끌고 온 노비들의 시선이 소하공주에게 집중되었다. 여러 공주와 군주들의 틈에서 소하는 단연 그 아름다움을 자랑하고 있었던 것이다. 예전에는 활달하고 장난기가 다소 많아 보였던 소하공주였다. 그러나 지금은 차분한 아름다움이 공주를 지배하고 있었다.

그렇게 한서제 곁에서 말을 구경하고 있던 소하를 윤이 바라보고 있었다. 모두의 시선이 자신에게 집중되고 있다는 것을 모르는 것인지, 소하의 태도는 초연했다. 그래서 더욱 사람들의 시선을 끌고 있었다.

사사삭!

생각에 잠겨 있던 윤은 갑작스러운 사람의 기척에 몸을 긴장하였다. 분명 아주 미세한 움직이었지만 윤은 감지할 수 있었다. 공력이 높은 자가 기척을 숨기고 움직이고 있었다. 긴장하고 집중하자 꽤 여러 명의 움직임이 감지되었다. 역시 예상했던 대로 불온한 무리들이 안으로 숨어든 것이 분명했다. 기척을 숨기고 궁 안으로 숨어들다니, 과연 대담한 사람들이었다.

윤이 긴장하며 소리에 귀를 기울였다. 숲 속에 기척을 감추고 있는 것을 보니 활을 이용할 것이었다. 분명 활은 한서제를 노릴 것이었다. 그러나 바로 그 옆에 서 있는 소하공주도 위험했다. 그러나 지금 윤에게는 검이 없었다. 한서제를 지근거리에서 보좌하는 호위무사들이 있었지만 일대일로 대결하는 것보다 날아오는 활은 대처하기가 쉽지 않았다.

휘이익!

바람을 가르는 화살의 움직임이었다. 윤은 재빠르게 사열 옆을 지키던 군사의 검을 빼어 들었다. 훌쩍 날아오른 윤이 한서제의 앞을 막아서며 날아오는 화살을 검으로 막아내었다.

챙강, 챙강, 챙강!

윤의 검은 번개와도 같이 빠른 속도로 날아오는 화살을 쳐내었다. 윤의 움직임이 날렵했다. 순식간에 발생한 일에 모두가 얼어버렸다.

"폐하와 공주마마를 보호하라!"

무위장군인 곽정의 외침에 호위무사들이 급히 한서제와 소하를 에워쌌다. 그리고 주변에 있던 황족들은 혼비백산하며 몸을 숨기느라 정신이 없었다. 그 번잡하고 정신없는 와중에 제대로 된 갑옷조차 입지 못한 윤이 분전하며 화살을 막아내고 있었다.

챙강, 챙강, 챙강!

어디서 날아오는지도 모를 엄청난 화살 세례였다.

"숲이다!"

곽정의 고함에 군사들이 빠르게 숲 쪽으로 다가갔다. 곧 숲을 향해 군사들의 화살이 쏟아졌다. 그제야 한서제를 향하던 화살의 움직임이 멈추었다. 그러나 윤은 여전히 긴장을 풀지 않고 숲을 응시하고 있었다.

"폐하, 놈들을 잡았습니다."

곽정의 보고에, 그제야 황제 옆에 서 있던 윤이 긴장을 풀었다.

"윤!"

한서제의 부름에 윤이 한서제 앞에 신하의 예를 갖추었다.

"귀공이 나와 공주를 살렸구나!"

"황공하옵니다, 폐하!"

윤의 당연한 일을 한 듯 침착한 표정으로 고개를 숙였다.

"자자, 일어나라!"

한서제가 윤을 일으켰다. 일어난 윤의 어깨를 한서제가 가볍게 두드렸다. 자신을 치하하는 한서제에게 인사를 하고 윤은 조용히 뒤로 물러났다. 한서제에게 대략 10보 정도 뒤로 물러서던 윤이 순간 다시 긴장했다.

뒤에 서 있던 호위무사 셋의 움직임이 무엇인가 이상했다. 항상 보던 무사들의 얼굴이 아니었다. 그들은 한서제와 소하를 노리고 있었다. 갑작스런 사건에 놀랐는지 소하는 그 기척을 미처 인지하지 못하고 있었다. 한서제와 윤의 거리는 10보, 윤과 소하공주 간

의 거리는 그보다 약간 더 멀었다. 저 셋이 동시에 검을 휘두른다
면……

윤 혼자서 세 명을 처리하는 것은 어렵지 않았다. 그러나 한서
제와 소하공주를 보호하면서 동시에 세 놈을 처리해야 했다. 한서
제를 노리는 한 놈을 한번에 처리한다 하더라도 소하공주 옆에 있
는 두 놈은 처리할 수가 없었다.

한서제는 검에 출중하였다. 검만 있다면 자객들은 상대가 되지
않았다. 그러나 소하공주를 옆에서 노리고 있는 자객 중 한 명은
무사는 아닌 듯했다. 검을 못 쓰는 것은 아니나 다소 둔중한 것이
다른 이들보다는 빈틈이 있어 보였다. 윤은 결심했다. 한서제의
날렵한 검을 믿어보기로 한 것이었다.

"폐하!"

윤이 크게 한서제를 부르며 자신이 들고 있던 검을 한서제 쪽으
로 던졌다. 윤의 눈에 빠르게 검을 낚아채는 한서제가 보였다. 그
것을 확인하자 윤은 아무것도 없는 맨몸으로 두 명의 자객에게 달
려들었다. 일단 한 놈의 급소를 치고 난 후 검을 빼앗았다. 그러나
윤은 순간 차가운 검날이 자신의 옆구리를 스치는 것을 알았다.
그러나 윤은 흐트러지지 않고 검을 휘둘렀다.

사삭!

단 한 번의 검 놀림이었다. 자객이 가슴에 피를 흘리며 앞으로
쓰러졌다. 그것을 확인하며 윤은 재빨리 다른 한 놈을 처치했다.
이내 고개를 드니 한서제가 윤이 던진 검을 받아서 자객을 간단히
제압하고 있었다.

주변의 모든 사람들은 눈 깜짝할 사이에 일어난 일에 정신을 차리지 못하고 있었다. 호위무사로 위장하고 한서제와 소하를 공격하였던 세 명의 자객이 순식간에 제압된 것이었다.

"웬 놈들이냐?"

한서제의 노성이었다.

"누구의 사주를 받고 이런 일을 벌였단 말이냐?"

한서제의 노성에 그제야 주변이 수런거리기 시작했다. 주위에 있던 무사들이 자객을 제압하여 황제 앞에 무릎을 꿇게 했다.

"아쉽구나! 내 목숨을 걸고 황제를 치려 했거늘 저 흉노 배신자에게 저지를 당할 줄이야!"

자객이 원통하다는 듯이 외쳤다.

"어서 이자를 옥에 가두고 사유를 조사하라!"

한서제의 침착한 목소리였다.

"존명!"

무사들이 빠르게 살아남은 한 명의 자객과 두 구의 시체를 가지고 사라졌다. 그제야 한서제는 윤이 옆구리에서 피를 흘리고 있음을 알았다.

"윤!"

"폐하, 망극하옵니다!"

그러나 상처를 입었음에도 윤의 목소리는 침착했다. 그러나 상처가 심했던지 쓰러지려는 몸을 애써 검에 의지하고 있었다. 윤의 얼굴이 심상치가 않았고 너무나 많은 피를 흘리고 있었다. 평소처럼 검을 가지고 있었다면 저리 쉽게 당하지 않았을 윤이었다. 한서제를 위해 검을 넘기고 맨몸으로 격투를 하다니, 한서제는 윤이 자신을 생각하는 충심에 감동하였다.

"오라버니!"

정신을 차린 소하가 급히 윤에게 다가왔다. 칼에 의지하여 몸을 지탱하고 있던 윤을 소하가 부축하려던 순간, 윤이 급하게 소하를 끌어안았다. 다가오는 위험으로부터 소하를 보호하기 위한 본능적인 움직임이었다. 소하는 갑작스런 윤의 행동에 어안이 벙벙해졌다.

"까아악!"

짧은 정적 이후 여인들의 비명이 다시 허공을 갈랐다.

"반대편을 쫓아라!"

다시 곽정의 목소리가 허공을 갈랐다. 반대편에도 숨어 있던 자가 있었던 것이었다. 곽정의 명령에 다시 군사들이 반대편을 향하여 움직였다.

"오라버니?"

소하는 자신의 품으로 털썩 쓰러지는 윤을 지탱할 수 없어 휘청거렸다. 옆에 있던 곽정이 급히 윤의 다른 쪽을 부축하지 않았더라면 그대로 뒤로 나뒹굴었을 터였다. 소하 쪽으로 고꾸라지는 윤의 등에 화살이 박혀 있었다.

소하는 자신 쪽으로 쓰러지는 윤을 멍하니 바라보았다. 이것이 실제로 일어난 일인지, 아니면 자신이 지독한 악몽을 꾸고 있는 것인지 소하는 알 수 없었다. 마치 진공 상태에 빠져든 듯, 주변의 소음이 순식간에 사라졌다. 주변의 사람들의 움직임도, 아무것도 보이지 않았다. 그저 소하에게는 자신을 꽉 끌어안은 윤의 팔과 거친 호흡을 내뿜고 있는 윤만이 전부였다. 윤의 따뜻한 체온이 느껴졌다. 그는 살아 있다. 그것만이 전부였다. 소하는 자신 품에 있는 윤을 강하게 끌어안았다.

그의 등에서 흘러나온 따뜻한 피가 소하의 하얀 손을 붉게 물들이기 시작했다. 그것이 윤의 피라는 것을 인지하자 소하의 얼굴이 공포로 굳어졌다. 윤이 소하에게 날아오는 화살을 자신의 몸으로 막은 것이었다. 소하는 돌처럼 굳은 얼굴로 자신에게 기댄 윤을 그저 끌어안고 있었다. 아무런 생각도 할 수 없었다.

이내 사람들이 다가와 윤의 등에 박힌 화살을 뽑아내고 급하게 지혈을 하였다. 사람들이 소하와 윤의 주변에서 부산하게 움직였지만 소하에게는 아무것도 들리지 않았다. 그저 자신의 앞에 있는 윤만 보였다. 지금 자신의 손을 강하게 움켜쥐고 있는 따뜻한 윤의 손만이 전부였다. 어렸을 적 훌쩍이던 소하의 손을 잡아주었던 그때처럼 윤의 손은 따뜻했다. 그래서 들것에 누운 윤의 손을 소하는 놓지 않았다. 아니, 놓을 수가 없었다. 이 손을 놓아버리면 영영 윤을 잃게 될까 봐 두려웠다.

마치 생명을 잃은 것처럼 소하는 숨조차 멈추고 영원한 정지 속에서 갇혔다. 미동조차 없이 그저 윤만을 바라보는 소하를 누구도 섣불리 말리지 못했다. 그러나 윤의 치료가 급했다.

"소하공주, 윤을 옮겨야 한다."

한서제가 소하를 부드럽게 달래었다.

"소하야!"

그런 소하와 윤의 모습을 안타깝게 바라보던 한서제가 다시 한 번 소하의 이름을 불렀다. 여전히 소하는 꼼짝도 하지 않았다. 정신을 잃은 소하를 달래기 위하여 누대에 있던 황후가 허겁지겁 소하에게 다가왔다. 황후가 소하를 가만히 끌어안았으나 여전히 소하는 움직이지 않았다. 오직 시선은 윤에게 향해 있었다.

그때였다. 윤이 힘겹게 커다란 손을 들어 소하의 얼굴을 부드럽게 쓸었다.

"마…… 마, 다치지…… 않으셔서…… 다행…… 입니다."

그리고 거친 호흡 속에서 띄엄띄엄 느리게 소하에게 말을 걸었다. 마치 소하의 안위가 그에게 전부인 듯 윤은 소하를 걱정하고 있었다. 그제야 소하의 커다란 눈에서 눈물이 솟아올랐다. 하염없이 떨어지는 눈물이 윤의 손을 적셨다. 희미한 웃음을 보이던 윤이 과다 출혈로 정신이 혼미했는지 그의 손이 아래로 툭 떨어졌다.

"오라버니!"

소하의 비명이 허공을 갈랐다.

"여봐라, 어서 어의를 대령하라!"

한서제의 명에 미앙궁이 소란스러워졌다. 황제의 명으로 특별히 궁 안에 윤의 거처가 마련되었다. 어의의 극진한 보살핌이 이어졌고 누구보다 소하공주가 직접 윤을 챙겼다.

그러나 다친 윤은 보름 가까이 병석에 누워 있었다. 상처가 얼마나 심한 것인지 하루가 멀다 하고 어의가 들었다. 아무래도 화살과 검에 독이 묻어 있었던 듯했다. 다행히 워낙에 윤이 건강한 몸이라 독을 이겨내고 있으나 그 때문에 상처의 회복이 더딘 것이었다. 때 이른 더위에 환부가 탈이 난 것이었다. 게다가 옆구리에 입은 자상에 따른 과다한 출혈도 문제였다.

소하는 윤을 위하여 아무것도 할 수가 없어 절망했다. 그저 윤이 살아 있기만을 빌고 또 빌었다. 비록 영원히 그를 만나지 못한다 해도, 같은 하늘 아래 그가 살아 있다는 것으로 살 수 있었다. 다시는 돌아올 수 없는 곳으로 떠날지라도 윤과 같은 하늘을 바라본다는 사실만으로도 소하는 살아갈 수 있었다. 그러나 윤이 없는 세상은 생각하고 싶지 않았다. 그를 살릴 수만 있다면 소하는 제 목숨도 아깝지 않았다. 소하의 간절한 바람과는 상관없이 시간은 속절없이 흘러갔다.

10. 매우梅雨

윤이 자리에 누운 지 벌써 이십여 일이 지나고 있었다. 그리 초여름부터 뜨겁기만 하던 장안은 평소보다 일찍 찾아온 매우(梅雨, 매실이 열리는 무렵에 오는 비. 중국에서 장마를 이르는 말)를 반겼다. 대기의 열기가 가라앉자 윤의 환부가 진정세를 보이기 시작했다.

쏴아!

윤의 병상이 마련된 연흥전(延興殿)에서 시원하게 내리는 매우를 바라보는 소하의 얼굴이 심각했으나 그래도 다소 안도한 표정이었다. 다행히 상처에서 흐르던 고름이 잡혀 아물기 시작했던 것이다. 한서제와 황후는 상처에 좋다는 온갖 약재를 아낌없이 사용하라 일렀다. 모든 대우가 황실의 태자나 황자들을 대하듯 최상이었다.

"으흠!"

자리가 불편했던지 윤이 뒤척였다. 소하는 차가운 물수건으로 그의 이마의 땀을 닦아주었다. 고열에 시달리는 윤인지라, 땀을 많이 흘렸다. 소하는 바지런하게 윤의 상태를 지켜보았다. 아바마마께 주청을 드려 윤을 보살필 수 있도록 허락을 받은 이후에 소하는 거의 연흥전에 살다시피 하고 있었다. 윤의 이마를 짚어보자 다소 열이 내려간 듯해서 소하의 얼굴에 오랜만에 설핏 미소가 피어올랐다.

그때였다. 갑자기 눈을 뜬 윤의 시선과 소하의 시선이 허공에서 부딪혔다. 윤의 흑요석같이 까만 눈동자에 소하의 모습이 고스란히 비쳤다. 하지만 윤은 아직도 열 때문에 정신이 혼미한 듯했다.

"무울……."

윤이 한숨처럼 속삭였다. 그러나 열로 입안이 바짝 말랐는지 더 이상 말을 잇지 못했다. 소하가 물 잔을 급히 윤의 입에 가져다 대었다. 그러나 윤이 제대로 삼키지 못하는지 물이 아래로 떨어져 윤의 옷을 적셨다. 그러나 열에 들뜬 병자는 애타게 물을 찾고 있었다. 소하는 망설이지 않았다. 자신의 입에 물을 가득 머금고는 윤의 입술을 찾았다.

윤의 입술이 까칠했다. 까칠한 입술 사이로 소하가 머금었던 물이 들어가자, 윤이 시원하게 그것을 들이켰다. 그리고 윤은 곧 자신이 원하는 것을 알아챘는지 탐욕스럽게 소하의 입술을 탐했다. 마치 소하의 타액이 감로주라도 되는 듯 애타게 그것을 흡입했다. 그리고 조금 더 소하를 가까이 느끼려는 듯 두 손을 들어 소하의 머리를 강하게 부여잡았다.

　소하의 머리를 부여잡는 손길은 병자의 것이라 믿을 수 없을 만치 강했다. 소하의 입안을 탐하는 윤의 혀가 사막에서 물을 찾듯 탐욕스러웠다. 윤의 혀가 거칠게 소하의 혀를 옭아매었다. 그리고 거칠고도 맹렬하게 소하를 탐했다. 소하는 숨이 멎을 지경이었다. 하지만 생명의 기운을 나타내는 윤을 거부할 수 없었다. 윤이 목이 말랐듯이 소하도 그가 목말랐다.

　조금만, 조금만 더, 그를 느끼고 싶었다. 뜨거운 윤의 열에 전염된 듯 소하는 격렬한 입맞춤에 머리가 어지러웠다. 입술을 떼고 뒤로 물러서려 하자 윤의 손이 도저히 아픈 사람이고는 믿을 수 없을 정도로 강하게 소하를 자신 쪽으로 끌어당겼다.

　"하악…… 하악……."

　두 사람의 입술은 떨어질 줄 몰랐다. 애타게 서로의 영혼을 탐하듯이 그렇게 격렬했다. 달콤하면서도 아련한 기쁨이 소하를 감쌌다. 아픈 윤이 소하를 원하는 것이 아니라 물을 원한다는 것을 알았지만, 그래도 지금 자신의 입술을 탐하는 윤이 전부였다.

　"하…… 아……."

　가쁜 숨을 몰아쉬며 겨우 소하가 고개를 들었다. 윤이 베개에 깊이 머리를 묻었다. 다시 잠이 든 윤의 얼굴이 평온했다. 소하는 털썩 침상 옆에 있던 의자에 주저앉았다. 시간이 어떻게 지났는지 알 수 없었다. 얼굴의 뜨거운 열기 때문에 소하의 이마에서 땀이 흘러내렸다.

　잠시 열을 식히려 일어서려 했으나 이내 소하는 다시 자리에 앉았다. 윤의 커다란 손이 소하의 손을 움켜쥐고 놓지 않았던 것이다. 고른 숨소리를 내며 편안한 표정으로 다디단 잠에 빠진 윤을 차마 방해할 수 없었다. 소하는 조용히 윤의 곁을 지켰다. 바깥에는 시원하게 매우가 쏟아지고 있었다.

누군가 머리를 쓰다듬는 느낌에 소하는 설핏 들었던 선잠에서 깨어났다. 계속 윤의 침상을 지키다가 소하도 잠이 들었던 모양이었다. 어느새 시간은 저녁이 되었는지 사위가 어둑어둑했다. 낮에 무섭게 내리던 비가 멈추고 서쪽 하늘은 붉은 노을로 물들어 있었다.

깜짝 놀란 소하가 번쩍 고개를 들었다. 윤을 살펴보니 윤은 고른 숨을 내쉬며 잠을 자고 있었다. 그 모습을 보자 소하의 입술에 부드러운 호선이 그려졌다. 여전히 자신의 손을 꼭 잡고 있는 윤이었다.

예전 소하가 네다섯 살 무렵이었을 것이다. 고뿔에 걸린 소하가 고열로 힘들었던 날이었다. 그날 밤 윤은 밤새 소하의 곁을 지켰다. 소하가 내내 윤의 손을 잡고 놓지 않았던 탓이었다.

'그래, 꽤나 철없이 항상 오라버니만을 찾았었구나.'

그러나 한 번도 윤은 싫은 내색을 하지 않았었다. 그때로 돌아간 듯해 소하는 미소를 지었다.

"흐음……."

윤이 살짝 뒤척였다. 걱정이 된 소하가 윤의 머리를 짚었다. 다행히 오전보다도 열이 내려가 있었다. 머리를 짚었던 손을 가만히 내려 윤의 홀쭉해진 뺨을 가만히 쓰다듬었다. 윤이 서늘한 소하의 손이 반가웠는지 그녀의 손에 얼굴을 부벼왔다.

소하의 얼굴에 아릿한 미소가 피어났다. 아픈 윤을 보는 것이 가슴이 아프면서도 이렇게 윤의 곁에 있는 것이 기뻤다. 이렇게 그의 곁에서 그의 얼굴을 바라만 볼 수 있어도 좋았다.

이튿날, 아침 일찍부터 소하는 비연각을 나서 연홍전으로 걸음을 옮겼다. 결국 밤새 잠을 설치던 소하가 차라리 윤의 곁에 있는 것이 좋겠다고 생각한 것이다. 그래도 하루하루 지날수록 호전되는 윤의 상태 덕분에 소하는 힘든 줄을 몰랐다. 방문을 열고 들어서던 소하는 침상에 앉아 있는 윤을 보고 깜짝 놀라고 말았다.

"오라버니!"

소하의 외침에 창밖을 바라보던 윤이 고개를 돌려 소하를 바라보았다. 윤의 얼굴이 핼쑥했다. 하지만 강한 눈빛만은 변함이 없었다.

"일어나 계셔도 되는 것입니까?"

"괜찮습니다. 조금 전 어의가 다녀갔습니다."

소하의 질문에 윤이 조용히 대답했다. 어의가 다녀갔다니 소하가 할 수 있는 별로 없을 터였다. 그러나 소하는 나가지도 곁에 다가 서지도 못하고 그 자리에 못 박힌 듯 서 있었다. 그저 자신에게 쏟아지는 윤의 시선을 고스란히 받아내는 것이 전부였다.

"아, 저는…… 상태가…… 어떤지…… 확인하려고…… 그럼…… 그만 돌아가 보겠습니다."

마치 처음 본 사람처럼 낯선 윤의 시선에 당황한 소하가 횡설수설했다. 예전처럼 자신을 부드럽게 바라보는 그 시선에 소하가 몸둘 바를 몰랐던 것이다. 소하가 급히 몸을 돌려 바깥으로 나가려는 참이었다. 그 모습을 바라보는 윤의 얼굴에 알 듯 말 듯 작은 미소가 피어났다.

"공주마마!"

낮은 윤의 음성에 소하는 못 박힌 듯 제자리에 서고 말았다. 문고리를 잡고 있는 소하의 손끝이 가늘게 떨렸다. 뒤돌아서야 하는 것인지, 그냥 나가야 하는 것인지 쉽사리 결정하지 못하고 갈팡질팡했다. 단호하게 나가야 하는 것이 옳았다. 하지만 윤의 음성은 명령하지 않아도 소하를 꼼짝 못하게 했다.

"목이 조금 마르군요."

결국 소하는 문고리를 놓고 다시 쭈뼛쭈뼛 윤의 침상 곁으로 다가섰다. 그리고는 잔에 물을 따라 윤에게 내밀었다.

"마마, 아직 팔을 움직이기가 곤란합니다. 조금 가까이 주십시오."

윤의 말에 결국 소하는 조금 더 침상 가까이 다가섰다. 윤이 왼쪽 팔을 힘겹게 들어 올렸다. 다친 오른쪽 옆구리 때문에 오른팔을 움직이는 것보다는 왼쪽 팔이 편했기 때문이었다. 윤이 달게 물을 들이켰다. 소하는 정신이 든 그를 보자 그제야 안심이 되었다. 어제까지만 해도 독 때문에 혼미했었던 그였다. 그러나 이제 이렇게 말도 하고 움직이는 것을 보니 한시름 놓아도 될 것 같았다. 소하가 안도의 한숨을 내쉬자 소하의 가슴이 살짝 들썩였다.

윤이 다 마신 물 잔을 소하에게 내밀었다. 자연스레 소하가 그 잔을 받으려 손을 내밀었다. 잔을 받으려 내민 소하의 손끝에 윤의 손끝이 살짝 스쳤다.

찌릿.

소하는 저도 모르게 붉어지는 얼굴을 감추려 급히 잔을 받아 탁자에 내려놓았다. 아침이라 날이 덥지도 않은데 소하의 얼굴에 열이 피어올랐다. 그러나 소하를 더욱 당황스럽게 만드는 것은 윤이 소하에게 둔 시선을 한 번도 거두지 않고 계속 응시하고 있었기 때문이었다.

"그럼 저는 이만 가보겠습니다."

소하가 당황스러운 나머지 급히 물러나려 했다.

"마마!"

저도 모르게 소하가 윤의 얼굴을 바라보자 다시 그의 심해처럼 깊은 눈빛이 소하를 포박했다.

"간호해 주시러 온 것이 아니십니까?"

"네, 그게…… 그것이……."

오늘 왠지 소하답지 않게 자꾸 더듬거리게 되었다. 그 모습에 윤의 입술이 아주 부드러운 호를 그렸다.

"그러시면 제 얼굴에 난 땀을 닦아주시면 안 되겠습니까? 밤새 열 때문에 뒤척여서 말입니다."

그가 자신을 내치지 않은 일이 얼마 만인지 기억이 나지 않는 소하였다. 윤이 자신에게 무엇인가를 부탁하자 소하의 마음속에 기쁨이 피어올랐다. 예전 상림원에서 맹수에 다친 윤의 팔을 치료해 주던 그때로 되돌아간 것 같았다. 어차피 윤을 볼 수 있는 시간은 제한되어 있었다. 잠깐이라도 그가 자신을 필요로 한다면, 소하는 윤의 부탁을 거부할 수 없었다.

"알겠습니다."

소하가 군소리 없이 탁자 위에 놓여 있던 천을 들어 물에 적셨다. 그리고는 윤의 얼굴을 조심스레 닦아주었다. 그러나 계속 소하를 바라보는 윤의 시선에 소하의 얼굴이 점점 붉어지더니 이제는 목까지 붉어져 버렸다.

"저기 잠시 창밖을 봐주시면 안 되겠습니까?"

소하의 말에 윤의 굵은 눈썹이 미묘하게 움직였다. 그러나 윤은 군말 없이 고개를 돌려 창밖을 바라보았다. 그러자 소하의 눈에 빚어낸 듯이 오뚝한 윤의 콧대가 들어왔다. 남자다운 눈매를 감싸고 있는 속눈썹이 저리 길었는지 소하는 오늘에서야 알았다. 마치 그를 처음 본 것처럼 낯설었다. 하지만 어색하면서도 그것이 싫지 않았다.

"제가 얼마나 누워 있었습니까?"

조용한 침묵을 낮은 윤의 질문이 깨뜨렸다.

"근 이십여 일입니다."

"단순한 자상만이 아니었군요."

"네, 어의의 말이 화살과 검에 독이 묻어 있었다 하더군요."

소하는 아직도 그날을 생각하면 식은땀이 흘렀다. 화살이 박힌 채 쓰러지던 윤을 떠올릴 때마다 공포에 몸이 움츠러들었다.

"정말 다행입니다. 이만하기가……. 하지만 어쩌시려고 그 화살을 몸으로 막으신 겝니까?"

저도 모르게 속마음이 툭 튀어나왔다. 소하는 자신의 몸을 아끼지 않고 아바마마와 자신을 보호한 윤이 훌륭하다고 생각하면서도 본인을 아끼지 않은 그에게 살짝 부아가 치밀었다. 지금 이렇게 자신 앞에 살아 있는 윤을 보니 그 모든 노심초사에도 불구하고 소하는 기뻤다. 그래도 아픈 윤을 보니 뾰족한 말이 나가는 것을 막을 수는 없었다.

"당연한 일을 했을 뿐입니다."

윤의 말투는 담담했다.

"하지만 목숨이 두 개도 아니고, 어찌 그리 무모하신 것입니까?"

"소하, 공주마마셨으니까요."

소하가 번쩍 고개를 들어 올렸다. 그때 윤도 창밖을 바라보던 고개를 돌려 소하를 바라보았다. 두 사람의 시선이 허공에서 마주쳤다. 소하의 심장이 요동쳤다. 오라버니의 저 말은 어떤 의미인 것일까? 소하였기 때문에 그리했다는 것일까, 아니면 신하로서 당연한 일을 했다는 것일까?

마치 처음 만난 사람들처럼 그렇게 두 사람의 시선은 서로를 응시했다. 소하의 말 없는 질문이 허공을 채웠다. 윤의 눈동자는 그런 소하의 무언의 질문을 이해하는 듯 고요하지만 한 치의 흔들림이 없었다. 그런 심해처럼 깊은 눈빛에 소하는 하염없이 빠져들었다.

'오라버니의 마음은 무엇입니까?'

하지만 어떤 대답도 해주지 않는 윤이 야속했다. 자신의 마음을 온통 가져가 버리고 마음 한 자락도 내어주지 않는 그가 원망스러웠다. 차라리 이 마음을 놓을 수 있도록 미운 기억이라도 주었으면 좋았을 텐데……. 소리 없는 원망이 눈물로 흘러내렸다. 윤의 시선이 소하의 맑고 큰 눈에서 방울방울 흘러내리는 눈물을 따라 움직였다.

덥석.

어느새 소하는 넓은 그의 가슴에 안겨 하염없이 울고 있었다. 윤이 소하를 자신의 넓은 가슴에 안아준 것이었다. 소하의 정수리에 그의 턱이 닿았다. 그리고 소하를 위로하는 윤의 나지막한 음성이 들렸다.

"쉬이, 마마, 저는 여기에 있습니다."

윤의 커다란 손이 소하의 머리를 부드럽게 쓸어내렸다. 다정하면서도 잔인한 윤이었다. 어쩌면 가질 수 없는 다정함이기에 더욱 잔인할지도 몰랐다. 하지만 지금 이 순간, 소하를 안아주는 윤은 한없이 다정했다. 이 다정함만을 기억하리라. 오손국으로 떠날 때에도 오늘의 이 다정함을 기억할 것이었다. 바깥에서는 하염없이 매우가 내리고 있었다. 두 사람의 흐르는 감정은 비가 되어 흘러갔다.

환부가 진정되자 워낙 건강했던 몸이었던지라 윤의 상태는 하루가 다르게 호전되었다. 소하의 지극정성과 어의들의 보살핌 덕분이었다. 병석에 누운 지 한 달이 되어가자 윤은 이제는 낮에는 잠깐씩 후원에는 나갈 정도로 호전이 되었다. 이제 며칠만 있으면 자리에서 일어날 수도 있을 것 같았다.

"황후마마 듭시옵니다!"

갑자기 들려온 내관의 목소리에 윤이 깊은 생각에서 빠져나왔다. 미처 자세를 잡기도 전에 황후마마가 경쾌한 걸음걸이로 안으로 들어왔다. 일어나려는 윤을 제지하며 황후가 자리에 앉았다.

"일어나지 않으셔도 됩니다. 상태가 호전되었다는 말은 들었으나 이리 앉아 계셔도 되는 것입니까?"

황후마마의 얼굴이 오랜만에 밝아 보였다. 영령공주와의 혼사를 파하고, 벌을 받아 마감에 봉해지고, 폐하를 자객의 손에서 구하고, 상처에서 회복되기까지 누구보다 자신의 안위를 걱정한 황후마마였다. 윤은 황후가 아니었다면 자신의 처분이 마감으로 봉직하는 것으로 마무리되지 않았음을 충분히 알고 있었다.

"네, 염려하여 주신 덕분에 많이 호전되었습니다. 이제 염증도 잡혔으니 이 상태라면 곧 상처도 아물 것 같습니다."

윤의 답변에 황후의 얼굴이 밝아졌다. 다행히 다소 창백하기는 했으나 윤의 상태가 좋아 보여 한시름을 놓았다. 무엇보다 윤의 상태가 호전되어야 소하공주도 마음을 놓을 터였다.

"올해처럼 매우(梅雨)가 반가웠던 적이 없습니다. 아직도 이리 하염없이 내리는 매우를 보면 참 신기합니다."

초원에도 비가 내리기도 하지만 그것은 매우 드문 일이었다. 윤역시 한나라에 귀화한 지 이십여 년이 되어가도 비가 낯설고 신기하였다.

"저도 그렇습니다."

윤이 조용히 미소를 지었다. 한동안 황후와 윤은 아무 말 없이 내리는 비를 바라보았다. 침묵을 먼저 깨뜨린 것은 윤이었다.

"황후마마, 저를 이리 보살펴 주셔서 감사합니다."

윤의 말에 황후가 부드러운 미소를 지었다. 세월이 이리 흘렀어도 황후의 미소는 꽃처럼 아름다웠다.

"감사는 되었습니다. 장군님과 저 사이에 그런 말이 무에 그리 중요하겠습니까?"

황후의 말이 누나의 말처럼 다정했다.

"이제 한동안은 장안에 머무실 예정이시지요?"

"네, 어젯밤 폐하를 뵈었습니다. 황공하옵게도 폐하께서 주신 임무가 있사오니 잠시 요양을 떠났다 곧 장안으로 돌아올 예정입니다."

"위화가 요즘 머물 곳을 찾고 있다 들었습니다."

황후는 곽정과 위화가 윤이 머물 집을 찾고 있다는 이야기를 전해주었다. 황후는 가족이 없는 윤을 자식처럼 아껴주는 곽정과 위화가 고마웠다.

"네, 언제까지 어르신의 댁에 신세를 질 수가 없어 집을 구해야 합니다만, 제가 이리 거동을 못하여 또 신세를 지고 있습니다."

"공자님!"

황후가 예전처럼 자신을 공자라 부르자 윤이 자세를 바로 했다.

"그리 깍듯이 너무 예의를 차리시지 않아도 됩니다. 곽정 어르신이나 위화 모두 장군님을 아들처럼 여기고 있습니다. 저나 폐하

역시 장군님을 가족이라 생각합니다. 가끔은 기대기도 하고 도움을 청하셔도 됩니다."

"마마!"

윤은 한서제와 황후의 깊은 사랑에 감격하였다. 내리는 매우가 감동의 물결이 되어 윤의 마음을 적셨다.

원봉 원년, 7월 말, 한서제 재위 32년, 매우(梅雨)가 그칠 무렵, 윤은 깔끔하게 자리를 털고 일어났다. 한서제는 황제와 공주의 목숨을 구한 윤의 공로를 인정하여 황실과의 혼사 파기에 따른 죄를 사해주었다. 그리고 당분간 요양할 수 있는 시간을 주었다.

윤의 새로운 임무는 윤이 건강을 완벽하게 회복한 이후 논의될 예정이었다. 윤의 요양지는 국구 장철의 제후국으로 결정되었다. 기존 윤의 제후국이 윤의 제후 지위가 박탈되고 나서 국구 장철의 관리하에 있었기 때문이었다. 그래서 그 장소가 윤에게는 가장 편안한 곳이기도 했다.

윤이 장안을 떠나는 날짜가 정해졌다. 오늘 8월 초순, 미앙궁을 떠나는 그를 차마 마주할 수 없어 소하는 아침부터 애련지 주변에 몸을 숨겼다. 윤이 떠나는 것은 아쉬웠지만 그래도 늠름하게 회복한 윤을 보는 것만으로도 족했다. 그렇게 애써 마음을 다스리고 있는 소하였다. 매우가 그치고 갑자기 뜨거워진 날씨에 아침부터 후덥지근했다. 그래도 물가에 나오니 비연각 내부보다는 상쾌했다.

"취옥, 시간이 얼마나 되었지?"

소하가 시간을 물었다. 오시(午時, 오전 11시부터 오후 1시)면 윤이 궁을 나설 것이었다. 그 시간이 다가오는 것이 두려우면서도 계속 시간을 묻고 있는 소하였다.

"이제 사시(巳時, 오전 9시에서 11시)입니다."

갑작스레 들려온 윤의 목소리에 소하는 깜짝 놀라고 말았다. 뒤를 돌아보자 어느새 취옥과 궁녀들은 사라지고 윤이 서 있었다. 소하가 멍하니 아무런 말도 하지 못하고 서 있자 윤이 한 걸음 소하에게 다가왔다. 그러나 소하는 그가 이렇게 자신을 찾아 인사를 할지 생각조차 못했었다. 그래도 이렇게 보게 된 그가 반가웠다. 진한 남색 장포를 걸친 윤은 아무런 지위가 없었지만 그 누구보다 남자답고 늠름했다.

"공주마마! 소신, 잠시 요양차 장안을 떠나게 되었습니다."

"소식은 들었습니다. 가시는 길이 험하지 않으셔야 할 텐데요."

소하는 애써 평정을 가장하고 담담하게 대꾸하였다.

"장안에서 그리 멀지 않은 곳입니다."

윤의 음성은 담담했다. 그러나 윤의 시선은 소하의 얼굴에 박혀 움직이지 않았다.

"네, 몸조리 잘하시고 얼른 쾌차하십시오."

소하도 최대한 담담하게 인사를 했다. 윤이 흔들림 없는 확신에 찬 시선으로 소하를 바라보았다.

"서리꽃이 피기 전에, 마마…… 돌아오겠습니다."

다시 돌아오겠다는 윤의 말이 예사롭지 않은 묵직함으로 둘 사이에 걸렸다. 그 말을 남기고 윤은 소하의 대답도 미처 듣지 않고 걸음을 옮겼다. 다시 멀어져 가는 윤의 뒷모습이 눈물 때문에 흐릿해졌다.

돌아오겠다는 그 말의 의미는 무엇일까? 자신에게 돌아오겠다는 것인가? 그런데 돌아오겠다는 그는 어찌 저리 냉정하게 한번 뒤돌아보지도 않고 가는 것일까? 항상 등만 보이는 사람이었다. 그러면서 가끔 보여주는 다정함으로 소하의 마음을 흔들어놓았다. 그래서 그를 향한 소하의 마음은 한여름에도 녹지 않는 서리꽃 같았다.

'이 마음을 어찌하란 말입니까? 녹지 않는 이 마음을 저는 어찌하라는 것입니까?'

윤에게 전하지 못한 소하의 말은 공중으로 흩어졌다.

잠시 비웠던 제후국은 윤의 부재에도 큰 변함이 없었다. 국구 장철이 이전에 윤이 운영하던 방식을 크게 바꾸지 않았던 탓이었다. 그 덕분에 윤은 몇 달간의 공백에도 다시 제집에 온 듯 편안했다. 그러나 시간은 물 흐르듯이 흘러 윤이 제후국으로 머문 지도 두 달이 흘러갔다. 어느새 밤이 되면 공기가 서늘한 신선한 초가을이 되었다.

윤은 후원에서 밝은 달을 바라보며 장철과 술잔을 기울이고 있었다. 장철과 윤은 자주 이렇게 가끔 술잔을 나누었다. 윤은 자신을 챙겨주는 장철이 한없이 고맙기만 했다.

장철은 황후마마인 설의 친부였다. 과거 한강제(한서제의 부황) 시절, 황후의 친모가 한서제의 누나인 평양공주 대신 흉노 선우에게 시집을 갔다. 당시 한 황실은 흉노와 화친을 목적으로 공주들을 선우에게 시집을 보냈다. 그러나 많은 경우 귀족의 여인들을 공주로 위장하여 보내곤 했다. 그런 사유로 황후의 친모 또한 선우에게 시집을 간 것이었다.

장철은 황후의 친모께서 회임한 사실을 모르셨고 결국 두 연인은 뜻하지 않은 이별을 맞이했다. 장철 또한 전임황제의 명을 받아 서역으로 떠났고 근 이십 년 만에 장안에 복귀하였다. 이후 황후인 설을 만나 이제는 명실공히 황제의 장인인 국구로 대접받고 있었다.

장철은 오십 세가 넘은 나이에도 불구하고 여전히 꼿꼿했다. 오랜 세월을 견뎌온 노익장이었다. 윤 또한 황후의 친부인 그를 자주 만나 인사를 하곤 했다. 부인도 없이 홀로 지내는 장철은 윤을 마치 아들처럼 아꼈다. 가끔 그를 집으로 불러 이런저런 이야기를 나누기도 하였다. 그는 서역을 탐험하는 와중에 흉노에게 억류되어 잠시 포로 생활을 한 적이 있는지라 공통된 화제는 많았다.

특히 말에 대한 이야기를 나눌 때면 시간 가는 줄을 몰랐다. 한서제 또한 말을 아끼다 보니 세 사람이 모이면 그야말로 말 이야기로 날을 새우곤 했다. 실제로 박망후 장철의 서역 원정에는 몽골마(작은 몽골의 말)보다 우수한 큰 말을 찾는 이유도 컸다. 특히 신마에 대한 한서제의 애정은 지속적으로 서역으로 탐험대를 내보내는 주요한 요인이었다.

그러나 무엇보다도 장철은 흉노인의 삶을 잘 이해하였고, 초원에 대한 윤의 감춰진 그리움을 잘 이해하고 있었다. 여러 가지 사정으로 귀화한 윤이었으나 초원에 머물던 기억마저 다 버릴 수 있는 것은 아니었기 때문이었다.

후원 정자에 자리를 잡고 앉은 두 사람을 밝은 달빛이 감싸고 있었다. 석류(石榴)가 열매를 맺기 시작하여 후원은 석류 향이 가득했다.

"전하께서 서역에서 들여오신 석류가 올해에도 열매를 잘 맺었습니다."

윤이 잔을 기울이며 석류를 하염없이 바라보고 있는 장철에게 말을 걸었다. 석류는 장철이 서역 원정을 마치고 돌아오며 안석국(安石國)에서 한나라로 들여온 것이었다. 붉은 꽃이 아름답기도 하고 석류의 맛 또한 귀하여 많은 제후들이 후원에 석류를 심었다.

"토지가 바뀌어도 식물은 저리 뿌리를 내리고 적응해서 잘 자라는군."

장철이 심상하게 대답하였다. 석류뿐만 아니라 목숙, 말까지 장철이 서역에서 들여온 것들이 이리 한나라를 풍요롭게 하고 있었다.

"어디 식물이나 말뿐이겠나? 사람도 새로운 곳에 뿌리를 내리면 그곳이 고향인 게지."

거의 이십 년 가까이 외부를 떠돌았던 장철의 말에는 무게가 있었다. 서역으로 가던 중 흉노에게 억류되어 머물렀던 적이 있었고 거기서 선우가 내려준 여인과 혼인도 했었던 장철이었다. 그의 눈빛이 과거를 회상하는 듯 생각에 빠져들었다.

"생각나시는 분이 있으십니까?"

"이렇게 달이 밝은 밤에는 나도 떠나간 정인이 가끔 생각나더군!"

장철의 말이 아련했다. 아무래도 전하께서는 옛 정인을 생각하고 계신 듯했다. 이십여 년간 생사를 모르다가 황후마마를 낳고 채 삼칠일도 안 되어 돌아가셨다는 사실을 나중에야 알고 마음 아파했던 전하였다. 그 세월의 무게와 마음을 윤이 다 헤아릴 수는 없었다.

"전하, 외롭지 않으십니까?"

윤의 갑작스러운 질문에 장철이 너털웃음을 지었다.

"이 나이쯤 되면 그저 추억만으로도 하룻밤이 가더구면. 벌써 이순(耳順)을 바라보는 나이에 무에 그리 외롭겠나?"

윤이 장철의 술잔에 술을 채워주었다. 그가 달을 바라보면서 생각에 잠긴 얼굴로 술잔을 기울였다.

"그러나 내 한 가지 계속 후회되는 것은 있다네."

장철의 말에 윤이 자세를 바로 했다. 거칠 것이 없고 서역 원정까지 누구보다 앞선 생각과 활동을 했던 장철이었다. 그런 그에게도 후회가 있었던 모양이었다.

"연영공주가 나를 은애하고 있는 것을 알면서도 그 손을 용기 내어 잡지 못했지. 그분에게 내가 가당치 않다고 그분 손을 놓으려고만 했다네. 상처 입은 연영공주가 그리 흉노 선우에게 시집을 가버리고 나도 급하게 서역으로 떠났지. 그렇게 이십 년을 떠돌아도 그녀를 마음속에서 지울 수가 없더군. 그녀가 칼날처럼 심장에 박혀 그녀를 떠올릴 때마다 아직도 상처에서 피가 흐르지. 그때 목숨을 걸 각오로 그녀를 지켰다면 어떠했을까 수없이 자문하고는 한다네."

장철의 목소리가 후회로 애잔했다. 장철이 자신의 술잔을 들어 한번에 들이켰다.

"결국 나는 내 목숨이, 내 자존심이 소중했던 것이지. 은애하는 마음을 놓으려 한다고 어디 그 마음이 놓아지겠는가? 평양공주마마에게 죽을 각오로 주청을 했더라면 분명 들어주셨을 거야. 힘들어도 은애하는 이의 곁에 있는 것이 더 큰 용기라는 것을 이 나이에 겨우 깨달았다네. 허허."

장철은 그렇게 너털웃음을 짓고는 술을 들이켰다. 윤도 장철도 이후 한동안 아무런 말이 없었다. 서로가 각자의 생각에 빠져들었다. 윤은 곤명지에서 달빛을 바라보며 밝게 웃던 소하의 얼굴을 떠올렸다. 아직 여인이 되기 직전 막 피어나는 꽃봉오리가 같았던 소하였다. 애련지에서 젖은 몸으로 자신을 천진하게 바라보던 소하의 까만 눈망울이 그리웠다. 순식간에 윤의 체온이 올라갔었다. 그리고 자신의 처소를 찾아와 은애한다고 고백하였던 소하의 뜨거운 목소리가 귓가를 맴돌았다.

10월의 밝은 달빛이 하얗게 내려앉은 밤이었다. 모두가 각자의 그리움에 술잔을 기울이고 싶은 그런 밤이었다. 술자리가 파하고 윤 홀로 후원을 거닐었다. 바닥에 떨어진 석류 열매 하나가 윤의 발끝에 채였다.

벌어진 껍질 사이로 홍옥석(紅玉石, 루비)처럼 투명한 석류 알갱

이들이 모습을 드러냈다. 진한 그리움은 피처럼 붉은 석류 알갱이가 되어 알알이 흩어졌다. 지워지지 않는 핏자국처럼 소하에 대한 그리움은 윤의 심장에 붉은 흔적을 남겼다. 무엇인가 결심한 듯 윤이 결연한 표정을 지으며 돌아섰다. 돌아서는 윤의 뒷모습을 소월(素月)만이 조용히 지켜보고 있었다.

11. 마마 곁에 있겠습니다

오랜만에 청명한 10월의 가을 하늘이 장안을 가득 채웠다. 공기
는 다소 싸늘했지만 깨끗하고 맑은 공기 덕분에 매우 상쾌한 날이
었다. 그러나 비연각의 공기는 아침부터 방문한 큰 사내의 그림자
로 인하여 살짝 긴장되어 있었다. 공주 주변을 호위하는 무사들이
야 항상 있었지만 오늘의 방문객은 그 무게감이 남달랐다. 방문자
를 보고 대경실색한 취옥이 부리나케 후원에 있는 소하공주에게
달려갔다.

"마마!"

숨넘어갈 듯 자신을 부르는 소리에 단풍을 바라보던 소하가 조
용히 고개를 돌렸다. 소하가 부드러운 미소를 지으며 취옥을 바라
보았다.

"무슨……."

질문을 하려던 소하가 취옥의 뒤에 나타난 윤을 바라보고는 할 말을 잃고 멈칫했다. 청년 거기장군으로 이름이 높았던 윤이 소하 공주의 호위무사 겸 사부로 변신하여 비연각에 나타났던 것이다. 취옥은 더 이상 아무런 말도 하지 않고 신속하게 후원에서 사라졌다.

내리쬐는 아침 햇살 아래 후원에는 소하와 그런 소하를 바라보고 있는 윤뿐이었다. 소하는 윤의 시선을 받는 순간 함께 후원에서 서리꽃을 바라보던 그때로 되돌아간 기분이었다. 짧지만 달콤한 정적이 두 사람을 휘감았다.

그때 나무에서 떨어진 낙엽 하나가 소리 없이 소하의 머리에 내려앉았다. 소하의 까만 눈망울을 바라보는 윤의 눈빛이 예전을 떠올린 듯 말랑해졌다. 윤이 자연스레 손을 뻗어 그 나뭇잎을 떼어 주었다. 그러나 이내 윤이 자신의 본분을 깨달은 듯 공주에 대한 예를 올렸다.

"소신, 마마를 다시 뵙게 되었습니다."

소하는 자신에게 포권의 예를 표하는 윤을 멍하니 바라보았다. 복귀하였다는 소식은 들었으나 실제로 자신의 앞에 나타난 윤을 보자 소하는 할 말을 잃고 말았다. 분명 윤은 돌아오겠다고 했었다. 그러나 이런 방식일 것이라고는 상상조차 하지 못했던 소하다.

"정말 서리꽃이 피기 전에 돌아오셨군요."

소하가 한숨처럼 윤의 약속을 입 밖에 내었다. 소하의 말에 아래를 향했던 윤이 고개를 들어 소하를 바라보았다. 윤의 오른쪽 눈썹이 미세하게 움직였다.

"아바마마께서 새로 부여하신 임무가 정녕 이것입니까?"

믿을 수 없다는 소하의 말에 윤은 지극히 자연스럽게 대답하였다.

"네, 오늘부터 마마를 지근거리에서 보필하겠습니다."

윤의 목소리는 마치 이 임무가 본래 본인이 담당하던 임무라는 듯 담담하기만 했다. 윤이 새로이 맡게 된 임무는 5품 호분중 랑장(虎賁中郎將, 한나라 시대 황제의 근위관으로 황제의 경호를 담당하는 관직)직이었다. 즉, 소하공주의 호위 업무를 담당하게 된 것이었다. 더불어 오손국으로 떠나는 소하공주에게 초원의 습속, 승마 및 간단한 무술을 가르치는 임무도 함께 수행할 예정이었다.

"도대체 무슨 생각인 것입니까?"

소하는 도대체 윤의 속내를 알 수 없어 답답해졌다. 소하도 윤이 장안으로 복귀하였다는 소식은 어제 취옥에게 들었다. 윤의 건강이 회복되면 새로운 임무에 대하여 논의하겠다는 황제의 명이 있었기 때문이었다. 윤에게 어떤 임무가 주어질지 여러 가지 설이 사람들의 입에 오르내렸다. 분명 예전 제후의 지위를 회복하는 것은 당연하고 더욱 중요한 관직을 담당하게 될 것이라는 것이 사람들의 중론이었다.

비록 영령공주와의 혼사 문제로 벌을 받긴 하였으나 윤은 한서제가 가장 아끼던 제후였다. 게다가 이미 한서제와 소하의 목숨을 구하였으니 어떤 상을 받아도 이상하지 않았다. 윤은 한서제의 오른팔로 한서제가 꿈꾸고 이루고자 하는 나라에 꼭 필요한 인재였기 때문이었다.

다시 제후의 지위를 회복하는 것은 너무나 당연해 보였고, 오히려 더 넓은 봉토를 하사받을 수도 있었다. 군대에서 그동안 윤이 쌓아온 업적도 화려하여, 거기장군에 재임명되는 것도 전혀 이상하지 않았다. 그런데 지금 자신 앞에 서 있는 윤을 소하는 이해할 수 없었다.

"그저 제가 가장 잘할 수 있는 직분이기에 받았을 뿐입니다. 그럼 저는 주변에 있겠습니다."

인사를 하고 물러서는 윤의 뒷모습을 소하의 시선이 따라갔다. 그의 넓은 어깨와 남자다운 시원한 걸음걸이, 그 모두가 소하의 동공에 그림처럼 박혔다. 주변에 있겠다는 그의 말이 임무 때문이라는 것을 알면서도 소하의 가슴 한구석이 새콤하게 저릿했다. 흩날리는 울긋불긋한 낙엽들이 윤의 검은색 장포를 점점이 물들였다.

이튿날, 초원 지방의 습속에 대한 수업이 있는 날이었다. 비연각에 임시로 마련된 방문 앞에서 소하는 크게 숨을 들이켰다. 윤이 있다는 방으로 향할 때부터 심장이 미친 듯이 요동치고 있었기 때문이었다. 아침부터 윤의 얼굴을 볼 생각에 제대로 식사조차 할 수 없었다. 그 얼굴을 어찌 볼까 싶기도 하고, 또 오라버니의 얼굴을 애타게 보고 싶기도 하여 마음이 진정되지 않았던 것이다. 뛰는 가슴을 간신히 진정시키고 소하가 방문을 열었다.

　간단한 인사를 하고 자리에 앉는 소하를 보며, 윤이 싱그러운 미소를 보였다. 잘생긴 입술 사이로 그의 하얗고 고른 이가 드러났다. 소하는 오랜만에 보는 윤의 활짝 웃는 모습이 낯설었지만 그의 미소에 소하의 마음속이 등불을 켠 것처럼 환해졌다.

　"마마, 오늘은 첫 수업이니 초원 지방에서 많이 먹는 음식에 대해서 설명해 드릴까 합니다."

　윤의 말에 소하가 조용히 고개를 끄떡였다. 괜스레 수줍은 마음에 차마 그의 눈빛을 마주할 수가 없었다. 자세를 바로잡고 앉자 윤이 나지막한 목소리로 설명을 시작했다.

　"초원에서는 이동이 많은지라 화식(火食)에 치중하지 않습니다. 그러다 보니 나무뿌리 같은 날음식을 먹기도 하고, 말안장 아래 생고기를 넣고 다니다 먹기도 합니다. 사는 환경이 척박하고 이동이 많다 보니 생겨난 먹거리죠."

　소하는 윤의 목소리가 이렇게 감미로운지 놀라고 있었다. 항상 간단하게 소하가 묻는 말에 대답을 해주던 윤이었다. 그러나 이리 길게 계속 설명하는 윤의 목소리를 듣고 있으니 그것이 음악처럼 달콤했다.

　"특히 말안장 아래 생고기를 넣고 다니면, 말 등도 보호할 수 있고 식량을 지참하는 것도 동시에 해결할 수 있어 여러모로 좋습니다. 고기를 말안장 밑에 넣어두면 매우 부드러워져서 생식을 할 때에 도움이 많이 됩니다. 그리고 소젖이나 양젖을 가죽 주머니에 넣고 다니며 마시기도 합니다. 그러다 보니 매우 가볍게 몇 날 며칠이고 빠르게 행군할 수 있지요."

윤이 잠시 말을 멈추었다. 그리고 옛날을 떠올리듯 아련한 표정을 지었다.

"휴도에서 간신히 빠져나와 연지산으로 피신할 적에는 몇 날 며칠을 말린 고기만 먹었던 일도 있습니다. 물론 아무것도 먹지 못한 날도 허다했지요."

어린 시절을 떠올린 윤의 눈빛이 다소 슬퍼 보였다. 일곱 살의 어린 그는 어떤 생각을 했을까? 한꺼번에 가족을 잃은 그에게 이 세상은 얼마나 넓고 아득하기만 했을까? 그 어린아이는 누군가에게 기대어 올 수나 있었을까? 잃어버린 나라를 다시 찾아야 하는 무거운 책임감만이 그를 억누르지는 않았을까? 소하는 일곱 살의 어린 그를 위로해 주고 싶었다. 곁에 있다면 그의 손을 꼬옥 잡아 주고 싶었다.

"이런, 이야기가 옆으로 새었습니다."

윤이 멋쩍은 미소를 지었다. 항상 초원을 떠올릴 때면 윤의 얼굴이 부드러워졌다. 그래서 일부러 소하는 초원 이야기를 윤에게 자주 졸랐지만 윤은 많은 이야기를 해주지는 않았었다.

"그래도 무엇보다 제가 초원에서 가장 좋아하는 음식은 역시 양육천(羊肉串, 양꼬치)입니다. 황후마마께서도 가끔 입맛이 없으실 때 찾으시는 음식이지요. 태자마마를 회임하셨을 때에도, 무척이나 많이 드셨지요."

소하는 어마마마가 막냇동생을 회임하였을 시에도 양육천을 찾았던 것이 기억났다.

"그리고 저는 이곳의 말리화차도 좋아합니다만, 가끔은 초원에서 마시던 내차(奶茶, 나이차)가 생각납니다."

윤의 얼굴이 예전을 생각하는지 밝아 보였다. 그 모습이 낯설었지만 그렇게 웃는 오라버니의 얼굴을 자주 보고 싶었다.

"초원이 그립지는 않으십니까?"

소하가 조용히 물었다. 생각해 보니 오라버니 또한 살던 곳을 떠나 이십여 년이 넘게 낯선 곳에서 살고 있었다. 이제 소하도 멀리 서역으로 시집가면 그곳에서 외부인으로 살아야 할 것이었다.

그것을 아직 겪지도 않은 소하는 벌써 이리 막막하게 느껴지는데, 그 긴 시간 동안을 오라버니는 어찌 견디었는지, 소하는 눈물이 났다. 언어도, 음식도, 사람도 모든 것이 낯선 장안에서 작은 소년은 어찌 그 모진 삶을 살아내었을까? 마음을 나눌 가족도 없이 주변의 질시를 견뎌내며 그 안에 쌓인 슬픔과 괴로움을 어찌 풀어내며 살았을까?

"국구께서 말씀하시더군요. 식물이나, 사람도 모두 새로운 곳에 정을 붙이면 그곳이 고향이라고 말입니다."

소하는 윤의 담담한 말투에 섞인 희미한 우수를 느꼈다. 외로웠을 것이다. 생각해 보면 어디론가 훌쩍 떠나 버릴 것만 같던 오라버니였다. 소하를 보고 웃고 있었지만 항상 그의 눈빛 속에는 그리움이 있었다. 그래서 오라버니에게 가족이 되어주고 싶었다. 그가 이곳의 삶을 소중히 여길 수 있도록, 떠나고 싶어도 다시 한 번 돌아볼 수 있도록, 그런 가족이 되고 싶었다.

하지만 그것은 이제는 이룰 수 없는 꿈이 되어버렸다. 아무리 세월이 흘러도 그 소망은 변하지 않을 줄 알았다. 그리고 그렇게 염원하면 그 소망을 이룰 수 있을 것이라 믿었다. 하지만 그 소망을 소하 스스로 놓아야 하는 시점이 올 것이라고 상상하지 못했다. 그래서 소하는 지금 너무나 고통스러웠다.

"이곳의 삶이 그리 외롭지만은 않았습니다."

소하는 갑자기 자신의 옆에서 들려오는 목소리에 번쩍 고개를 들었다. 윤이 어느새 자신의 옆에 다가와 뜨거운 눈빛으로 자신을 바라보고 있었다. 그 눈빛에 갇혀 소하는 꼼짝할 수가 없었다.

"그게 모두 마마 덕분이었습니다. 항상 사고를 치시고, 저에게 떼를 쓰시는 마마 덕분에 외롭다는 생각을 할 틈이 없었습니다."

윤의 낮은 목소리가 감미롭게 소하를 감쌌다. 윤이 자연스레 손을 들어 소하의 얼굴을 가만히 쓰다듬었다. 어린 소하를 대하듯, 사랑스러운 존재를 바라보듯 얼굴을 쓰다듬는 그의 손길이 깃털처럼 가벼웠다.

얼굴에서 시작한 열기가 소하를 가득 채우고 있었다. 항상 냉정하게만 굴던 윤이 오늘 왜 이렇게 다정한 것인지 소하는 마치 꿈을 꾸고 있는 것만 같았다. 그래서 주술에 걸린 것처럼 꼼짝할 수가 없었다. 뜨거운 윤의 시선을 견딜 수 없어서 소하가 저도 모르게 눈을 감고 말았다.

그러자 살며시 소하의 입술에 윤의 입술이 닿았다. 그리고 윤이 가볍게 소하의 아랫입술을 깨물자, 자연스레 소하의 입술이 꽃잎처럼 벌어졌다. 윤이 각도를 바꾸어 가볍게 입맞춤하였다. 그리고 이내 소하의 입 안쪽으로 들어간 두툼하고 거슬거슬한 혀가 말캉하고 부드러운 소하의 혀를 얽었다.

윤이 달콤한 소하의 타액을 빨아들였다. 그리고 그의 타액이 소하의 입안으로 들어왔다. 마치 화차의 향처럼 달콤했다. 윤이 가볍게 아랫입술을 깨물고 입 주변으로 흘러내린 타액을 혀로 가볍게 쓸어주었다. 너무나 사랑스럽다는 듯이 입맞춤해 주는 윤의 품이 너무나 따뜻했다.

소하는 저도 모르게 두 팔을 들어 올려 윤의 목을 끌어안았다. 작고 외로웠을 일곱 살의 윤을 안아주고 싶었다. 가끔 북쪽을 바라보면서 쓸쓸한 표정을 지었던 열여섯의 소년을 위로해 주고 싶었다. 서리꽃을 바라보며 우수에 젖던 청년 장군을 안고 싶었다. 그의 반려자가 될 수는 없지만 시간이 지나도 오늘의 이 온기를 그가 기억해 주었으면 했다.

답삭 안겨오는 소하를 윤이 부드럽지만 힘 있게 끌어안았다. 제품에 꼭 맞는 소하는 마치 자신을 위해 만들어진 존재 같았다. 소하 때문에 장안의 삶을 견딜 수 있었다. 그녀가 항상 자신을 이곳에 붙들어주고 있었다.

윤에게 소하는 지켜주고 싶은 작고 순수한 존재였다. 그러나 윤은 지금에서야 겨우 깨달았다. 오히려 자신을 지탱해 준 사람이 소하였음을, 작고 어린 그녀가 외로워하던 자신을 보호해 주었음을 이제야 아프게 깨달았다.

소하가 없었다면 윤은 중간에 초원으로 돌아가겠다 한서제에게 주청을 드렸을 수도 있었다. 그 사실을 이제야 겨우 깨닫다니, 한

결같이 자신을 포기하지 않고 자신의 손을 잡아준 소하가 너무나 사랑스러웠다. 윤은 소하에게 이 마음을 전하고 싶었다.

애타는 두 사람의 입맞춤이 달콤하고도 농밀했다. 서로의 호흡을 느끼며, 마치 서로의 영혼을 어루만지듯이, 안타까운 입맞춤이 이어졌다.

"공주마마, 황후마마께서 찾으십니다!"

바깥에서 갑자기 들려온 취옥의 목소리에 두 사람이 놀라 확 떨어졌다. 윤도 소하도 거칠게 호흡하고 있었다.

"공주마마?"

바깥에서 안으로 취옥이 들어올까 싶어 소하가 간신히 목소리를 가다듬고 대답하였다.

"알았다. 곧 찾아뵙겠다 전해 드려라."

"네, 알겠습니다."

취옥이 문밖에서 멀어지자 방 안은 긴장된 침묵 속으로 빠져들었다. 그제야 소하는 자신이 무슨 짓을 했는지 깨달았다. 또 이렇게 속수무책으로 빠져들었다. 이 가슴을 태우는 열기를 잠재워야 했다. 하지만 항상 윤의 앞에서는 속수무책이 되고 마는 소하였다.

그의 곁에 있고 싶지만 이제는 머물 수 없다. 소하도 윤도 이제는 각자의 삶을 살아야만 했다. 소하가 서역으로 떠나면 두 사람의 삶은 각자의 방향으로 움직일 터였다. 그 두 삶의 궤적은 결코 다시 교차될 수 없을 것이었다. 그렇다면 이 감정은, 이 열기는 모두 억눌러야 했다. 둘 사이에 걸린 어색한 침묵을 소하가 먼저 깨뜨렸다.

"사부님!"

냉정한 소하의 음성에 윤이 긴장했다.

"사부님도 아시다시피 저는 내년 3월이면 한나라의 화번공주로서 오손국의 곤미님과 혼인을 할 예정입니다. 앞으로 자중해 주십시오!"

소하의 목소리가 서늘했다.

"마마, 송구합니다."

소하가 원망스런 표정으로 윤을 바라보았다. 그렇게 냉정하게 굴던 윤이 어찌 요즘은 이리 살갑게 구는 것인지, 윤을 원망하고 싶었다.

"그럼 다음 시간에 뵙겠습니다."

냉정하게 말하고 돌아서서 나가는 소하의 가녀린 등을 윤이 바라보았다. 그 눈빛이 아픈 사람의 그것처럼 아련했음을 소하는 알지 못했다.

어둠이 내린 비연각 후원에 사람의 그림자가 나타났다. 시간은 벌써 삼경이라 사위는 소음 하나 없이 조용했다. 그림자는 조심스럽게 후원 쪽을 향하여 걸음을 옮겼다. 희미한 달빛에 드러난 존재는 여인이었다. 가냘픈 어깨선과 늘씬한 몸이 부러질 듯 아름다웠다.

10월 말이 되니, 밤이 되자 바람이 매우 찼다. 여인은 추위에 몸을 웅크렸으나 그녀의 걸음걸이는 확실한 목표를 가지고 한 방향으로 나아갔다. 여인은 후원 한 켠에 있는 백구 앞에 쪼그려 앉았다. 가느다란 손을 들어 백구를 쓰다듬는 손길이 걱정으로 가득했다.

"백구야, 많이 아픈 것이냐?"

며칠째 먹이도 제대로 먹지 않고 앓고 있는 백구를 바라보는 소하의 표정이 심각했다. 소하가 웅크린 채 몸을 말고 있는 백구의 머리를 부드럽게 쓰다듬었다. 그러자 주인의 손길을 알아챈 백구가 머리를 들며 끙끙거렸다. 말 못하는 짐승이지만 소하에게는 가족과 같은 존재였다. 나이가 들어 종종 아파하긴 했던 백구지만 이번에는 상태가 심각해 보였다.

백구도 벌써 14살이 되었다. 네 살배기 소하가 눈물범벅이 되어가면서 돌보았던 그 작은 강아지가 이제 나이가 들 만큼 든 것이었다. 잠시 윤이 데려갔던 백구는 건강해져서 소하의 곁으로 돌아왔다. 이후 백구는 항상 소하의 곁에 있었다.

저녁에 취옥이 백구의 상태가 좋지 않다고 걱정스레 말을 했다. 날이 차가운데 아픈 백구가 걱정이 되어 소하는 잠을 이룰 수가 없었던 것이다. 그래서 뒤척이다가 결국 후원으로 나온 참이었다.

소하는 백구의 머리를 계속 부드럽게 쓰다듬었다. 주인의 손길이 반가웠는지 백구의 상태가 다소 안정되어 보였다. 그러나 아무리 생각해도 아픈 백구를 찬 후원에 두자니 그것이 마음에 걸렸다. 그리고 언제까지 이렇게 바깥에서 백구를 바라보고 있을 수만도 없었다. 잠깐이라도 따뜻하게 해주고 싶었다. 찬바람을 잠시나마 피하게 해주고 싶었다. 잠시 생각하던 소하가 결심한 듯 백구를 안아 올렸다. 그리고 자신의 방을 향해서 걸음을 옮겼다.

몇 걸음 걷던 소하가 삐끗했다. 생각보다 백구가 무거웠다. 그때 소리 없이 검은 그림자가 뒤쪽에서 나타나 넘어질 것 같은 소하의 팔을 붙잡았다. 흠칫 놀란 소하가 고개를 돌렸다. 윤이었다. 윤이 아침에 보았던 그 모습 그대로, 한 치도 흐트러짐이 없는 자세로 소하의 옆에 서 있었다.

"깜짝 놀랐습니다. 이 야심한 시각에 어인 일이십니까?"

소하는 갑자기 나타난 윤 때문에 놀랐지만 한편으로 반가웠다.

"제 임무를 수행하고 있었습니다."

윤은 그 말을 하고는 소하에게 어서 백구를 달라는 표정으로 소하를 바라보았다. 소하가 조용히 고개를 끄덕이자 윤이 조심스레 백구를 소하의 품에서 받아 들었다. 아무런 말 없이 두 사람은 걸음을 옮겼다. 조용한 비연각에 오직 두 사람의 걸음 소리만 들렸다. 소하의 방문 앞에 다다르자 소하가 조용히 문을 열었다.

안으로 들어온 윤의 눈썹이 백구를 어디에 두는 것이 좋으냐 묻는 듯 살짝 위로 올라갔다. 소하가 조용히 방 한쪽을 가리켰다. 백구를 바닥에 내려놓은 윤이 잠시 생각에 잠긴 듯 그 자리에 서 있었다.

"바닥에 이불이라도 깔아주는 것이 좋겠습니다."

윤의 말에 소하가 이불을 가지고 왔다. 소하가 이불을 깔아주려고 무릎을 구부리자 윤이 아무런 말 없이 소하의 손에서 이불을 가져갔다. 그리고는 묵묵히 백구를 위해서 자리를 만들어주었다.

"아무래도 백구가 떠날 때가 되었나 봅니다."

침착한 윤의 목소리였다. 소하도 예상은 하고 있었지만 침착한 윤의 목소리를 들으니 그것이 피할 수 없는 사실로 인지되었다. 알지만 사실을 말하는 윤이 야속하여 소하가 윤을 바라보았다. 소하의 반짝거리는 까만 눈망울이 물기를 머금은 듯 촉촉했다.

"아직도 믿고 싶습니다. 오라버니가 돌봐주시면 백구가 다시 멀쩡해진다고요."

옛날을 생각하는지 소하의 음성에 물기가 어렸다. 얼마나 수많은 작은 동물들이 윤의 손길에 다시 태어났는지 소하는 셀 수조차 없었다. 물론 소하도 어느 순간 깨달았다. 아무리 오라버니가 대단하다 하더라도 죽은 동물을 되살릴 수는 없다는 것을.

그래도 소하는 계속 그렇게 믿고 싶었다. 죽은 동물들을 떠나보내기 싫어 소하는 계속 그렇게 믿었다. 윤이 어디선가 데려온 작은 새가 바로 그 새라고, 윤이 다시 데려온 작은 병아리가 소하가 아끼고 이름까지 지어준 바로 그 병아리라고⋯⋯. 백구는 유일하게 실제로 다시 건강해진 아이였다. 그래서 더욱 아꼈다. 그리고 그 이후로는 소하는 더 이상 작은 동물을 거두지 않았다. 윤이 다시 제게 준 백구를 아끼고 또 아꼈다.

소하가 한 품에 백구를 끌어안았다. 백구를 잃는 것은 소중한 기억을 잃는 것 같았다. 잃고 싶지 않다. 어떻게 해서든 곁에 두고 싶었다. 백구는 소하의 유년시절부터 마음속에 자라온 윤에 대한 은애하는 마음이었기 때문이었다. 백구의 까만 눈망울에 소하의 모습이 고스란히 비쳤다. 주인의 슬픔을 이해하였는지 백구가 소하의 손을 부드럽게 핥았다. 마치 위로라도 하듯이……

끄응……

백구가 힘이 들었는지 앓는 소리가 더욱 커졌다. 그게 안쓰러워 소하가 백구를 더욱 강하게 제 품에 끌어안았다.

흐응…… 학, 학!

백구가 가쁜 숨을 몰아쉬었다. 심하게 헐떡이던 백구의 머리가 소하의 품속에서 아래로 툭 떨어졌다.

"흑……"

소하의 어깨가 가늘게 떨렸다. 뒤에 서 있던 윤이 소하의 옆에 쪼그리고 앉았다.

"마마!"

윤의 나지막한 음성이었다. 윤이 소하의 품에서 백구를 받아 조용히 이불 위에 내려놓았다. 그리고 다른 한 팔을 내밀어 소하의 가늘게 떨고 있는 여린 어깨를 끌어안았다. 소하가 예전에 그랬듯이 윤의 어깨에 머리를 기대었다. 소하의 눈에서 흘러내린 눈물이 윤의 장포를 적셨다. 소리도 없이 눈물만 흘리고 있는 소하였다. 윤이 다정한 손길로 소하의 눈물을 닦아주었다. 그리고는 무너져 내린 소하를 조용히 두 팔로 안아 올렸다.

"오라버니!"

소하가 결국 참지 못하고 윤의 가슴에 얼굴을 묻으며 오열했다.

"괜찮습니다. 마마!"

윤이 소하의 정수리에 입술을 대고 나지막한 목소리로 소하를 위로했다. 그날 밤, 하늘에서는 때 이른 초설(初雪)이 흩뿌렸다. 쌓이지 않는 초설답지 않게 그날 밤 눈은 상당히 많은 양이 내렸다.

다음 날 새벽, 취옥은 어깨에 가득 쌓인 눈 때문에 마치 눈사람처럼 변해 버린 윤을 발견하고는 기함하고 말았다. 한 치의 흐트러짐도 없이 차가운 바람을 맞으며 소하의 방문 앞에 서 있는 윤을 차마 방해할 수 없어 취옥은 조용히 발걸음을 돌렸다.

새벽 서리가 내리고 찬바람이 불자, 기러기들의 구슬픈 울음소리가 장안을 채웠다. 동짓달의 스산한 바람 소리에 섞인 그 울음소리가 구슬퍼 처량하기가 이를 데 없었다. 기러기는 사람이 왕래하기 어려운 곳에 소식을 전해주는 새로 인식되어 신조(信鳥)라 불렸다. 비연각에서 그것을 바라보던 소하의 눈빛이 촉촉했다. 장안을 떠나 오손국으로 가야 하는 날짜가 하루하루 다가오고 있었다.

"마마, 혼인식에 입을 예복이 준비가 되었다고 합니다."

취옥의 말에 소하가 고개를 들었다. 마치 취옥의 말을 제대로 이해하지 못한 듯 멍한 표정으로 바라보았다.

"예복이라고?"

"네, 마마. 곤미님과 혼인식에 입으실 혼례복 말입니다."

"그런데 그것을 왜?"

"몸에 잘 맞는지 확인을 해야 해서요."

취옥의 말에 소하의 심장이 툭 떨어졌다. 점점 현실로 다가오는 화번공주의 임무가 소하를 압박하고 있었다. 피할 수 없는 일이었지만 두려웠다.

"알았어. 잠시만, 오늘 말고……."

취옥이 더 이상 아무런 말 없이 조용히 물러났다. 소하는 갑자기 방 안에 있는 것을 참을 수가 없었다. 소하가 취옥을 부르지도 않고 급히 방을 나섰다. 그러나 소하는 어디로 가야 하는지 알 수 없었다. 이 넓은 궁 안에서 그 어디로 가야 하는지 알 수가 없었다. 아무런 생각도 없이 소하는 걸음을 옮겼다.

멍한 표정으로 소하가 다다른 곳은 애련지였다. 애련지 물가에 다가서던 소하가 비틀거리자 언제 따라왔는지 기척을 죽이고 있던 윤이 재빨리 소하를 부축하였다. 소하가 자신의 팔을 부축하고 있는 윤을 바라보았다. 윤이 안타까운 눈빛으로 소하를 바라보고 있었다.

"곁에 있겠다 하시더니 정말 한시도 떨어지지 않으시는군요."

소하의 얼굴에서 비릿한 미소가 피어올랐다. 소하의 팔을 놓고 윤이 살짝 뒤로 물러섰다. 이내 윤은 표정 없는 호위무사의 얼굴로 되돌아갔다.

"이제 오손국으로 떠나면…… 애련지에 피는 연꽃을 다시는 볼 수 없겠네요."

소하가 낮게 중얼거렸다. 너무나 평범하고 사소한 것들이었다. 하지만 이제 그 작은 기쁨을 누릴 수가 없었다. 그것에 소하의 가습이 먹먹해졌다. 이제 이곳을 떠나면 그리운 사람들의 소식은 저 날아가는 신조를 기다려야 하는 것일까? 생각에 잠긴 소하의 표정이 처연했다.

"제가 함께하겠습니다."

윤의 나지막한 목소리에 소하가 그를 바라보았다.

"공주마마가 가시는 길이 땅끝이라도 제가 계속 곁에 있겠습니다."

확신에 찬 그의 음성에 소하는 순간 멍해졌다.

"저를 따라 오손국까지 가시겠다는 것입니까?"

"그것이 제 임무니까요."

"그저 임무이기 때문에 그 먼 곳까지 가시겠다는 것입니까?"

소하의 질문에 윤의 눈빛이 살짝 흔들렸으나 이내 결연한 표정으로 대답하였다.

"마마께 제가 도움이 된다면 어디라도 저는 갈 것입니다."

윤의 말에 소하의 심장박동이 급격히 빨라졌다. 그의 확신에 찬 말이 따뜻하게 소하를 감쌌다. 정말 그래도 될까? 그를 그렇게라도 곁에 두어도 될까? 잠시 소하는 달콤한 생각에 빠져들었다. 그러나 이내 소하는 고개를 저었다. 주어진 임무에 고지식할 정도로 충실한 윤의 그 성정에 이렇게 이기적인 마음으로 기댈 수는 없었다.

그리고 무엇보다도 이제 그녀는 다른 남자의 지어미가 될 처지인데 그를 곁에 두는 것은 더욱 괴로울 것이었다. 가질 수 없는 그를 곁에 두는 것은 고통이었다. 그리고 밝은 미래가 있을 그를 자신을 위해서 그 먼 곳으로 가게 할 수는 없었다. 차가운 바람이 소하의 손끝을 스쳐 갔고 기러기의 처량한 울음소리가 두 사람을 휘감았다.

12. 그대는 제게 여인입니다

"사실입니까, 마마?"

취옥이 도저히 믿을 수 없다는 목소리로 물었다.

"사실이야."

소하의 목소리에는 감정이 없었다. 낯선 소하의 모습에 취옥은 고개를 갸웃했다. 어제 정신없이 나갔다 들어온 소하공주는 무엇인가를 결심한 듯 바로 폐하를 알현하였다.

비연각으로 돌아온 공주는 저녁도 들지 않고 잠자리에 들었다. 그리고 아침에 취옥을 부른 소하공주가 거처를 건장궁으로 옮기도록 지시를 한 것이었다.

게다가 소하공주를 지근거리에 지켰던 김윤은 이제 더 이상 호위무사의 직분을 수행하지 않을 것이니 그에게 건장궁행을 알릴 필요가 없다고 이른 것이다.

"어찌 된 일입니까? 혹시 호분중랑장께서 잘못한 것이 있습니까?"

"아니야."

소하의 대답은 짧았다. 그리고 더 이상의 질문은 허용하지 않겠다는 소하의 태도에 취옥은 조용히 물러났다.

한서제에게 불려갔던 윤은 텅 빈 비연각을 보고 망연자실해졌다. 소하가 자신을 호위무사로 원치 않으니 새 임무가 결정될 때까지 당분간 대기하라는 명이었다. 믿을 수가 없었다. 갑작스런 소하의 결정에 윤은 심장이 먹먹해졌다.

윤이 어깨를 축 늘어뜨리고 걷고 있다 영령공주와 마주쳤다. 혼사가 파기된 후 처음이었다. 윤을 바라보는 영령의 눈빛이 냉랭했다. 조용히 예를 갖추고 물러서려는 영령이 날카롭게 윤에게 쏘아붙였다.

"이것이 장군님께서 바라신 것입니까? 저와의 혼사를 마다하면서까지 바랐던 것이 겨우 이것입니까?"

영령공주의 말이 신랄했다.

"마마, 송구합니다."

윤의 목소리는 변함이 없었다. 아무런 변명도 없는 윤이었다. 냉공자라는 명성은 들었지만 이렇게 차가울지는 몰랐던 것이다. 그래서 영령은 더욱 부아가 치밀었다.

부마가 될 수 있는 기회와, 황제를 구명하여 부귀영화를 누릴 기회도 모두 포기하고 윤이 원한 것이 겨우 소하공주의 곁에 있는 것이었다는 것에 화가 치밀었다. 그래서 한껏 비꼬아주고 싶었다.

"참으로 대단하십니다. 죽을 각오로 황실과의 혼사를 파기한 장군님이나 그런 장군을 위해 스스로 화번공주를 자청하신 소하공주마마나……."

영령의 말에 윤이 고개를 번쩍 들었다.

"그것이 무슨 말씀이십니까?"

윤의 눈빛이 형형했다. 허튼 대답은 용서하지 않겠다는 듯 박력 있는 윤의 시선에 영령공주는 저도 모르게 움찔하고 말았다. 비록 낮은 신분에 있어도 윤의 타고난 위엄과 기개는 숨길 수가 없었다.

"소하공주마마께서 폐하의 금족령까지 어겨가면서까지 평양공주마마의 노여움을 풀기 위해서 찾아왔습니다. 그리고 장군을 살려달라고 할마마마께 애원을 하셨지요. 그때 평양공주마마께서 제 대신 소하공주마마께서 화번공주로 오손국에 가시면 장군을 구명해 주시겠다고 하셨습니다."

윤의 동공이 충격으로 지진이라도 난 듯이 움직였다. 호흡이 가빠지고 아무 생각도 할 수 없었다. 소하공주가 자신을 위해서 오손국에 가는 것을 받아들였다니, 자신보다 사랑 앞에 훨씬 용기가 있는 소하였다. 윤은 소하의 깊은 사랑에 머리가 멍해지는 기분이었다. 소하는 이렇게 못난 저를 포기하지 않고 한결같이 아껴주었던 것이다.

"그것이⋯⋯."

윤은 차마 말을 잇지 못했다.

"그런데 어제 또 소하공주가 폐하에게 청했다 하더군요. 귀공에게 황제를 구한 상을 주라고, 자신의 호위무사로 있기에는 차고 넘치는 사람이라면서요."

윤에게 더 이상 영령의 말을 들리지 않았다. 오직 소하를 보고 싶었다. 그녀를 만나야 했다.

"마마, 급하게 물러나는 저를 용서해 주십시오."

윤은 화급하게 건장궁으로 말을 달렸다. 소하가 자신을 구명하기 위해서 오손국에 가기를 자청했다는 말에 윤은 아무런 생각도 할 수 없었다. 오직 소하를 만나야 한다는 한 가지 생각만이 머리를 가득 채웠다.

달빛이 비친 건장궁은 이상할 정도로 조용했다. 시간이 이미 해시(亥時, 오후 9시에서 11시 사이)에 가깝기는 하였다. 윤이 궁 앞에 당도하였을 때, 마치 기다렸다는 듯이 문이 열렸다.

"오셨습니까?"

취옥이 마치 윤의 방문을 예상이라도 했듯이 윤을 반겼다. 그리고 두말없이 윤을 소하가 머물고 있는 처소로 안내하였다. 소하가 머무는 전각에 가까워 올수록 윤의 심장이 거세게 요동치기 시작했다.

아직 불이 밝은 전각에서 소하가 태액지(太液池)를 바라보고 있었다. 달빛을 받아 은빛으로 반짝이는 연못과 그것을 하염없이 바라보고 있는 여인, 그 자체로 아름다운 그림이었다. 윤은 차마 그 고요한 아름다움을 깨뜨릴 수 없어서 우뚝 입구에 멈추어 서고 말았다. 어느새 길을 안내해 주던 취옥도 사라지고 없었다.

다시 윤은 삼 년 전 달빛에 서 있었던 소하를 발견했던 곤명지로 돌아가 있었다. 아직 여인이 아닌 어린 소녀였던 소하! 그러나 윤의 심장이 크게 술렁거렸다. 애써 그것이 술 때문이라고 자위했었으나 이미 윤의 마음속에서 소하에 대한 남자로서의 사랑이 피어나고 있었던 것이다. 참으로 오랜 시간을 돌고 돌아 소하 앞에 서게 된 것이다.

소하공주를 향해 걸어가는 윤의 마음이 격하게 요동쳤다. 오늘 그는 소하 앞에 남자로 설 것이었다. 애끓는 이 마음을, 봉인하고 봉인했었던 그 마음을 이제는 소하에게 전할 터였다.

소하는 깊은 생각에 빠져 윤이 가까이 오는 것을 미처 알아차리지 못했다. 수심에 잠긴 소하의 얼굴을 긴 속눈썹이 얼굴에 그림자를 드리우고 있었다. 한 줌에 잡힐 듯 하늘하늘한 소하가 윤의 앞에 있었다.

"공주마마!"

윤의 목소리가 약간 쉬어 있었다. 소하가 어깨를 움찔하더니 이내 다시 고개를 저었다.

"하아, 이제는 내가 환청까지 듣는 모양이다!"

소하가 깊게 한숨을 내쉬었다. 아마도 지금 이 시간, 이 공간에 윤이 자신을 찾아오리라 전혀 예상하지 못한 것 같았다.

"마마, 접니다!"

재차 윤이 소리를 내어 부르자, 그제야 소하가 태액지에서 시선을 떼고 돌아보았다. 윤을 발견하고 소하의 동공이 놀라움으로 크게 떠졌다.

그녀의 반짝거리는 눈동자 속에 오롯이 자신이 들어 있었다. 윤인 것을 알아보고 소하의 긴장이 풀어졌다. 소하가 '후' 하고 한숨을 내쉬자 소하의 풍만한 가슴이 살짝 들썩였다.

"무슨 일이십니까? 혹시 궁에 긴급한 일이라도 있는 겁니까?"

소하가 애써 침착함을 가장하고 물었다. 왠지 자신을 바라보는 윤의 눈빛이 너무나 뜨거웠다. 예전 그의 처소를 한밤중에 찾아갔을 때, 자신에게 강하게 입맞춤하던 그때 그 눈빛 같았다. 마치 자신을 삼켜 버릴 듯이 주시하는 윤의 눈빛에 소하는 마치 나신으로 서 있는 것 같았다.

"마마를 뵙고 싶었습니다."

지독하게 낮은 윤의 음성이 너무나 감미로웠다. 그 음성에 소하의 심장이 크게 두근거렸으나 소하는 애써 냉정함을 가장했다.

윤은 잔인했다. 자신의 마음을 받아주지도 않으면서 저리 달콤한 말을 하다니…… 그리고 애써 떠나보낸 제 마음도 모르고 이렇게 자신의 감정을 온통 휘젓는 그가 미웠다.

"화급한 일이 아니시면 내일 날이 밝을 때, 적절한 시간에 뵈었으면 합니다."

그리 차갑게 말한 소하가 뒤로 돌아서 버렸다. 처음이었다. 윤이 소하의 뒷모습을 이리 바라본 것이…… 그녀의 등이 거부의 칼이 되어 윤의 심장에 생채기를 내었다.

순간 윤의 심장이 고통으로 욱신거렸다. 항상 먼저 등을 돌린 것은 윤이었다. 그 모습을 항상 소하가 바라보곤 하였다. 그러나 오늘 소하가 냉정하게 먼저 돌아서고 있었다.

차가운 소하의 말에 윤의 심장이 아렸다. 외면당하는 일이 이리 슬픈 일이었다. 돌아선 그녀의 등을 바라보는 마음이 아팠다.

'제 등만 바라보는 공주마마는 이리 외로우셨겠군요! 돌아보지 않는 제 뒷모습에 이렇게 가슴이 시렸겠군요!'

윤은 속으로 탄식했다. 윤이 손을 들어 공주의 어깨를 잡았다. 자신에게 등을 돌린 소하의 모습을 보고 싶지 않았다. 그녀를 돌려세우자 소하의 눈이 사슴처럼 커다래졌다. 그러나 이내 소하가 공주의 위엄을 되찾고 말했다.

"이 무슨 무례이십니까?"

윤은 소하의 냉정한 말에 잠시 용기를 잃었다. 동시에 자신이 소하에게 했었던 모진 말들이 생각나 윤은 제 가슴을 쥐어뜯고 싶었다.

자신은 그저 소하의 냉정한 한마디에도 이리 마음이 아픈데 자신의 그 모진 말들을 소하는 어찌 견딘 것인지? 소하가 느꼈을 고통이 윤에게 생생히 되살아났다.

'제가 한 모진 말에 얼마나 억장이 무너지셨습니까? 그 말들이 칼날이 되어 가슴에 박혀 마마는 얼마나 그 작은 가슴으로 우셨습니까? 얼마나 많은 피눈물을 흘리셨습니까?'

윤은 제가 소하에게 준 상처를 깨닫고 처음으로 고통에 몸부림 쳤다. 전장에서 검에 베였던 것보다 더욱 고통스러웠다. 하지만 그때 자신도 소하를 내치기 위하여 일부러 냉정한 목소리를 내었던 것을 떠올렸다. 소하의 마음이 자신과 같다면, 윤이 다시 용기를 내었다.

"마마, 저를 봐주십시오. 지금 마마 앞에 서 있는 저를 외면하지 말아주십시오."

윤의 두 손이 소하의 가느다란 어깨를 포박하자 소하는 옴짝달싹할 수 없었다. 윤의 간절한 말에 소하는 잠시 흔들렸다. 하지만 소하는 냉정해져야 했다. 윤을 은애하는 마음은 꽁꽁 숨겨두어야 했다.

이미 소하는 윤이 살 수만 있다면 이 연심은 억누르기로 하였다. 게다가 한나라의 공주로서 수행해야 할 의무가 있었다. 그것을 가볍게 여길 수는 없었다.

"하실 말씀이 있으시면……."

미처 소하가 말을 마치기도 전에 윤이 손을 들어 소하의 입술을 막았다. 입술에 닿은 윤의 손가락이 너무나 뜨거웠다.

"마마, 제발 제 말씀을 들어주십시오!"

간절한 윤의 음성에 소하가 고개를 끄덕였다.

"마마는 제게 지켜주고 싶은 어린 여동생과 같았습니다. 마마를 뵈올 때마다 외로웠던 저의 마음이 따뜻했습니다."

소하는 윤의 말에 심장이 칼에 찔린 듯했다. 역시 윤은 자신을 동생 이상으로는 보고 있지 않았다. 알고 있었지만 그의 입으로 직접 들으니 다시 심장이 아팠다.

"그래서 마마의 마음에 연심이 담긴 것을 알면서도 무시했습니다. 그저 시간이 지나면 사라질 저에 대한 애착 같은 것이라 여겼습니다."

윤의 목소리가 열기를 띠었다.

"그래서 제가 잘 중심을 잡아야 한다고 생각했습니다. 마마는 제게 너무나 소중한 동생 같은 분이셨으니까요. 하지만……."

윤이 잠시 말을 멈추자 소하도 함께 숨을 멈추었다.

"곤명지에서 달빛에 감싸인 마마를 뵈었을 때 제 마음이 요동쳤습니다. 저는 애써 그 마음을 봉인하고자 했습니다. 제가 마마를 여인으로 보게 될까 봐 그것이 두려웠습니다. 그래서 남월 정복에도 자원을 했습니다. 하지만 매일매일 하루도 마마를 생각하지 않은 날이 없었습니다. 그 죽음과도 같은 전장에서 살아 돌아오고 싶은 단 하나의 사유가 마마였습니다."

소하는 윤의 고백에 머리가 멍했다. 윤도 자신을 여인으로 보고 있었다는 뜻인가? 소하는 자신의 마음속에서 조그만 기대가 피어나고 있는 것을 알았다. 심장이 아릿하면서도 달콤한 기대로 저릿했다. 하지만 자신을 냉정하게 내쳤던 윤의 모진 말이 생각났다.

"남자가 여인을 원한다는 함은 이런 것입니다. 공주마마께서 원하시는 것이 고작 남자의 육욕의 대상이 되는 것입니까?"

"남자는 여인을 은애하지 않아도 얼마든지 안을 수 있습니다. 은애하는 여인이라면 아끼고 소중하게 대하겠지요."

그 말을 떠올리자 다시 소하의 마음이 가라앉았다.

"저를 은애하지 않는다 하지 않으셨습니까?"

소하의 목소리가 그때 받았던 상처를 떠올린 듯 가느다랗게 떨렸다.

"그때, 마마를 그리 내친 것은…… 마마를 여인으로 탐하고자 하는 저를 다잡기 위해서였습니다. 만약 그때 마마께서 저를 오라버니라 부르지 않았다면…… 저는 마마를 안았을 것입니다."

윤의 떨리는 말에 소하의 심장이 기쁨으로 떨려왔다. 윤 또한 자신을 원하고 있었다니…… 그러나 동시에 소하는 그동안 그의 모진 말이 떠올랐다.

"그런데 왜 그리 모질게 저를 피하기만 하셨습니까?"

자신이 뱉었던 그 모든 말들이 지금 칼이 되어 윤의 심장에 박혔다. 소하가 느꼈을 상처가 그대로 윤의 가슴에 새겨졌다. 그녀가 받았던 상처가 지금 고스란히 윤의 상처가 되었다.

"그리 쉽지만은 않았습니다. 아기 때부터 보아온 마마를 제 안에서 여인으로 받아들이기가 그리 쉽지만은 않았습니다. 제게 마마는 지키고 싶은 단 하나의 생명이었습니다. 모든 것을 떠나 제가 가지고 싶은 단 하나의 존재였습니다. 그러나 외부인인 제가 어찌 감히 존귀한 마마를 함부로 바라겠습니까? 어찌 저의 삿된 마음으로 공주마마를 여인으로 탐하겠습니까?"

"오라버니!"

윤의 절절한 고백에 소하의 눈에서 진주 같은 눈물이 흘러내렸다. 그가 경험했을 마음의 갈등에 소하의 심장이 뻐근해졌다.

"하지만 사실은 어린 공주마마를 위한다는 알량한 마음으로 제 못난 자아를 감추고 있었습니다. 거부했던 것은 공주마마가 아니라, 마마에게 다가가지 못하는 제 처지였습니다. 그것을 마마가 어리다는 핑계로 마마에게 상처를 주었습니다."

윤이 큰 두 손을 들어 올려 소하가 도망가지 못하도록 그녀의 얼굴을 고정하였다. 그의 뜨거운 시선에 소하의 얼굴이 달아올랐다.

"그런데 이제는 제 마음이 마마를 도저히 놓을 수가 없습니다! 마마를 원합니다! 계속 제 맘속에선 마마를 원해왔습니다!"

윤의 얼굴이 가까이 다가오자 뜨거운 입김이 훅 하고 얼굴에 다가왔다. 깜짝 놀라 소하가 저도 모르게 두 눈을 감았다. 윤의 입술이 거칠지만 또 부드럽게 소하의 입술을 스쳤다. 그의 입술이 타는 듯이 뜨거웠다. 윤이 혀를 살짝 내밀어 소하의 아랫입술을 쓰다듬었다. 그러자 소하의 입술이 꽃잎처럼 살며시 벌어졌다.

윤의 혀가 소하의 입안으로 밀려들어 왔다. 그의 호흡이 거칠었다. 너무나 강하게 그가 소하의 혀를 흡입하자 소하는 마치 혀가 뽑혀져 나갈 것만 같이 느껴졌다.

그의 혀가 제 것처럼 소하의 입안을 탐했다. 샅샅이 훑듯이 그녀의 치열을 지나 볼 안쪽 점막에 닿았다가 그녀의 혀와 거칠게 마찰했다. 소하가 호흡이 딸려 살짝 흘러내린 타액을 그의 혀가 부드럽게 쓸었다. 몸 안의 모든 감각이 그를 향하고 있었다.

"하응…… 읏……."

저도 모르게 소하의 입에서 달콤한 교성이 흘러나왔다. 그것이 당황스러워 소하는 몸을 움츠렸다. 그러나 자신을 자극하는 그의 혀에 소하는 철저히 희롱당하고 있었다. 소하의 얼굴을 가두었던 윤이 검지를 들어 그녀의 뺨을 부드럽게 쓸더니, 천천히 내려와 소하의 목덜미를 쓸어내렸다. 팔딱거리는 소하의 맥박이 그대로 느껴졌다. 윤이 입술을 떼자 둘 사이에 걸린 은빛 실이 달빛에 반짝였다.

윤이 이번에는 입술로 소하의 부드러운 뺨을 쓰다듬었다. 윤의 입술이 천천히 아래로 내려와 소하의 펄떡이는 목덜미를 쓸었다. 윤의 검지가 지나갔던 길을 고스란히 그의 입술이 따라가고 있었다. 목덜미가 그의 타액으로 흥건했다. 소하가 차가운 밤공기에 몸을 떨자 윤이 소하를 번쩍 안아 들어 방 안으로 들어왔다.

계속되는 입맞춤에 소하는 자신이 안으로 들어온 줄도 미처 깨닫지 못했다. 윤이 가볍게 소하를 들어 침상에 앉혔다. 그리고 애타는 입맞춤을 계속했다. 소하는 윤을 매혹시키는 요부였다.

윤의 손이 어느새 풍만하게 부풀어 오른 소하의 가슴을 옷 위에서 쓰다듬었다. 윤의 커다란 손에도 한 손에 잡히지 않을 만큼 탐스러운 가슴이었다. 소하는 옷 위에서 자신의 가슴을 더듬는 윤의 강한 손길에 긴장하고 있었다.

윤의 입술이 목덜미를 타고 내려와 오목한 소하의 쇄골을 강하게 빨아들였다. 윤의 입술이 자꾸 아래로 내려가더니 곡거심의를 헤치고 소하의 가슴을 드러나게 하고 있었다. 옷깃 사이로 감질나게 닿은 그의 입술이 아쉬웠다.

소하는 그가 자신의 옷을 벗기고 벗은 가슴을 그대로 만져 주었으면 했다. 소하의 소망을 알아챈 듯 윤이 그녀의 가슴을 옷자락 사이로 끄집어내었다.

환한 달빛에 드러난 하얀 가슴이 백옥처럼 반짝였다. 마치 무게를 가늠하듯 윤의 커다란 손이 소하의 왼쪽 가슴을 아래에서 위로 쓸어 올렸다. 그리고 이내 왼쪽 가슴은 윤의 입술에 갇혔다. 드러난 피부가 타는 듯이 뜨거웠다.

윤의 손길과 입술에 소하는 자신의 유실이 꼿꼿하게 서는 것을 느꼈다. 윤이 소하의 가슴을 한가운데로 그러모아 번갈아 그의 입술에 머금었다. 그가 혀로 유륜 주변을 핥고 유실을 살살 굴렸다. 그녀의 유실이 단단하게 뭉쳐 윤의 혀를 밀어내고 있었다. 소하의 온몸에 열기가 머리끝에서 발끝까지 흘렀다.

"아아…… 앗……."

소하가 할 수 있는 것은 그저 달콤한 신음 소리를 내뱉는 것뿐이었다. 소하는 자신이 그의 손길에 떠밀려 침상에 드러누운 것도 알아차리지 못했다. 이성으로는 공주로서의 책임을 다해야 한다고 생각하고 있었다. 하지만 소하의 마음 한구석에선 은애하는 남자의 사랑을 받는 기쁨이 더욱 크게 솟아나고 있었다.

그의 등만 평생 바라보아야 하는 줄 알았다. 그가 한 번도 자신을 뒤돌아보지 않아서 상심했었다. 하지만 오늘 윤이 그 모든 장벽을 헤치고 소하에게 다가온 순간, 소하는 더 이상 저항할 수 없었다. 아니, 저항하고 싶지 않았다. 오롯이 은애하는 윤 앞에서 소하는 여인이고 싶었다.

두려웠지만 그래도 자신을 열정적으로 탐하는 윤의 손길을 거부하고 싶지 않았다. 이 밤이 지나면 어쩌면 평생 다시 오지 못할 밤이었다. 벌을 받는다 해도 만약 목숨을 내놓아야 한대도, 소하는 오늘 윤을 거부할 수 없었다. 심장이, 마음이 그 모든 것이 윤을 바라고 있었다.

윤의 혀가 살아 있는 듯 소하의 유실을 머금었다. 부드럽게 유실을 훑던 그가 강하게 입안으로 빨아 당기자 소하가 견딜 수 없는 쾌락에 몸을 움찔했다. 그가 다시 입술을 내려 배를 타고 아래로 내려갔다. 여전히 한 손으로 자신의 가슴을 희롱하는 윤 때문에 소하는 이성적인 사고를 더 이상 할 수 없었다. 오직 그를 느끼는 것, 그가 주는 감각에 빠져드는 것, 그것만이 소하가 할 수 있는 모든 것이었다.

윤의 커다란 손이 소하의 하상을 걷어 올리고 소하의 매끈한 다리를 쓸어 올렸다. 이미 곡거심의는 소하의 몸에 느슨하게 걸쳐져 그녀의 아름다운 상반신을 그대로 드러내고 있었다. 그리고 하상을 걷어 올리는 그의 손길에 그녀의 아름다운 다리가 고스란히 드러났다. 부끄러운 마음에 몸을 살짝 움츠렸으나 소하를 위에서 찍어 누르는 윤 때문에 그녀는 꼼짝할 수 없었다.

"하아…… 앗…… 오라버니!"

도저히 자신의 목소리라고는 믿을 수 없는 교성이 계속 흘러나왔다. 군살이 배긴 그의 손바닥이 허벅지를 쓸어 올리자 소하는 자신도 모르게 다리를 오므렸다. 곧 윤의 손이 자신의 비부에 닿을 것만 같았다.

소하는 자신의 비부가 흥건하게 젖어 있음을 알았다. 그것을 윤이 곧 알아차릴 것이라 생각하니 부끄럽기 그지없었다. 그러나 윤의 손은 가차 없이 다리를 벌리고 속곳 위로 소하의 비부를 쓰다듬었다.

"흑…… 그만……!"

윤이 소하의 비부를 쓰다듬자 정체를 알 수 없는 감각이 소하를 휘감았다.

"제발…… 오라버니……."

소하는 익숙하지 않은 감각에 두려워 애원하였다. 하지만 윤의 손길은 거침이 없었다. 어느새 윤의 가차 없는 손길에 소하의 속곳이 벗겨졌다. 그리고 윤의 입술이 소하의 배꼽을 거쳐 점차 아래로 내려갔다. 곧 그녀의 비부가 윤의 시선에 드러날 참이었다. 너무나 부끄러운 나머지 소하는 다리를 오므리려고 하였으나 윤의 강인한 두 손이 소하의 허벅지를 결박하고는 더욱 강하게 옆으로 벌렸다.

"안…… 돼요!"

가녀린 소하의 저항은 무참히 부서졌다.

"아름답습니다!"

윤의 달뜬 음성이 들려왔다. 소하는 도저히 지금 상황을 소화하기 어려웠다. 윤의 눈앞에 자신의 가장 부끄러운 부분이 무방비로 노출되어 있었다. 윤의 시선이 열기를 머금어 활활 타오르고 있었다. 평소에 냉공자라 불리는 차가운 표정이 아니었다. 소하는 윤의 머리가 자신의 비부로 잠겨드는 모습을 멍하게 바라보았다. 너무나 부끄러워 소하는 울고 싶은 마음에 그만 두 손으로 자신의 얼굴을 가리고 말았다.

그러나 소하는 곧 자신의 몸을 강타한 감각에 그만 허리를 들어 올리고 말았다. 무엇인가 축축하고 부드러운 것이 소하의 꽃잎에 닿았다. 그것이 윤의 혀라는 것을 깨닫기까지는 다소 시간이 걸렸다. 윤이 그녀의 꽃잎을 정성스럽게 핥은 것이었다. 부드럽게 아래에서 위로 덧그리는 그의 혀가 주는 생경한 쾌감에 소하는 제 몸을 어찌해야 할지 몰랐다.

"하응…… 싫어!"

부끄러웠다. 윤이 자신의 꽃잎을 애무하는 것이 온몸이 타버릴 만큼 부끄러웠다. 윤이 도톰하게 부풀어 오른 붉은 진주를 자극하자 소하는 크게 경련하였다. 다리를 오므리고 싶었지만 자신의 허벅지를 결박한 강한 윤의 손 때문에 꼼짝할 수 없었다.

"항…… 오라버니…… 제발!"

그러나 윤의 혀는 가차 없이 소하의 붉은 진주를 자극하였다. 처음에는 부드럽게 혀끝으로 톡톡 건드리다가 핥았다. 소하의 꽃잎이 울컥울컥 꿀을 토해내었다. 너무나 강한 쾌감이 소하에게는 통증같이 느껴졌다. 소하가 몸을 뒤틀었다. 당황스럽고 부끄럽고 그러면서도 윤의 입술과 혀가 선사하는 감각을 더 느끼고 싶기도 하고 소하는 미칠 것만 같았다. 뱃속이 열기로 가득 찬 듯 홧홧했다.

"괜찮습니다. 그저 제게 몸을 맡기십시오!"

윤의 속삭임에 다시 온몸이 떨려왔다. 그가 혀로 다시 부드럽게 꽃잎 사이를 핥았다. 그리고 윤이 꽃잎 사이로 혀를 깊게 밀어 넣자 견딜 수 없는 감각이 소하를 휘감았다.

그저 어디론가 날아가 버릴 것 같은 감각에 소하는 그저 이불자락을 움켜쥐었다. 몸을 빼내고 싶어도 윤의 강한 두 손이 밧줄처럼 소하의 허벅지를 결박하고 있었다. 윤의 혀가 부풀어 오른 진주를 다시 핥았다. 그리고 입술로 가볍게 물었다가 살짝 주변을 깨물자 소하는 그만 견딜 수 없어 허리를 들썩였다.

"오라버니! 제발, 싫어요!"

너무나 강한 쾌감에 소하는 울먹이고 있었다.

"그냥 제 손길을 느끼십시오!"

츄릅! 순간 윤이 소하의 은밀한 비부를 그의 입에 쏙 머금으며 강하게 흡입하였다. 너무나 강한 쾌감에 소하의 머릿속이 하얗게 변했다. 눈앞에서 하얀 불꽃이 터졌다. 온몸이 두둥실 공중으로 떠올랐다. 소하는 멍한 머리로 더 이상 아무런 생각도 할 수 없었다.

이내 소하는 느슨하게 다시 하강하고 있는 것 같았다. 그저 거친 호흡을 내쉴 뿐 아무것도 할 수 없었다. 소하의 온몸이 잘게 경련하고 있었다. 소하가 무거운 눈꺼풀을 들어 올리자 윤의 맑고 까만 눈이 강하게 소하를 응시하고 있었다. 윤의 시선에 소하의 온몸이 화라락 불타올랐다.

"흐윽!"

너무나 부끄러운 나머지 소하는 울먹였다. 그리고 두 손으로 뜨거운 얼굴을 가렸다. 그러자 윤이 부드럽게 그 손을 떼어냈다. 그리고 커다란 손을 들어 소하의 뺨을 부드럽게 쓸었다. 윤이 너무나 자상한 눈빛으로 그러나 열기를 가득 머금은 눈으로 소하를 바라보았다.

"부끄러워하지 마십시오! 오늘 마마는 너무나 사랑스럽습니다!"

윤의 다정한 말이었다. 그가 살며시 소하의 손을 들어 손바닥에 강하게 입맞춤하였다. 그녀를 원하는 남자의 강한 욕망이었고 허락을 구하는 애원의 입맞춤이었다. 소하가 윤의 입술이 선사하는 감각에 빠져 있을 때 윤의 손이 아직도 여전히 잘게 경련하고 있는 소하의 꽃잎에 닿았다.

윤의 손가락이 소하의 꽃잎을 부드럽게 아래서 위로 덧그렸다. 윤의 손길에 다시 소하의 꽃잎이 달콤한 애액을 쏟아내었다. 소하가 다시 놀라 몸을 뒤로 빼내려 하자 윤의 손이 강하게 가는 소하의 허리를 붙잡았다.

"헉!"

소하의 신음이 다시 윤의 입술에 먹혔다. 이내 윤의 오른손은 소하의 꽃잎을, 왼손은 탱글탱글한 소하의 가슴을 희롱하였다. 아래위로 꽃잎을 몇 차례 부드럽게 덧그리던 윤의 중지가 소하의 꽃잎 사이로 들어왔다. 생전 처음 경험하는 이물감에 소하의 꽃잎이 손가락을 밀어내려는 듯이 강하게 수축하였다.

소하는 자신의 몸 안으로 들어온 윤의 손가락에 정신을 차릴 수가 없었다. 부드럽게 얇은 입구를 희롱하던 윤이 다시 손가락 하나를 더 넣었다. 소하의 심장은 이제 터질 것만 같았다. 도대체 윤은 자신에게 무엇을 하고 있는 것인지, 소하는 달콤한 고통에 몸을 움츠렸다. 윤이 손가락 하나를 더 넣자 소하의 숨이 턱 하니 막혔다.

"아앙…… 그만!"

소하가 어쩔 줄 몰라 하며 윤에게 애원하였다. 소하의 몸은 지금 완벽하게 윤의 통제하에 있었다. 윤의 손길에 소하가 미처 몰랐던 관능이 차츰 깨어나고 있었다.

"쉬! 괜찮습니다!"

자신을 달래는 낮은 윤의 목소리에 소하의 몸이 떨려왔다. 어쩌면 이렇게 아름다운 목소리인 것인지, 윤의 목소리는 주술처럼 소하를 휘감았다. 부지런히 움직이는 윤의 손가락에 소하가 정신을 차리지 못하고 있을 때 윤이 엄지손가락으로 소하의 진주를 자극하자 그녀의 몸이 크게 경련하였다.

"헉, 제발…… 오라버니!"

소하가 너무나 강한 쾌감에 그만 울먹였다.

"아직 이대로는 저를 받아들일 수 없습니다."

윤이 울먹이는 소하를 달래려 귓가에 낮게 속삭였다. 윤의 뜨거운 입김이 소하의 귓불을 스치자 소하의 얼굴이 다시 달아올랐다. 윤은 악기를 연주하듯 소하의 관능을 연주하고 있었다. 그의 손가락이 소하의 안을 넓히듯이 움직였다. 소하의 몸 안에서 달콤한 애액이 울컥울컥 솟아났다. 꽃잎에서 진주에서 시작한 열기가 척추를 타고 소하의 머리로 발끝으로 흘러갔다. 다시 날아오르는 것 같은 부유감이었다. 소하가 강하게 몸을 경련하며 윤의 손가락을 강하게 조였다.

"하앙…… 안 돼!"

신음처럼 비명을 지르면서 소하가 다시 절정에 달했다. 그리고 천천히 지상으로 돌아왔다. 소하의 눈이 관능으로 반짝거렸다. 절정으로 촉촉한 소하의 눈가를 바라보며 윤이 애타는 목소리로 속삭였다.

"이제 마마를 제 것으로 하겠습니다."

너무나 간절한 그의 음성이었다. 그의 이마에 굵은 땀방울이 송골송골 맺혀 있었고 그는 어딘가 아픈 사람처럼 보였다. 무서웠지만 이렇게 고통스러워하는 그를 그대로 내버려 둘 수 없었다. 하지만 소하는 무엇을 어떻게 해야 하는지 알 수 없었다.

"오라버니가 원하시는 대로……."

가까스로 소하가 중얼거렸다. 소하의 얼굴이 더 이상 붉어질 수 없을 만큼 물들었다. 그 모습에 도저히 견딜 수 없다는 듯이 윤이 자신의 옷을 거칠게 몸에서 떼어냈다.

윤의 넓은 어깨와 탄탄한 가슴이 갑자기 드러났다. 그의 가슴근육을 따라 땀방울이 흘러내리고 있었다. 그가 고(바지)마저 벗어버리자 그의 거대한 분신이 위용을 드러내었다. 소하가 깜짝 놀라 몸을 움츠렸다. 잘은 몰랐지만 왠지 소하는 공포에 휩싸였다. 저렇게 큰 것으로 저를 어찌하려는 것인지, 소하가 본능적인 공포로 뒤로 물러나려 하자 윤이 그녀의 어깨를 강하게 끌어안았다.

"도망치지 마십시오!"

윤의 목소리가 절박했다. 하지만 소하는 두려웠다. 도대체 저 커다란 것으로 자신에게 무엇을 하려는지 예상할 수 없는 소하는 두려웠다. 소하가 계속 바르작거리자 윤이 그녀를 강하게 내리누르며 애원했다.

"제발, 마마를 사랑하게 해주십시오!"

그의 애원을 거부할 수 없었다. 공포보다 그를 은애하는 마음이 컸고 그를 고통 속에 남겨둘 수 없었기 때문이었다. 결국 소하가 그의 굵은 목에 팔을 두르고 그를 강하게 끌어안았다. 그러자 그녀의 비부에 무엇인가 매우 뜨거운 것이 닿았다.

"헉!"

그의 단단한 분신이 소하의 비부를 부드럽게 자극하였다. 단단하고 너무나 뜨거웠다. 소하가 다시 긴장했다. 아무리 생각해도 이것은 무리로 보였다. 제 작은 몸에 저렇게 크고 단단한 것을 담을 수는 없어 보였다. 그러한 소하의 두려움을 알아챈 윤이 다시 부드럽게 속삭였다.

"긴장을 푸십시오!"

이내 윤의 분신이 부드럽게 소하의 진주를 자극하더니 흥건하게 젖어 있는 소하의 꽃잎을 가르고 들어왔다.

"학, 아파…… 아파요!"

너무나 강한 충격에 소하가 비명을 질렀다. 작은 꽃잎 사이로 파고든 너무나 뜨겁고 단단한 그의 분신에 소하는 어찌할 수가 없었다. 상상하지 못했던 고통에 소하의 온몸이 긴장했다. 마치 작살에 꾀인 물고기처럼 소하의 온몸이 강하게 경련하였다. 마치 우주가 흔들리는 것 같은 충격이었다. 너무나 격심한 고통에 소하의 눈에서는 계속 눈물이 솟아났다. 윤을 은애하는 마음이 없었다면 참아내기 어려운 고통이었다. 소하는 그저 그의 어깨에 매달렸다.

윤은 아파하며 눈물을 흘리는 소하를 안타깝게 끌어안았다. 여인의 처음은 힘든 법이다. 그러나 아무리 세심하게 그녀를 배려해도 그 고통을 완벽하게 없앨 수는 없기에 윤은 안타까웠다. 너무나 여리고 작은 그녀의 여성에 진입하기가 수월치가 않았다. 소하가 긴장하자 윤 또한 고통을 느낄 정도였다.

소하가 강하게 자신의 어깨에 매달려 왔다. 윤이 부드럽게 그녀의 머리를 쓰다듬고 입맞춤하였다. 조금이나마 고통이 줄어들기를 바라며 사랑스러운 소하의 입술에 눈꺼풀에 무차별적인 입맞춤을 했다. 너무나 사랑스러운 소하였다.

"몸에서 힘을 빼십시오!"

윤이 부드럽게 속삭였다. 그러나 여전히 소하는 긴장하고 있었다. 호흡마저 멈추고 있는 그녀였다. 윤이 소하의 가슴을 다시 부드럽게 애무하였다. 그리고 다른 손을 내려 그녀의 진주를 부드럽게 자극하였다.

"천천히 숨을 쉬어보세요!"

호흡을 멈추고 있는 소하에게 윤이 억눌린 목소리로 속삭였다. 미친 듯이 움직이고 싶은 허리를 간신히 억제하고 있었다. 소하가 눈물이 가득한 눈으로 그에게 속삭였다.

"오라버니, 너무 아파요!"

눈물을 줄줄 흘리는 소하가 안쓰러웠다. 윤이 다시 그녀의 등을 부드럽게 쓰다듬고 입맞춤하자 소하의 안쪽이 부드럽게 젖어왔다. 그 틈을 노려 윤이 단숨에 허리를 강하게 밀어붙였다.

"헉⋯⋯."

소하의 안쪽에서 무엇인가 얇은 막이 찢어지는 느낌이 들었다. 드디어 소하가 자신의 품 안에 있었다. 먹이를 앞에 둔 맹수처럼, 윤은 모든 행위에 열정을 다했다. 그녀의 달콤한 입술도, 그녀의 향기 나는 피부도, 머리카락 한 올까지 전부 자신의 것이었다. 누구에게도 나누어 줄 수 없었다.

제 목숨을 버려서라도 절절하게 원하였던 단 한 가지가 바로 소하였다. 밀어내고 밀어내도 결코 밀어낼 수 없었던 이 뜨거운 마음. 심장이 그녀를 향하여 뛰었다. 어느새 이 작은 여인이 윤의 마음을 가득 채우고 있었다. 이런 미욱한 자신에게 계속 손을 내밀어주었던 소녀였다. 기댈 곳 없어 스산한 마음에 항상 따뜻한 등불 같은 아이였다. 그런 소하가 이제는 이렇게 성장하여 여인이 되었다.

그 꽃을 맘껏 탐할 수 있는 것이 자신이라는 것에 윤의 마음이 고양되었다. 마치 자신을 위해서 태어난 것 같은 소하를 윤은 거칠게 갈구하였다. 그동안 억눌렀던 모든 감정이 한꺼번에 분출되어 윤은 자신을 제어하기가 너무나 힘이 들었다. 하지만 아직 어리고 서툰 소하를 배려해야 했다.

"조금 움직여도 되겠습니까?"

소하는 아픈 것만 같은 그의 목소리에 그를 바라보았다. 그제야 그가 제 몸에 진입한 이후 움직임을 멈추고 있는 것을 알았다. 그의 모든 근육이 한껏 긴장하고 있었다.

윤이 자신을 배려하고 있음을 깨닫자 소하는 그가 너무나 사랑스러웠다. 그가 주는 첫 경험의 고통도 사랑스러웠다. 이 고통은 오직 그만이 줄 수 있었다. 그의 분신이 자신이 안에 있다는 생각에 충만감이 들었고 온몸이 욱신거렸다. 윤을 사랑하고 싶었고 그가 자신을 맘껏 탐해주기를 바랐다. 소하가 작게 고개를 끄덕였다.

"아프면…… 말씀을 하시는 겁니다. 그러지 않으면 멈추지 않을 거니까요. 이제는 저도 참을 수 없습니다!"

윤의 목소리가 흥분으로 살짝 쉬어 있었다. 윤이 조심스레 조금씩 허리를 움직였다. 서툰 소하의 몸을 그가 탐색하듯이 조금씩 열어갔다. 그가 움직일 때마다 살과 살이 마찰하는 색정적인 소리가 방 안에 울려 퍼졌다. 동시에 그의 분신이 내벽을 마찰하는 찌릿찌릿한 감각이 소하를 휘감았다.

온몸이 땀으로 젖었고 윤의 등에서도 땀방울이 솟아났다. 그의 이마에서 떨어진 땀방울이 또르르 소하의 하얀 가슴에 떨어졌다. 그가 고개를 숙여 소하의 유실을 다시 빨아들이자 소하는 더 이상 아무런 생각도 할 수 없었다.

그의 움직임이 점점 강렬해졌다. 소하의 꽃잎이 만개하여 윤을 잔뜩 머금고 있었다. 그가 움직일 때마다 소하의 꽃잎은 향기로운 꿀을 울컥울컥 토해내었다. 처음에는 고통뿐이었던 것에 어느새 다른 감각이 덧칠해지고 있었다. 여전히 아팠지만 윤의 사랑스러운 손길 때문인지 아릿한 달콤함이 섞이고 있었다.

소하는 그저 그의 어깨를 강하게 끌어안았다. 한계치까지 벌어진 다리 사이로 그가 움직였다. 저도 모르게 소하는 두 다리로 그의 허리를 감았다. 그저 그의 품에 그에게 좀 더 다가가고 싶었다.

"소하!"

자신의 이름을 달콤하게 부르는 그의 속삭임에 소하의 허리 안쪽이 강하게 수축하였다.

"오라버니!"

머리끝에서 시작한 열기가 척추를 타고 발끝까지 흘렀다. 그의 분신이 들락날락할 때마다 소하의 달뜬 호흡이 거칠어졌다. 저도 모르게 소하가 몸을 경련하며 그를 강하게 끌어안았다. 다시 아까와 같은 하얀 물결이었다. 다시 소하의 눈앞이 하얗게 변했다.

"우웃……!"

순간 윤이 억누른 듯한 신음 소리를 내며 소하의 몸 안에 파정하였다. 소하는 무엇인가 자신이 변했다는 것을 느끼며 자신을 삼켜 버리는 강렬한 쾌감 속에서 그만 혼절하고 말았다.

자신의 품 안에서 혼절해 버린 소하를 윤이 부드럽게 자신의 품 안으로 끌어안았다. 윤이 그녀의 정수리에 입을 맞추었다. 자신의 품 안에서 여인이 된 소하가 너무나 사랑스러웠다. 버거운 자신을 받아들이려 애를 쓰던 그녀가 기특했다. 미칠 듯이 폭주할 것 같았던 자신의 열정을 간신히 통제할 수 있었다.

소하를 원한다.

그 한 가지 감정만이 윤을 채웠다. 이제는 어떤 일이 있어도 절대 소하를 놓을 수가 없었다. 이 목숨을 내어놓는다 하더라도 소하를 지킬 것이었다. 이 세상에서 하나를 고르라면 윤은 소하 하나만을 선택할 것이었다. 이제는 절대 소하가 내민 손을 뿌리치지 않을 것이었다. 윤의 결심이 굳어졌다.

13. 평생을 걸고 원하는 단 한 가지

　방 안을 비추는 아침 햇살이 포근했다. 그러나 그보다 더욱 따뜻한 것이 소하를 감싸고 있었다. 자신을 강하게 끌어안고 있는 강인한 팔은 윤의 것이었다. 윤이 소하를 뒤에서 자신의 품에 포박하듯이 꼬옥 끌어안고 있었던 것이었다. 윤의 턱은 소하의 정수리에 닿아 있었고, 윤의 팔은 소하의 가슴과 배를 끌어안고 있었다. 그러나 무엇보다 소하의 하체와 윤의 하체가 닿아 있었다. 소하의 얼굴이 발갛게 달아올랐다. 하지만 윤이 주는 온기가 너무나 좋았다.

　드디어 소하는 은애하는 이의 품에서 여인이 되었다. 그동안 윤의 뒷모습만 바라보았다. 외사랑으로 애태웠다. 하지만 어제 자신에게 다가온 윤을 소하는 거부할 수 없었다. 오직 윤만이 전부였다. 소하가 깨어나 꼼지락거리는 것을 알았는지 갑자기 자신을 끌어안고 있던 윤의 팔에 힘이 들어갔다. 소하가 깜짝 놀라 움찔하고야 말았다.

"깨어나셨습니까?"

윤이 소하의 귀에 부드럽게 속삭이자 소하의 온몸이 붉어졌다. 차마 고개를 돌려 윤의 얼굴을 마주할 자신이 없었다. 망측하게도 소하와 윤은 둘 다 나신이었기 때문이었다. 소하 부끄러움에 그만 다시 잠든 척을 하고 싶을 지경이었다.

하지만 이미 윤은 소하가 깨어난 것을 알고 있었다. 사실은 소하가 눈을 뜨기도 전에 깨어나서 한참을 소하를 끌어안고 있었다. 소하가 깨어나는 기척에 부러 잠든 체하고 있었던 것이다. 하지만 품 안에서 바르작거리는 소하를 모른 체하기가 너무 힘이 들었다. 소하의 탐스러운 엉덩이가 윤을 계속 자극하고 있었던 것이다.

소하가 대답이 없이 굳어버리자 윤은 장난을 치고 싶어졌다. 그래서 소하의 귓불을 살짝 깨물고는 소하의 탐스러운 가슴을 부드럽게 애무했다.

"오라버니!"

깜짝 놀란 소하가 몸을 움찔하면 비명처럼 자신을 부르자 그제야 윤의 기분이 좋아졌다. 그러나 윤은 짓궂게도 계속 소하의 몸을 쓰다듬고 있었다.

처음에는 부드럽게 손바닥으로 가슴을 쓰다듬던 윤이 소하의 유실을 가볍게 손가락 사이에 끼우고는 살살 자극하기 시작한 것이었다. 게다가 윤의 다른 손은 발칙하게도 소하의 허리를 부드럽게 쓸고는 비부를 향해 내려갔다. 소하는 깜짝 놀라 몸을 움츠렸지만 윤의 손가락은 소하의 꽃잎을 부드럽게 덧그렸다. 손에 닿는 소하의 꽃잎이 부어 있는 것이 느껴졌다. 윤은 그것이 안쓰러워졌다.

"몸은 괜찮으십니까?"

윤이 소하의 귀에 뜨거운 입김을 불어 넣으며 나직하게 속삭였다. 소하는 자신을 자극하는 윤 때문에 얼른 대답을 할 수가 없었다. 윤의 말에 어젯밤이 생각나 소하의 온몸이 붉어졌다. 하초에서 느껴지는 아릿한 통증이 분명 낯설었다. 하지만 분명 그것은 윤이 준 것이었다. 부끄러웠지만 소하는 그 통증마저 달콤했다.

소하가 대답을 하지 않자 뒤에서 끌어안고 있던 윤이 소하의 몸을 부드럽게 돌려 자신을 바라보도록 했다. 윤은 소하의 얼굴을 보고 싶었다. 소하를 고쳐 안자 윤은 소하의 얼굴부터 목덜미까지 그리고 온몸이 붉게 물든 것을 알았다. 소하가 얼굴을 마주하기가 부끄러웠는지 윤의 가슴에 얼굴을 기대왔다. 가슴에 닿은 소하의 얼굴이 타는 듯이 뜨거웠다.

"부끄러우신 겁니까?"

윤이 짓궂게 물었다. 오늘 그러지 않아도 오라버니 얼굴을 마주하기가 민망해 죽겠는데, 자꾸만 자신을 놀리는 그였다. 그래서 소하는 윤을 책망하듯이 작은 손으로 윤의 가슴을 살짝 때렸다. 그리고는 볼멘소리로 중얼거렸다.

"오라버니, 너무하십니다."

그러자 윤이 소하를 다시 강하게 끌어안았다. 그의 체온이 따듯하게 소하를 감쌌다. 그리고 윤이 소하의 머리를 부드럽게 뒤로 넘겨주며 귓가에 나직하게 속삭였다. 이번에는 목소리에 묻어 있던 장난기는 사라지고 걱정스러운 음성이었다.

"어젯밤에는 많이 아프지 않으셨습니까?"

소하는 관능적인 윤의 목소리에 다시 온몸이 떨리는 것 같았다. 그의 목소리가 부드러운 비단처럼 소하의 온몸을 휘감았다. 그의 낮은 음성이 부드럽게 소하를 어루만지고 있었다.

"다 오라버니 때문입니다."

소하가 갑자기 삐죽한 목소리로 대답했다. 자신은 아직도 어젯밤의 여파로 하초가 아픈데 윤은 너무나 멀쩡해 보여 갑자기 얄미운 생각이 든 것이었다. 그리고 뭔가 억울한 생각이 들었다. 윤이 자신을 원하는 것은 기뻤지만 그를 받아들이기 위해 그런 고통을 겪어야 하는 것을 몰랐던 소하였다.

"하하하!"

소하는 너무나 즐겁게 웃는 윤의 웃음소리에 깜짝 놀라고 말았다. 소하는 윤이 이렇게 즐겁게 웃는 모습을 본 기억이 없었다. 그러나 오늘 윤의 웃음소리는 너무나 상쾌하였다. 그리고 그가 웃자 그의 몸의 진동이 고스란히 소하에게 전해졌다.

"공주마마!"

윤이 웃음을 머금은 목소리로 말하고는 소하의 턱 밑에 손을 넣어 얼굴을 들어 올렸다. 소하의 눈을 윤이 그윽한 눈빛으로 바라보고 있었다. 그러나 분명 그 시선은 아름다운 여인을 바라보는 남자의 시선이었다. 심해처럼 까만 그의 동공에는 여인이 된 자신이 들어 있었다. 소하는 그 눈빛에 빠져드는 기분이었다.

"하지만 죄송하다고는 하지 않겠습니다. 너무나 사랑스러운 마마를 사랑하지 않고는 참을 수가 없었으니까요."

진지한 윤의 말에 소하의 얼굴이 다시 달아올랐다. 무뚝뚝한 윤이 이런 말을 다 하다니, 소하의 마음속에서 기쁨이 피어나고 있었다.

"머리카락 한 올도, 땀방울까지도 너무나 사랑스러워 모두 가지고 싶었습니다. 누구에게도 주고 싶지 않았습니다."

윤의 고백에 소하의 심장이 두근거렸다. 윤이 두 손으로 소하의 얼굴을 부드럽게 감싸고는 이마에 부드럽게 입맞춤하였다. 그리고 소하의 감은 눈꺼풀에도, 오뚝한 콧날에도 깃털처럼 가볍게 입맞춤하였다. 마치 너무나 사랑스럽고 귀한 존재를 대하는 듯한 그의 태도에 소하는 너무나 감동하여 눈물을 흘렸다. 그러자 윤이 부드럽게 그 눈물을 닦아주었다.

"소하공주, 은애합니다!"

윤의 고백에 소하의 눈에서 다시 진주 같은 눈물이 흘러내렸다. 평생 은애한다는 말을 못 들을 줄 알았다. 그저 자신만이 그의 등을 하염없이 바라봐야만 하는 줄 알았다.

"흑, 오라버니!"

소하가 윤의 허리를 강하게 끌어안으며 눈물에 젖은 얼굴을 윤의 탄탄한 가슴에 기대었다. 한 품에 포옥 안기는 소하를 윤이 부드럽게 안아주었다. 윤은 세상을 다 얻은 것만 같았다.

그는 지금까지 바라는 것이 없었다. 언제라도 떠날 수 있는 사람처럼 모든 것에 애착을 갖지 않았다. 그래서 무엇인가를 원하지만 가지지 못하는 고통을 느껴본 일도 없었다. 하지만 소하를 향해 날아오는 화살을 보았을 때, 윤은 깨달았다. 소하가 없는 세상은 생각하고 싶지 않았다. 소하가 자신을 향해 웃어주지 않는 세상은 지옥이었다. 제 목숨을 버려서라도 소하를 지키고 싶었다.

소하를 원했다. 계속 윤의 마음속에서는 소하를 원해왔다. 그것을 억지로 봉인했었다. 그러나 이제는 그 마음을 억누를 수가 없었다. 아니, 억누르고 싶지 않았다. 이 세상에서 단 한 가지를 고르라면 윤은 주저 없이 소하를 고를 것이었다.

그러나 윤과 소하의 행복한 시간을 그리 오래가지 않았다. 두 연인이 서로의 마음을 확인하고 서로의 체온을 느끼고 있을 때였다.

"공주마마, 공주마마!"

방 바깥에서 들려오는 숨넘어갈 듯한 취옥의 목소리에 소하가 긴장했다.

"무슨 일이냐?"

"그것이…… 폐하, 폐하께서 건장궁에 납시셨습니다!"

"뭣이라?"

순간 소하의 눈앞이 새하얗게 변했다. 이른 아침부터 아바마마가 갑자기 건장궁에 드신다니, 소하는 혼이 나가는 듯한 기분이었다. 그제야 소하는 자신이 얼마나 엄청난 일을 저질렀는지 자각하였다. 화번공주로서의 임무를 수행해야 할 자신이 그것을 망각하고 만 것이었다. 아바마마가 다정하시지만 이런 일에는 엄격하기 그지없는 것을 아는 소하는 겁이 덜컥 나고 말았다.

"마마, 괜찮습니다! 진정하세요!"

윤이 놀란 소하를 가만히 끌어안았다. 윤의 침착함에 소하의 공포가 다소 누그러지는 것 같았다. 하지만 일단은 윤을 피신시켜야 했다. 현장에서 아바마마의 눈에 띄는 순간, 아무리 윤이라 해도 단순하게 끝날 일이 아니었다. 공주로서 책임을 다하지 못한 벌은 소하 본인만 받으면 된다. 은애하는 윤까지 위험에 빠뜨릴 수는 없었다.

"오라버니, 일단 어서 피하세요!"

소하가 부리나케 침상에서 윤을 끌어 내렸다. 그리고 주섬주섬 옷을 주워 윤에게 입히려 노력하였다.

"우선 피하세요. 아바마마는 제가 뵙겠습니다."

혼이 나가 두서없이 중얼거리는 소하의 얼굴을 윤이 커다란 두 손으로 포박하였다. 그리고 소하의 눈을 지그시 바라보았다.

"공주마마, 저는 피하지 않을 것입니다."

윤의 목소리가 확신에 차 있었다. 그리고 소하를 바라보는 윤의 눈빛이 확고했다.

"제가 폐하를 뵙겠습니다. 공주마마는 아무 걱정도 마세요!"

"하지만, 오라버니!"

"괜찮습니다. 마마를 탐한 것은 저였습니다. 마마는 그저 저의 위력을 당해내지 못한 것입니다. 벌은 모두 제가 받겠습니다."

"하지만……."

소하가 울먹였다. 윤의 확고한 말이 너무나 기뻤다. 하지만 소하는 동시에 두려웠다. 이번에는 단순히 마감에 명해지는 것으로 마무리될 사안이 아니었다. 소하는 다짐했다. 윤을 지킬 수 있다면 어떠한 고통도 감내해 낼 수 있었다.

"오라버니, 안 돼요! 제가 아바마마에게 용서를 청하겠습니다. 그러니 일단은 지금은 자리를 피하세요. 제발!"

울먹이는 소하를 윤이 자신의 가슴으로 끌어당겨 안았다. 그리고 진정하라는 듯이 소하의 등을 쓰다듬었다.

"괜찮습니다! 공주마마, 폐하께서 벌을 내리신다면 기꺼이 받겠습니다. 마마를 은애하는 이 마음을 소중히 여기겠습니다."

그리고 윤은 소하의 정수리에 입을 맞추었다. 어떠한 일이 닥치더라도 윤은 소하를 은애하는 자신의 마음을 감추고 싶지 않았다.

"마마, 시간이 없습니다. 곧 폐하께서 당도하실 것입니다."

방 바깥에서 취옥이 긴급하게 속삭였다. 두 사람은 그제야 허겁지겁 옷을 입었다. 옷매무새를 미처 가다듬기도 전에 한서제의 등장을 알리는 내관의 목소리가 들려왔다.

"폐하 납시옵니다!"

방문이 열리자 윤이 소하를 제 커다란 등 뒤에 숨기고 있었다. 마치 어린 새를 보호하는 어미 새처럼 윤의 표정이 결연했다. 어젯밤 황후에게 윤이 건장궁에 있는 소하에게 향했다는 말을 듣고는 부러 새벽부터 서두른 걸음이었다. 예전에 흉노족의 본거지인 휴도를 때 이른 이월에 급습하였던 것처럼 미처 윤과 소하가 정신을 차리기도 전이었다.

"폐하!"

윤이 한서제를 보고 바로 무릎을 꿇었다. 그러자 뒤에 서 있던 소하도 자신도 모르게 무릎을 꿇었다.

"아바마마, 용서해 주십시오!"

소하의 얼굴은 여자가 되어 있었다. 공포로 굳은 얼굴이었으나 소하의 얼굴에서 사랑받는 여인의 광채가 솟아났다. 그 얼굴이 사호에서 초야를 보낸 다음 날 황후의 얼굴처럼 어여뻤다. 예전의 추억으로 빠져드는 생각을 얼른 다잡고 한서제는 엄한 표정을 지었다.

"공주, 뭐를 용서해 달라는 것인가?"

한서제의 낮고 조용한 음성에 소하의 심장은 오그라드는 기분이었다.

"제가, 화번공주로서의 임무를 저버리고 오라버니와 밤을 보냈습니다."

소하의 직설적인 언급에 뒤에 서 있던 취옥과 내관들이 '헉' 하고 숨을 들이켰다. 소하의 말에 한서제는 속으로 혀를 찼다.

'어찌 저리 융통성이 없고 직설적인 것인지?'

"공주는 지금 짐에게 황명을 어겼다고 고백하고 있는 것이냐?"

한서제의 냉랭한 음성에 모두 긴장하고 말았다.

"아바마마, 오라버니에게는 아무런 잘못이 없습니다. 제가 은애하는 마음으로 오라버니에게 애원을 했습니다. 벌을 내리시려거든 제게 내려주십시오!"

소하의 필사적인 목소리였다. 그러나 곧 윤이 소하를 제 품으로 숨기듯이 끌어안으며 고했다.

"폐하, 죽을죄를 지었나이다! 제가 삿된 마음으로 공주마마를 탐하였습니다. 공주마마는 끝까지 저항하셨으나 제가 위력으로…… 공주를 취한 것이니, 저를 벌하소서."

한서제는 윤의 말을 들으며 '두 연인이 어찌나 똑같은지' 하며 고개를 저었다. 20년 가까이 윤을 봐온 한서제였다. 윤이 삿된 마음에 위력으로 공주를 탐했을 리 없다는 것을 누구보다 잘 아는 그였다. 하지만 한서제는 확인하고 싶었다. 윤이 제가 가진 굴레를 벗고 진정으로 무엇보다 공주를 원하는지, 그것은 아비 된 자의 욕심이자 바람이었다. 요양을 마치고 장안에 돌아온 윤은 그 모든 권력과 재물도 마다하고 단 한 가지를 청했었다. 바로 소하를 곁에서 지키고 싶다는 소망이었다.

"소하공주는 일단 비연각으로 돌아가라! 내 공주에 대한 처벌은 추후에 내릴 것이다."

한서제의 선언에 윤의 심장이 툭 떨어졌다. 결국 자신이 욕망을 제어하지 못했던 사유로, 소하공주가 벌을 받게 되었다. 이 죄를 어찌하는지!

"아바마마, 아닙니다. 제가, 제가 오라버니에게 오손국으로 떠나기 전에 저를 여인으로 안아달라 애원하였습니다. 그러니 벌은 제게만 내려주십시오."

소하가 울먹였다.

"듣기 싫다! 취옥, 어서 공주를 비연각으로 모셔라!"

한서제의 노한 음성에 취옥이 화급히 무릎을 꿇은 소하를 일으

컸다.

"아바마마!"

소하가 애타게 한서제를 불렀으나 여러 궁인들의 힘을 당해낼 수는 없었다. 소하는 결국 취옥과 궁인의 손에 이끌려 방을 나설 수밖에 없었다.

"폐하, 죽여주시옵소서. 그 모든 과오는 제게 있습니다. 제가…… 제가 공주마마를 탐한 나머지 정결한 마마를 범하였나이다. 공주마마께는 어떠한 죄도 없습니다. 있다면 연약한 여성으로 태어나 무지막지한 신의 힘에 저항하지 못했던 것뿐입니다."

윤이 간절하게 간청하였다. 소하를 보호해야만 했다. 윤은 욕망을 제어하지 못했던 제 자신을 저주했다. 아름답고 순결한 소하공주를 원했다. 그것은 모든 것을 걸어서라도 윤이 가지고 싶었던 단 하나의 욕망이자 희망이었다.

"너는 그저 공주를 육욕으로 탐한 것이었더냐?"

한서제의 음성에 노기가 섞였다. 자신의 은애하는 마음을 쉬이 인정하지 않으려는 윤에게 부아가 치밀었다. 그리고 저렇게 융통성 없는 윤을 눈에 넣어도 아프지 않을 소하가 더 은애하고 있는 것 같아 화가 치밀었다. 어찌 어미나 딸이 똑같은지, 한번 내준 마음을 거두는 법을 몰랐다. 제 목숨을 버릴지라도…….

"폐하! 소하공주마마는 저의 심장입니다. 마마가 없으면 더 이상 숨을 쉴 수가 없습니다. 소하공주마마를 잃느니 차라리 제 목숨을 거두어주십시오. 제 평생을 걸고 원하는 단 한 가지가 바로 공주마마이십니다."

윤의 음성이 확신에 차 있었다. 그제야 냉랭한 한서제의 얼굴에 설핏 미소가 떠올랐다. 하지만 고개를 숙이고 있던 윤은 미처 그 얼굴을 보지 못했다. 한서제는 윤의 절절한 고백에 그제야 마음을 놓았다. 한번 마음에 담으면 절대 놓지 않을 윤이었다. 그 곧은 마음은 절대로 흔들리지 않았다. 제 목숨을 버려서라도 소하를 지킬 것이었다. 그 성정을 알기에 일찌감치 사위로 점찍었다.

하지만 윤은 자신의 처지 때문인지 한사코 소하에 대한 그 마음을 드러내지 않았다. 하지만 진중하고 마음을 드러내지 않는 윤이 저리 절절하게 애정을 고백하다니, 한서제는 한편으로 놀려주고 싶은 심정이었다.

"너에게 주었던 세 번의 구명 기회를 기억하느냐?"

한서제의 냉랭한 음성에 윤은 목덜미가 선뜩해졌다. 중원을 호령하는 황제로 이미 보위에 오른 지 30년이 지난 황제였다. 황제는 허튼 말을 하지 않는다. 그의 말은 곧 법이요, 실행을 의미하였다.

"오늘 너는 그중 한 번을 썼다."

"폐하!"

"소하는 오늘부터 더 이상 공주가 아닌 귀공의 번비(藩妃, 지방을 다스리는 제후의 안사람)가 될 것이다!"

윤이 고개를 번쩍 들었다. 믿을 수 없는 한서제의 말에 윤은 자신의 귀를 의심하였다. 한서제가 오손국과의 약속을 어기면서까지 저러한 결정을 내리다니, 상상할 수 없었다. 공과 사가 명확하고 절대 예외를 두지 않는 한서제였다. 그런 그가 지금 소하를 윤과 혼인시키겠다니, 윤은 어리둥절했다.

"자네가 공주를 데려가지 않으면 그 아이가 죽을 지경이네. 아비가 되어 내 딸을 상사병으로 죽게 둘 수야 없지. 자네가 소하를 데려가지 않으면 내 딸을 죽게 한 것으로 이미 자네는 죽은 목숨이네!"

그제야 윤은 한서제가 세 번 중 한 번의 목숨을 썼다는 의미를 이해하였다. 그의 넓은 아량에 윤은 머리를 조아렸다.

"폐하!"

"아끼도록 하라! 누구보다 아름답고 올곧은 아이다. 제 어미를 닮아 한번 내어준 마음을 거둘 줄 모른다. 그 마음을 귀히 여기고 사랑하여라!"

"제 목숨이 다하는 날까지, 아니, 죽어서도 공주마마를 은애하겠습니다. 이미 마마와 저는 한 몸입니다!"

윤의 확신에 찬 말에 한서제가 빙긋이 미소를 지었다.

"짐은 귀공을 하투 지역의 투후로 명한다. 내년 3월에 예정대로 소하공주와 함께 떠나도록 하라!"

한서제의 황명에 윤의 어안이 벙벙해졌다. 하투라면 흉노가 다스리던 휴도(休屠) 지역이었다. 그토록 그리워했던 자신의 고향인 초원이었다.

"폐하!"

윤은 한서제의 처분에 어안이 벙벙해졌다.

"소하공주에게 그동안 초원의 풍습이나 승마를 가르쳤던 사유가 그것이었다. 장안에서 귀하게 자란 공주다 보니 그 거친 곳에 잘 적응할 수 있을지 걱정이 되었지만 생각보다 아주 잘 적응하더군. 하지만 당분간은 공주에게 이 일은 비밀로 해두라."

"폐하, 성은이 망극하옵니다!"

윤은 한서제와 황후의 넓은 아량에 몸 둘 바를 몰랐다. 결국 두 분은 자신을 위해서 소하와 자신의 애정이 얼마나 단단한지 보고 있었던 것이다.

"내 그동안 귀공이 우리 귀한 공주의 속을 태운 것으로 생각하면 참으로 속이 상하는구나!"

"폐하, 황공하옵니다!"

"하지만 짐을 가장 약하게 만드는 두 여인을 어찌 당해내겠는가?"

한서제의 목소리가 난감하지만 행복함으로 가득했다.

"폐하, 이 은혜를 모두 어찌 갚으오리까?"

윤의 눈에서 굵은 눈물이 쏟아졌다.

"아끼도록 하라. 죽을 때까지 소하공주를 평생의 반려로 사랑하라! 그것이 짐과 황후에게 은혜를 갚는 일이다."

윤이 머리를 조아렸다.

"일단 집으로 돌아가 기다리고 있으라. 공식적인 황명은 따로 내리도록 하겠다."

"알겠습니다. 폐하!"

윤은 인사를 하고는 건장궁에서 물러났다. 그 모습을 바라보며 한서제는 웃었다. 그리고는 한서제도 제 심장을 지닌 황후에게로 즐겁게 발걸음을 옮겼다. 아침부터 득달같이 건장궁으로 걸음을 옮긴 것은 현장을 잡기 위해서였다. 현장을 잡으면 제아무리 윤이라 할지라도 마음을 털어놓으리라 생각하였다. 이 기쁜 소식을 전해주면 황후가 나긋해지리라 생각하니 저절로 한서제의 입술에 호가 그려졌다. 소하도 저리 제짝을 찾아 떠나니 아무래도 막내딸을 봐야겠다고 마음먹은 한서제였다.

비연각으로 돌아온 소하는 노심초사하고 있었다. 현장에서 아바마마에게 발각되었으니 변명의 여지가 없었다. 아바마마가 한 번 화를 내시면 얼마나 무서운지 아는 소하는 조마조마했다. 윤이 황실과의 혼사 파기에 대한 죄를 용서받은 지 얼마 되지도 않았다. 그런데 이번 일은 아무래도 쉽게 넘어갈 일은 아니었다. 소하는 윤의 안위가 걱정되어 미칠 지경이었다.

"취옥, 어마마마께 가보자!"

소하가 취옥을 채근하여 미단궁으로 발걸음을 옮겼다. 떨어진 낙엽들이 미단궁을 가득 채우고 있었다. 발밑에서 바스락거리는 낙엽 소리가 소하를 긴장시켰다. 소하는 애써 마음을 진정시키며 어마마마에게로 걸음을 옮겼다.

"황후마마, 공주마마 듭시옵니다."

내관의 음성에 차를 내리던 황후가 살짝 미소를 지었다. 새벽부터 건장궁으로 한서제가 나간 이후 황후는 언제쯤 소하가 자신을 찾을까 기다리고 있었던 참이었다. 마치 급습이라도 하듯이 기세등등하게 나간 한서제 때문에 분명 윤도 공주도 혼비백산하였을 것이다. 가끔 한서제는 이리 짓궂은 행동을 할 때가 있었다.

"어마마마!"

안으로 들어오는 공주를 차를 마시던 황후가 고개를 들어 바라보았다. 공주는 근심에 찬 얼굴이었으나 사랑받는 여인의 향기가 흘러넘쳤다. 눈빛이 반짝거리고, 붉은 입술이 꽃처럼 아름다웠다. 옷깃 사이로 살짝 드러난 순흔 자국은 황후가 눈치껏 모른 척해주었다. 황후도 한서제와 초야를 보내고 순흔을 가리느라 퍽이나 고생했던 생각이 났다.

'남자들은 왜 저리 자신들의 흔적을 남기려고 하는지, 하지만 윤이 확실하게 마음을 표현한 모양이구나!'

황후는 속으로 미소 지었다. 그러나 겉으로는 침착한 표정으로 소하를 맞이하였다.

"아침부터 왜 이리 소란스러우십니까?"

침착한 황후의 목소리에는 나직하지만 거역할 수 없는 힘이 있었다. 소하가 조용히 자리에 앉았다.

"어마마마!"

소하가 사정을 고하려 하자, 황후가 찻잔을 내밀었다.

"공주, 일단 차를 좀 드시고 진정하세요."

소하는 지금 아무런 생각도 나지 않았다. 그런데 한가롭게 차를 권하는 어마마마가 원망스러웠다. 하지만 이럴 때 절대 황후를 거역할 수는 없다. 온화한 황후지만 한번 화를 내면 아바마마도 꼼짝 못하기 때문이었다. 아바마마의 노여움을 풀 수 있는 사람은 어마마마뿐이었다. 할 수 없이 소하는 잔을 들어 차를 마셨다.

그제야 소하는 자신의 몸이 상당히 불편함을 알았다. 아직 초야의 아픔이 남아 있어 하초가 아릿했다. 그러나 아침부터 들이닥친 아바마마 때문에 혼이 나가고 또 윤을 걱정하느라 소하는 미처 자신을 챙길 사이가 없었다. 지금 조용히 차를 드니 긴장이 다소 풀리면서 아릿한 하초가 진정되는 기분이었다.

"무슨 일입니까?"

"어마마마! 제발 윤 오라버니를 살려주세요!"

"그게 무슨 일입니까? 장군님을 갑자기 살려달라니요?"

황후의 질문에 소하의 볼이 발그레하게 물들었다.

"그것이, 어젯밤에 오라버니와 밤을 보냈습니다. 그런데 아침에 아바마마께서 건장궁으로 드시어……."

소하는 미처 말을 끝맺지 못하였다.

"그 이야기는 지금 공주께서 화번공주로서 지켜야 하실 임무를 망각하고 잘못을 저질렀다는 뜻입니까?"

황후의 말이 냉정했다. 소하의 심장이 툭 떨어졌다.

"어마마마! 제가 오라버니를 유혹하였습니다. 모든 잘못은 제게 있으니 제발 오라버니를 벌하지 말아주세요!"

소하가 간절하게 애원하였다.

"그것은 폐하께서 결정하실 일입니다. 장군님 또한 도리에 어긋나는 일을 하였다면 그에 합당한 벌을 받아야겠지요."

"어마마마!"

소하의 얼굴이 공포로 굳어졌다.

"공주께서는 자신의 마음만을 계속 장군님에게 강요하고 있지 않으셨습니까? 공주를 어렸을 때부터 보아온 장군님이 갑자기 공주를 여인으로 대하기가 그리 간단하지는 않았을 것입니다. 게다가 장군님은 흉노에서 귀화한 외부인입니다. 아무리 폐하의 총애를 받고 있다고 하나 부마의 위치는 그리 쉬운 것이 아닙니다. 그런 장군께서 공주의 마음을 쉽게 받아들이실 수 있었겠습니까?"

"알고 있습니다."

소하는 어젯밤 윤의 고백을 떠올리며 무겁게 대답하였다. 윤도 어제 같은 말을 했었다. 자신을 태어났을 때부터 봐온 윤이었다. 그런 윤에게 소하가 은애한다고 고백한다 해도 그녀를 갑자기 여인으로 받아들이기는 쉽지 않았을 것이었다. 소하는 그동안 윤의 입장을 제대로 헤아리지 못했던 자신이 한심했다.

"그런데 이제 장군님을 유혹하여 황명까지 어기게 만들었으니 이 일을 어찌하시겠습니까?"

황후는 일부러 냉정하게 말했다. 은애하는 마음이 일방적이어서는 아니 되었다. 또한 상대방을 배려하지 않는 것은 위험했다. 황후는 공주의 열정을 알고 있었으나 상대방의 입장도 고려할 수 있는 그런 사려 깊은 여인이 되었으면 했다.

"어마마마! 저도 압니다. 그동안 제가 오라버니의 입장을 고려하지 않고 제 감정만 밀어붙인 것을요. 하지만 제가 오라버니를 은애하는 마음만은 결코 가벼운 것이 아닙니다. 제발 오라버니를 벌하지 말아주세요!"

"공주가 저지른 일은 공주 스스로 벌을 받든, 책임을 지십시오! 일국의 공주라는 자리는 그저 누리기만 하면 되는 자리가 아닙니다. 백성을 위해서 책임을 지는 것이 진정한 공주가 해야 할 일입

니다."

엄한 어마마마의 말씀에 소하는 그제야 지금껏 자신이 공주로서의 책임보다는 어리광만 부리고 있었다는 것을 깨달았다.

"알겠습니다. 어마마마!"

소하공주의 말에 황후가 살며시 손을 들어 소하의 손을 감싸 쥐었다.

"공주, 그 마음을 아바마마에게 잘 말씀드리세요."

"흑, 어마마마!"

황후가 소하를 부드럽게 안아주었다. 소하는 엄하지만 따듯한 황후의 품에서 참았던 눈물을 쏟았다. 어마마마의 말씀이 맞았지만 소하는 윤을 은애하는 마음을 억누를 수 없었다. 이제 겨우 윤도 그동안 외면하기만 하다 마음을 고백한 참인데, 이 일을 어찌해야 할지 소하는 서럽기 그지없었다.

"공주 곁에는 항상 제가 있습니다."

황후의 따듯한 음성이 소하를 위로했다. 그 품에서 소하는 자신이 잘못한 일은 자신이 책임을 지겠다 다짐하였다. 그렇게 조금씩 소하는 성숙한 여인이 되어가고 있었다.

14. 해야 하는 것과 하고 싶은 것

동짓달이 되어 장안에는 서리가 내렸다. 건장궁의 후원에도 서리꽃이 아름답게 피어났다. 소하공주는 이제부터 건장궁에 머물며 오손국으로 떠나는 준비를 하게 되었다. 오늘은 오후에 윤과 첫 번째 승마 수업이 있는 날이었다. 한서제의 명으로 윤은 소하의 사부 역할은 계속 수행하게 되었다. 남복을 하고 나니 소하의 모습이 미소년처럼 보였다. 취옥이 소하의 머리를 올려 묶어주었다. 거울을 바라보던 소하는 자신도 모르게 한숨을 쉬었다.

그날 미단궁에 납신 아바마마에게 소하는 자신의 잘못을 고하고 윤을 사랑하는 마음을 전하였다. 대신 윤에게는 잘못이 없으니 벌은 내리지 말아달라 애원하였다.

"정히 사정이 그러하다면, 내 윤에게는 따로 벌을 내리지 않겠다. 하지만 오손국에 화번공주로 시집가기로 했던 공주의 책임을 완수하라! 공주가 약속을 지키지 않을 시, 짐은 윤을 죽음으로 벌하겠다!"

한서제의 말에 한숨이 놓이면서도 소하의 마음은 공포로 졸아들었다. 자신의 손에 윤의 목숨이 달려 있는 것이었다. 그래도 최소한 윤에게는 벌이 내려지지 않는다는 것으로 간신히 위안했다. 그러나 이제 곧 오손국으로 떠날 생각을 하니 하염없이 슬퍼지기 시작했다. 겨우 윤의 마음을 확인한 터에 다시 돌아올 수 없는 먼 길을 떠나야 하다니!

이전에는 자신의 마음만 접으면 될 줄 알았다. 하지만 이제 윤도 자신을 은애한다는 것을 알게 되자 오손국으로 윤을 두고 떠나야 하는 일이 죽음보다 막막했다. 하지만 윤을 위해서는 해야 할 일이었다. 소하는 약해지려는 마음을 애써 다잡았다.

"준비가 다 되었습니다."

취옥의 말에 소하는 생각에서 빠져나왔다.

"알았다."

소하의 목소리가 무거웠다. 소하가 후원에 당도하니 이미 윤이 대기하고 있었다.

"공주마마, 강령하셨습니까?"

윤이 평소처럼 인사를 하였다. 건장궁에서 같이 밤을 보낸 이후 근 열흘 만이었다. 다행히 오라버니의 목소리나 행동은 평온했고, 매우 건강해 보였다. 하지만 윤의 인사에 대답을 하려던 소하는 초야를 보낸 이후 오늘 윤의 얼굴을 처음 본다는 데 생각이 미쳤다. 갑자기 수줍은 마음에 소하의 얼굴이 발그레하게 달아올랐다.

"네."

소하의 대답이 짧았다. 윤은 소하의 얼굴이 도홧빛으로 물들어 있는 것을 알았다. 분명 소하는 자신의 얼굴을 대하기가 수줍은 것이리라. 항상 선머슴 같았던 소하가 오늘은 달라 보였다.

한서제는 당분간 반성하라는 의미로 소하에게는 혼인을 허락받은 일을 비밀로 하라 일렀다. 그리고 오손국으로 소하가 가지 않으면 자신을 죽음으로 벌하겠다 말했다는 것도 들었다. 그것을 아는지라 윤은 속으로 미소 지었다. 진실을 말해주면 소하의 얼굴이 별처럼 밝아질 것이었다. 하지만 윤도 당분간은 반성하는 의미로 함께 함구를 명받은지라 일단은 침묵을 지켜야 했다.

그러나 윤은 소하를 보자마자 자신의 심장박동이 거세게 뛰고 있음을 알았다. 지난 열흘 내내, 아름다운 소하의 꿈을 꾸었다. 자신의 품속에서 여자로 피어난 소하를 미치도록 보고 싶었다. 어찌 그동안 소하를 그리 외면할 수 있었는지 자신이 신기할 지경이었다.

"일단 말에 올라 잠시 짧은 구보를 해보겠습니다."

윤의 말에 마감(馬監)이 얼른 말을 소하공주 앞으로 대령하였다. 소하가 가볍게 말에 올라 균형을 잡았다. 소하의 몸놀림이 예전 황후마마를 보는 것 같았다. 황후마마 또한 말을 타는 모습이 그림처럼 아름다웠다. 게다가 소하는 폐하를 닮아서 그런지 말을 타는 자세가 아주 좋았다.

하투 지역에서 살기 위해서는 말과 친해져야만 했다. 초원을 따라 이동하는 유목민의 삶이기 때문이었다. 물론 여인들은 남자만큼 말을 타지는 않았지만, 윤은 소하가 자신처럼 말을 잘 다루기를 바랐다.

"이제 고삐를 잡고 가볍게 구보해 보십시오!"

윤의 말에 마감이 고삐를 소하에게 넘겼다. 그리고는 윤이 눈짓하자 신속하게 물러났다. 후원에는 이제 윤과 소하뿐이었다. 고삐를 잡은 소하는 상당히 능숙하게 말을 다루었다. 저 정도 실력이라면 평지에서는 가벼운 달리기도 가능해 보였다. 잠시 걸어갔던 소하가 다시 말머리를 돌려 윤이 있던 자리로 돌아왔다.

"어떻습니까, 사부님?"

소하의 질문에 윤은 가볍게 고개를 끄덕였다. 그러나 깍듯하게 자신을 사부로만 대하려는 소하에게 서운했다. 자신을 밀어내려는 것 같아서 속이 상했다. 이것을 몇 년이나 견뎌왔을 소하의 마음을 생각하자 윤은 마음이 쓰라렸다. 아무래도 그동안 소하의 마음을 아프게 했던 것은 살면서 두고두고 갚아야 할 것이었다.

"이제 달리기도 가능하시겠습니까?"

윤의 질문에 소하가 고개를 끄덕였다.

"가능할 것 같습니다만, 자신은 없습니다."

소하의 말이 떨어지자마자 갑자기 윤이 훌쩍 소하의 뒤로 올라탔다. 예상치 못한 윤의 행동에 소하가 깜짝 놀랐는지 몸을 움찔했다.

"이것이 가장 빠른 방법입니다."

윤의 심상한 말에 소하는 고개를 끄덕였다. 그러나 자신의 등 뒤에 앉은 윤이 팔을 내밀어 오른손으로 고삐를 쥐고, 다른 손으로 소하의 허리를 가볍게 끌어안자 소하의 몸이 움찔했다. 마치 윤의 품에 포옥 안긴 기분이었다. 그러나 말을 통제하고 균형을 잡기 위해서는 당연한 자세임에도 소하의 얼굴이 저도 모르게 붉어졌다. 윤에게서 풍기는 죽향과도 같은 체향이 너무나 좋았다. 그리고 자신의 다리에 닿은 윤의 탄탄한 허벅지가 고스란히 느껴졌다.

"이랴!"

윤의 구령에 말에 달리기 시작했다. 소하의 몸이 뒤로 젖혀지자 윤이 시야를 확보하려는 듯이 소하의 오른쪽 어깨 쪽으로 고개를 내밀었다. 윤의 볼이 소하의 볼에 닿을 듯이 가까웠다. 그리고 소하의 등 뒤로 닿은 윤의 탄탄한 가슴 근육과 따듯한 체온이 그대로 느껴졌다.

"무섭지 않으시면 조금 더 속도를 올리겠습니다."

윤의 따듯한 입김이 소하의 귀에 닿았다. 간지러운 감각에 소하는 어깨를 움츠리고 싶었다. 그의 품에 안긴 자세로 있자니 소하는 더 이상 이성적인 사고를 할 수 없었다. 궁원으로 지어진 건장궁의 후원은 상당히 넓어 크게 외곽을 한 번 돌자면 상당히 시간이 걸렸다. 동짓달의 바람이 차가웠지만 볼이 발그레 달아오른 소하는 오히려 그 바람이 시원하게 느껴질 정도였다. 그리고 가슴이 탁 트이는 기분이었다.

'오라버니와 초원을 이렇게 달릴 수 있다면 얼마나 좋을까?'

소하는 오래된 소망을 떠올렸다. 하지만 소하는 애써 그 소망을 머릿속에서 밀어내고 승마에 집중하였다. 그런데 어째 점점 윤의 손이 차츰차츰 위로 올라오고 있는 기분이었다. 배를 감싸고 있던 윤의 강건한 손이 빠른 속도에 위치가 바뀐 것이라 생각했다. 하지만 윤의 손이 어느새 옆구리에서 가슴 바로 아래쪽까지 올라와 있었다.

'어쩌지?'

저도 모르게 소하는 자신의 가슴을 탐하던 윤의 강인한 손을 떠올렸다. 그의 손이 자신의 가슴을 부드럽게 만져 주었을 때 짜릿한 감각이 온몸을 휘감았다. 소하는 승마에 집중하지 못하고 음란한 생각을 하는 자신을 애써 나무랐다. 하지만 왠지 윤의 호흡도 거칠어진 것 같았다. 등 뒤에서 느껴지는 윤의 힘찬 근육이 소하를 자극하고 있었다.

'이러다가는 음란한 소리를 낼 것만 같아!'

소하는 어찌할 바를 몰랐다. 계속 윤의 체온을 느끼고 싶기도 하고 자신의 몸이 일으키는 반응을 들킬까 싶어 얼른 끝내고 싶기도 하고 소하는 갈등하고 있었다. 소하의 귓불에 닿는 윤의 입김이 뜨거웠다.

소하의 달콤한 체향이 향긋하게 윤의 코끝을 감쌌다. 자신의 품 안에 쏙 들어오는 소하였다. 사실 옆에서 함께 말을 타며 고삐를 잡고 끌어주어도 되었다. 하지만 부러 소하의 등 뒤에서 고삐를 잡았다. 움찔 놀라는 소하의 움직임이 고스란히 느껴졌다. 한 손에 들어오는 가느다란 허리와 뺨에 닿은 소하의 보드라운 피부가 미치도록 달콤했다.

속도를 올리자 소하의 몸이 쏟아질 듯 자신에게로 기울었다. 자신의 가슴에 닿은 소하의 등이 긴장하고 있는 것이 느껴졌다. 윤이 부러 소하를 자신 쪽으로 더욱 끌어당겨 안았다. 그녀와 함께 말을 타고 달리니 마치 초원에라도 돌아온 것처럼 상쾌해졌다.

곤명지에서 함께 초원에 가보고 싶다던 소하의 목소리가 떠올랐다. 그 달콤한 상상에 윤의 마음이 술렁거렸다. 그리고 점점 윤은 자신의 호흡이 거칠어지고 있는 것을 알았다. 저도 모르게 자신의 손이 소하의 가슴 쪽으로 움직였다.

자신의 손안에 다 잡히지 않을 만큼 풍만하고 뽀얗고 아름다운 소하의 가슴을 떠올리자 윤은 자신의 하체에 피가 몰리는 기분이었다. 소하를 그저 제 품에 안고 싶었다. 그리고 까만 소하의 정수리에 입 맞추고 싶었고, 소하의 달콤한 목덜미를 마음껏 탐하고 싶었다. 이것은 정말 달콤한 고문이었다. 저도 모르게 호흡이 거칠어지자 윤은 말을 멈추었다.

"오늘 훈련은 여기까지 하시지요!"

간신히 평범한 목소리를 낼 수 있었다. 윤의 얼굴도 초겨울 바람에도 불구하고 열이 올라 화끈거렸다. 훌쩍 말에서 뛰어내린 윤이 소하를 도와주려 미처 손을 내밀기도 전에 소하가 급히 아래로 내려오고 있었다. 급하게 서둘다 보니 소하가 균형을 잃고 비틀거렸다. 소하가 말에서 윤 쪽으로 쓰러질 듯했다. 급하게 윤이 소하를 부축하려고 손을 내밀었다.

"마마, 조심하십시오!"

소하는 순간 자신의 가슴에 닿은 윤의 손에 몸을 움츠렸다. 이것은 순전히 사고였다. 달아오른 얼굴을 윤에게 보여주기 싫어 급하게 내리려다 보니 균형을 잃었다. 윤의 가슴 쪽으로 쓰러지는 소하를 부축하다 보니 자연스레 가슴에 손이 닿은 것이다.

두툼한 옷 위로 닿은 윤의 손길에도 소하의 가슴이 딱딱하게 굳어버렸다. 그리고 등 뒤로 느껴지는 그의 탄탄한 가슴근육이 좋았다. 잠시 서로 놀란 두 사람이 그렇게 굳어버렸다. 그러나 곧 윤의 강건한 손이 옷 위로 부풀어 오른 소하의 가슴을 부드럽게 쓰다듬었다.

"하앗!"

소하는 저도 모르게 흘러나오는 신음에 놀랐다. 그러나 옷 위로 닿은 그의 손이 미치도록 그리웠다. 소하는 그가 자신의 맨살을 만져 주었으면 했다. 가볍게 소하의 가슴을 어루만지던 윤의 손이 옷깃 사이로 파고들었다. 자신의 뜨거운 가슴에 닿은 윤의 손길이 차가웠으나 이내 곧 열기를 띠기 시작했다. 소하는 자신의 유실이 윤의 손길에 꼿꼿하게 서는 것을 알았다. 윤의 손가락이 가볍게 유실을 집고 빙글빙글 돌렸다.

"아아…… 앗……!"

저도 모르게 소하의 입에서 달콤한 신음이 흘러나왔다. 윤의 손가락에 희롱당한 유실이 단단해지는 것이 느껴졌다. 어느새 들어온 다른 손이 다른 쪽 유실을 집자 소하가 몸을 활처럼 휘며 윤의 가슴에 머리를 대고 흔들었다. 지금 이곳이 바깥이라는 것도 밝은 낮이라는 것도 아무것도 생각할 수 없었다. 자극으로 단단해진 유실을 윤이 확인하듯 손가락으로 강하게 조이자 소하가 그만 움찔하고 말았다.

"오라버니!"

저도 모르게 오라버니라 부르고 말았다. 그러자 윤의 손길이 더욱 거세어졌다. 그리고 점차 윤의 손이 배를 타고 내려가 가느다란 소하의 옆구리를 쓰다듬었다. 잠시 부드러운 허리를 쓰다듬던 윤의 손길이 고(바지) 안쪽으로 파고들었다. 그리고 부드럽게 소하의 체모를 쓰다듬은 손가락이 이미 애액으로 흥건한 꽃잎을 부드럽게 덧그렸다.

윤의 뜨거운 입술이 하얀 소하의 목덜미에 닿았다. 타는 듯이 뜨거운 그의 입술이 목덜미를 쓰다듬고 동시에 윤의 손이 소하의 꽃잎을 강하게 아래위로 문질렀다. 자신의 가슴을 자극하는 그의 손과 동시에 비부를 강하게 만지는 그의 손길에 소하는 거미줄에 걸린 듯 꼼짝할 수 없었다. 그저 윤이 선사하는 감각에 속수무책으로 빠져들었다. 그의 손가락이 붉게 솟아오른 진주를 가볍게 스치자 소하가 몸을 움찔했다.

"오라버니, 아읏, 싫어!"

너무나 강한 쾌감에 소하가 울먹였다. 그러나 윤의 손은 가차 없이 소하의 진주를 자극하였고 이내 윤의 기다란 중지가 소하의 꽃잎 사이로 파고들었다.

"헉, 그만!"

소하가 윤의 가슴에 머리를 기대고 몸을 강하게 경련하였다. 자신의 손가락 하나에도 소하는 아직 버거워했지만 이내 소하의 내부가 강하게 손가락을 조여왔다. 윤은 자신의 품 안에서 달뜬 신음을 지르는 소하의 목덜미를 물어뜯고 싶어졌다. 이 거친 야성을 윤도 어쩔 수가 없었다.

"아, 그만! 하아!

소하가 절정에 다다라 교성을 지르며 윤의 품 안에서 몸을 축 늘어뜨렸다. 바닥으로 쓰러지려는 소하를 윤이 가볍게 안아 올렸다. 네 살 소하를 안았을 때처럼 소하가 머리를 윤의 어깨에 기대 왔다. 아직 충족되지 않은 열정으로 윤의 몸이 아파왔다. 하지만 윤은 그저 소하의 정수리에 부드러운 입술을 대고 소하를 가볍게 끌어안았다. 세상을 다 가진 것처럼 윤은 행복했다.

혼곤히 잠에 빠졌던 소하가 갑자기 눈을 떴다. 소하는 자신의 처소 침상에 누워 있는 것을 알고 깜짝 놀라고 말았다. 바깥은 이미 어두웠다. 아까 후원에서 있었던 일이 떠오르자 소하는 주변에 아무도 없음에도 불구하고 부끄러움으로 얼굴이 붉어졌다. 소하는 윤의 손길을 거부할 수 없었다. 윤이 자신에게 손을 대는 순간 소하는 자신의 입장도, 외부라는 것도 생각하지 못했다.

이전에 마음만으로 오라버니를 은애하는 것과는 달랐다. 이제 그의 손길에 관능을 알아버린 소하는 남녀 간 애정의 다른 면을 알게 되었다. 그리고 이렇게 속수무책으로 빠져드는 것이 두렵기조차 했다. 윤이 자신을 강하게 안아주는 것이 좋았다. 그의 부드러운 입술이 자신에게 닿는 것이 좋았다. 그가 자신의 온몸 구석구석을 만질 때, 더 바라는 자신을 발견하였다.

"하아, 이 일을 어찌하면 좋을꼬?"

소하는 이제 곧 장안을 떠나야 했다. 화번공주로서 누군가의 지어미가 되는 것이었다. 그러나 소하는 그제야 이 일이 갖는 또 다른 의미를 알게 되었다. 그 이야기는 얼굴도 모르는 이의 품에 안겨야 한다는 뜻이었다.

"흑, 싫어!"

윤이 아니면 안 되었다. 그가 달콤한 입맞춤을 해준 자신의 입술에, 그가 거칠면서도 부드럽게 탐했던 자신의 가슴에, 그의 손길에 절정에 달했던 꽃잎에 누군가의 손이 닿는 것을 상상할 수 없었다. 아니, 그의 손길이 닿았던 자신의 몸에 다른 이의 손길이 닿는다는 생각만으로도 소름이 돋았다. 은애하는 마음을 접는 일이 이렇게 가슴 아픈 일인지 몰랐다.

차라리 윤의 손길을 몰랐다면! 하지만 소하는 후회하지 않았다. 평생을 마음에 품어온 윤의 손에 여자가 된 것이 유일한 위안이었다. 소하가 자신의 어깨를 끌어안고 흐느꼈다.

"오라버니!"

같은 시각, 장안에 곽정과 위화가 애써 찾아준 윤의 집은 고요했다. 곽정과 위화가 이미 준비해 둔 가옥은 아담했지만 고아한 맛이 있어서 윤은 퍽이나 마음에 들었다. 그리 규모가 크지 않으나 작고 아늑한 집이었다.

특히나 윤은 후원에 자리한 자작나무 무리가 좋았다. 흰색의 몸체와 너무 곧추세우지도 휘어지지도 않으며 낮은 풀과도 잘 어울리는 나무였다. 초원에서도 많이 보았던 나무라 왠지 이 집에 돌아오면 포근한 기분이 들었다. 동짓달의 차가운 달빛을 받아 자작나무가 하얗게 반짝거렸다. 그것을 바라보며 윤은 깊은 생각에 빠져 있었다.

자신의 품에서 정신을 잃은 소하를 계속 떠올리고 있었던 것이다. 부드러운 소하의 피부와 코끝을 자극하는 그녀의 향기, 그리고 매끄러운 머릿결, 그 모두가 미치도록 그리웠다. 그리고 윤은 한편으로는 자신의 몸 안에서 들끓고 있는 소하에 대한 강한 욕망에 놀라고 있었다.

평소 윤은 자신이 침착하다고 생각했었다. 그리고 이성을 잃을 정도로 무엇인가를 바란 적도 없었다. 그러나 소하의 몸에 손이 닿는 순간, 윤은 아무런 생각을 할 수 없었다. 아름다운 소하를 탐하고 싶다는 그 한 가지 생각이 윤의 머리를 지배하였다. '아직 남녀 간의 관계에 익숙지 않은 소하를 그렇게 몰아붙이다니', 윤은 자신의 자제력이 한심해 머리를 흔들었다.

하지만 소하는 윤의 자제심을 흩뜨리는 유일한 존재였다. 소하를 원하는 강렬한 열정을 그 어디서도 느껴보지 못했다. 그녀의 희고 보드라운 몸을 계속 탐하고 싶었다. 이제 어떤 일이 있어도 소하를 절대 놓아줄 수 없었다. 마음도 몸도 아름다운 소하가 이렇게 자신을 은애한다는 사실이 너무나 자랑스러웠다.

언제까지 한서제의 함구령을 지켜야 하는지, 은애하는 마음을 맘껏 표현할 수 없는 일이 이렇게 힘든 일인지 몰랐다. 마감에 봉해져 일을 하는 것보다 소하에 대한 애정을 표현하지 못하는 것이 윤에게는 더욱 잔인한 형벌이었다. 그리고 생전 처음으로 원하는 것을 가지지 못해서 윤은 고통스러웠다.

15. 남과 여

　원봉 2년, 한서제 재위 33년 정월, 장안에는 소담한 함박눈이 내렸다. 하얀 눈꽃은 윤의 후원에도 건장궁의 후원에도 피어났다. 그리고 미단궁도 내리는 함박눈에 감싸여 고즈넉했다. 내리는 눈 덕분에 포근한 오후였다. 한서제가 정무 중 잠시 짬을 내어 황후와 차를 나누고 있었다. 두 사람은 함께 내리는 눈을 조용히 바라보았다.

　"내리는 눈이 마치 황후 같소!"

　한서제가 그윽한 눈빛으로 황후를 바라보았다. 한서제의 말에 황후가 아름다운 미소를 지었다. 설(雪)이라는 이름처럼 눈처럼 하얗고 아름다운 황후는 세월이 지나도 한서제의 눈에는 꽃처럼 귀했다. 벌써 황후를 만난 지 스무 해가 넘었다. 태자인 서도 이제 벌써 스물이 되었고, 말괄량이 같았던 소하도 이제는 여인이 되었다. 지나온 세월만큼 둘 사이에 쌓인 애정은 시간이 지날수록 강해졌다.

"소하공주는 어찌하고 있소?"

"오손국으로 떠날 준비를 착실히 준비하고 있습니다. 장군님과 승마나 여러 가지 수업도 잘하고 있습니다."

황후의 답변에 한서제가 고개를 끄덕였다.

"그런데, 애달아하는 공주를 바라보기가 이제는 너무 괴롭습니다."

황후의 목소리가 근심으로 낮아졌다.

"취옥의 말을 들으니 어젯밤에도 소하공주가 장군님께서 주신 비여(머리빗)를 만지며 눈물을 흘리고 있더랍니다. 그래도 아침에는 아무렇지도 않은 척 밝게 행동하는데 그 모습이 너무 안쓰럽다고 하더군요."

한서제가 아무런 말 없이 고개를 끄덕였다.

"소하공주도 반성은 충분히 하였을 것입니다. 그리고 장군님의 입장도 충분히 이해하였을 것입니다. 그러니 이제 그만 애끓은 정인들을 해방시켜 주세요!"

황후의 간곡한 말에 한서제가 물었다.

"시간이 얼마나 지났지?"

"벌써 석 달이 되었습니다. 예전에 폐하와 떨어져 지낸 한 달이 너무나 고통스러웠습니다. 짧은 봄밤이 얼마나 길던지요."

황후가 예전의 기억을 떠올렸는지 목소리가 가늘게 떨렸다. 윤과 함께 떠나려는 황후에 화가 난 한서제가 당시 아직 직첩이 없었던 황후를 한 달 정도 건장궁에 머물게 했던 적이 있었다.

"그때 제게는 아이라도 있었지요. 아이가 아니었다면 견딜 수 없었을 것입니다."

황후의 목소리가 미처 태어나지 못하고 떠난 아이를 생각하는지 슬픈 음색으로 변했다. 당시 건장궁에 머물던 황후는 한서제의 황후 간택 소식에 그만 충격을 받아 아이를 유산하고 말았었다. 한서제는 떠나려는 황후를 잊기 위하여 황후 간택을 진행하였던 것이다. 그 한 달 동안, 한서제도 역시 죽을 듯이 술만 마셨다.

"나도 죽을 것만 같았소. 어디를 봐도 황후의 얼굴이 떠올라 괴로웠소!"

한서제가 처음으로 그때 이야기를 하자 황후가 놀랐다. 한 번도 그때 일을 입에 올리지 않았던 한서제였다.

"그런데 더욱 괴로웠던 것은 나 때문에 마음 아팠을 그대 때문이었소. 그대에게 준 상처가 고스란히 나의 상처가 될지 몰랐었소. 아니, 더 아프더군."

한서제의 나직한 말에 황후가 한서제의 손을 부드럽게 잡았다.

"한 달도 그리 힘들었는데, 이제 그 아이들을 행복하게 해주세요!"

"알겠소. 내 어찌 황후의 말을 거역하겠소. 내 오늘 윤에게 함구령을 거두어도 된다 말하지."

"감사합니다, 폐하!"

황후가 아름답게 웃으며 한서제의 품에 안겼다. 황후를 품에 안자 한서제의 입술이 부드럽게 호를 그렸다. 이렇게 사랑스러운 정인을 안고 싶어도 안지 못하고 석 달을 견뎠을 윤이 기특하게 여겨졌다. 이제는 심술을 그만 부려야 했다. 하지만 자신이 가장 아끼는 꽃 같은 공주를 내어주는데 이 정도 심술쯤이야 윤이 당연히 견뎌야 한다고 생각하는 한서제였다.

건장궁에도 함박눈은 소복이 쌓였다. 삼경이 되자 내리던 눈은 그쳤다. 쌓인 하얀 눈에 달빛이 나려 건장궁의 후원은 은빛으로 반짝였다. 늦은 밤까지 소하가 머무는 처소의 불빛은 꺼지지 않았다.

붉은 월계화가 아름답게 장식된 비여를 소하는 조심스레 쓰다듬었다. 점점 오손국을 향해 출발할 날짜가 다가오고 있었다. 모든 준비는 착착 진행되고 있었다. 너무나 순조롭게 진행되는 것이 원망스러울 지경이었다.

소하가 개인적으로 가지고 갈 물건은 거의 없었다. 하지만 소하가 유일하게 챙긴 것은 윤이 생일에 주었던 비여와 애련지에 빠졌던 자신을 구해줄 때 둘러주었던 그의 장포뿐이었다.

멀리 떨어져 있더라도 오라버니가 주었던 이것에 의지하여 평생을 살아갈 수 있을 것이었다. 그리고 그의 품속에서 피어났던 그 밤의 추억을 소중히 여길 것이었다. 눈물이 흘러내릴 것 같았지만 소하는 억지로 참아냈다. 언제까지 이렇게 눈물만 흘릴 수는 없었다. 앞으로 씩씩하게 살아서 공주로서의 역할을 할 것이었다. 그것이 공주로 태어난 자신의 책임이었다.

오라버니를 은애하였다. 아니, 아직도 은애하고 있다. 마치 자신은 오라버니만을 은애하게 태어난 존재 같았다. 그래도 오라버니도 저를 은애한다는 것을 알았으니 그것으로 족했다. 비록 몸은 멀리 떨어지더라도 그것만으로 위안이 되었다.

"공주마마!"

갑자기 들려온 윤의 목소리에 소하가 고개를 번쩍 들었다. 윤이 이마에 땀을 송골송골 흘리며 소하의 눈앞에 있었다. 멀리서 뛰어온 듯 윤의 가슴이 거친 호흡으로 크게 들썩였다. 예상치 못한 시간에 나타난 윤이 반가우면서도 무슨 큰일이 있는 것은 아닌지 걱정이 되었다. 자리에서 일어서며 소하가 걱정스레 물었다.

"무슨 일이 있으십니까?"

소하의 질문에 윤이 아무런 말도 하지 않고 그저 강하게 소하를 자신의 품으로 끌어당겨 안았다. 소하가 깜짝 놀라 윤의 품에서 빠져나오려 몸을 비틀었다. 이 일이 또 아바마마의 귀에 들어간다면 윤의 목숨이 위험했다.

"사부님! 아니 됩니다!"

그러나 소하의 외침에도 윤은 아랑곳하지 않고 더욱 강하게 소하를 끌어안았다. 강하게 끌어안긴 소하의 귀에 미친 듯이 뛰고 있는 윤의 심장소리가 들렸다. 분명 평소에 침착하기로 이름났던 냉공자인 윤과는 다른 모습이었다. 하지만 소하는 애써 그를 떼어내려고 노력했다. 계속 이렇게 있다가는 소하는 절대 그에게서 떨어질 수 없을 것이었다. 하여 소하는 냉정하게 말했다.

"사부님, 놔주십시오!"

"놓을 수 없습니다. 제 품에 있는 마마를 이제는 절대 놓을 수 없습니다."

윤의 말이 열에 들뜬 듯 열정으로 가득했다.

"놓으십시오!"

소하는 짧게 단 한 마디를 내뱉었다. 이런 말은 절대 살살 하는 법이 아니다. 그 냉정함에 치가 떨릴 만큼 표독하고 단호하게 말해야 한다. 하지만 윤은 그래도 꿈쩍하지 않았다.

'오라버니, 제발 이러지 마십시오. 오라버니가 다칩니다. 오라버니가 무사하신 것만이 제가 바라는 것입니다.'

소하의 말 못하는 애원이었다. 그래도 계속 윤이 자신을 끌어안고 있자 소하가 최후의 수단을 썼다.

"내 몸에서 손을 떼라. 이것은 명령이다!"

소하가 공주의 위엄을 가지고 명령했다. 그리고 다시 윤의 품에서 빠져나오기 위해서 몸을 비틀었다. 하지만 윤의 팔은 밧줄처럼 소하를 포박하고 있었다. 그리고 한층 더 강하게 끌어안았다.

"아무리 마마의 명령이라 할지라도 그럴 수 없습니다!"

윤의 확신에 찬 말은 아무것도 두려운 것이 없어 보였다. 한 번 마음을 정하면 흔들리지 않는 윤인 것을 아는지라 소하는 미치도록 걱정이 되었다. 윤이 너무나 위태로워 보여 소하가 마침내 애원하기 시작했다.

"오라버니, 정신을 차리세요! 자꾸 이러시면 오라버니가 위험해집니다."

안타까운 마음에 소하의 눈에서 참았던 눈물이 흘러내렸다. 말하지 못한 마음이 강물이 되어 윤의 옷을 적셨다.

"오라버니, 흑흑, 제발!"

윤이 가슴에서 소하를 떼어내고는 두 손을 들어 소하의 얼굴을 감쌌다. 그리고 윤이 경건하게 얼굴을 내려 소하의 눈꺼풀에 맺힌 눈물을 쓸어주었다. 그리고 소하의 오뚝한 콧날에 깃털처럼 가볍게 입맞춤하였다. 그리고 소하의 입술을 부드럽게 스친 윤의 입술이 다시 소하의 이마에 가볍게 내려앉았다.

"소하, 그대를 은애한다!"

윤의 고백에 소하의 심장이 툭 떨어졌다. 윤이 자신을 공주라 부르지 않고 그저 여인을 대하듯이 고백한 것이었다. 윤에게 닥칠 미래에 두려우면서도 소하는 윤의 고백에 심장이 저릿했다.

윤을 은애한다!

아무리 억누르고 억눌러도 그 마음을 억누를 수가 없었다. 소하가 저도 모르게 윤의 허리를 끌어안았다.

"흑흑, 오라버니, 어찌……."

차마 말을 끝맺지 못하고 소하는 오열했다. 그를 마음껏 은애할 수 있다면, 그만 가질 수 있다면 소하는 아무것도 필요 없었다. 그와 함께할 수 있다면 초원에서 나무뿌리만 먹어도 행복할 수 있었다.

"소하, 그대는 내 것이다!"

강한 소유욕을 드러내는 윤의 말에 소하의 심장은 다시 떨려왔다.

"안 돼요. 오라버니! 자꾸 이러시면 오라버니의 목숨이 위험합

니다."

"왜 저의 목숨이 위험해집니까?"

윤의 목소리는 너무나 침착했다.

"그것이 제가 오손국으로 가지 않으면 아바마마께서 오라버니를 죽음으로 벌하겠다 하셨습니다."

"그래서 마마는 제 목숨을 위해서 얼굴도 모르는 자와 혼인을 하겠다는 것입니까?"

윤의 목소리가 질투로 떨렸으나 소하는 미처 알아차리지 못했다.

"그것이 제가 할 의무입니다. 공주로서의 책임을 망각하고 제가 그동안 제 생각만 하였습니다. 제가 혼인하는 것이 한나라에 도움이 되고 오라버니를 살릴 수만 있다면 저는 혼인할 것입니다."

소하의 말이 떨어지기가 무섭게 갑자기 윤이 소하의 곡거심의를 헤치고 거칠게 그녀의 가슴을 만졌다. 강하게 아래에서 위로 밀어 올리듯이 만지던 윤의 손가락이 부드러운 소하의 가슴을 거칠게 쥐었다.

"마마는 제 손이 닿았던 이 가슴에 다른 남자의 손이 닿아도 된다는 것입니까?"

"오라버니! 제발, 그만!"

소하가 비명을 질렀다. 윤의 거친 행동이 무서웠다. 그러나 윤의 눈빛은 열기로 뜨거웠다. 그의 눈에서 소하에 대한 열정이 피어오르고 있었다. 그리고 소하의 가슴을 거칠게 희롱하던 윤이 소하의 다리를 강제로 벌리고 소하의 비부를 움켜쥐었다. 옷 위였으나 윤의 강한 손길에 소하가 윤의 어깨를 그러잡으며 신음했다.

"저를 품었던 이 꽃잎에 다른 이를 품겠다는 말입니까?"

"아니어요!"

소하가 애절하게 부정했다.

"미안해요. 오라버니, 흑흑, 하지만 이럴 수밖에 없어요!"

소하가 안타깝게 애원했다.

"아니, 용서할 수 없습니다!"

윤의 목소리가 지독할 만큼 낮았다. 그리고 윤의 가차 없는 손길이 소하의 몸에서 거칠게 옷을 벗겨냈다. 하상이 걸리자 조급했던지 윤이 거의 찢어버릴 듯이 하상을 벗겨냈다. 순식간에 소하는 나신으로 그 앞에 서 있었다.

"꺄악, 오라버니! 무슨 짓을…… 안 돼요!"

소하가 거칠게 항의했다. 드러난 가슴과 비부를 손을 들어 감추려 했으나 윤의 강한 손이 소하의 두 손목을 한번에 그러잡고 머리 위로 끌어 올렸다. 윤의 강인한 힘에 소하는 꼼짝할 수 없었다. 윤의 눈앞에 소하의 아름다운 나신이 그대로 드러났다. 하얗고 탐스러운 가슴이 소하가 벗어나려고 몸을 비틀자 마치 윤을 유혹하듯이 흔들렸다. 그 가슴을 윤의 다른 손이 거칠게 애무하였다. 윤이 커다란 손바닥으로 비빌 때마다 소하의 유실이 단단해졌다.

"아앗, 싫어요!"

저도 모르게 입에서 흘러나오는 교성을 소하는 어쩔 수 없었다. 머리로는 안 된다고 생각하면서도 윤의 손길에 피어난 그녀의 몸은 그의 애무에 솔직하게 반응하고 있었다.

"이 가슴도, 머리카락 한 올도, 모두 제 것입니다! 다른 남자가 손을 대는 것은 절대 용서할 수 없습니다!"

강한 소유욕을 드러내는 윤의 목소리에 소하의 하초가 흥건하게 젖어들었다. 윤이 고개를 내려 소하의 유실을 입술에 머금고 다른 손은 소하의 다리 사이로 파고들어 이미 애액을 쏟아내고 있는 소하의 비부를 만졌다. 윤이 소하의 단단한 유실을 살짝 깨물자 소하의 입에서 신음이 흘러나왔다.

"싫, 어…… 오라버니, 제발!"

"제가 아니어도 되겠습니까? 마마를 이렇게 달뜨게 만드는 것이 제가 아니어도 마마는 상관없는 것입니까?"

윤의 말이 소하를 아프게 했다. 윤이어야만 했다. 윤이 아니면 안 되었다.

"제게 오라버니뿐이에요! 오라버니가 아니면 그 누구도 싫어요!"

저도 모르게 소하가 본심을 말하고 말았다. 그제야 거칠게 밀어붙이던 윤이 포박했던 손목을 풀고 소하를 부드럽게 안아주었다.

"그 마음 절대 변치 마십시오! 마마는 오직 저만의 여인입니다!"

윤이 부드럽게 소하의 등을 쓸어주자 그제야 안심했는지 소하가 크게 흐느꼈다.

"하지만, 이러면 오라버니가 위험해요!"

소하의 말에 윤이 아름다운 미소를 보여주었다. 그리고는 소하의 무릎 뒤로 손을 넣어 그녀를 가볍게 안아 올렸다. 그리고 침상 끝에 걸터앉은 그는 매우 소중한 것을 대하듯 조심스레 소하를 자신의 무릎 위에 앉혔다. 그리고 부드럽게 소하의 뺨을 쓰다듬으며 속삭였다.

"위험하지 않습니다! 마마는 제 지어미가 될 것이니까요!"

너무나 감미로운 윤의 말에 소하가 숨을 크게 들이켰다. 그것이 가능할까? 그것이 가능하다면 소하는 아무것도 바라지 않았다.

"그게 무슨 말씀이세요?"

윤이 고른 치아를 보여주며 활짝 웃었다. 그리고 소하의 오른손을 들어 올려 그 손바닥에 감미롭게 입맞춤하였다.

"폐하께서 말씀하셨습니다. 이제 마마는 더 이상 한나라의 공주가 아니라 하투 지역을 다스리는 제후의 번비가 될 것이라고!"

"그것이?"

"오는 3월에 저는 새로운 제후국으로 떠날 것입니다. 그곳은 저의 고향이었던 하투 지역입니다!"

윤의 말을 도저히 믿을 수가 없었는지 그러지 않아도 커다란 소하의 눈이 더욱 크게 떠졌다. 그리고 크게 숨을 들이켜자 소하의 풍만한 가슴이 윤을 유혹하듯이 흔들렸다. 다시 급하게 탐하고 싶은 마음을 간신히 억누르며 윤이 급하게 속삭였다. 제대로 설명을 하지 않으면 이 고집쟁이 공주는 절대 자신을 못 안게 할 것이었다.

"사실은 그날 건장궁에 납신 폐하께 마마에 대한 제 마음을 이 실직고했습니다. 그때 폐하께서 마마를 저의 지어미로 주시겠다 말씀하셨습니다!"

너무나 놀라운 말에 소하는 할 말을 잃었다.

"그럼, 어째서, 지금껏…… 아무런 말씀도 하지 않으셨어요?"

"함구령이 떨어졌지요. 그것이 마마와 제게 내려진 벌이었습니다. 하지만 마감으로 봉사하는 것보다 은애하는 마음을 말하지 못하는 것이 제게는 더욱 지독한 벌이었습니다!"

믿을 수 없었다. 이제 아무런 제약 없이 오라버니를 마음껏 은애해도 된다는 것인가? 소하는 너무나 행복한 생각에 눈물이 차올랐다.

"정말이십니까? 정말 이제 마음껏 오라버니를 은애해도 되는 것입니까?"

떨리는 소하의 질문에 윤이 지금껏 보지 못했던 아찔한 미소를 보여주었다.

"물론입니다! 이제는 그 누가 뭐라 해도 제가 마마를 놓을 수가 없습니다!"

소하가 강하게 윤의 목을 끌어안고 그의 입술에 입맞춤했다.

"은애합니다, 오라버니. 은애합니다!"

소하의 열정적인 고백에 윤의 온몸이 흥분하기 시작했다. 그리고 소하의 가슴을 부드럽게 애무하기 시작하였다.

"저도 마마를 은애합니다! 오늘은 각오하도록 하십시오. 제가 밤새 마마를 놓아줄 수 없을 거 같습니다!"

윤의 말에 소하의 온몸이 떨려왔다. 소하가 윤의 귀에 입을 가져가 그동안 마음속에 꽁꽁 숨겨두었던 소망을 이야기하였다.

"저, 오라버니를 닮은 남자아이를 낳고 싶어요!"

소하가 얼굴을 붉게 물들이며 수줍게 고백하였다. 그녀의 고백에 윤의 마음이 한껏 고양되었다. 소하의 떨리는 입술과 촉촉이 젖은 눈가가 윤을 미혹하였다. 소하의 고백에 순식간에 윤의 몸이 달아올랐다. 윤이 소하의 달아오른 볼을 커다란 손으로 부드럽게 쓸었다. 소하의 보드라운 피부가 손가락에 감기는 것 같았다. 바로 그녀 안으로 들어가 생명의 물보라를 뿌리고 싶어졌다.

"저는 마마를 닮은 딸을 갖고 싶습니다!"

윤이 빙긋 웃으며 대답했다. 윤은 먼저 소하를 닮은 딸을 가지고 싶었다. 하지만 딸이건 아들이건 무슨 상관이랴? 소하와 자신의 아이라면 그저 사랑스러울 것이었다. 윤이 음흉한 미소를 지었다. 이제부터 열심히 노력해서 아이를 만들면 되는 것이었다. 기뻐할 한서제와 황후마마의 얼굴이 떠올랐다. 윤이 굳은 의지를 다졌다.

"그럼 마마, 지금부터 노력해야겠습니다!"

빙긋 웃는 윤의 웃음이 다소 음흉해 보였다. 급하게 윤이 자신의 옷을 순식간에 벗어 던졌다. 그리고 윤의 손이 소하의 가슴을 뭉개 버릴 듯 강하게 움켜쥐었다. 그리고는 탐스러운 소하의 가슴을 강하게 손바닥으로 비벼대었다.

"헉, 오라버니!"

갑작스런 움직임에 소하가 비명을 질렀다. 그러나 곧 소하의 입술은 윤의 입술에 갇히고 말았다. 끈적하고 강한 입맞춤에 소하의 머리가 몽롱해지기 시작하였다. 그의 혀가 소하의 가지런한 치열을 훑고는 안쪽의 부드러운 점막을 자극하였다. 그리고는 말캉한 소하의 혀를 낚아채고는 강하게 흡입하듯이 빨아들였다.

그녀의 달콤한 타액을 흡입하며 윤은 자신의 타액을 그녀의 입 안으로 흘려 넣었다. 윤이 소하의 아랫입술을 살짝 물었다가 천천히 턱을 타고, 목덜미에 닿았다. 소하의 가늘고 하얀 목덜미를 윤이 강하게 빨아 당기자 붉은 순흔 자국이 꽃처럼 피어났다. 윤의 혀가 부드럽게 소하의 목덜미를 핥았다. 그리고 윤의 혀는 살아 있는 생물처럼 오목하게 파인 소하의 쇄골 근처를 핥았다.

"아앙, 앗!"

소하가 저도 모르게 달콤한 교성을 흘렸다. 윤은 그 소리를 음악처럼 들으며 차츰차츰 아래로 고개를 내렸다. 소하의 하얗고 둥근 가슴이 윤을 유혹하였다. 윤이 소하의 유실을 부드럽게 혀로 핥자 소하가 가르랑거렸다. 그리고 다른 쪽 가슴은 커다란 윤의 손가락이 파고들어 음란하게 형태를 바꾸었다. 윤의 손바닥이 가슴을 가볍게 쥐고 쓰다듬자 소하의 유실에 꼿꼿하게 솟아올랐다. 윤이 검지와 엄지를 활용하여 유실을 꼬집듯이 가볍게 쥐자 소하의 몸이 활처럼 휘었다.

"음, 오라버니, 그만!"

소하가 강한 쾌감에 비명처럼 신음했다. 그러나 윤의 혀와 입술은 소하의 한쪽 유실을 살살 굴리듯이 희롱하였고, 다른 쪽은 윤의 가차 없는 손길에 희롱당하고 있었다. 윤이 소하의 양쪽 가슴을 가운데로 그러모아 부드럽게 핥다가 강하게 빨아들였다. 순간 소하의 머리끝에서 발끝까지 강한 쾌락이 벼락처럼 휘감았다.

"하앙!"

소하가 할 수 있는 것이라고는 그저 달뜬 신음을 내뱉는 것이었다. 그녀의 가슴을 혀로 희롱하며 윤의 커다란 손이 점차 아래로 내려갔다. 소하의 매끈한 다리가 손에 감길 듯이 만져졌다. 부드러운 종아리에서 시작하여 차츰차츰 위로 올라갔다.

소하의 보드라운 허벅지를 가볍게 쓸어내리자 소하가 살짝 긴장했는지 다리를 오므렸다. 가볍게 허벅지를 살짝 쥐었다. 그리고 그녀의 유실을 살짝 이로 깨물자 그녀가 움찔하며 허벅지를 열었다. 부드러운 허벅지 안쪽을 손바닥으로 쓸어 올렸다. 윤의 기다란 손가락이 소하의 꽃잎을 부드럽게 덧그렸다. 파르르 떨리는 꽃잎의 움직임이 고스란히 느껴졌다.

윤이 자신의 품 안에 있던 소하를 부드럽게 침상에 눕혔다. 빨간 비단 이불 위에 하얗게 드러난 소하의 피부가 미치도록 색정적이었다. 지금 환희에 젖어 애처롭게 몸을 비틀고 있는 소하는 오직 그만의 여인이었다. 그녀의 가슴에 새겨진 깨진 구름 모양 같은 순흔이 붉은 꽃처럼 아름다웠다. 꼿꼿하게 솟아오른 소하의 유실은 자신의 타액으로 반들거렸다.

윤의 시선에 부끄러웠는지 소하가 애써 두 팔을 들어 자신의 가슴과 비부를 가렸다. 하지만 윤이 부드럽지만 단호하게 소하의 몸에서 팔을 떼어내었다. 그녀의 아름다운 몸을 자신의 두 눈에 담고 싶었다. 자신의 손길에 신음하며 피어나는 소하를 마음껏 탐할 작정이었다. 윤이 소하의 두 손목을 한꺼번에 쥐고 소하의 머리위로 고정하였다. 숨길 수 없이 나신이 고스란히 드러나자 소하가 애처롭게 애원하였다.

"오라버니!"

완벽한 복종의 자세를 취하고 있는 소하를 윤이 뜨거운 눈으로 바라보았다. 결국 보는 것만으로 만족할 수 없었던 윤이 살며시 고개를 내려 소하의 붉은 입술에 입 맞추었다. 마치 영혼을 흡입하려는 듯이 강렬하고도 농밀한 입맞춤이었다.

소하의 달콤한 타액을 흡입하고는 윤이 소하의 아랫입술을 살짝 깨물었다. 그리고 곧 윤의 입술은 소하의 몸을 따라 여행을 시작하였다. 소하의 부드러운 턱을 살며시 혀로 쓸어주고, 하얀 목덜미를 타고 내려갔다. 하얗고 가느다란 소하의 목덜미를 강하게 빨아올리자 소하가 가느다란 신음을 내뱉었다.

"핫!"

윤의 입술이 이제는 소하의 쇄골을 부드럽게 쓸고 오목하게 파인 곳을 부드럽게 혀로 핥았다. 그리고 윤의 입술은 탐스러운 소하의 가슴을 부드럽게 탐했다. 남자의 마음속에는 자라지 않는 아이가 있는 것인지, 소하의 가슴을 탐하는 윤의 입술은 집요하고도 격렬했다.

소하가 저도 모르게 몸을 활처럼 구부리자 소하의 가슴이 윤 쪽으로 밀려왔다. 결국 윤이 소하의 두 손을 포박하였던 손목을 놓아주자 소하가 윤의 목을 강하게 끌어안았다.

"오라버니! 하아……."

달콤한 소하의 신음 소리가 윤을 더욱더 자극하고 있었다. 윤의 입술이 소하의 한쪽 가슴을 격렬하게 빨아들이고 혀로 돌돌 굴렸다가 주변을 할짝할짝 핥았다. 윤의 다른 손은 소하의 다른 쪽 가슴을 으깨어 버릴 듯이 만졌다. 소하의 하얀 가슴에 윤의 손자국이 붉게 인장처럼 새겨졌다.

윤의 입술이 가슴을 지나 배를 타고 차츰차츰 아래로 내려갔다. 소하는 자신의 비부에 닿는 윤의 뜨거운 입김에 몸을 떨었다. 윤의 강건한 두 손이 소하의 허벅지를 양쪽으로 넓게 벌렸다. 소하는 자신의 비부가 무방비하게 윤의 시선에 노출되자 그만 눈을 감고 말았다.

"공주, 부끄러우신 겁니까?"

윤이 짓궂게 소하를 놀렸다. 그러자 소하의 꽃잎이 울컥 달콤한 애액을 뱉어냈다.

"흑, 오라버니!"

소하가 너무나 부끄러운 나머지 두 손을 들어 자신의 얼굴을 가렸다.

"하지만 이제부터 마마께 조금 더 부끄러운 일을 할 것입니다!"

윤이 달콤하게 속삭이더니 마치 자신을 위해 피어난 꽃 같은 소하의 꽃잎을 부드럽게 핥았다.

"흑, 싫어요!"

과도한 쾌락에 소하가 애원하였다. 하지만 윤은 아랑곳하지 않고 소하의 꽃잎을 부드럽게 혀로 덧그리다가 붉게 부풀어 올라 존재를 드러내고 있는 소하의 붉은 진주를 혀로 콕콕 찔렀다. 혀로 콕콕 찌르다가 부드럽게 핥다가 살짝 입술로 깨물자 소하의 몸이 움찔했다.

"하앙, 오라버니!"

윤의 입술이 아예 한번에 진주와 함께 꽃잎까지 머금고 '츄릅'하고 빨아들이자 소하가 몸부림쳤다.

"앗…… 안 돼요…… 아아……!"

머리끝에서 발끝까지 온몸을 휘감는 달콤하고 짜릿한 쾌감에 소하가 몸을 활처럼 휘었다. 소하의 눈앞이 새하얗게 변하고 그저 소하는 달뜬 신음을 내뱉으며, 절정에 빠져들었다.

"싫은 게 아니시죠?"

윤의 말에 소하의 볼이 붉게 달아올랐다. 한번의 절정으로 민감해질 대로 민감해진 소하의 몸에 크고 단단한 윤의 분신이 닿았다. 흐물흐물하게 녹아버린 소하의 꽃잎 사이로 윤의 뜨겁고 단단한 분신이 파고들었다. 윤이 소하의 얼굴에서 손을 떼어내고는 소하의 눈을 바라보았다. 그리고는 소하의 손바닥에 뜨겁게 입맞춤하였다. 그리고 다른 한 손은 부풀어 오른 소하의 가슴을 강하게 비벼대었다.

"소하, 아름다워!"

윤의 감미로운 찬사에 소하의 비부가 더욱 젖어들었다. 그 틈을 노린 듯 윤의 거대한 분신이 강하게 꽃잎 사이로 파고들었다.

"앗, 앙……."

자신의 내부를 꽉 채운 그로 인하여 소하가 신음을 흘렸다. 그의 분신은 소하의 좁은 통로를 조그만 틈도 없이 가득 메웠다. 그의 분신이 움직이기 시작하자 소하의 몸이 격하게 움직였다. 살과 살이 부딪치는 관능적인 소리가 방 안을 가득 채웠다.

소하가 윤의 탄탄한 가슴에 자신을 밀착시켰다. 저도 모르게 그의 탄탄한 근육에 자신의 가슴을 마찰시켰다. 단단하게 솟아오른 유실이 그의 근육에 쓸리며 달콤하면서도 저릿한 쾌감이 소하를 감쌌다. 그리고 소하는 그의 굵은 목을 강하게 끌어안았다. 그러지 않으면 자신을 강렬하게 탐하는 그로 인하여 어디론가 날아가 버릴 것만 같았다.

"오라버니! 항, 저를 잡아주세요!"

소하가 정신없이 애원했다. 그러자 윤의 소하의 가느다란 허리를 강하게 포박하고는 강렬하게 움직이기 시작하였다. 점점 부피를 늘려가는 윤의 분신이 소하의 내벽을 자극하였다. 숨이 멈출 것만 같은 쾌감에 소하가 헐떡였다. 윤의 움직임이 더욱 빨라지자 안쪽에서 시작된 열이 소하를 태워 버릴 것만 같았다.

"앗, 너무…… 뜨거워요!"

달콤한 소하의 신음에 윤의 허리 짓이 더욱 거세졌다. 다시 하얀 물결이었다. 소하가 절정으로 치닫자 소하의 내부가 강하게 수축하였다.

"윽, 소하공주!"

윤의 신음했다. 이제 거의 한계치까지 커진 윤의 분신이 절정을 향하여 움직였다. 소하가 격렬하게 몸을 흔들며 강하게 윤을 끌어안았다.

"소하공주, 마마는 제 것입니다!"

강한 집착을 드러내는 말과 더불어 윤이 소하의 입을 거칠게 베어 물었다. 소하도 이번에는 망설이지 않고 그의 두툼한 혀에 자신의 혀를 힘차게 얽었다. 그의 호흡까지 달콤했다. 그의 분신이 더 이상 커질 수 없는 단계까지 확장하자 소하가 신음을 내뱉었다.

"하앙……."

그러자 소하의 내벽이 강하게 윤의 분신을 압박하였다.

"우웃!"

단말마의 짧은 신음을 내뱉으며 윤은 소하의 내부 안에서 강하게 파정하였다. 소하는 절정에 취하여 온몸에 힘이 빠졌다. 소하는 윤의 무게감을 기분 좋게 느끼며 그를 끌어안았다. 그런 소하를 윤이 부드럽게 안아주었다. 윤이 땀으로 젖은 소하의 머리카락을 다정하게 떼어주었다. 그리고 소하의 귓가에 나직이 속삭였다. 그의 호흡도 달리기를 한 듯 거칠었다.

"아들이든 딸이든 상관없습니다. 그저 마마를 닮았다면 사랑스러울 것입니다!"

소하가 부끄러운 듯 윤의 가슴에 얼굴을 기대왔다. 윤은 그런 소하가 너무나 사랑스러워 가슴에 꼭 끌어안았다. 사실 윤에게는 소하만 있으면 되었다. 하지만 소하를 닮은 아이들이 후원을 가득 채운 모습을 상상하자 윤의 입술이 부드럽게 호를 그렸다. 소하의 체력이 허락한다면 많은 아이를 낳아 따뜻한 가족을 만들고 싶었다. 일곱 살의 소하가 약속했던 것처럼 소하는 자신의 반려가 되었을 뿐만 아니라, 윤을 풍요롭게 만드는 축복의 여인이 될 것이었다.

"은애합니다!"

윤이 소하의 입술에 가볍게 쪼는 듯이 입맞춤했다. 결국 소하는 다시 한동안 달뜬 신음을 흘려야 했다. 드디어 윤과 소하는 오랜 세월을 거쳐 남과 여로 서로를 마주했다. 소하는 평생을 거쳐 윤만을 원했다. 소하의 눈에는 오직 윤만이 전부였다. 자신을 여인으로 대하지 않은 그에게 투정도 했었고 일방적인 사랑에 상처받기도 하였다. 하지만 이제 소하는 윤의 입장을 이해했다. 자신을 여인으로 받아들이기까지 얼마나 수많은 고민을 했을지 이제는 충분히 이해할 수 있었다. 이렇게 어렵게 이룬 사랑이니 소중하게 여길 것이었다.

윤은 그동안 자신이 주었던 그 모든 상처에도 불구하고 한사코 자신의 손을 놓지 않았던 소하의 작은 손을 잡았다. 행여나 날아갈까 싶어 그 손을 제 큰 손으로 꼭 잡았다. 이 작은 손이 그동안 외로운 자신을 지탱해 주었다. 자신의 처지 때문에 놓으려 외면했던 자신을 끝까지 놓지 않았던 소하에게 너무나 고마웠다. 이제는 죽어도 절대 소하를 놓을 수가 없었다.

미안합니다, 그동안 마마를 아프게 해서,

고맙습니다. 이런 저를 포기하지 않아서,

은애합니다. 제 곁에 있는 마마를!

16. 초원을 향하여

원봉 2년, 한서제 재위 33년, 춘삼월. 하얀 매화가 건장궁의 후원을 가득 채웠다. 한서제의 명으로 윤은 하투 지역의 제후로 임명되었다. 그리고 소하에게는 윤과 혼인하여 함께 떠나는 것을 명했다. 오손국에는 강도왕의 셋째 딸인 세군공주가 가는 것으로 변경되었다. 다행히 오손국에서는 신부가 바뀐 것에 대해서는 문제를 제기하지 않았다.

떠나기 전 윤과 소하의 혼례가 진행되었다. 남자와 여자가 만나 부부가 되는 일은 음과 양이 만나는 이치라 예식도 낮과 밤이 만나는 저녁 무렵에 거행되었다. 봄바람이 포근하게 부는 건장궁은 소하공주와 윤의 혼인을 축하하는 하객들로 붐볐다.

혼례복을 갖춰 입은 윤은 훤칠한 미모로 시선을 끌었다. 올해

28세가 된 윤은 이제 하투 지역의 제후로서 한나라에 봉사하게 되었다. 그가 떠나왔던 초원으로 다시 돌아가게 된 것이었다. 윤은 한서제와 황후의 배려에 감사할 따름이었다.

신부인 소하는 그 누구보다 아름다웠다. 올해 19세가 된 소하는 한창 아름다운 미모를 뽐내고 있었다. 차분한 표정의 소하였으나 그 마음속에서는 붉은 월계화 같은 열정이 자리 잡고 있었다. 그것을 충분히 담을 수 있는 사람이 바로 윤이었다. 소하와 윤은 그렇게 어울리는 배필이었다.

저녁 이슬이 내린 밤, 윤과 소하는 이제 지아비와 지어미로서 마주했다. 건장궁에 마련된 신방은 묘한 긴장으로 가득 차 있었다. 윤은 말괄량이 공주가 이렇게 아름답게 성장하여 어렸을 적의 약속을 지켜준 것에 감사했다. 자신을 지탱해 주었던 소하를 이제 자신의 반려로서 앞으로 남은 생을 함께할 것이었다. 윤의 손을 끝까지 놓지 않았던 소하를 평생 아낄 것이었다.

붉은 혼례복을 입은 소하의 얼굴이 붉었다. 아까부터 자신을 지그시 바라보는 윤의 시선에 온몸이 달아오르고 있었다. 이미 오라버니와 함께 밤을 했으나 오늘 초야를 맞이하니 다시 부끄럽고 수줍어진 것이었다. 그러나 평생을 은애하였던 윤이었다. 소하의 눈에는 오직 그만이 전부였다. 하지만 이제는 윤이 지닌 아픔도 이해하게 된 소하였다. 다가서지 못했던 그의 마음을 이제는 이해하였다.

"소하공주!"

윤이 부드럽게 소하의 손을 잡아서는 거울 앞에 앉혔다. 그리고는 윤이 조심스레 소하의 머리 장식 하나를 빼냈다. 예전 소하의 머리에 내려앉았던 나뭇잎을 떼어주던 그 손길처럼 자상했다. 그리고 또 하나, 또 하나, 하나둘씩 머리 장식이 탁자에 쌓여갔다.

"머리 장식이 많아 무거우시죠? 오늘은 제가 마마의 머리를 정리해 드리겠습니다."

윤의 미소가 깊어졌다. 그리고는 곧 윤이 자신이 소하에게 선물했던 비여를 꺼내 들었다. 소하는 그가 정말로 비여를 들어 자신의 머리를 정리해 줄 것이라고는 예상치 못했다. 하지만 윤의 표정은 침착했다. 동요하고 있는 사람은 오직 소하뿐인 듯했다.

"오라버니?"

깜짝 놀란 소하의 눈빛이 거울 속에서 윤의 시선과 부딪혔다. 윤이 비여를 들어 소하의 긴 머리를 빗어 내리기 시작했다. 소하는 머리카락에도 감각이 존재한다는 것을 처음 알았다. 윤의 손길이 닿을 때마다 저릿했다. 그리고 마치 온몸을 드러낸 것처럼 수줍어졌다.

윤의 기다란 손가락이 부드럽게 소하의 정수리를 스쳤다. 정수리에서 시작한 열기가 척추를 타고 아래로 흘러갔다. 마치 추운 것처럼 뒷목덜미에 오소소 소름이 돋았다. 하지만 그것은 어딘지 달콤하면서도 짜릿했다. 비여를 든 그의 손가락이 소하의 어깨를 살짝 스치고, 등을 살짝 스쳤다. 아쉬운 듯 떨어지는 그의 손이었다. 소하는 저도 모르게 긴장하고 숨을 멈추고 있었다.

"마감으로 복무하는 동안 자주 꿈을 꾸었습니다."

윤의 목소리가 달콤한 꿈을 꾸는 듯 아련했다. 그의 눈빛에 봄날의 아지랑이 같은 따뜻한 기운이 서려 있었다. 그리고 그가 소하의 흑단 같은 머리카락을 한 줌 쥐어 가볍게 입맞춤했다.

"꿈속에서는 아름다운 마마를 마음껏 은애할 수 있었습니다. 그 달콤한 환상 속에서 마마는 한나라의 공주가 아니었고 저도 외부인이 아니었지요. 그저 서로를 은애하는 청춘이었습니다. 그리고 꿈속에는 초원을 이동하며 살았지요. 아무것도 가진 것이 없어도 행복했습니다. 현실에서도 마마를 가질 수만 있다면 제 심장을 내어놓고 싶었습니다. 그저 마마 곁에 있는 것이 제가 원한 행복이었다는 것을 그제야 아프게 깨달았지요."

윤의 낮은 목소리가 무척이나 관능적이었다. 비여를 내려두고 윤이 소하의 뒷목덜미에 가볍게 입맞춤했다. 그의 입술이 닿은 자리가 타는 듯이 뜨거웠다. 윤이 이내 손을 내밀어 소하를 자리에서 일으켜 세웠다. 그리고 떨리는 손으로 윤이 조심스럽게 소하의 옷을 벗겨내기 시작했다. 한 꺼풀씩 옷이 소하의 몸에서 떨어져 나갈수록 소하의 아름다운 나신이 드러났다. 소하가 수줍어하며 얼굴을 붉혔다. 그 모습을 윤은 자신의 동공에 가득 담았다. 그녀는 오롯이 이제 윤의 것이었다.

"이제 마마는 제 심장을 가졌습니다."

소하가 가만히 그의 까만 눈을 응시했다. 윤은 한 손을 들어 소하의 뺨을 쓰다듬었다. 따뜻한 온기에 소하는 아름다운 미소를 지었다. 이 따뜻함이 좋았다. 소하는 자연스레 고개를 돌려 그의 손바닥에 뺨을 대었다. 그와의 혼인은 이렇게 포근하고 따뜻한 것이리라. 소하는 안심했다.

윤은 다른 한 손을 마저 들어 그녀의 작은 얼굴을 감싸고 소하의 이마에 조심스레 입맞춤했다. 소하는 윤의 자애로운 입맞춤이 좋았다. 잠시 동안의 정적에 빠져 있던 소하가 눈을 떴다. 윤이 자신의 얼굴을 마치 처음 보는 것처럼 부드럽게 바라보고 있었다. 소하가 그의 눈빛이 위험하게 반짝인다고 느낀 순간 그녀의 입술에 윤의 입술이 내려앉았다. 소하는 살며시 다시 두 눈을 감았다.

강건한 그의 체격과 달리 입술에 닿는 그는 매우 부드러웠다. 소하는 그의 입술 감촉이 좋았다. 소하가 기분 좋은 감촉에 빠져 있을 때, 그가 살짝 소하의 아랫입술을 물었다. 깜짝 놀란 소하가 입술을 벌리자 입안으로 그의 혀가 쏟아져 들어왔다. 소하는 저도 모르게 그의 옷자락을 움켜쥐었다.

갑작스레 침범한 윤의 혀는 소하의 매끈한 치열을 훑고는 안으로 숨은 소하의 혀를 낚아챘다. 윤은 부드럽고 말캉한 소하의 혀를 자신의 혀로 휘감고 그녀의 달콤한 타액을 들이마셨다. 그리고 살짝 부드러운 볼 안쪽을 쓸어주고는 다시 아랫입술을 살짝 깨물었다. 처음의 부드러운 감각과는 다른 뜨거운 열기에 소하의 입술이 타는 듯이 뜨거워졌다. 그리고 무차별적으로 입안을 뜨겁게 휘젓는 그의 혀에 소하는 어지러워졌다. 소하의 세상이 그를 중심으로 빙글빙글 도는 기분이었다.

"아웃…… 헉……."

숨이 막히는지 소하가 달뜬 신음을 흘렸다. 소하가 감았던 눈을 번쩍 뜨고는 그를 바라보았다. 윤은 그녀의 눈동자가 보석처럼 반짝인다고 생각했다. 각도를 바꾸자 소하는 다시 눈을 감았다. 윤은 소하의 입가에 묻은 타액을 부드럽게 훑었다. 그녀의 이 사이를 천천히 휘돌던 그의 혀가 이번에는 소하의 입안을 격렬하게 탐했다. 그녀의 부드러운 입술과 작고 말캉한 혀가 윤의 이성을 마비시켰다.

그녀의 영혼까지 모두 자신의 것으로 하고 싶었다. 아직 서툰 소하의 몸짓에 윤의 열정이 더욱 끌어 올랐다. 그녀는 어찌해야 할 바를 모르는 듯, 작은 손으로 그의 가슴께의 옷을 생명줄이라도 되는 듯 그러쥐었다. 그녀는 향기로운 과실로 이루어진 관능의 여신이었다.

소하의 부드러운 피부가 손에 감기는 듯했다. 윤은 소하의 입술에 입맞춤하며, 소하의 하얀 가슴을 거칠게 애무하였다. 소하의 작은 입술을 윤은 거의 삼킬 듯이 거칠게 빨아들였다.

아랫입술을 살짝 깨물자 소하의 작은 입술이 열렸다. 작은 틈을 비집고 윤은 혀를 집어넣어 소하의 분홍색 혀를 낚아채었다. 그녀의 달콤한 타액을 들이마셨다. 그녀의 영혼을 빨아들이듯, 윤은 애타게 소하를 갈구하였다. 소하의 감긴 눈이 거친 입맞춤에 가늘게 떨렸다. 윤은 그녀의 입안을 이리저리 헤매다, 그녀의 볼을 타고 귓불을 물고 그녀의 작은 귀에 거친 숨을 불어 넣었다.

"소하, 소하!"

윤이 소하의 이름을 나직하게 불렀고 곧 그의 혀가 소하의 귓속으로 파고들었다. 소하는 뜨거운 그의 입김에 몸이 움찔했다. 귀 안으로 들어온 그의 혀 때문에 소하는 목덜미를 타고 흐르는 짜릿함에 전율하였다. 그가 낮은 목소리로 그녀의 이름을 부를 때면 소하는 주술에 걸리는 기분이었다. 온몸에 기운이 빠지면서 그저 그가 주는 감각에 빠져들었다. 소하는 새어 나오는 신음을 막을 수 없었다.

"하앗…… 앙……!"

거칠게 그녀의 귀를 탐하면서 윤의 커다란 손은 소하의 가슴을 애무하였다. 그의 다른 손이 그녀의 목덜미를 쥐자, 소하는 고양이처럼 가르랑거렸다. 윤의 손길에 소하의 가슴이 모양을 바꾸었다. 윤은 마치 무게를 가늠하듯 큰 손으로 소하의 가슴을 아래에서 위쪽으로 치대었다. 상당한 굴곡을 지닌 소하의 가슴을 윤의 큰 손이 감싸고 마음껏 농락하였다. 그가 유륜 주위를 쓰다듬자 소하의 모든 감각은 가슴으로 집중되었다. 윤의 손가락 사이로 그 존재감을 드러낸 유두가 아플 정도로 꼿꼿했다.

윤은 한 손으로 소하의 등을 받치고, 다른 손으로 소하의 오른쪽 유두를 손가락 사이에 끼우고 지분거렸다. 소하의 몸속으로 찌릿함이 내달렸다. 그녀의 귀를 희롱하던 혀는 어느새 다른 쪽 유실을 거칠게 머금었다. 윤의 부드러운 혀가 유실을 부드럽게 쓰다듬다가 갑자기 거칠게 빨아들였다. 그리고는 그가 살짝 깨물자 소하는 순간 신음을 지를 뻔한 것을 가까스로 억제하였다.

"마마, 억누르지 마세요. 마마의 달콤한 목소리를 제게 들려주십시오!"

그의 목소리가 신음처럼 들렸다. 소하는 한쪽 가슴에 가해지는 그의 혀가 주는 무차별적인 공격과 다른 쪽 유두를 그가 손톱 끝으로 간질이는 감각에 그만 온몸이 활처럼 휘어졌다. 그에게 가슴을 더 들이미는 것과 같은 모양새였다.

"하아……. 앗……!"

소하의 부드러운 몸에 윤의 옷이 뻣뻣하게 느껴졌다. 소하는 가슴에 가해지는 감각만으로 아래쪽이 촉촉하게 젖어드는 것을 알았다. 그리고 다리에서 스르륵 힘이 빠졌다. 소녀였던 소하의 몸이 윤의 손에 의해 관능과 열정을 아는 몸으로 변해 버렸다. 처음에는 너무 강한 자극에 고통스러운 느낌도 있었다. 그러나 이제 소하의 몸은 윤이 선사하는 자극에 적응되었는지, 더욱 쾌감을 느끼게 되었다.

쓰러질 듯한 소하를 침상에 누이자마자, 윤의 혀는 배를 타고 소하의 배꼽 주변을 배회하다가 점점 아래로 내려갔다. 소하는 욕망으로 흐려진 눈으로 자신의 다리 사이로 향해지는 윤의 검은 머리를 멍하니 바라보았다.

윤은 그녀의 꽃잎이 촉촉이 젖어 있는 광경을 바라보았다. 아직도 소하의 꽃잎은 여전히 남자를 모르는 듯 아름다웠다. 처음에는 그를 받아들이는 것을 버거워했다. 하지만 이제는 소하도 서툴지만 윤의 움직임에 호흡을 맞추게 되었다. 하루가 다르게 아름답게 피어나는 그녀를 보는 것은 그의 기쁨이었다.

부드러운 꽃잎 위를 윤의 혀가 부드럽게 덧그렸다. 소하가 몸을 떠는 것이 느껴졌다. 윤은 소하의 분홍빛 아름다운 꽃잎을 아래에서 위로 천천히 부드럽게 핥았다. 소하의 꽃잎에서 맑은 꿀이 흘렀다. 그것이 정말 꿀이라도 되는 듯 윤은 부드럽게 핥았다. 그리고는 꽃잎 위에 존재를 드러낸 붉은 진주를 혀로 부드럽게 쓸었다.

소하의 작은 몸이 경련하였다. 그러나 윤은 아랑곳하지 않고 붉은 진주를 혀로 부드럽게 쓸었다가 가볍게 물었다가 그 주변을 핥았다. 소하가 지나친 쾌감을 이기지 못하고 윤의 머리를 떼어내려는 듯 작은 손가락을 검은 머리 사이로 넣었다.

"하악, 오라버니!"

뒤쪽으로 물러서려는 소하의 작은 허리를 두 손으로 꽉 붙들었다. 그녀의 가느다란 허리가 윤의 두 손에 딱 맞았다. 한 줌에 잡힐 듯 가느다란 허리를 붙들 때마다, 윤은 그녀의 작은 몸속으로 들어가는 것이 미안해졌다.

그러나 윤은 그녀를 향하여 들끓는 자신의 열정을 제어할 수가 없었다. 그녀는 달콤한 월계화처럼 존재 자체로서 윤을 유혹하였다. 그 유혹에 저항할 생각이 없는 윤은 세상에서 가장 맛있는 꿀을 먹듯 소하의 여성을 마음껏 희롱하였다. 츄릅, 츄릅 윤의 혀가 내는 질척한 소리가 방 안을 가득 채웠다.

곧 윤이 소하의 여성을 '츄릅' 하고 입속에 머금자 소하의 눈앞이 하얗게 변했다.

"아앗…… 제발!"

민망한 부분을 드러내 보이는 것이 부끄러웠지만, 그의 혀가 주는 쾌감에 소하도 점점 익숙해졌다. 허리 부근 아래쪽에서 시작한 열기가 척추를 타고 머리끝까지 타고 올라갔고, 발끝까지 내려갔다. 소하는 온몸을 휘감은 열기에 온몸을 크게 경련했고 이내 몸에서 모든 힘이 빠져나가는 기분이었다.

소하가 절정에 몸을 축 늘어뜨리자 윤의 혀가 살아 있는 생물처럼 소하의 꽃잎 사이의 계곡 안을 파고들었다. 절정으로 민감해진 소하는 그의 혀가 계곡 안쪽으로 파고들자 다시 허리에서부터 작은 떨림이 점점 확대되는 기분이었다.

작은 파도가 밀물처럼 다시 소하의 몸을 휘감았다. 작은 파도는 시간이 지날수록 점점 확대되어 거대한 파도가 되었다. 소하가 다시 절정에 다다른다고 느낄 때, 갑자기 윤이 얼굴을 들었다. 소하는 뭔가 아쉬워 몸을 살짝 떨었다.

윤이 얼굴을 떼자 그의 입 주변이 소하의 애액으로 번들거렸다. 연이은 절정에 흐트러진 소하가 하얀 이불 위에 나른하게 누워 있었다. 아름다운 검은색 머리는 하얀색 비단 위에 흩어져 있었고, 소하의 몸이 나른한 곡선을 그렸다. 무방비로 벌어진 다리 사이로 도톰하게 부풀어 오른 소하의 꽃잎이 다시 윤을 유혹하였다.

하얀 가슴 위에는 윤이 만들어낸 붉은 꽃이 아름답게 피어 있었다. 윤은 자신의 손에 아름답게 피어나는 소하를 삼킬 듯이 바라보았다. 순진한 소녀에서 요염함을 품은 여인으로 변모한 소하는 매혹적인 요부였다. 그녀처럼 그의 이성을 마비시킨 여인은 없었다. 윤의 평정을 무너뜨리는 단 하나의 존재, 윤을 미치게 만드는 단 한 명의 소녀, 윤의 심장을 뛰게 만드는 단 하나의 여인. 그것이 소하였다. 소하라는 존재는 이렇게 윤을 가득 채우고 있었다.

윤은 거칠게 자신의 옷을 벗어 던졌다. 그런 그를 소하가 나른하지만 요염한 표정으로 바라보았다. 그리고 그녀가 유혹하듯 두 팔을 들어 올렸다. 윤은 그녀의 가슴에 얼굴을 묻었다. 어머니의 따듯한 품을 갈구하는 어린아이처럼, 윤은 소하의 아름다운 가슴을 애타게 빨아들였다. 그리고는 곧 자신의 성난 분신으로 소하의 꽃잎 입구를 부드럽게 쓸었다. 그러자 소하가 낮게 달뜬 신음을 내뱉었다.

"하앙…… 음…… 앗!"

윤은 참지 못하고 거칠게 자신의 분신을 소하의 샘 안으로 밀어넣었다. 절정으로 민감해진 소하의 꽃잎은 성난 윤의 분신을 빨아들이듯 흡수하였다.

"소하!"

윤은 이 따뜻함이 좋았다. 더욱더 몸을 그 안에 묻고 싶었다. 조금 더 그녀 안에, 더 깊게 다가가고 싶었다. 윤의 거친 움직임에 소하의 온몸이 흔들렸다. 소하의 작은 손이 윤의 볼을 쓰다듬었다. 윤은 고개를 돌려 그녀의 손바닥에 애타게 입맞춤하고는, 윤의 손에 부드럽게 깍지를 끼었다. 소하의 작은 손은 그의 손에 꽉 잡혀 버렸다.

소하는 그의 손길이 자신을 부드럽게 다독이자 마음이 안심이 되었다. 그리고 소하는 그저 그의 허리 짓에 따라 같이 움직일 수밖에 없었다. 그의 움직임이 점점 속도를 높였다. 소하도 어느새 그를 따라 허리를 함께 움직이고 있었다.

"하윽, 앙…… 오라버니!"

윤은 자신의 움직임에 절정으로 치닫는 소하의 얼굴을 바라보았다. 이 얼굴을 누구에게도 보여주고 싶지 않았다. 강한 소유욕으로 윤의 허리 움직임이 거칠어지자 소하의 두 눈가에서 눈물이 흘러내렸다. 절정에 우는 소하의 얼굴이 너무나 아름다웠다.

윤의 분신이 소하의 온몸을 파고들자, 소하는 그것만으로도 절정을 느낄 것 같았다. 여전히 버거웠지만 소하는 그와 하나가 되고 싶었다. 그것은 강렬한 욕망이었다. 그가 허리를 움직일 때마다 소하의 온몸이 녹아내렸다. 흔들리는 가슴을 윤이 움켜쥐었다. 그의 강인한 손이 유두에 닿자 쾌감에 머리가 녹아내릴 지경이었다. 그도 흥분했는지 가슴을 움켜쥐는 손길이 거칠었다. 그리고 그는 입을 내려 소하의 다른 쪽 유실을 물고 강하게 빨아들였다.

"흡!"

동시에 가해지는 자극에 피부 아래서 작은 요동이 파닥거렸다. 그런 소하의 상황을 알아챘는지 윤의 움직임이 더욱더 빨라졌다. 소하의 꽃잎이 강하게 그를 압박하였다. 그러자 그도 더 이상 견딜 수 없었는지 그녀의 이름을 불렀다.

"웃, 소하, 나의 여인!"

그리고 점점 더 그의 분신이 몸 안에서 더욱 확장하기 시작하였다. 소하가 더 이상 견딜 수 없다고 느끼는 순간이었다. 그가 소하의 이름을 부르며 그녀의 몸 안에 힘껏 파정하였다. 거친 숨을 몰아쉬며 윤의 몸이 털썩 소하의 몸 위로 떨어졌다. 소하는 그의 무게감이 좋았다. 거친 숨을 몰아쉬는 그를 소하는 부드럽게 끌어안았다.

윤은 그녀가 그를 부드럽게 안아주자 힘을 잃었던 그의 분신이 다시금 힘을 얻었다. 윤은 목이 말랐다. 그녀를 안고 또 안아도 무엇인가가 부족했다. 윤은 거칠게 소하의 몸을 그대로 뒤집었다.

익숙지 않은 자세에 소하가 '헉' 하고 숨을 들이쉬었다. 소하의 탐스러울 정도로 하얀 엉덩이가 유혹하듯이 자태를 드러냈다. 그리고 미끈한 다리와 잘록한 허리가 시선을 잡아챘다.

윤은 그녀의 하얗고 음란한 엉덩이를 쥐어짜듯이 움켜쥐었다. 그리고 나긋나긋한 그녀의 가냘픈 등을 부드럽게 쓸어내렸다. 그리고 강하게 허리를 추어올렸다. 너무 강한 진입에 소하가 크게 몸을 움찔했다.

"헉…… 오라버니!"

윤은 강하게 허리짓을 하며, 소하의 비부로 손을 가져가 도톰하게 부풀어 오른 그녀의 붉은 진주를 강하게 문질렀다. 소하가 처음 겪는 자세에 놀란 듯 격하게 허리를 흔들었다. 그러자 그녀의 비부가 경련하듯이 수축하며, 윤의 분신을 조였다. 파정할 뻔한 것을 간신히 참은 윤은 조금 더 강하고 빠르게 허리를 추어올렸다.

윤의 움직임이 다시 거칠어지자, 소하가 낮은 신음을 내뱉었다. 너무나 깊은 삽입에 정수리부터 발가락 끝까지 강한 저릿함과 간지러운 쾌감이 소하를 파도처럼 덮쳤다. 윤의 분신과 또 그의 손가락이 주는 감각에 소하는 저도 모르게 등을 활처럼 휘었고 허리를 흔들었다. 소하는 그 와중에서 큰 소리를 내지 않기 위해서 두 손으로 자신을 입을 막았다.

윤은 그 손을 거칠게 떼어내고는 그녀의 상체를 돌려 그녀의 입술을 자신의 입으로 막았다. 아름다운 윤의 월계화는 그의 품 안에서 한껏 만개하고 있었다. 윤의 거친 움직임에 흔들리던 소하는 윤이 자신의 몸속에 다시 파정하는 순간 그만 살짝 의식을 잃었다.

아름다운 미소를 지으며, 평온한 잠속으로 빠져드는 소하를 윤이 넉넉하게 안아주었다. 두 사람을 휘감았던 몸의 열기는 사라졌지만 마음의 온기로 따뜻했다. 서로에게 맞닿은 심장이 같은 울림을 만들어내고 있었다. 같은 속도로 뛰는 소하의 심장박동 소리가 윤에게 속삭이는 것만 같았다.

살아가는 동안 이렇게 함께 앞으로 나아가자고, 살아 있음에, 서로를 은애함에 감사하며 같은 곳을 바라보자고……. 윤이 소하의 속삭임에 대답하듯 소하의 가녀린 몸을 꽉 끌어안았다. 두 사람의 아름다운 시간은 이제 막 시작되고 있었다.

이튿날, 윤과 소하는 한서제와 황후, 국구인 장철, 평양공주, 위청, 곽정, 위화가 모두 모인 자리에서 인사를 올렸다.

"폐하, 황후마마! 이렇게 부족한 저에게 공주마마를 허락해 주셔서 감사합니다."

제후의 위엄을 갖춘 윤의 모습이 훤칠했다. 그 모습을 바라보던 황후는 추억에 잠겼다. 일곱 살의 어린 윤을 데리고 휴도를 떠나 피난할 때 세상에 의지할 사람이라고는 둘밖에 없었다. 작고 보살펴 주어야 했던 공자가 이리 장성하여 소하와 혼인을 한다니 황후는 감격스러웠다.

당시 윤과 자신의 운명이 이렇게 될 것임을 그 누가 예측할 수 있었으랴? 하지만 황후는 서로를 은애하는 윤과 소하가 행복하기를 빌었다. 한서제의 사랑으로 황후는 행복하였다. 그런 사랑을 소하도 받기를 기원했다. 누구보다 애정이 깊은 윤이니 소하를 아끼리라.

"그런데 혼례는 종신대사(終身大事)인데, 어찌 이리 순서가 엉망 진창인 것입니까?"

평양공주의 말에 모두가 고개를 들었다.

"납채(신랑 측의 구혼)도 있기 전에 납징(혼약의 성립), 청기(성혼의 날짜 결정)부터 정해지다니요."

사실 황명으로 혼인 날짜가 결정되고 그 이후에 부랴부랴 혼례 의식에 따라 납채, 문명(홍첩 보냄), 납길(궁합을 맞춤)의 단계가 이루어진 것이었다.

"공주마마, 송구하옵니다."

곽정과 위화가 머리를 조아렸다. 부모가 없는 윤을 위하여 오늘 부모 역할을 이들이 대신하고 있었다.

"누님, 그 모든 것이 저의 불찰이니 널리 헤아려 주십시오."

한서제의 말에 평양공주가 미소 지었다.

"아닙니다. 내 오늘 아름다운 신부와 저리 늠름한 신랑을 보니 왠지 놀려주고 싶어 그러합니다."

평양공주의 말에 모두 안심하였다.

"그런데 어찌 사위나 빙부가 모두 지어미에게 저리 꼼짝을 못하는지 원, 참으로 천생연분입니다."

공주의 말에 윤과 한서제가 민망한 표정을 지었으나 모두 그 사실을 알기에 화기애애하게 웃을 수 있었다.

"행복하게 살거라!"

한서제의 말에 윤이 고개를 숙였다.

"하투 지역에 적응하는 것이 그리 쉬운 일은 아닐 것입니다. 부디 서로를 아끼며 사셔야 합니다."

황후가 소하가 걱정이 되었는지 당부하였다.

"네, 어마마마!"

소하의 목소리가 촉촉했다. 아무리 사랑하는 오라버니에게 시집을 간다 하나, 이제 부모의 품을 떠나 먼 곳으로 떠나야 했다. 그곳이 어떤 곳일지라도 소하는 따라갈 것이지만, 예전처럼 자주 부모님을 뵐 수 없다는 것은 슬펐다. 하지만 은애하는 아바마마를 따라 어마마마가 초원을 떠나왔듯이, 이제는 소하가 은애하는 오라버니를 따라 초원으로 갈 것이었다.

"강령하시옵소서, 아바마마, 어마마마!"

매화가 눈처럼 내리던 날, 소하는 예정대로 장안을 떠나 초원을 향해 먼 여정에 올랐다. 만물이 소생하는 봄, 긴 겨울을 이겨내고 새순이 돋아나듯 그렇게 소하와 윤은 새로운 희망을 향하여 발을 내딛게 된 것이다. 이제 혼자가 아닌 한 남자의 지어미가 되어 떠나가는 소하는 행복으로 빛이 났다.

하지만 한편으로 품 안에 있던 자식을 먼 곳으로 떠나보내니 황후는 눈이 시큰해지는 것은 어찌할 수 없었다. 어느새 이렇게 자란 것이 기특하면서도, 아직도 어리기만 한 소하를 멀리 보내려니 황후의 눈에서 결국 맑은 눈물이 흘러내렸다. 한서제가 조용히 손을 들어 황후의 눈물을 닦아주고는 부드럽게 눈을 맞추었다. 조용히 위로하는 한서제에게 황후가 살짝 고개를 끄덕이며 아름다운 미소를 지었다.

그 모습을 물끄러미 바라보는 소하의 눈가도 촉촉해졌다. 그동안 조건 없이 자신에게 사랑을 베풀어준 아바마마와 어마마마였다. 성장하면 둥지를 떠나는 것은 당연했지만 너무 멀리 가는 것이 송구스러웠다. 이제 소하도 윤과 함께 아바마마와 어마마마처럼 아름다운 가정을 꾸려갈 것이었다. 윤이 그런 마음을 알아챘는지 떨리는 소하의 작은 손을 다정하게 감쌌다. 서로를 존중하며 아껴주며 그렇게 두 사람은 살아갈 것이었다. 어렵게 잡은 이 손을 결코 놓지 않을 것이었다. 윤의 다짐이 따뜻한 체온으로 소하에게 고스란히 전해졌다.

어가를 타고 움직이는 여정은 더뎠다. 한서제가 흉노와의 전쟁에서 기병을 키우려 노력했던 것은 이동 속도의 차이 때문이었다. 보병의 행군 거리는 하루 약 1사(舍), 30리(약 15km) 정도였다. 반면 기병의 평균 속도는 하루 2사를 넘었다. 장안을 떠날 때에는 분명 어가에 타고 있었던 소하였으나 이내 곧 말을 타게 해달라고 윤을 조르기 시작했다.

"오라버니, 저도 말을 타고 싶습니다."

"아직, 말을 타고 달리기에는 마마의 승마 실력이 충분하지 않습니다."

윤이 소하가 걱정되어 거절하였다.

"저도 초원을 느껴보고 싶습니다."

결국, 소하의 부탁에 초원에 가까워지자 윤이 소하를 데리고 밤에 잠깐 주변을 보여주기로 하였다.

남복을 하고 나온 소하를 보자 윤은 예전 승마 수업이 생각나서 미소를 지었다. 혼인을 하고 벌써 3개월이 지났으나 여전히 소하는 윤의 마음을 빼앗았던 곤명지에서의 소녀 같았다.

"그럼, 오늘 밤에 초원을 보여 드리겠습니다!"

윤의 부드럽게 웃으며 소하에게 손을 내밀었다. 그 손을 잡고 소하가 훌쩍 말에 올라탔다. 그때처럼 윤이 소하의 허리를 가볍게 끌어안고 말고삐를 잡았다. 시야를 확보하기 위해서 소하의 오른 뺨 쪽으로 고개를 붙인 윤 덕분에 두 사람은 착 달라붙어 있었다. 그때의 긴장감과는 달리 오늘은 달콤함이 두 사람을 채우고 있었다.

황톳빛 황하를 넘어 저 먼 북쪽의 짙푸른 삼림지대에 이르기 전, 일망무제의 넓은 목초지가 펼쳐진다. 유목민족인 흉노는 사육하는 가축들을 이끌고 이런 목초지를 이동하며 살아왔다. 그 끝이 보이지 않는 지평선 너머까지 정주하지 않고 가축을 배불리 먹일 수 있는 목초지를 찾아 말을 타고 벌판을 질주하며 살아온 이들이었다.

밤이 되면 드넓게 펼쳐진 하늘에서는 별빛이 쏟아져 내렸고 낮에는 짙푸른 하늘에 흰 구름이 시간을 잊은 듯 천천히 흘러간다. 그 너른 초원을 거칠 것 없이 말을 타고 가로지르며 어디에도 매이지 않고 살아왔던 윤이 마침내 사랑하는 소하와 함께 돌아온 것이었다. 이 넓고 광활한 초원이 윤의 고향이었다. 초원을 비추는 만월에 의지하여 한참을 달리던 윤이 소하의 귓가에 나직하게 말했다.

"우리 선조는 말입니다. 늑대의 후손이라고 합니다. 예전에 흉노 선우에게 두 딸이 있었죠. 어찌나 이들이 아름다운지 천신에게 아내로 바치기로 했다고 합니다. 높은 단을 쌓고 딸들을 데려가 달라 기도하였으나 4년간 답이 없었죠. 다만 늑대 한 마리가 딸들의 옆을 계속 지키고 있었습니다. 선우의 딸들은 그 늑대를 천신이라고 생각해 따라갔고, 그 후에 자손을 낳았다고 합니다."

윤의 목소리가 소하의 귓가를 부드럽게 스쳤다.

"넓고 황량한 초원에서 태양은 그 존재가 너무 강렬합니다. 초원에서 고개를 들어 하늘을 바라보면 그 아득함에 무서워질 정도입니다. 그 넓은 하늘을 바라보면서 하늘의 자손이라 믿으면 갑자기 그 넓은 하늘이 편안해집니다."

자신의 뿌리를 이야기해 주는 윤의 목소리가 자랑스러움으로 가득 차 있었다.

"오라버니는 이렇게 넓은 초원을 스산한 북풍을 맞으며, 거친 모래바람을 마주하며 끝없이 광야를 달렸을 거군요!"

소하의 말에 윤의 가볍게 고개를 끄덕였다.

"이제 저와 같이하세요! 아무리 거칠어도, 나무뿌리로 연명할지라도 저는 오라버니와 함께 가겠습니다!"

소하가 자신의 허리를 감싸고 있는 윤의 손을 부드럽게 감쌌다. 그것은 언제까지나 그의 곁에 있겠다는 소하의 마음이었다. 빠르게 말을 몰던 윤이 말을 멈추었다. 광활한 초원이 두 사람 앞에 펼쳐져 있었다. 초원에 떨어진 이슬이 달빛을 받아 신비한 은빛으로 반짝였다. 이곳이 그리웠다. 그리고 이곳으로 돌아오고 싶었다.

마침내 그 초원으로 윤은 돌아왔다. 하지만 이제는 혼자가 아니었다. 소하가 자신의 곁에 있을 것이었다. 자신의 진정한 반려가 된 소하가 너무나 사랑스러웠다. 윤의 뜨거운 열정이 소하를 원했다. 지금 당장 따듯한 소하의 품이 그리웠다. 소하를 끌어안고 있던 윤이 뒤에서 갑자기 가슴을 움켜쥐었다.

"헉, 오라버니!"

소하의 목소리가 가늘게 떨렸다. 옷 사이로 파고든 윤의 손길이 가차 없이 소하의 몸에서 첨유를 떼어내고 있었다. 아무리 밤이고 주변에 아무도 없다지만 소하는 부끄러웠다. 그러나 소하가 더 이상 생각을 진행시킬 사이도 없이 윤의 손이 마치 반죽을 하듯 강하게 가슴을 아래에서 위로 쓸어 올렸다. 그리고 꼿꼿하게 솟아오른 그녀의 유실을 긴 손가락으로 빠르게 문지르기 시작했다. 등 뒤에 닿는 윤의 탄탄한 가슴에 소하가 머리를 기대었다. 마치 스스로 가슴을 내미는 꼴이었다. 하지만 소하는 미처 그것을 인지하지 못하고 있었다.

윤의 입술이 소하의 입술을 한입에 머금었다. 윤의 손길이 부지런히 소하의 가슴을 이리저리 희롱하더니 애태울 정도로 천천히 배 쪽으로 내려갔다. 그리고 소하가 입술에 주어지는 감각에 빠져 있을 때 윤의 손이 소하의 벌어진 다리 사이로 내려갔다. 침전에서나 어울릴 만한 장소에 윤의 손이 닿았다.

"하아, 싫어요!"

소하가 부끄러움에 몸부림쳤다. 그러나 말에 타고 있어서 다리를 오므리고 싶어도 그리할 수가 없었다. 윤의 손이 소하의 고를 파고들어 붉은 진주를 쓸었다. 윤의 입술이 이제는 소하의 뒷목덜미를 핥아 올렸다. 빠르게 자신의 진주를 희롱하는 윤의 손가락에 소하는 속수무책이었다. 소하의 아랫배에서 시작한 뜨거운 열기가 점점 온몸으로 퍼져 갔다. 온몸이 저릿했다.

"오라버니, 아앗!"

소하가 저도 모르게 요염한 목소리로 윤을 졸랐다. 온몸을 휘감는 열기가 해방을 바라고 있었다. 윤의 손이 더욱 빠르게 움직였다. 진주를 희롱하던 손가락이 어느새 흥건하게 젖어 있는 꽃잎을 희롱하였다. 꽃잎의 갈라진 틈을 부드럽게 덧그리고는 파르르 떨리는 꽃잎 안으로 손가락을 밀어 넣었다. 소하의 안이 녹아버릴 것 같이 뜨거웠다.

"제발…… 더 이상은……."

뜨거운 열기가 소하의 몸 안에서 점점 커져 갔다. 소하가 더 이상 견딜 수 없다고 느낀 순간 강한 희열이 소하의 머리끝에서 발끝까지 척추를 타고 흘러갔다. 소하가 강하게 몸을 경련하였다.

"오라버니!"

소하는 온몸에 힘이 빠져 지친 머리를 윤에게 기대었다. 호흡이 미친 듯이 가빴다. 소하의 가슴이 크게 아래위로 출렁거렸다. 옷자락 사이로 빠져나온 하얗고 탐스러운 가슴이 흔들렸다.

윤이 소하의 입술을 다시 강하게 빨았다. 그리고 급하게 소하를 돌려 안았다. 그리고 급하게 소하의 고를 벗겼다. 그리고 두 손으로 소하의 허리를 살짝 들어 올렸다. 그리고 절정으로 부드러워진 소하의 꽃잎 안으로 급하게 고를 내리고 자신의 분신을 밀어 넣었다. 그리고 강하게 소하의 허리를 자신 쪽으로 끌어당겼다. 이 미칠 듯한 열정이 소하를 원했다. 촉촉하게 젖은 소하의 내부가 윤을 부드럽게 감쌌다. 소하도 윤도 불편한 자세에도 불구하고 너무나 빠르게 달아오르고 있었다.

말의 움직임과 윤의 허리 움직임이 섞여 소하를 자극했다. 말 위에서 하의를 드러내고 경박하게 윤에게 안겨 있는 자신의 모습에 소하는 더욱 흥분하고 있었다. 그래서인지 소하도 윤도 빠르게 절정에 도달했다. 윤의 분신이 한계치까지 커지더니 소하의 몸 안쪽에 뜨거운 세찬 물보라를 쏟아내었다. 숨이 찬 소하가 급하게 숨을 들이쉬었다. 소하의 얼굴이 타는 것처럼 뜨거웠다. 이런 말 타기라니…… 윤은 짓궂기 그지없었다.

"지금 그대 얼굴이 타는 듯이 붉게 물들었구나!"

윤의 놀리는 목소리에 소하의 온몸이 물들었다. 가끔 윤은 사랑을 나눌 때면 공주마마라는 경칭을 떼고 편하게 말을 하였다. 그럴 때면 윤이 자신을 그저 은애하는 여인으로만 대해주는 것 같아 소하는 더욱 몸이 달아올랐다.

"몰라요!"

소하가 아양을 떨듯 윤의 넓은 가슴에 머리를 기대었다. 그런 소하가 사랑스러운 윤은 그녀의 정수리에 가볍게 입맞춤했다. 소하가 오롯이 제 품에 있었다. 언제까지라도 그녀를 이렇게 제 품에 안고 싶었다. 이렇게 아름다운 소하가 자신을 은애한다는 것이

벅찬 감동을 주었다. 윤이 소하의 얼굴을 들어 올려 저를 바라보게 만들었다. 소하가 수줍은 표정으로 얼굴을 붉혔다. 사랑스러운 그녀의 표정과 몸짓에 윤은 또다시 빠져들었다.

"소하!"

진지한 윤의 목소리에 소하가 고개를 들었다. 자신을 지그시 내려다보는 윤의 눈빛이 진지하였다. 그러나 그 눈빛에는 소하에 대한 열기를 품고 있었다. 그리고 자신을 사랑스럽게 바라보는 그의 눈빛에 소하의 심장이 다시 술렁거리기 시작했다. 그리고 다시 수줍어졌다. 소하의 얼굴이 발갛게 달아올랐다.

윤이 그녀의 얼굴을 커다란 손으로 부드럽게 감싸 안았다. 그리고 입술을 내려 부드럽게 소하의 이마에, 감은 눈꺼풀에, 오뚝한 콧날에 깃털처럼 가볍게 입맞춤하였다. 소하의 입술을 살짝 스친 그의 입술이 소하의 뺨을 타고 작은 귀 쪽으로 향했다. 윤이 나직하지만 믿음직한 목소리로 속삭였다.

"은애한다! 이 세상이 다하는 날까지 그대만을 은애한다!"

윤의 고백에 소하의 눈에서 눈물이 차올랐다. 윤이 온 마음을 담아 애틋하게 한 고백에 소하는 감동하고 말았다. 말을 아끼는 윤이었다. 헛되이 사라지는 말보다 행동으로 보여주었던 윤이었다. 소하의 심장이 다시 처음처럼, 그가 자신을 처음으로 은애하는 마음으로 안아주었던 그 밤처럼 뛰었다.

"오라버니!"

소하가 감동으로 먹먹하여 그저 윤을 불렀다.

"두 번 다시 너의 손을 놓지 않으마! 이제껏 너의 마음을 아프게 했던 것을 잊어버릴 수 있도록 너를 내 온 생을 걸고 아껴주마!"

윤의 달콤한 고백에 소하는 진주 같은 눈물을 계속 흘렸다.

"계속 내 옆에서 내가 너를 은애할 수 있게 해다오! 내가 바라는 것은 그것뿐이다!"

서로의 마음을 확인한 두 연인의 입술이 서로를 찾았다. 길고 관능적인 입맞춤에 두 사람 모두 고양되었다. 초원을 아름답게 비추는 만월이 사랑스런 두 연인을 축복해 주었다. 두 사람의 긴 여행은 이제 막 시작되었다. 평생을 함께할 그 길에 어떤 일이 발생할지 그 누구도 예측할 수는 없었다. 그러나 두 사람의 신뢰와 애정이 있다면 그 길은 행복할 것이었다.

終

원봉 3년, 4월, 한서제 재위 34년. 하투 지역에 윤과 소하가 도착한 봄이었다. 꽃이 드문 척박한 환경이었으나, 봄은 어디에나 찾아왔다. 도착하고 나서 근 한 달을 상황을 정리하느라 분주하였던 윤이었다. 분주한 업무로 식사조차 제대로 하지 못할 정도였다.

그리 혈색이 좋던 윤의 얼굴색이 예전 같지 않은 것이 소하의 마음에 걸렸다. 그래서 소하가 어렵게 취옥의 도움을 받아서 따뜻한 국물 요리를 만들었다. 소하가 직접 음식을 만들었다는 소리에 반색하던 윤이 국물을 앞에 두고는 얼른 수저를 들지 않고 망설이고 있었다.

"왜 안 드세요?"

소하가 근심스러운 표정으로 물었다. 조금이라도 무엇인가를 먹지 않으면 안 되었다. 그러나 윤이 앞에 놓인 뜨거운 국물을 바라만 보고 있자 걱정이 되었다.

"조금이라도 드셔야 해요!"

소하가 걱정스런 표정으로 자신을 바라보자 윤은 민망해졌다. 실은 윤은 뜨거운 음식을 잘 먹지 못했다. 흉노족들은 이동을 많이 하다 보니 말린 육포나 생고기를 자주 먹었다. 그것은 신속한 이동을 위해서 시간을 아끼기 위해서였다. 그러다 보니 윤은 뜨거운 국물이 있는 음식을 잘 먹지 못했던 것이다.

물론 지금은 한나라에 귀화한 지 근 이십 년이 되다 보니 아주 뜨겁지만 않으면 먹는 데 지장은 없었다. 하지만 지금 소하가 저리 아름다운 표정으로 자신을 빤히 바라보고 있는데 뜨거운 음식을 우아하게 먹을 자신이 없었던 것이다.

"뜨거운 음식을 본래 잘 못 먹어."

윤이 민망함에 퉁명스런 대답이 되었다. 예상치 못한 답변이었는지 소하의 커다란 눈이 더욱 크게 떠졌다.

"오라버니, 설마 뜨거운 것을 못 드신다는 건가요?"

그제야 소하의 근심스런 얼굴이 확 펴졌다. 이내 소하가 웃음을 참으며 윤을 놀리기 시작했다. 항상 거목 같았던 윤이었다. 듬직하고 항상 의지가 되는 오라버니였다. 그런데 지금 소하는 처음으로 발견한 윤의 약점에 즐거워졌다. 역시 오라버니도 완벽하지는 않았던 것이다. 그리고 지금 민망한 표정을 짓고 있는 윤이 소하는 너무나 귀여웠다. 저리 덩치가 큰 오라버니가 귀엽다는 생각이다 들다니, 소하는 마구 웃고 싶어졌다.

윤은 소하가 너무나 즐겁게 웃자 살짝 민망해졌다. 하지만 이런 모습도 소하에게만은 보여줄 수 있었다. 갑자기 윤은 소하에게 어리광을 부리고 싶었다.

"놀리지 말고…… 얼른 식혀줘!"

예상치 못한 윤의 어리광에 소하의 얼굴에 미소가 짙어졌다. 이 기회를 절대 놓칠 수 없었다. 항상 자신을 꼬맹이 취급만 했던 윤에게 복수하리라! 소하는 앙큼한 미소를 지었다. 그리고는 아무렇지도 않은 표정으로 수저를 들었다. 그리고 뜨거운 국물을 떠서 '후' 하고 식히기 시작했다. 부러 자신의 얼굴을 윤의 얼굴 가까이 가져가 그의 귓불 쪽으로 바람을 불었다. 소하의 부드러운 입술이 윤의 얼굴에 거의 닿을 것만 같았다. 그러나 소하는 조신한 지어미의 표정으로 윤에게 수저를 내밀었다.

"아, 해보세요!"

소하의 말에 윤이 얌전히 입을 벌렸다. 그 모습에 소하가 결국 웃음을 참지 못하고 '풋' 하고 웃고 말았다. 윤이 너무나 귀여웠다. 이 세상에 무서운 것이라고는 없는 한나라의 최고의 장수가 두려워하는 것이 바로 뜨거운 음식이라니, 소하는 웃고만 싶었다. 그러나 갑자기 소하는 수저를 빼앗겼다. 그리고 윤의 손길에 재빠르게 침상에 눕혀졌다. 순식간에 윤의 밑에 깔리게 된 소하가 눈을 크게 떴다. 아무래도 너무 놀린 모양이었다.

"하하, 죄송해요, 히끅…… 오라버니! 히끅…….''

그러나 소하는 이제 딸꾹질까지 하고 있었다. 그러나 이내 소하의 웃음은 쏙 들어갔다. 윤이 커다란 손으로 소하의 가슴을 애무하기 시작한 것이었다. 그리고 소하의 하상을 끌어 올리는 그의 얼굴에 음흉하지만 만족스런 미소가 떠올랐다. 그리고는 소하의 귓불에 입술을 대고는 은밀한 목소리로 속삭였다.

"소하공주, 뜨거운 음식은 잠시 식히면 되지!"

그제야 소하는 윤의 의도를 알아챘다. 깜짝 놀라 소하는 머리를 흔들었다. 지금 윤의 손에 잡히면 한동안은 벗어날 수 없다. 본래부터 체력 격차가 워낙 많이 나는데다 저리 음흉한 미소를 지을 때면 윤은 짓궂기가 이를 데 없었다. 평소보다 오랫동안 집요하게 소하의 온몸을 구석구석 자극할 터였다.

"오라버니, 안 돼요!"

소하의 비명에 아랑곳하지 않고 윤이 재빨리 소하를 실오라기 하나 남기지 않고 나신으로 만들었다. 커다란 손을 들어 소하의 유실을 손가락에 끼우고는 벌하듯이 살짝 돌렸다. 그리고는 다른 한 손을 놀리듯이 부드럽게 내려 소하의 비부를 자극하기 시작하였다. 윤의 손가락이 소하의 꽃잎을 부드럽게 아래위로 덧그렸다. 소하의 비부가 촉촉하게 젖어 있었다.

"안 되긴? 오늘 네가 나를 놀린 것을 후회하게 될 거야!"

"하앙, 오라버니!"

윤의 손길에 저도 모르게 소하의 입에서 교성이 흘러나왔다. 곧 윤은 소하를 관능의 세계로 몰아넣기 시작했다. 윤이 짓궂게 웃으며 소하의 유실을 한입에 머금었다. 그리고 살짝 놀리듯이 유실을 살짝 혀로 핥았다.

"달콤한 너를 충분히 맛보면 뜨거운 음식도 즐겁게 먹을 수 있겠어."

윤이 정말로 소하를 맛보기라도 하듯 소하의 피부에 혀를 미끄러뜨렸다. 구석구석 윤은 소하를 맛보았다. 볼록 솟아난 유실을 마치 대추를 훑듯이, 팽팽하게 부풀어 오른 가슴을 수밀도를 탐하듯, 동그란 복부는 희고 맛있는 배를 맛보듯, 그렇게 윤의 혀와 입술은 철저히 소하를 희롱했다. 그리고 윤의 머리가 소하의 비부로 잠겨들었다. 그가 도톰하게 부풀어 오른 붉은 진주를 이로 살짝 깨물자 소하가 가르랑거렸다. 윤이 일부러 희롱하듯 혀로 소하의 꽃잎을 부드럽게 덧그렸다. 그리고 소하의 여성을 한입에 머금고 '츄릅' 하고 빨아들였다.

"하앙, 오라버니!"

소하가 달뜬 교성을 내뱉었다.

"역시 뜨거운 국물보다는 네가 훨씬 달콤하구나!"

윤의 말에 소하가 가늘게 몸을 떨었다. 그런 소하의 달뜬 신음을 들으며 윤은 자신을 놀린 소하를 철저하게 벌하기 시작했다. 소하의 꽃잎을 윤의 혀가 집요하게 자극하자 과한 쾌락을 견딜 수 없었는지 소하가 손을 내려 윤의 머리카락을 움켜쥐었다.

"오라버니, 죄송해요!"

소하는 윤의 집요한 자극에 견디지 못하고 애원하기 시작하였다. 그러나 윤은 여전히 소하의 탐스러운 가슴을 손바닥으로 애무하며 소하의 꽃잎을 계속 자극하였다.

"그, 그만!"

"내 혀가 주는 자극이 너무 강했나?"

윤이 살짝 고개를 들고 짓궂게 물었다.

"소하공주, 내가 어떻게 해주기를 바라는 거지?"

그러나 여전히 윤의 커다란 손은 소하의 가슴을 애무하고 있었다. 윤이 은밀한 미소를 지으며 속삭이자 소하의 얼굴이 다시 타는 듯이 뜨거워졌다. 소하는 자신의 비부의 열기가 허리를 통해서 점점 온몸으로 퍼져 나가고 있음을 알았다. 저도 모르게 소하가 다리를 꼬았다.

"그, 그, 그만!"

그러자 윤이 장난스레 몸을 떼었다.

"정, 당신이 원한다면 그만두지!"

갑작스런 윤의 선언에 소하는 당황하였다. 이 몸을 태우는 열기는 그가 아니면 안 된다. 아침부터 이렇게 달구어놓고는 멈추어버리다니, 소하는 욱신거리는 자신의 몸의 부름을 거역할 수 없었다. 결국 참지 못한 소하가 몸을 일으키려는 윤의 굵은 목을 양팔로 끌어안았다. 그리고는 그의 입술에 애타는 마음을 담아 입맞춤했다.

소하의 손안에 윤의 검은 머리카락이 부드럽게 감겼다. 자신도 모르게 소하는 자신의 벗은 가슴을 그의 가슴에 부볐다. 흥분한 가슴에 그의 서느런 옷감이 시원하게 닿았다. 소하는 자신의 가슴을 그의 단단한 가슴에 밀착시켰다. 그에게 닿고 싶었다. 그를 자신의 품 안에 가두고 싶었다. 소하는 자신의 강렬한 욕망에 스스로 놀라고 있었다.

소하의 서툰 유혹에 윤은 미소 지었다. 항상 부끄러워하면서 자신의 손길을 받아들이던 소하가 처음으로 윤을 유혹해 온 것이다. 어디까지 가려는지 윤은 일부러 가만히 움직임을 멈추었다. 소하가 부드럽게 그의 입안을 탐하더니 작은 두 손으로 그의 머리를 부드럽게 쥐고는 감긴 눈꺼풀에, 그의 콧날에, 그의 이마에 입맞춤하였다. 깃털처럼 가벼운 입맞춤이었지만 윤의 심장이 미친 듯이 뛰었다.

그리고는 잠시 망설이던 소하의 작은 꽃잎 같은 입술이 윤을 흉내 내듯이 목덜미를 타고 내려왔다. 서툴게 윤의 목덜미를 소하가 빨아들이자 윤이 크게 움찔했다. 소하는 고개를 들어 촉촉한 눈으로 애원하듯이 그를 바라보았다. 분명 소하는 자신을 미혹하는 요부였다. 그 주술은 오직 윤에게만 통했다.

"오라버니!"

소하가 그다음을 어떡해야 할지 모르는 듯 윤의 이름을 불렀다.

"어떻게 해주길 바라는 거지?"

윤이 상큼한 미소를 지으며 장난스럽게 소하에게 질문하였다. 소하는 발갛게 물든 얼굴로 수줍게 속삭였다.

"저, 저를, 오라버니가 원하시는 대로……."

차마 말을 끝맺지 못하는 소하였다.

"솔직하게 말해, 말하지 않으면 알 수 없어!"

소하는 수치심에 숨을 헐떡거렸다. 말하지 못하는 마음을 담아 윤의 목덜미를 애타게 빨아들였다.

"제발!"

울 것 같은 소하의 목소리에 결국 굴복한 윤이 그녀를 덥석 끌어안았다. 그는 다시 소하의 가슴을 격렬하게 애무하며, 소하의 유실을 혀끝으로 희롱하였다. 그리고 다른 한 손은 소하의 부드러운 허리 곡선을 따라 아래로 내려갔다. 그리고는 부드러운 허벅지를 애무하였다.

소하는 마침내 주어진 윤의 손길에 온몸이 열기로 휘감겼다. 윤의 혀가 그녀의 단단한 유실을 애무하자 머리끝에서 발끝까지 부르르 떨려왔다. 소하는 참지 못하고 윤의 검은 머리를 움켜쥐었다.

"하아, 하앙…… 오라버니……."

소하가 달뜬 목소리로 그의 이름을 부르자 그가 응답하듯이 그녀의 오른쪽 유실을 격렬하게 혀로 애무하였다. 그리고는 그의 손이 부드럽게 그녀의 허벅지를 애무하자 소하는 본능적으로 다리를 오므렸다. 그러자 윤이 그런 소하를 가볍게 벌하듯이 그녀의 유실을 부드럽게 살짝 깨물자 소하의 다리가 자연스레 벌어졌다.

소하는 자신의 꽃잎이 그의 손길을 애타게 기다리고 있는 것을 알았다. 윤의 두툼하고 커다란 손이 그 위를 부드럽게 쓸었다. 소하가 더 큰 쾌감을 바라듯이 자신의 가슴에 닿아 있던 그의 얼굴을 강하게 끌어안았다.

소하는 자신의 꽃잎이 기대감으로 떨리고 있는 것을 아프게 느꼈다. 부끄러웠지만 그가 자신의 꽃잎을 마음껏 만져 주었으면 했다. 그의 강건한 손가락을 느끼고 싶었다. 타는 듯이 뜨거운 열기는 윤만이 식혀줄 수 있었다. 이내 탈 것처럼 뜨거운 그녀의 꽃잎에 윤의 차가운 손가락이 닿았다. 소하는 그것만으로도 이미 절정에 다다를 것 같았다.

윤의 차가운 손가락이 소하의 꽃잎을 부드럽게 덧그리고는 살며시 열어젖혔다. 안쪽으로 파고드는 윤의 중지를 소하의 비부는 기다렸다는 듯이 삼켜 버렸다. 윤의 손가락이 하나 더 늘어났고, 윤이 엄지로 부풀어 오른 소하의 붉은 진주를 만지자 소하는 교성을 지르며 절정을 맞이했다.

"하악, 오라버니!"

소하가 절정에서 헤어나지 못하고 침상에 늘어진 몸을 뉘었을 때, 윤은 급하게 자신의 옷을 벗었다. 이제 윤도 한계였다. 그녀의 따뜻한 꽃잎 속에 자신을 묻고 싶었다. 밝은 아침 햇살 아래 희고 부드러운 가슴을 무방비로 노출하고 절정에 헐떡이는 소하는 더욱 유혹적이었다. 그녀의 꽃잎이 달콤한 꿀에 젖어 반짝거렸다.

"아주 유혹적이야! 그대가 원하는 것이 뭐지?"

아무래도 오늘 윤은 끝까지 소하의 입에서 그를 원한다는 말을 들으려 작정한 듯했다. 윤은 소하의 가는 다리를 양손에 집고는 살짝 들어 올렸다. 소하의 꽃잎이 그의 진입을 기대한 듯이 울컥 달콤한 애액을 쏟아내었다. 그러나 윤은 은밀한 미소를 지으며 계속 소하를 채근하였다.

"소하공주. 당신의 흐트러진 모습이 너무나 아름다워!"

윤이 소하의 꽃잎에 그의 분신을 살짝 가져대자 한 번의 절정으로 민감해진 소하는 다시 절정에 다다를 것 같았다. 그러나 윤은 장난스럽게 그의 분신으로 그녀의 붉은 진주를 살짝 건드렸다. 소하는 그의 희롱에 더 이상 견딜 수 없었다. 지금 당장 그를 가지지 못하면 소하는 이 뜨거운 열기로 죽어버릴 것만 같았다.

"정말 뜨거워!"

윤의 침착했던 목소리가 살짝 떨렸다. 결국 참지 못한 소하가 소리쳤다.

"제발, 오라버니를 제게 주세요!"

애원하는 소하에게 윤도 더 이상 저항할 수 없었다. 윤이 좀 더 그녀에게 다가가려는 듯이 그녀의 허리를 자신 쪽으로 끌어당겼다. 그리고는 젖어서 이미 뜨거워진 그녀의 꽃잎을 살짝 그의 분신으로 문질렀다. 소하가 등을 활처럼 구부렸고 무의식중에 그녀의 하체를 그에게 밀착시켰다. 그가 소하의 허리를 잡고 살짝 상하로 움직이자 소하가 열에 달뜬 교성을 질렀다.

"아아…… 아, 하아, 아아……."

무아지경에 빠진 소하였다. 그가 허리를 움직일 때마다 그녀의 붉은 진주가 마찰되어 더욱 견딜 수 없는 쾌감이 소하를 가득 채웠다. 소하는 지금 자신이 은밀한 곳을 무방비로 드러내고 있다는 수치심마저 잊어버렸다. 단지 그의 뜨거운 분신이 자신을 가득 채워주기만을 바라는 열망만이 그녀를 가득 채우고 있었다. 달콤한 꿀에 젖은 꽃잎 사이를 그의 분신이 마찰하자 소하의 꽃잎이 기다렸다는 듯이 울컥울컥 애액을 쏟아냈다. 결국 참지 못한 윤이 그녀의 허벅지를 양손으로 잡고는 힘차게 안으로 돌진하였다.

"아앙, 아…… 오라……."

강한 진입에 소하의 작은 몸이 사정없이 흔들렸다. 그녀의 가느다란 다리를 자신의 허리에 두르게 하고는 윤은 그녀의 따듯한 품 안으로 파고들었다. 소하의 온몸에서 힘이 빠졌다.

처음에는 그를 받아들이는 것이 너무나 버거웠다. 아직도 여전히 거대한 그의 분신을 받아들이는 것은 부담스러웠지만 소하는 그가 자신을 배려하고 있음을 잘 알고 있었다. 항상 그녀의 반응을 살피며 그녀를 먼저 배려하는 그였다. 소하는 윤이 주는 달콤한 자극을 느끼며 그에게 좀 더 다가가려는 듯이 몸을 활처럼 휘었다. 그것은 본능이 일러준 태고의 움직임이었다.

끝까지 진입한 윤이 잠시 움직임을 멈추고 소하를 바라보았다. 작은 소하의 몸에 진입할 때마다 윤은 미안해졌다. 그래도 이제는 많이 익숙해진 그녀였지만 윤은 그녀가 부서지기라도 할 것 같아 늘 조심스러웠다.

"오라버니, 제발 부탁해요. 더 이상 애태우지 말아요!"

소하가 애타게 애원하자 윤의 잘생긴 입술이 부드럽게 호를 그렸다. 윤이 그녀의 부름에 응답하듯 거칠게 자신의 허리를 움직이기 시작했다. 전신을 휘달리는 간지럽기도 짜릿하기도 한 쾌감에 소하의 온몸이 바들바들 떨렸다. 그가 소하의 몸 안쪽으로 힘차게 전진하였다가 후퇴하기를 반복하자 소하의 꽃잎이 경련하듯 그의 분신을 감쌌다.

"아앙, 앗…… 오라버니!"

소하는 방 안을 가득 채운 아침 햇살을 바라보며 헐떡였다. 소하는 조금 더 큰 쾌락을 바라고 있는 자신을 깨달았다. 그녀의 까만 눈동자를 하나 가득 그가 채웠다. 소하의 흔들거리는 가슴이 얼마나 윤을 유혹하는지 그녀는 미처 깨닫지 못했다. 그저 본능이 이끄는 대로 소하는 자신의 몸을 윤에게 맡겼다. 소하는 땀에 젖은 그의 얼굴을 바라보았다. 젖은 검은 머리카락이 이마에 달라붙어 있었다.

소하는 그의 입술에 닿고 싶어졌다. 그런 소원을 알아차린 듯 윤이 그녀의 몸을 일으켜 자신의 가슴에 끌어안았다. 소하는 그의 어깨에 두 팔을 감으면서 생명수를 찾듯이 윤의 부드러운 입술에 자신의 입술을 가져갔다. 그의 입술을 격렬하게 빨아들이자 윤이 기다렸다는 듯이 입술을 열고 혀를 소하의 입안으로 밀어 넣었다. 소하는 그의 달콤한 타액에 어질어질 취하는 느낌이었다. 그가 자신의 혀를 힘차게 얽어오자, 소하도 애타는 마음을 담아 힘차게 혀를 마찰하였다.

두 사람의 혀가 애타게 서로를 탐하며 하나로 섞였다. 입안을 꽉 채운 혀의 감촉과 자신의 아래를 가득 채운 그로 인하여 소하의 온몸이 고양되었다. 마치 그의 생명을 흡입하듯이 강하게 그의 목을 끌어안으며 가슴을 그에게 밀착하였다. 단단한 그의 가슴에 자신의 가슴이 마찰되자 소하는 진저리 쳤다. 그의 움직임이 거세어지자 소하는 헐떡였다.

"이제…… 그만…… 더 이상은……."

너무나 과한 쾌락에 소하가 참지 못하고 몸을 빼려 하자 윤의 커다란 두 손이 소하의 가는 허리를 강하게 붙잡았다.

"안 되지. 소하공주!"

윤이 한숨처럼 속삭이며 소하의 가는 허리를 자신의 허리 쪽으로 강하게 끌어당겼다. 소하의 유실이 자신의 가슴에 비벼지자 윤은 미칠 것만 같았다. 그녀의 향기가 그의 코끝을 가득 채웠다. 꽃향기와 같은 그녀의 체향과 그들의 체액이 뿜어내는 관능적인 향기에 윤은 취했다. 윤은 평소의 조심성을 잊고 강하게 소하의 꽃잎 내부를 자극하였다. 그리고 그녀의 아름다운 가슴을 입안에 가득 담고는 강하게 빨아들였다. 소하의 내부가 그에 응하여 강하게 그의 분신을 조였다.

"오라버니, 좀 더!"

열에 들뜬 소하가 윤에게 애원하였다. 쾌락에 빠진 소하가 자신도 모르게 윤에게 애원한 것이었다. 소하의 애원에 윤의 분신이 더욱 힘을 얻었다. 강하게 그녀의 안을 찌르자 소하가 헐떡였다.

"소하공주!"

윤의 목소리가 떨렸다. 그리고는 마지막을 향하여 강하게 허리를 추어올렸다. 그에 응답하듯 소하가 요염하게 허리를 흔들었다. 소하의 머리채가 윤의 가슴을 부드럽게 애무하였다. 두 사람의 몸은 이제 한 몸과 같았다. 소하가 느끼는 황홀함을 윤도 고스란히 느낄 수 있었다. 그런 소하의 모습에 윤이 강하게 허리를 움직였다. 소하의 온몸이 찌릿했고 경련을 하듯 전신이 흔들렸다. 소하가 너무 강한 쾌락에 놀란 듯이 아름다운 눈을 크게 떴다.

"오라버니!"

윤의 분신이 한계치까지 커지자 소하가 크게 경련했다. 그런 소하를 강하게 끌어안으며 윤은 그녀의 몸 안에 생명의 물보라를 품어내었다.

"은애한다!"

윤이 소하의 안쪽을 유린하며 마지막 한 방울까지 쏟아내었다. 소하는 너무나 강한 쾌락에 기절하듯이 그의 가슴에 머리를 기대었다. 온몸이 부드럽게 이완되어 힘이 하나도 없었다. 그런 그녀를 윤이 부드럽게 품 안에 안아주며 그녀의 머리를 부드럽게 쓰다듬어 주었다. 그리고 그녀의 정수리에 사랑스럽다는 듯이 입맞춤하였다.

윤이 그녀의 얼굴에서 땀에 젖은 머리카락을 떼어주었다. 너무나 사랑스러운 행동에 소하의 마음이 따뜻해졌다. 모든 것이 그의 사랑으로 채워진 충만한 느낌! 소하는 이 마음을 그에게 전하고 싶었다.

"오라버니가 저를 가득 채우고 있어요. 제 마음이 당신으로 가득해요."

소하가 자신의 가슴속에 있는 애정을 가득 담아 그에게 고백하였다. 소하의 사랑스러운 고백에 윤의 분신이 다시 힘을 얻기 시작했다.

"사랑스러운 소하공주! 맞아, 내가 지금 당신을 가득 채우고 있지."

윤의 장난스러운 말투에 소하가 흠칫했다. 다시 자신의 몸 안에서 그의 분신이 힘을 얻고 있었다.

"오라버니! 그런 뜻이 아니었잖아요!"

소하가 놀라서 소리치자 윤은 이어진 채로 그녀를 번쩍 안아 들고는 침상에 앉았다. 갑작스레 그의 허벅지에 다리를 벌리고 앉는 자세가 되자 소하가 헉 하고 숨을 들이켰다.

"싫어, 흐윽!"

앉는 자세로 그에게 안기자 너무 깊은 삽입에 소하가 놀라서 흐
느꼈다. 소하가 자신의 몸을 그에게 의지하려는 듯이 그의 어깨에
팔을 두르자 풍만한 가슴이 그의 탄탄한 가슴을 자극하였다.

"소하공주. 나를 너무 자극하면 곤란한데!"

소하의 가는 허리를 두 손으로 잡고 윤이 마치 자신에게 그녀를
꽂아 넣듯이 잡아당겼다. 소하는 너무나 큰 충격에 몸을 바들바들
떨었다. 동시에 윤이 아래에서 허리를 강하게 위로 추어올리자 소
하는 이 세상에 이렇게 강한 자극이 존재하는지 처음 알았다. 윤
이 허리에 있던 한 손을 떼어내어 소하의 희고 부드러운 엉덩이를
가볍게 쥐었다. 소하가 깜짝 놀라 몸을 움츠리자 윤이 가늘게 신
음하였다.

"이런, 공주……."

소하가 놀라서 몸을 움츠리며 강하게 그의 분신을 조인 것이었
다. 소하가 너무나 강렬한 쾌락에 당황한 듯 눈물을 흘렸다. 그런
소하가 너무나 사랑스러워진 윤이 그녀의 눈초리에 맺힌 눈물을
혀로 부드럽게 쓸어주었다. 그리고 그녀의 귓가에 부드럽게 속삭
였다.

"괜찮아. 내가 그대를 사랑할 수 있게 해줘!"

윤의 부탁에 소하가 그의 얼굴을 응시했다. 관능에 빠진 그의
얼굴이 놀랄 만치 아름다웠다. 저도 모르게 소하는 그의 뺨을 부
드럽게 쓰다듬었다. 순간 윤이 악동 같은 표정을 짓더니 허리를

강하게 쳐올리며 소하의 허리를 잡고 그쪽으로 몸을 잡아당기자 소하는 비명을 질렀다.

"아앙…… 오라버니. 움직이지 말아요!"

소하가 비명처럼 애원하자 윤이 그녀를 놀렸다.

"움직이지 말라니, 너무 잔인한 소리군."

윤이 소하의 가냘픈 애원을 무시하고는 다시 허리를 강하게 움직이기 시작했다.

"헉, 더 이상은…… 안 돼요!"

온몸에 소름이 돋는 듯한 강한 쾌감에 소하가 목을 뒤로 젖히며 신음했다. 소하는 의식이 흐려지면서 아무런 생각도 할 수 없었다. 감은 눈꺼풀 뒤로 하얀 불꽃이 터졌다. 소하는 자신의 몸 안을 채우는 물보라를 느끼면서 윤의 넓은 가슴에 실신하듯이 몸을 기대었다. 결국, 한참이 지난 후 윤은 식다 못해 차갑게 변해 버린 국물을 아주 상쾌하고 즐거운 얼굴로 마셨다.

별전別傳 : 숨겨진 윤의 이야기

1

곤명지 수상전 훈련을 마치고 오랜만에 휴가를 얻어 윤은 제후국으로 복귀하였다. 밀린 정무를 처리하다 보니 보름이 훌쩍 지나갔다. 저녁식사를 마치고 조용한 시간이었다. 6월이라 밤공기도 상쾌하였다. 밝은 달밤, 뜨락에 심은 하얀 월계화가 하얗게 반짝였다. 꽃의 황후라 불리는 월계화는 이름만큼 아름다웠다. 진한 꽃향기가 후원을 가득 채우고 있었다.

그러나 윤은 다른 생각에 빠져 상쾌한 밤공기도 꽃향기도 즐길 여유가 없었다. 곤명지에서 달빛을 바라보던 소하공주의 모습이 윤의 뇌리에서 떠나지 않고 있었던 것이다.

달빛이 내려 은빛으로 반짝이는 곤명지를 하염없이 내려다보고 있는 소하의 뒷모습이 신비로웠다. 윤은 달빛 덕분에 말괄량이 공주도 꽤나 여성스러워 보인다 생각하며 미소를 지었다. 한 걸음 한 걸음 다가서는 윤의 심장박동이 미묘하게 빨라진 것은 분명 술 때문이라 생각했었다. 윤은 술을 별로 즐기지 않으나 한 동이를 마셔도 끄떡은 없었다. 하지만 그날은 예전 생각에 다소 과하게 마셨던 것 같기도 했다.

기척을 느낀 소하가 뒤를 돌아보았을 때, 윤은 심장이 술렁거리기 시작했다. 달빛이 무슨 술수를 부린 것인지 소하의 입술이 성숙한 여인의 것처럼 요염했던 것이다. 그리고 소하의 곡거심의 사이로 수줍게 부풀어 오른 가슴이 윤의 시선에 들어왔다. 언제 이렇게 성장한 것인지 그 모습이 어린아이 같지 않아서 윤은 순간 당황하고 말았다. 소하는 어린 소녀도 아닌 그렇다고 여인이라고 부르기에는 순수한 그런 소녀와 여인의 미묘한 경계에 서 있었다.

항상 꼬맹이 같았던 소하였다. 윤을 볼 때마다 강아지처럼 쪼르르 달려와 윤에게 안겼다. 번쩍 소하를 안아 올리면 '까르르' 천진하게 웃는 소하가 윤의 장포를 그러쥐곤 했다. 소하의 콩닥콩닥 뛰는 심장 소리를 들을 때마다 윤의 마음은 평온해졌었다.

하지만 그날 소하를 대하는 윤의 감정은 평온함과는 거리가 멀었다. 작은 소녀 같은 그녀는 품 안에 꼭 안아주고 싶을 만큼 귀엽기도 했고 또 한편으로는 스스럼없이 대하기에는 지나치게 어른스러워 보여 낯설기도 했다. 그 미묘한 감정의 파장에 윤은 당황스러웠다. 설명할 수 없는 긴장감이 월파루를 에워싸고 있는 듯한 기분이었다.

그러나 샐쭉한 표정을 짓는 소하를 보는 순간 일순 마음이 놓이면서도 한편으로 윤의 마음 한구석이 정체 모를 감정으로 젖어들었다. 그리고 소하의 이마에 솟아난 식은땀을 닦아주려 손을 댄 순간, 손끝에서 느껴지는 낯설고도 달콤한 감각에 윤은 놀라고 말았다.

흙투성이가 된 소하의 얼굴을 닦아주기도 하고, 사소한 일에 울음을 터뜨릴 때면 자연스레 눈물을 닦아주기도 했던 그 자연스러웠던 행동이 거북해진 것은 생전 처음이었다. 그것은 윤이 손을 대어서는 안 되는 고귀한 존재를 침범하는 그런 기분이었다.

하지만 동시에 소하의 부드러운 이마에 손이 닿는 순간 손끝에서부터 시작된 열기는 순식간에 머리부터 발끝까지 흘러갔다. 미친 듯이 뛰는 심장과 찌릿한 느낌! 그 모두가 술 때문이라 치부하기에는 어려웠다.

어린아이 같기만 하던 소하는 어느새 자라 본인 스스로 선택하고 결정하며 주변을 신경 쓸 줄 아는 공주가 되어 있었다. 죽어가는 동물을 윤에게 살려달라 애원하던 귀여운 공주는 더 이상 볼 수 없을 것이었다. 그것이 기특하면서도 허전했다.

소하는 윤의 마음속에 자리한 가장 소중하고도 순수한 한 부분이었다. 나이가 들어가고 세파에 물들어도 결코 오염되지 않을 순수한 마음의 결정체. 혹은 지키고 싶은 가장 중요한 가치. 소하는 그 모든 것을 체화한 그런 존재였다.

그래서 추문이 있을 때 스스로 소하를 피했다. 자신 때문에 소하가 사람들의 구설수에 오르내리는 것을 참을 수가 없었던 것이다. 하지만 소하를 만날 수 없는 동안 날이 바뀌고 달이 바뀌고, 계절이 바뀌는 것을 항상 예민하게 인지하고 있었다. 시간이 지날수록 소하는 윤의 마음속에서 점점 함부로 다가설 수 없는 고귀한 존재가 되어갔다.

그래서 윤은 누구보다 열심히 정벌에 나섰다. 전장에 나서는 것은 조금도 두렵지 않았다. 소하가 행복하게 살 수만 있다면 소하를 위협하는 모든 적들을 물리칠 것이었다. 그것이 멀리서나마 윤이 소하에게 해줄 수 있는 유일한 것이었다.

전장을 전전하는 삶은 고독했다. 하루하루 살기 위해서 목숨을 걸어야 했다. 그 지옥 같은 전장에서 떠나온 초원이 미치도록 그리울 때도 많았다. 윤이 태어나 자란 곳, 행복했던 어린 시절을 보낸 곳! 하지만 그 모두를 기억 한 켠으로 묻어둔 곳! 소하가 초원에 가보고 싶다는 소망을 말했을 때 윤의 심장이 파르르 떨렸다.

"언젠가 꼭 데려가 주세요!"

반짝이는 소하의 그 눈빛에 윤은 꼼짝할 수 없었다. 그녀가 소매를 잡았을 때에도 뿌리칠 생각조차 하지 못했다. 소하의 작은 손이 마치 밧줄처럼 윤을 옭아매고 있었던 것이다. 그래서 미처 소하의 심상치 않은 상태를 알아채지 못했다.

그날 갑자기 쓰러진 소하를 보았을 때 윤의 심장은 미친 듯이 요동치기 시작했다. 항상 작은 새처럼 쾌활하던 소하가 그리 맥없이 쓰러질 줄은 상상도 못했었다. 소하공주가 잘못될지도 모른다는 가능성에 윤은 두려워졌다.

쓰러지는 소하를 받아 든 윤은 아무런 생각도 할 수 없었다. 윤의 옷자락을 강하게 움켜쥔 소하만이 전부였다. 깃털처럼 가벼운 소하가 어디론가 사라질 것만 같았다. 그래서 강하게 소하를 두 팔로 끌어안았다. 생전 처음 소하를 잃을지도 모른다는 공포가 윤을 휘감았다.

그러나 더욱 두려웠던 것은 자신의 감정이었다. 마치 심장에 칼이 박힌 듯 생생한 고통을 느꼈던 것이다. 소하가 식은땀을 흘리며 고통스러워하는 것이 마치 자신의 고통인 듯 괴로웠다.

다행히 큰일은 아니었던 것 같았다. 황후가 염려하지 않아도 된다는 연락을 윤에게 주었기 때문이었다. 하지만 이후로 윤은 계속 소하에 대한 생각을 뇌리에서 지울 수 없었다.

제후국에 복귀하고 나서도 곳곳에서 소하의 목소리가 들리는 것 같았다. 후원에 앉아 잠시 차를 마시면, 월계화를 바라보며 즐거워하던 일곱 살의 소하가 떠올랐다. 그러나 무엇보다도 달빛이 이렇게 내릴 때면, 곤명지에서 달빛에 감싸여 있었던 소하가 계속 윤의 앞에 출몰했다.

윤은 정체를 알 수 없는 그 감정에 혼란스러웠다. 하지만 한 가지는 뚜렷해졌다. 이제 그는 분명 소하를 예전처럼 귀여운 여동생으로만 대할 수는 없다는 것이었다.

소하에 대한 복잡한 마음을 애써 억누르며 윤은 그렇게 남월 정

복에 나섰다. 다시 소하에게 돌아오기까지 2년이나 걸릴 줄은 그
때 윤은 알지 못했다.

2

남월 정복을 완수하고 복귀한 윤은 경과에 대한 보고를 마치고
궁에 마련된 자신의 거처에서 조용히 바깥을 내다보고 있었다. 이
슬이 내려 반짝이는 후원이 어릴 적 바라보았던 서리꽃이 내린 초
원과 같았다. 초원을 떠나면 도저히 살 수 없을 줄 알았는데 이렇
게 삶은 살아졌다.

하지만 윤은 가끔씩 떠나온 초원을 그리워하는 자신을 발견하
곤 하였다. 이곳의 삶이 싫어서가 아니었다. 그것은 어쩌면 윤의
마음속에 남아 있는 자신의 뿌리에 대한 갈망이었다.

평양공주마마의 손녀 따님이 자신과 혼인을 원한다 하였을 때
에도 윤은 별 감흥은 없었다. 혼인이 이곳에서 사는 데 필요하다
면, 그것이 한서제와 황후에게 도움이 된다면 할 작정이었다. 지
어미를 아끼고 소중하게 대할 것이었으나 상대방이 누구인지 큰
관심은 없었다.

사실 윤은 영령공주와 제대로 이야기조차 나눈 적이 없었다. 궁
에서 스치듯 보았던 공주였다. 윤은 공주가 어느 틈에 자신을 그
마음에 담았는지 알지 못했다.

하지만 선뜻 혼담을 받아들이는 것은 망설여졌다. 머리로는 영령공주와의 혼인이 얼마나 좋은 기회인지 이해하면서도 심장은 그것을 거부하고 있었다.

혼인을 하면 도저히 떠날 수 없는 가족이 생기는 것이었다. 가족이 생기면 이 마음속에 자리한 텅 빈 공간이 메워질 수 있을까? 하지만 은애하지도 않는 영령공주와 혼인을 하는 것이 과연 적절한 선택일까? 윤은 알 수 없었다.

하지만 언제까지 답변을 미룰 수도 없었다. 답답한 마음에 윤의 한숨이 깊어졌다. 이때 살며시 열리는 문소리에 윤이 긴장했다.

"오라버니!"

순간 들려온 목소리에 윤의 눈이 커졌다. 큰 남색 장포로 몸을 감싼 것은 소하공주였다. 예기치 않은 곳에서 갑자기 마주한 소하 때문에 윤의 침착함이 살짝 균형을 잃었다. 벌써 밤이 삼경(三更)을 향해 가는 시간이었다. 이 야심한 밤에 공주가 주변에 시녀들도 대동하지 않고 윤의 방에 있다니 놀랄 수밖에 없었다.

그리고 한편으로 윤은 미치도록 걱정스러웠다. 이 상황이 사람들에게 알려진다면 또 어떤 추문이 발생할지 몰랐다. 어서 남들이 눈치를 채기 이전에 소하를 돌려보내야 했다. 윤의 마음이 급해졌다. 소하가 자신 때문에 구설수에 휘말리는 것을 두고 볼 수는 없었다.

그러나 소하가 자신의 장포를 벗어 내려두었을 때 윤은 마치 번개에라도 맞은 기분이었다. 감추어 있었던 소하의 모습이 서서히 드러날수록 한 겹, 한 겹, 윤을 감싸고 있던 장벽이 깨어졌다. 강렬한 열기에 쉬이 녹아버리는 얼음처럼 윤이 애써 만들었던 장벽은 너무나 손쉽게 허물어져 내렸다.

지난 이 년간 윤이 그토록 애써 봉인하고 봉인했었던 것! 지금 윤은 더 이상 자신이 소하를 아이로 볼 수 없다는 사실에 충격을 받았다. 소하는 여인이 되어 있었다. 애써 외면하고 자신의 감정을 억누르려 했지만 지금 자신 앞에 나타난 소하를 마주하자 윤은 자신의 그 모든 노력이 너무나 무의미했음을 절감했다.

소하는 윤이 애써 봉인했었던 금기를 단숨에 깨어버렸다. 그러나 소하는 자신이 윤에게 얼마나 큰 영향을 미치고 있는지 깨닫지 못하고 있었다. 아름답고 순진한 그러나 윤을 유혹하는 소하였다.

소하가 달콤한 목소리로 '보고 싶었다' 말하는 순간 윤의 세계는 충격으로 정지하였다. 전장에서 그 누구도 두려워하지 않았던 윤이었다. 그러나 지금 윤은 제 앞에 서 있는 소하가 두려웠다. 소하는 철저하게 윤의 마음을 사로잡고 있었다. 윤은 저도 모르게 소하를 자신의 품 안에 끌어안고 싶어지는 마음을 발견하고는 놀라고 말았다.

그래서 윤은 소하에게 일부러 냉정하게 돌아가라 말했다. 그것은 들끓고 있는 자신의 감정에게 보내는 경고였다. 그러나 냉정한 윤의 말에 소하의 얼굴이 울 듯이 일그러졌다. 그러나 이마를 살짝 찡그린 그 모습마저 아름다웠다.

소하가 떨리는 목소리로 울먹였지만 윤은 냉정해져야 했다. 지금 한시라도 빨리 소하를 비연각으로 돌려보내야 했다. 계속 소하 곁에서 이성을 유지할 자신이 없었던 것이다.

그녀는 감히 상상이나 할 수 있을까? 떠나 있던 지난 이 년 동안 윤이 하루도 그녀 생각을 하지 않았던 날이 없었음을? 전장의 공포 속에서 소하만이 유일하게 그에게 살아서 돌아오고 싶은 이유가 되었음을? 하지만 그래서 윤은 소하를 만날 수 없었다. 소하를 보게 되면 자신이 어떻게 될는지 그것이 두려웠던 것이다.

제대로 저를 봐달라는, 여인이 되었다는 소하의 울먹임이 화살처럼 윤의 심장에 박혔다. 여인이 되었다는 소하의 외침에 윤의 심장이 미친 듯이 뛰었다. 윤은 마치 고장난 것처럼 폭주하는 자신의 심장을 타박하였다.

아니 되었다. 자꾸 마음이 소하 때문에 움직이려고 하고 있었다. 윤은 가까스로 소하에게서 돌아설 수 있었다. 계속 있다가는 소하를 제 품에 안아버릴 것만 같아 두려웠다. 아직 이성적으로 행동할 수 있을 때 자신이 피해야 했다.

"은애합니다, 오라버니!"

하지만 소하의 애타는 고백에 윤은 걸음을 우뚝 멈추었다. 안 된다고 소하를 돌려보내야 한다고 이성적으로 생각하면서도 윤은 소하에 말에 심장이 저릿했다. 돌아서서 소하의 얼굴을 보고 싶었다. 정말 그 말이 진심인지 확인하고 싶었다. 하지만 조금 남아 있던 윤의 이성이 가까스로 심장을 이겼다. 모진 마음을 먹고 문을 열고 나가고자 했다.

순간 자신의 등에 뭉클하고 부드러운 것이 닿았다. 소하였다.

등 뒤에서 자신을 끌어안은 소하의 작은 손에 윤이 움찔했다. 순간 윤의 마음속에 그대로 몸을 돌려 소하를 품 안에 끌어안고 위로하고픈 욕망이 솟구쳤다. 다시 머리와 심장이 갈등하고 있었다.

하지만 냉정해져야 했다. 아홉 살이나 많은 자신이 어린 소하를 탐할 수는 없었다. 아직 세상을 잘 모르는 소하는 그저 윤만을 바라보고 있었다. 아직 소하 앞에 놓인 아름다운 가능성을 자신의 삿된 마음으로 취할 수는 없었다. 한서제와 황후가 그리 아끼는 소하공주를 한낱 이방인에 불과한 자신이 감히 바랄 수는 없었다.

소하의 작은 손이 밧줄처럼 윤의 마음을 포박했다. 윤이 가까스로 소하의 작은 손을 제 허리에서 떼어내었다. 그러고는 뒤돌아서서 소하를 마주하였다. 심장이 미친 듯이 요동쳤다. 소하의 젖은 눈망울이 너무나 아름다웠다. 열정을 가득 담은 그 눈망울에 윤은 속수무책으로 빠져들었다. 순간 손을 들어 그 눈물을 닦아주고픈 욕망을 간신히 억눌렀다.

"공주……."

윤은 미처 말을 끝맺지 못했다. 소하의 부드러운 입술이 윤의 입술에 거세게 부딪혀 왔던 것이다. 소하가 까치발을 하고 두 팔을 들어 올려 윤의 목을 감았다. 그러나 윤은 고개를 숙여 소하에게 입을 맞추어줄 수 없었다.

소하가 서툴게 윤의 입술을 자극하였다. 그러나 미동도 하지 않는 윤이 야속했는지 소하의 눈에서 방울방울 눈물이 솟아났다. 소하가 힘없이 입술을 떼려는 순간, 그때까지 가만히 움직임을 멈추고 있던 윤이 갑자기 거칠게 소하의 입술을 흡입하듯 빨아들였다. 윤의 혀가 화를 내듯이, 고함을 지르듯이 그렇게 소하를 탐하고 있었다.

처음에는 약간 겁을 주고 싶었다. 남자를 유혹하는 일이 얼마나 큰 파장을 불러일으키는지 똑똑히 알려주고 싶었다. 아무것도 몰라 오히려 남자를 자극하는 소하였다. 소하는 자신이 얼마나 아름다운지, 순진한 얼굴이 얼마나 남자를 자극하는지 모르고 있었다. 그 무지가 아름다우면서도 너무도 대책이 없어 화가 났다. 그리고 아무것도 모르는 주제에 자신의 마음을 온통 차지한 그녀가 괘씸했다.

그러나 소하의 보드라운 입술이 자신의 입술에 닿는 순간 윤은 더 이상 이성적인 생각을 할 수 없었다. 소하를 혼내주겠다는 생각은 순식간에 사라졌다. 자신 안에 들끓는 열정에 그것을 억제하기 위하여 숨을 멈추었다.

그녀의 달콤한 입술이 자신의 입술에 깃털처럼 닿았다가 떨어졌다. 아름다운 진주처럼 반짝이는 눈물을 보았을 때, 윤의 자제심은 철저히 무너졌다. 그저 향기로운 소하를 탐하고 싶을 뿐이었다. 아름다운 그녀를 제 것으로 하고 싶은 수컷의 욕망만이 있었을 뿐이었다.

결국 유혹에 저항하지 못한 윤이 달콤한 소하의 입술을 강하게 빨아들였다. 소하의 타액이 감로주처럼 달콤했다. 소하의 말캉한 혀가 미치도록 어여뻤다. 윤은 속수무책으로 소하에게 빠져들었다. 그녀의 머리를 두 손으로 고정시켜 그녀의 향기로운 입술을 탐했다. 강한 입맞춤에 호흡을 제대로 할 줄 모르는 소하가 자신의 가슴을 쳤을 때야 겨우 입을 뗄 수 있었다.

가느다랗고 하얀 소하의 목덜미를 물어뜯어 제 것으로 만들고 싶은 야성이 솟구쳤다. 어린 줄로만 알았던 소하의 탐스럽고 풍만한 가슴을 만지자 윤의 온몸에서 열기가 솟아올랐다. 결국 참지 못하고 옷자락 사이에 숨어 있던 가슴을 바깥으로 끄집어내었다.

그녀의 유실이 꽃처럼 피어 나비를 유혹했다. 그 유혹을 이겨낼 재간이 없었다. 윤이 소하의 유실을 입 안에 머금자 익숙지 않은 감각에 소하가 몸을 떨었다. 만지면 만질수록 향기를 품어내는 소하였다. 누구의 손도 닿지 않았던 가슴에 자신의 손자국이 붉게 새겨졌다. 그것이 그녀가 제 것이라는 증표라도 되는 것 같았다.

윤의 얼굴에서 굵은 땀방울이 솟아났다. 그녀의 하상을 걷어 올리고 다리를 쓸었다. 부드러운 허벅지에서 물이 뚝뚝 떨어지는 것만 같았다. 그녀의 비부를 가볍게 쓸어 올리자 소하가 크게 몸을 떨었다. 그러나 그녀의 꽃잎은 계속 꿀을 토해내어 윤을 자극하고 있었다. 그녀의 모든 것을 맛보고 느끼고 싶었다. 그녀의 부드러운 피부를 자신의 혀로 꼼꼼히 확인해야 했다.

소하는 피어나는 꽃이었다. 그 향기가 너무 달콤하여 윤은 그것을 거부할 수 없었다. 윤의 머릿속은 오직 그녀뿐이었다. 그 순간 윤에게는 자신의 처지도 소하가 공주라는 것도 그 무엇도 중요하지 않았다. 그저 소하의 달뜬 신음 소리를 계속 듣고 싶었다. 자신의 손길에 피어나는 그녀를 느끼고 싶었다.

소하가 자신의 거친 행동에 당황하고 있는 것을 알았지만 윤은 자신을 더 이상 통제할 수 없었다. 윤을 억누르던 봉인은 풀어졌고 소하는 너무나 달콤했다. 미치도록 모든 것을 버려서라도 탐하고 싶을 만큼 그렇게 달콤했다. 그래서 멈출 수가 없었다. 소하의 모든 것을 제 것으로 만들고 싶었다. 그래서 자신의 곁에 묶어두고 싶었다.

그러나 그녀가 오라버니라 부르며 애원하자 그제야 찬물을 뒤집어쓴 듯 정신이 들었다. 아직 어린 소하를 데리고 자신이 무슨 짓을 한 것인가? 급하게 몸을 떼자 공포에 질린 소하가 애처롭게 몸을 말고 있었다. 그 모습이 애처로워 다시 자신의 품 안에 보듬고 싶었다.

윤의 심장이 고통으로 저릿했다. 송곳에 찔린 듯 찌릿찌릿한 심장을 어찌할 수 없었다. 소하의 마음속에 자라고 있는 자신에 대한 소녀의 연심을 더 이상을 두고 볼 수는 없었다. 그래서 일부러 냉정하게 아픈 말을 내뱉었다. 그러나 동시에 그것은 윤이 자신에게 마음을 가다듬으라 거는 주술과도 같았다.

"이것이 남자입니다. 남자가 여인을 원한다는 함은 이런 것입니다. 공주마마께서 원하시는 것이 고작 남자의 육욕의 대상이 되는 것입니까?"

윤의 냉정한 말에 소하가 뺨이라도 맞은 듯 몸을 움츠렸다. 그녀의 커다란 눈동자가 충격과 공포로 커졌다. 윤은 소하가 느끼는 충격과 공포를 고스란히 느낄 수 있었다. 그의 심장도 상처로 아렸다. 그러나 윤은 더 잔인해지기로 했다. 그녀가 자신을 미워하기를, 그래서 저 연심을 끊어 내기를 바라는 윤의 마음이었다.

'지금은 아플 것입니다. 이렇게 상처만 주는 저를 미워하세요!'

윤이 마음속의 말과는 전혀 다른 냉정한 말을 내뱉었다.

"남자는 여인을 은애하지 않아도 얼마든지 안을 수 있습니다. 은애하는 여인이라면 아끼고 소중하게 대하겠지요."

"오라버니도…… 저를……."

소하가 눈물에 젖은 눈을 들어 윤에게 애처롭게 물었다. 소하가 질문을 끝맺지 못했다. 차마 윤의 말을 믿을 수 없어 거짓말이라 말해주기를 간청하는 눈빛이었다. 그 눈빛에 흔들릴 수는 없었다.

"물론입니다. 저는 공주마마를 은애하지 않습니다. 그래도 이렇게 공주마마를 안을 수 있습니다."

잔인한 말을 내뱉는 윤의 가슴이 고통으로 서걱거렸다. 소하가 감내할 충격과 아픔을 어찌해야 할지 알 수 없었다. 소하의 마음에 남을 생채기가 고스란히 윤의 가슴에도 새겨졌다. 지금은 그저 소하가 잘 이겨내기를, 너무 많이 아파하지 않기를, 그래서 자신에 대한 연심을 끊어내기를 빌고 또 빌었다.

윤이 냉정하게 말을 마치고는 방 바깥으로 나왔다. 방 밖으로 나서자 소하가 소리 죽여 흐느끼는 소리가 들렸다. 윤의 심장이 찢어질 듯 아팠다.

'아파하지 마십시오, 공주마마! 마마가 아프시면 저는…….'

그때 윤은 번개에 맞은 것처럼 자리에 우뚝 서고야 말았다.

소하가 아프면 윤은 견딜 수가 없었다.

소하가 아프면 윤의 심장은 피를 흘렸다.

소하가 웃으면 온 세상을 얻은 듯 윤의 세상도 함께 웃었다.

윤은 이 깨달음 앞에 충격으로 몸이 굳어버렸다.

그토록 봉인했었던 윤의 마음이 드디어 해제되었다. 이미 곤명지에서 달빛에 감싸인 그녀를 보았을 때부터 소하는 윤에게 여자였던 것이다. 소하를 향해 내달리는 그 감정을 숨기고만 싶었다. 아직 여인이 아닌 동생 같은 소하를 원하는 자신이 짐승처럼 느껴졌다. 그래서 억누르고 억눌렀던 감정이었다. 하지만 소하가 서툴게 입맞춤하는 순간 간신히 눌러두었던 봉인은 산산이 부서지고야 말았다.

윤의 평정을 무너뜨리는 단 하나의 존재, 윤을 미치게 만드는 단 한 명의 소녀, 윤의 심장을 뛰게 만드는 단 하나의 여인, 그것이 소하였다. 거부하려 해도 피하려 해도, 어느새 소하라는 존재는 윤을 가득 채우고 있었다. 지금 아프게 울고 있는 소하의 아픔이 칼이 되어 윤의 심장을 난도질하였다.

날렵하게 솟아 오른 윤의 검이 달빛을 갈랐다. 윤이 떨어지는 달빛과 싸움이라도 하듯이 검을 휘둘렀다. 윤은 베고 또 베었다. 소하를 열망하는 자신의 삿된 마음을, 억누를 수 없다면 베어버릴 것이었다.

전장에서 적을 베듯이, 어떠한 자비심도 없이 그 마음을 베어버릴 것이었다. 벨 수만 있다면 이렇게 뛰는 심장을 멈추게 할 수 있다면 윤의 검이 그렇게 절실했다. 그래서 날카로웠다. 그래서 아름다웠고 슬펐다.

그러나 베어도 베어지지 않는 것이 마음이었다. 몸부림치고 피해도 결국에는 마음이 가는 곳을 도저히 막을 수가 없었다.

소하를 은애한다!

소하를 은애하는 남자의 마음을 이제는 억누를 수가 없었다. 그렇게 윤의 날카로운 검성만이 고요히 잠든 미앙궁을 채웠다.

3

쿠르르, 쾅쾅!

천지를 울리는 전차 소리에 귀가 먹먹해졌다. 귀청이 떨어져 나갈 것 같은 소리에 윤의 정신이 멍해졌다. 윤은 다시 남월 정복의 한복판에 있었다. 어찌 된 일인지, 지금 상황이 실제인 것인지 아니면 꿈인지 윤은 구분할 수 없었다.

사방에서 적의 화살들이 윤에게 매우(梅雨)처럼 쏟아지고 있었다. 윤은 그저 검을 휘둘렀다. 그것은 그의 몸에 각인된 일종의 습관 같은 것이었다. 적을 베지 않으면 죽는다! 윤의 몸이 저절로 움직였다. 하지만 베어도 베어도 적들은 개미떼처럼 쏟아져 나왔다.

주변에 있던 병사들이 화살 때문에 낙엽처럼 쓰러져 갔다. 시끄러운 함성과 화살의 빗속에서 윤은 오로지 한 가지 소망만 생각하며 검을 휘둘렀다.

'쓰러지지 않을 것이다.'

여기서 이렇게 쓰러질 수 없었다. 전쟁의 의미를 찾아 무엇 하겠는가? 그저 승자와 패자가 갈렸을 뿐 시간이 지나면 그저 역사 속에 한 줄 기록으로 남을 것이었다. 이 치열한 혈투도, 전장에서 죽어간 이들도 모두 잊혀질 것이다. 그래서 여기서 이렇게 죽을 수 없었다. 반드시 살아서 소하에게 돌아가야 했다. 그런 일념하에 윤의 검이 춤을 추고 있었다.

공주의 천진하게 웃는 얼굴을 보며 이 잔인했던 전쟁의 기억을 잊을 것이었다. 이 피비린내가 진동하는 전장의 공포도 그저 지나간 추억처럼 그렇게 기억할 것이었다.

휘이익!

공기를 날카롭게 가르고 윤에게 날아오는 화살을 윤은 멍하니 바라보았다. 저 화살에 맞을 수는 없었다. 검을 들어 올리고자 하였으나 갑자기 윤의 팔은 밧줄에 묶인 듯 꼼짝하지 않았다. 거대한 공포가 윤을 감쌌다. 살아야 했다! 아니, 살고 싶었다. 소하의 얼굴을 다시 보기 전에 이렇게 죽을 수 없었다. 윤의 간절함에도 불구하고 화살은 날아왔다.

푹!

자신의 심장에 박힌 화살을 멍하니 바라보던 윤이 비명을 질렀다. 그러나 비명은 소리가 되지 않고 입안에서 맴돌았다. 입안이 바짝 말라 소리를 내고 싶어도 소리가 나지 않았다. 윤은 이 상황에서 벗어나기 위해서 몸부림쳤다.

'나는 살고 싶다! 살아서 소하에게 돌아가야만 한다.'

"흐음!"

순간 막혔던 기도가 확 뚫리며 신음이 흘러나왔다. 소하와 한서제를 구하려다 자객의 검에 베였던 옆구리가 시큰했다. 그리고 화살이 박혔던 등이 고통으로 화끈거렸다. 생생하게 느껴지는 고통에 윤은 자신이 살아 있음을 절감했다.

등 뒤로 닿는 푹신한 이불에 몸이 계속 가라앉는 느낌이었다. 분명 이곳은 궁전의 내실임이 확실했다. 은은하면서도 향긋한 향이 주변의 공기를 채우고 있었다.

윤은 무거운 눈꺼풀을 간신히 들어 올렸다. 천지를 울리던 소음이 순식간에 사라지고 윤의 눈앞에 소하가 있었다. 소하가 근심스러운 얼굴로 자신을 바라보고 있었다. 그리고 차가운 수건으로 자신의 식은땀을 열심히 닦아주었다.

이것이 꿈이라면 깨어나고 싶지 않았다. 반가운 마음에 소하의 이름을 부르고 싶었지만 윤의 입은 제 몸이 가장 원하는 것을 말하고 있었다.

"무울……."

윤의 앞에 물 잔이 나타났다. 하지만 마실 수가 없었다. 마시고 싶은 마음과는 달리 조금도 움직일 수 없었다. 가까이 있어도 마실 수 없으니 더욱 목마름이 심해졌다. 그러나 바짝 말라 버린 입술은 제대로 움직이지 않았다.

윤이 애타는 심정으로 소하를 바라보았다. 곧 달콤한 입술이 윤의 입술에 닿았다. 목마름에 입을 벌리자 입안으로 시원한 생명수가 쏟아져 들어왔다. 윤은 미친 듯이 그것을 탐했다. 그리고 물을 마시고 나자 정신이 점점 명료해졌다.

소하였다. 소하의 부드러운 입술이 닿아 있었다. 물보다 윤에게는 소하가 더욱 목말랐다. 소하에게 좀 더 가까이 다가가고 싶었다. 소하의 따뜻한 체온이 그리웠다. 밧줄에 묶인 듯 꼼짝하지 않았던 팔이 그제야 움직였다. 윤은 강하게 소하를 끌어당겼다. 지금 소하만이, 소하가 전부였다.

그러나 갑작스런 움직임에 옆구리와 등에서 극심한 통증이 느껴졌다. 혼곤한 열이 다시 윤을 감쌌다. 계속 소하의 입술을 탐하고 싶었지만 몸은 치유를 위해서 다시 깊은 잠에 빠져들고 있었다.

다시 잠에서 깨어났을 때에도 소하는 옆에 있었다. 윤은 제 손을 부여잡고 피곤에 지쳐 침상에 기대어 잠이 든 소하의 머리를 부드럽게 쓰다듬었다. 반지르르한 소하의 머리를 쓰다듬자 윤의 복잡했던 마음이 정리되는 기분이었다. 그리고 윤의 머릿속은 한 가지 결심으로 가득 찼다.

소하공주 곁에 머문다!

어떻게 해서든 윤은 이제 소하의 곁을 떠나지 않을 작정이었다. 비록 지금은 제후의 지위도, 거기장군이라는 직분도, 명예도 모든 것을 잃었지만 윤은 지금 너무나 행복했다. 소하가 이렇게 자신의 곁에 살아 있었기 때문이었다.

소하를 향하던 화살을 보는 순간 윤은 소하를 잃을까 봐 어떤 생각도 할 수 없었다. 오직 소하를 구해야 한다는 생각뿐이었다. 그녀를 구할 수만 있다면 윤은 자신의 목숨도 아깝지 않았다.

그런데 다행히도 윤은 이렇게 살아 다시 소하를 볼 수 있었다. 이제 결코 소하 곁을 떠나지 않을 것이었다. 상처에서 회복되면 어떤 수단을 쓰던지 소하 곁에 머물 방법을 찾아볼 작정이었다. 비록 소하가 자신을 더 이상 은애하지 않더라도⋯⋯ 생명이 있는 한 그녀 곁에 머물 것이었다.

4

"이제 모두 완치가 된 것인가?"

두 달간의 요양을 마치고 복귀한 윤을 맞이하는 한서제의 목소리에 반가움이 가득했다. 요양을 마치고 장안에 복귀한 윤은 제일 먼저 한서제에게 독대를 간청했다. 편전(황제가 일상적으로 거처하며 정무를 보던 곳)안은 고요했다. 윤의 간절한 청에 한서제가 항상 곁을 지키던 내관까지 물리고 윤을 맞이하였기 때문이다.

"예, 이 모두가 폐하의 성은 덕분입니다."

윤이 우아한 자세로 황제에게 포권의 예를 갖추었다.

"그래, 이제 몸도 다 완치되었다고 하니, 자네에게 줄 새로운 임무에 대하여 생각해 봐야겠네. 귀공이 떠나고 나서 쓸 만한 거기장군이 없다 보니 아주 머리가 아프지 뭔가? 장평후(= 위청 대장군)마저 대장군 직분에서 물러나니 군대가 어찌나 걱정이 되던지……. 참으로 잘 복귀하였다. 임무도 임무지만, 귀공이 나와 소하공주를 구한 공이 지대하다. 그래서 짐은 일단 귀공의 제후 지위를 회복시키고 더 넓은 봉토를 하사할 생각이네. 그리고 귀공에게 어떤 상을 내릴지 고민 중이었다. 귀공의 생각은 어떠한가? 달리 원하는 것이 있는가?"

한서제는 그동안 생각하였던 것을 풀어놓았다. 한서제의 말을 조용히 듣고 있던 윤이 머리를 조아렸다.

"폐하, 이리 부족한 신을 아껴주시니 성은이 망극하옵니다. 제가 폐하와 공주마마를 보호하는 것은 신하 된 자로서 당연한 일입니다. 그동안 폐하와 황후마마의 은혜로 소신, 제후로서, 또 이 나라의 거기장군으로서 누구보다 많은 부귀영화를 누렸습니다. 더구나 불충하게도 영령공주마마와의 혼사를 파기한 저를 구해주신 것만으로 하해와 같은 은혜를 입었사옵니다. 상은 가당치도 않습니다."

윤다운 대답이라 생각하며 한서제는 고개를 끄덕였다. 욕심이 없는 윤이었기에 한서제 역시 그가 무엇인가를 바라거나 혹은 요청하리라 생각지 않았다.

"허허, 내 자네가 그리 말할 줄 예상했네."

한서제가 너털웃음을 지었다.

"하지만, 폐하!"

간절한 윤의 음성에 한서제가 멈칫하고 윤의 얼굴을 바라보았다. 윤이 편전 바닥에 무릎을 꿇었다. 어찌나 강하게 무릎을 꿇는지 혹시 깨지지나 않을까 걱정스러울 지경이었다.

"윤, 갑자기 이게 무슨 일인가?"

예상치 못한 윤의 행동에 한서제가 깜짝 놀랐다.

"소신, 외람되오나 한 가지 청을 드려도 되겠습니까?"

무릎을 꿇고 바닥에 머리를 조아린 윤이 큰 은혜를 바라듯 간절하게 말했다.

"무슨 대단한 청이기에 이리 무게를 잡는 것이냐? 고개를 들어 속히 고하라!"

한서제의 하문에 윤이 고개를 들고 한서제를 바라보았다. 윤의 눈빛이 활활 타오르는 불같은 열정으로 반짝거리고 있었다.

"저를 소하공주마마의 호위무사로 삼아주십시오. 정녕 신에게 상을 내리고자 하신다면, 부디 저를 소하공주마마 곁에 머물게 하여주십시오. 제 목숨을 걸어서라도 반드시 소하공주마마를 지키겠습니다."

윤의 목소리가 절절했다. 무엇인가를 절실히 원하는 사내의 목소리였다. 한서제는 냉정하기로 소문난 윤이 저렇게 열정적인 목소리로 말하는 것을 처음 들었다. 그리고 윤이 한서제에게 무엇인가를 청한 것도 처음이었다.

"호위무사라면, 5품 호분중랑장 직분을 수행하겠다는 뜻이냐?"

"예, 폐하! 소신 열과 성을 다하여 소하공주마마를 보필하겠습

니다."

"귀공이 원하는 상이 정말 그것이더냐?"

"예, 폐하! 소하공주마마께서는 곧 장안을 떠나 멀리 오손국으로 떠나셔야 합니다. 믿을 만한 이도 없는 낯선 곳에서 공주마마께서는 얼마나 힘이 드시겠습니까? 최소한 제가 곁에 있다면 공주마마의 신변을 안전하게 지킬 수 있을 것입니다. 폐하와 황후마마도 그럼 어느 정도는 안심할 수 있지 않겠습니까?"

윤이 어떤 임무를 맡을 때보다 열정적으로 자신의 유용함을 주장하고 있었다.

"그렇긴 하지. 나 또한 그 먼 곳으로 공주를 보내려니 마음이 편치 않았다. 귀공이 공주를 지킨다면 나도 황후도 안심할 수 있겠구나."

한서제의 말에 윤의 표정이 눈에 띄게 밝아졌다.

"그런데, 정말 사유는 그것뿐인가?"

날카로운 한서제의 질문에 윤이 긴장했다.

"폐하! 제가 간절히 원하는 것이 마마 곁을 지키는 것입니다. 마마 곁에 머물 수 있다면 저는 그 어떤 것도 바라지 않습니다. 폐하, 제발 통촉하여 주시옵소서!"

무엇인가를 열망하는 사내의 목소리가 떨렸다. 죽더라도 애타게 간절하게 원하는 한 가지를 가지고 싶어 하는 야성적인 사내의 눈빛에 한서제가 고개를 끄덕였다.

"알겠네. 그럼 내일 정식 교지를 내려 귀공에서 새로운 임무를 부여하겠네. 화번공주로 떠나야 하는 특수한 상황을 고려하여 승마나 기타 초원에 대한 습속도 가르치는 임무도 함께 부여하도록 하지. 그러니 어서 일어나게!"

"폐하, 성은이 망극하옵니다."

자리에서 일어서는 윤은 그 어느 때보다 행복했다. 소하 곁에 머물 수 있다니 세상을 모두 가진 것 같았다. 이제 목숨처럼, 아니 제 목숨보다 더욱 소중한 소하를 지킬 것이었다. 그것만이 윤이 소하에게 해줄 수 있는 유일한 것이었다.

이미 소하는 윤의 심장을 가졌다. 심장이 없으면 살 수 없었다. 그러니 그곳이 어디든 세상의 끝일지라도 윤은 소하와 함께 할 것이었다. 소하의 등만 바라보더라도, 그 고통에 심장이 서걱거릴지라도…….

소하가 자신을 보고 웃어준다면 그것으로 족했다. 그저 소하 곁에 머물 수만 있다면, 그래서 그녀의 마음 한 귀퉁이에 어떤 형태로든 존재할 수 있다면 그 이상을 바라지 않을 것이다. 그녀 곁에서 숨을 쉬고, 같은 하늘을 볼 수 있으면 되었다.

윤의 눈빛이 야성적으로 빛났다. 마치 먹이를 눈앞에 둔 늑대처럼 형형한 그 눈 속에는 이제 소하만이 가득할 것이었다. 소하의 탄생은 함께할 수 없었어도 그녀의 마지막은 함께 할 것이다! 은애하는 마음을 감추느라 심장이 너덜너덜해 지더라도 소하를 은애할 것이었다.

아니, 한 번도 소하를 은애하는 마음을 멈춘 적이 없었다. 깨닫지 못했어도 마음 깊은 곳에 항상 소하가 있었다. 이제는 오직 소하를 은애하는 윤만이 있을 뿐이었다. 그저 한 여자를 사랑하는 한 남자만이 존재할 뿐이었다. 그렇게 살 것이었다. 무슨 일이 있어도 소하 곁에서 살아갈 것이었다. 계속 그녀를 은애하면서……

작가 후기

　가끔 소설이나 드라마 혹은 영화에서 주인공보다 더 사랑스러운 캐릭터를 만나곤 합니다. 대체적으로 저는 다정하며 여자주인공들에게 헌신적인 서브 남자주인공들을 좋아합니다! 그런데 이번에는 제가 창조한 캐릭터가 무척 사랑스러워지는 상황에 직면하고야 말았습니다.

　저의 데뷔작 『설연』에서 꼬맹이로 등장했던 호연제가 바로 그 주인공이었습니다. 그래서 이 사랑스러운 꼬맹이가 성장하면 어떤 인물이 될까 하는 생각에서 『서리꽃』이 시작되었습니다.

　한서제(설연의 남자주인공)에게 새로운 이름을 하사받은 호연제, 윤(贇)의 실제 모델은 역사상에 존재합니다. 현재 중국의 기초를 만들었다고 평가받는 위대한 황제, 한무제(漢武帝, 한서제의 실제 모델)도 결국 70세의 생애로 죽음을 맞이합니다. 당시 죽어가는 황제의 유조(遺

詔)를 받든 사람은 두 명의 신하였습니다. 한명은 곽광, 흉노 정벌로 이름을 드날린 청년장군 곽거병의 동생이었고, 또 한 명은 김일제라는 흉노의 왕자였습니다. 바로 이 김일제가 서리꽃의 주인공인 윤(=호연제)의 실제 모델입니다. 실제로 마지막까지 가장 충실하게 한무제의 곁을 지켰던 사람이 김일제였습니다. 아래는 한서(漢書)에 묘사된 김일제에 대한 부분입니다.

일제의 키는 8척 2촌(漢代의 1尺은 22.3cm이므로 183cm)이다.

큰 키의 늠름한 풍채와 일제가 키운 말을 보며 한무제는 흡족해했다.

일제의 인품과 재능을 간파한 무제는 즉각 그를 마감(馬監)으로 발탁했다.

대완국을 정벌하여 얻은 한혈마, 즉 한무제가 천마라고 불렀던 말들을 잘 보살펴 일제는 마왕신(馬王神)이라고 불리게 된다.

이후 일제는 시중, 부마도위의 지위에 오른다.

이 부마도위란 이름은 한무제 때 처음 생긴 벼슬의 이름이다.

한무제는 흉노(匈奴)의 왕자로 한나라에 항복해 온 김일제에게 이 벼슬을 처음으로 주었다.

그 후 광록대부(光祿大夫)로 빠르게 승진했다.

제가 상상하는 김일제는 늠름한 기품과 성실한 성격을 지녔고 동시에 왕국을 잃은 왕자의 쓸쓸함을 지닌 인물이었습니다. 그 덕분에 그는 항상 약간 무겁고 진지합니다. 그런데 그런 그가 사랑하는 여인과 있을 때만큼은 밝아지는 거지요. 실제로 그는 매우 마음이 따뜻한 사람이었을 겁니다. 대신 눈빛은 항상 우수에 차서 촉촉하게 젖어 있었을 거고요!!!

이런 인물을 아무것도 거칠 것이 없는 한서제의 딸, 소하공주가 열렬히 사모합니다. 하지만 윤이 넙죽 그 사랑을 받아들이지는 못했을 거라 생각했지요. 그런데 말입니다('그것이 알고 싶다'의 김상중 씨 톤!), 정말로 쓰는 동안 이런 윤이 저를 얼마나 애를 먹였는지, 진짜로 죽을 지경이었습니다. 남자주인공은 자고로 사랑 앞에 거칠 것이 없어야 하는데 윤은 족쇄가 너무 많았던 거죠. 그래서 소하공주도 애를 태웠습니다 다만 작가인 저도 꽤나 애를 태웠습니다.

소하를 사랑하지만 다가설 수 없어 마음고생하는 애틋함을 표현하고 싶었는데, 어찌나 힘이 들던지요. 그래서 다음 작품에서는 반드시 거침없이 사랑을 갈구하는 남자주인공을 쓰겠다고 굳은 다짐을 다 했습니다!!!

그리고 사실 제가 소하보다 윤에게 감정 이입을 과하게 하다 보니, 초고에서 지적된 부분이 많았습니다. 마치 일대기를 쓴 것 같았던 윤의 어린 시절 성장기가 그 하나요, 극적인 장면들이 모두 윤의 시점으로 진술이 되어 있는 것이 두 번째였습니다. 그리고 소하의 시점이 병렬로 진술되니까 주인공들에게 감정 이입이 제대로 안 되는 문제가 발생했습니다.

그래서 그 문제를 해결하기 위하여, 주요한 사건들을 소하의 시점으로 고쳐 쓰다 보니, 어느 순간에는 수정이 도저히 안 끝날 것 같은 공포(?)에 시달렸습니다. 큰 숙제를 내준 실장님을 살짝 원망할 뻔한 순간, "윤이 사랑할 수 있는 사랑스러운 소하를 만들어달라"고 하셔서 정신이 번쩍 들었습니다. 그런데 제가 윤을 너무 사랑했는지, 마치 며느리를 질투하는 시어머니처럼 소하가 계속 부족해 보이는 거죠. 그리고 윤은 왜 이렇게 말을 안 듣는지, '제발 그 봉인된 마음을 이제 해제하라고', 어깨를 흔들고 싶을 지경이었습니다.

그래서 결론은 여차저차 일은 많았으나 하나의 이야기로 마무리가 되었다는 것입니다. 제발 윤, 아니, 호연제, 이제 마음을 억누르지 말고 마음껏 소하를 사랑해 주길 바랍니다. 그리고 누구보다도 이 책을 선택해 주신 독자님들! 사랑을 거부(?)하는 냉공자 윤의 이야기를 읽으면서 잠시나마 행복해지셨으면 합니다! 쓰는 동안 저는 무척 행복했거든요!

2016년 2월, 이수현 드림

예원북스에서는
로맨스 작가님의 소중한 원고를 기다립니다.

투고해 주실 메일 주소는
yewonbooks@naver.com 입니다.
많은 관심 부탁드립니다.